Harper
Collins

G.S. Locke

NEON

Er tötet dich

Thriller

Aus dem Englischen von
Ulrike Wasel und Klaus Timmermann

Harper
Collins

HarperCollins®

FSC
MIX
Papier
FSC® C014496

1. Auflage: März 2020

Originaltitel: »Neon«
Erschienen bei: Orion Fiction,
an imprint of The Orion Publishing Group Ltd.,
Carmelite House, 50 Victoria Embankment
London ec4y 0dz

Umschlaggestaltung: Büro für Gestaltung / Cornelia Niere, München
Umschlagabbildung: republica / Getty Images
Satz: GGP Media GmbH, Pößneck
Printed in Germany
Dieses Buch wurde auf FSC®-zertifiziertem Papier gedruckt.
ISBN 978-3-95967-416-4

www.harpercollins.de

In Erinnerung an meine Mom und ihre Familie,
die aus dem Black Country stammt.

1

Er starrte in die einsame, noch randvolle Tasse Kaffee, die er vor über einer Stunde bestellt hatte.

Eine feste Hand drückte ihm die Schulter, und das Leder seiner Jacke knarrte. »Wie wär's mit einem frischen heißen?«

Als er aufschaute, sah er den Ausdruck in Robertos Augen. Es war ihm unangenehm.

»Gern«, sagte er. »Sorry.«

Neben vielen anderen Dingen wusste Matt Jackson seit Pollys Tod, dass er es hasste, bemitleidet zu werden. Bei der Beerdigung vor wenigen Tagen hätte er schwören können, dass seine Kollegen ihn mit einer Mischung aus Mitgefühl und so etwas wie Verachtung betrachteten. Besonders Marcus Browne, dieses Arschloch. Detective Chief Inspector Browne, der für Pollys Fall zuständig war und neuerdings die »Neon«-Ermittlungen – *seine Ermittlungen* – leitete, hatte ihn von Anfang an auf dem Kieker gehabt. Bei jedem Mordfall stand der Ehepartner ganz oben auf der Verdächtigenliste, aber die Andeutung, er habe seine eigene Frau umgebracht und es noch dazu als raffinierte Nachahmungstat getarnt – er hatte Browne in eine dunkle Gasse locken und windelweich prügeln wollen.

»Einen doppelten Espresso, Andrea«, rief Roberto über die Schulter. »Aufs Haus.«

Der Druck auf seiner Schulter wurde stärker.

»Geht's einigermaßen, Matt?«

Die Frage verlangte keine wahrheitsgemäße Antwort. Er spielte mit, murmelte irgendwas Banales, doch seine Erwiderung ging im jähen Lärm der Kaffeemaschine unter. Er blinzelte, als ein Lichtstrahl im blitzenden Chrom reflektierte, empfindlich gegen jedes helle Licht.

»Das braucht Zeit, mein Freund«, sagte Roberto. »Und du brauchst Ruhe. Du brauchst *Schlaf*.«

Schön wär's. Wenn er ausnahmsweise mal nicht von den immer gleichen Bildern verfolgt wurde und schlafen konnte, wünschte er am nächsten Morgen, das Schicksal hätte ein Einsehen gehabt und ihn nicht mehr aufwachen lassen.

Die Tür ging auf, ließ einen Schwall Kälte herein, nasse Novemberluft, neue Gäste. Geklapper und Lärm. Stimmen, die *Alles klar?* sagten und *Morgen*. Froh über die Ablenkung, rang er sich ein dünnes Lächeln ab, seine Art von *Ich komm schon klar* und *Kümmert euch nicht weiter um mich*.

Als die frische Tasse Kaffee auf dem Tisch stand, zog er sich erneut in sein Schattenland aus Trauer und Einsamkeit zurück. Wie lange konnte er durchhalten? Einen Tag, vielleicht zwei – womöglich drei? Scheiß drauf. Er sollte es endlich hinter sich bringen.

Er griff in die Gesäßtasche seiner Jeans und zog einen Post-it-Zettel heraus, auf dem Kenny Flavell, einer seiner langjährigen Informanten, eine Telefonnummer notiert hatte. Die Kugelschreibertinte war verschmiert.

Er holte tief Luft, tippte die Nummer in sein Handy. Zweimal Klingeln.

»John am Apparat.« Der Stimmverzerrer ließ den Mann wie einen Schurken klingen, der in einem miserablen 90er-Jahre-Actionfilm Lösegeldforderungen stellt.

Verstört legte Jackson so rasch auf, dass ihm das Handy entglitt und über den Resopaltisch schlitterte. Der Espresso schwappte über und in die Untertasse. *Nicht cool.* Er sah sich kurz um, setzte eine verlegene Miene auf, um seine Nervosität zu überspielen, aber es nahm niemand Notiz von ihm.

Ganz ruhig, dachte er, atme. Das hätte Polly zu ihm gesagt,

und für einen Moment hatte er wieder ihr liebevolles Lächeln vor Augen, voll stiller Zuversicht und unerschütterlichem Vertrauen. Sie hatte geschafft, woran andere gescheitert waren: Sie hatte ihn gezähmt. Ausgenommen die letzten sechs Monate, in denen er unter dem Druck von Ermittlungen gestanden hatte, die ihm den Schlaf raubten und für ihn fast zur Besessenheit wurden. Tage und Nächte hatte er vor dem Computerbildschirm verbracht, hatte Tatortfotos studiert, nach Gemeinsamkeiten gesucht, nach winzigen Anhaltspunkten. Er schämte sich zutiefst dafür, dass er jeden, der ihm dabei in die Quere gekommen war, kalt und ablehnend behandelt hatte, und dazu hatte auch seine Frau gehört. Bei Gott, das war schon schlimm genug. Aber was dann passiert war, quälte ihn jede wache Sekunde, und, schlimmer noch, er hatte es nicht kommen sehen.

Er hatte den Expertenmeinungen geglaubt, dass Serienmörder sich an ein bestimmtes Muster hielten, an ein von ihnen selbst ersonnenes krankes und abartiges Regelwerk und ihre Opfer immer vom gleichen Typ waren, meist, aber nicht ausschließlich, verletzliche Frauen. Dass sie vertrautes Terrain bevorzugten, was in diesem Fall die Straßen von Birmingham waren. Der Scheißkerl, den er gejagt hatte, stand auf erfolgreiche Karrierefrauen; je selbstbewusster, desto verlockender. Dazu einen ausgeprägten Sinn für das Dramatische, das Sensationelle, das Grelle. Er liebte die Zurschaustellung seiner Kunst, wenn man das so nennen konnte. Wie ein perverser Banksy tauchte er aus dem Nichts auf, zog sein Ding durch und verschwand wieder. Und niemand bekam etwas mit. Was beinahe ebenso haarsträubend war wie die Art, mit der er seine Tableaus des Grauens präsentierte. »Neon«, wie die Presse ihn getauft hatte, war ein Draufgänger, was er tat, war eine Mischform aus geplant und opportunistisch, und er geilte sich an der überaus öffentlichen Ausstellung seiner Werke auf.

Mit trockenem Mund und flauem Magen dachte Jackson an Vicky Wainright, Neons erstes Opfer. Die frischgebackene Anwältin aus Durham hatte bei einem Junggesellinnenabschied ihre Freundinnen aus den Augen verloren. In der Nacht, in der die Uhren zurückgestellt wurden, war sie in eine Wohnung nicht weit von der *Mailbox* gelockt worden, einem unverschämt klotzigen Bau mit Geschäften, Büroräumen und Wohnungen gleich neben dem BBC-Gebäude. Obwohl die gesamte Gegend von Sicherheitsleuten überwacht wurde, war Vicky dort erdrosselt worden.

Als er am Tatort eintraf, nahm er zuerst das helle Sirren wahr, ausgelöst durch sich in den heißen Röhren ausdehnendes und zusammenziehendes Gas. Die offene Balkontür gab den Blick frei auf ein Wirrwarr von Drähten. Sie führten zu einem Trafo, der an eine Steckdose im Wohnzimmer angeschlossen war und zahlreiche Leuchtschilder mit Strom versorgte.

Vickys vollständig bekleideter Körper lag draußen auf einer Sonnenliege. Sie hätte schlafen können, wäre da nicht der Geruch gewesen. Es war ein ganz spezieller Geruch, den er nur allzu gut von frischen Leichen kannte.

Aus der Nähe waren rings um ihren Hals die unverkennbaren Spuren der Schlinge zu erkennen, mit der ihr Zungenbein gebrochen worden war. Petechien waren unter den Augenbrauen und auf den Lidern erblüht – ein sicheres Zeichen von Erdrosselung. Er hatte schon Ähnliches gesehen, aber noch nie eine Leiche, die wie ein Kirmeskarussell beleuchtet war. Als wäre die Frau in farbiges Glas eingeschlossen. Die Telefonleitungen im Polizeipräsidium brachen fast zusammen unter der Flut von Anrufern, die die Sache melden wollten.

Ein Neonbild, das einen grotesken roten Mund mit herausgestreckter Zunge darstellte, hing über Vickys Kopf, und das Ultraviolett in den Leuchtstoffröhren war intensiv genug, um Netzhäute zu verbrennen und falsche Schatten über ihre

Gesichtszüge zu werfen. Irgendwo in Jacksons Hinterkopf regte sich die Erinnerung an das Cover eines Stones-Albums – *Sticky Fingers* –, das ein ähnliches Motiv hatte.

Geschockt und fassungslos registrierte er erst nach einiger Zeit, dass dieser Teil des »Kunstwerks« Marke Eigenbau war. Anders als die altmodische Leuchtreklame direkt vor der Leiche, die jedem, der hinzusehen wagte, das Wort »Endspiel« entgegenschrie. Dennoch hatte er gehofft, dass sie von dort erste Anhaltspunkte erhalten würden.

Die Reklame konnte im Zuge der Ermittlungen zu einem Londoner Geschäft zurückverfolgt werden, das ein Jahrzehnt zuvor pleitegegangen war. Keine Quittungen. Keine Unterlagen. Die sichergestellten DNA-Spuren waren unüberschaubar, da die Wohnung regelmäßig vermietet wurde, eine regelrechte Suppe aus menschlicher Materie.

Zwei Monate später versetzte der Fund eines zweiten Opfers die Polizei der Region West Midlands in Alarmzustand. Zu seiner Schande spürte Jackson ein morbides Jagdfieber. Er hatte es als eine neue Gelegenheit betrachtet: je mehr Morde, desto größer die Chance, Neon zu schnappen. Gegenüber den Eltern von Vanessa Booth hatte er diesen Gedanken natürlich für sich behalten.

Vanessa, eine Pharmareferentin aus Salisbury, hatte in der Stadt an einer Tagung teilgenommen. Wie das erste Opfer war auch sie außerhalb ihrer Komfortzone gewesen. Wie Vicky und auch wie die meisten Vergnügungssuchenden, die über Birminghams Broad Street flanierten oder torkelten, hatte sie einiges getrunken und war für eine bitterkalte Nacht nicht warm genug angezogen. Anders ausgedrückt, für einen irren Mörder war sie ein leichtes Opfer.

Als Jackson durch die wuchtigen Bronzetüren des Kriegerdenkmals Hall of Memory am Centenary Square trat, das nach einer umfangreichen Neugestaltung der Umgebung erst kürzlich wiedereröffnet worden war, wurde er geblendet, als würde er während einer Sonnenfinsternis ungeschützt in die Sonne schauen. Direkt am Fuß des sarkophagähnlichen Denkmals für die gefallenen Soldaten der Weltkriege lag Vanessa nackt inmitten eines Arrangements aus flackerndem Licht, das sie abwechselnd mit Lila, Lindgrün und einem blassen Gelb umhüllte – ein krasser Kontrast zu dem Buntglasfenster in der rückwärtigen Wand der Halle. Der Modus Operandi war derselbe. Im Unterschied zu Vicky war sie jedoch schon seit einigen Stunden tot, worauf die Leere in den Augen, die Schlaffheit der Haut und die Ausbildung von Leichenflecken hindeuteten. Das dünne Kleid, das sie getragen hatte, lag locker über eine in Bronze eingefasste Glasvitrine drapiert, die zwei Bücher mit den Namen der Gefallenen enthielt. Der leitende Kriminaltechniker hatte den Schrein markiert, weil er von einem frei stehenden Leuchtschild verdeckt wurde, das »Jesus liebt« verkündete, was, wie Jackson in dem Moment fand, nicht weiter von der Wahrheit entfernt sein könnte. Das Schild war rund einen Meter breit und über siebzig Zentimeter hoch. Ein Schlag ins Gesicht. Ein gestreckter Mittelfinger. *Fickt euch.* Der Ort war für stille, nachdenkliche Reflexion gedacht und wirkte jetzt so geschmacklos wie eine Spielhalle in einem Badeort zur Hochsaison.

Und obwohl normalerweise jede Berührung eine Spur hinterließ, hatte der Killer hypersauber und steril und raffiniert gearbeitet. *Scheißkerl.*

Im März wurde das nächste Opfer entdeckt. Gina Jenks, Journalistin bei einer überregionalen Boulevardzeitung. Jackson hatte geglaubt, dass er mit Gina endlich einen Durchbruch erzielen könnte.

Sie hatte sich einen Namen machen, hatte diesen Namen vielleicht sogar in den Schlagzeilen sehen wollen, und deshalb auf eigene Faust Recherchen zu dem Serienkiller angestellt. Eine Woche war sie in den Midlands gewesen und, das alte

Lied, hatte zu vielen Leuten zu viele Fragen gestellt. Ihr Auto wurde in der nahe gelegenen Stadt Smethwick gefunden, aber ihre Leiche entdeckte man rittlings auf einem riesigen, zwei Meter hohen Bronzebullen, der Blickfang in Birminghams Shoppingcenter Bullring.

Meine Fresse. Das hatte Jackson gedacht, als er in einem Schutzanzug der Kriminaltechnik mit offenem Mund dagestanden hatte und am liebsten zurückgewichen wäre.

Licht strömte von allen Seiten, brach sich und wurde von den beleuchteten Ladenfronten der Mall reflektiert. Ein Mischmasch aus frei stehenden alten Kinowerbungen. Eine mit dem Schriftzug »Manche mögen's heiß« summte und knisterte laut. Jackson kam es vor, als stände er mitten in einem Hornissennest. Das Gas Neon war geruchlos, doch er nahm etwas Bitteres und Abstoßendes wahr: Angst.

Benommen, mit einem unangenehmen Pulsieren im Kopf, hatte er versucht, sich zu konzentrieren. Sein Mund war trocken, und seine Brust verengte sich. Er musste die Augen zusammenkneifen, um den visuellen Müll zu durchdringen, bis er schließlich Gina ausmachte. Ihre Position war eine Hommage an Lady Godiva. Auf ihrer Haut schimmerten Regenbogenfarben in gleißender Obszönität. Von einem Leuchtschild, das wie eine Erweiterung der Skulptur am Hals des Bullen hing, strahlte Ginas Name in fluoreszierendem Neonpink. Falls er je Zweifel gehabt hatte, ob der Killer seine Taten plante, seine Opfer belauerte und dann entführte, sie waren schlagartig verschwunden.

Und dann, ganze sechs Monate später, war es Polly, und bei ihr übertraf »Neon« sich selbst.

Jackson schmeckte Galle, als die Erinnerung kam und mit ihr der Wunsch, zu Ende zu bringen, was er begonnen hatte.

Jackson schreckte zusammen, als jemand ein Milchkännchen auf den Boden fallen ließ, und er nahm erneut das Handy und drückte auf Wahlwiederholung. Diesmal blieb er dran. Er war nervös. Argwöhnisch.

»Ich möchte etwas bestellen.«

»Von der Tageskarte?« Das Geräusch des Stimmenverzerrers zischte ihm ins Ohr.

»Ja, bitte.«

»Sind Ihnen die Zahlungsbedingungen bekannt?«

»Ja.«

»Wann soll geliefert werden?«

Er hustete. »Heute Abend um zehn.«

Lange Pause.

»Ist das ein Problem?«

»Nein. Haben Sie die Adresse?«

Er nannte Straße und Hausnummer eines Hauses in King's Heath, einem Vorort fünf Meilen südlich vom Stadtzentrum.

»Gibt es irgendwelche Schwierigkeiten beim Zugang?«

»Nein. Das Haus liegt etwas zurückversetzt von der Straße und hat eine eigene Einfahrt.«

Das wurde mit einem beifälligen Knurren quittiert. »Wie lautet der Name?«

»Matthew Jackson.«

»Beschreibung?«

»Weiß, achtunddreißig Jahre alt, ein Meter fünfundachtzig, dreiundachtzig Kilo, braune Augen, braunes welliges Haar, heller Teint, volle Unterlippe und eine Narbe auf der linken Wange. Ich schicke Ihnen gleich ein Foto.«

Sobald das erledigt war, trank er seine Tasse aus, und als er aufstand, blickte er in sein verhärmtes Gesicht in der verspiegelten Wand gegenüber. Er erkannte den Mann nicht mehr, der ihn von dort anstarrte. Hoffentlich hatte der Auftragskiller nicht dasselbe Problem.

2

Iris Palmer wohnte in einer Straße, von der Politiker behaupten würden, sie sei ein multikultureller Triumph. Iris sah das anders. Es gab schicke Viertel in Edgbaston, aber sie lebte in dem miesen Teil, wo ethnische Gruppen unter sich blieben und andere mit Verachtung oder, schlimmer noch, mit Desinteresse betrachteten. Die Leute aus der Karibik, mit denen sie ihre Kindheit und Jugend verbracht hatte, waren weitergezogen, und die Asiaten hatten ihren Platz eingenommen. Die Asiaten hatten was gegen die Polen. Die Polen hatten was gegen die Rumänen. Sie, eine junge Weiße, gehörte nirgendwo dazu. Was ihr nur recht war. Sie suchte keinen Kontakt.

Aus dem oberen Fenster ihrer Wohnung konnte sie so eben den Kanal sehen – seine schmutzigen Tiefen spiegelten einen düsteren und bedrohlichen Himmel wider. Der Makler, ein Typ mit einem nasalen quengeligen Birminghamer Tonfall, hatte ihr gegenüber die Aussicht aufs Wasser gerühmt. *Vollidiot.*

Sie schnappte sich ihre obligatorische »Observierungstasche«, die heute eine Hundeleine, ein Klemmbrett, Pfefferspray und eine Vermessungskarte des Zielgebiets enthielt, schlich auf Zehenspitzen die Treppe hinunter und schlüpfte leise durch die Tür nach draußen.

Die Kälte schlug ihr entgegen, als würde ihr ein eisiger Waschlappen aufs Gesicht gepresst. Sie schaute ein letztes Mal zurück und ging mit einem Seufzer los, wünschte, sie würde sich besser fühlen. In den letzten Nächten hatte sie nicht schlafen können. Ihre Kleidung saß locker, es fehlten einige Kilo. Sie bekam keinen Bissen mehr runter, und das war ungewöhnlich.

Den Gewichtsverlust konnte sie verkraften. Die Schlaflosigkeit nicht. Eine Frau wie sie musste schnell reagieren können.

Ihr Ziel an diesem Vormittag war eine Werkstatt, die eingekeilt zwischen Mr. Mo's und der osteuropäischen Mrs. W lag, nicht zu verwechseln mit der bengalischen Mrs. W. Weiß der Geier, wie man die Nachnamen von denen aussprach. »Eingequetscht zwischen« war ein Charakteristikum der Architektur und der Menschen in diesem Teil der Stadt.

Wenig später sah sie ein Paar Arbeitsschuhe unter einem klapprigen Vauxhaull Cavalier von circa 1993 hervorragen. Sie trat gegen eine der Sohlen. Beine, gefolgt von einem Torso, gefolgt von Armen und schließlich einem Kopf mit öligen schwarzen Locken glitten hervor. Iris vermutete, dass Keith Parishs Verbrauch an Pomade allein die Firma Brylcreem über Wasser hielt.

»Wie isses, Iris?«

Sie konnte nicht sagen, ob er mit seiner Imitation eines Black-Country-Dialekts ihrer Herkunft Tribut zollen wollte oder ob er sie verarschte. Sie antwortete nicht, sah zu einem kleinen weißen Van, der bei den abholbereiten Wagen stand. Keith folgte ihrem Blick.

»Scheiße, Iris, was soll ich denn dem Besitzer sagen?«

»Dass er ihn in ein paar Stunden zurückhaben kann.«

Keith wischte sich die verdreckten Hände an seinem Overall ab, spitzte die Lippen, als würde er ernsthaft über den Vorschlag nachdenken.

»Spiel hier nicht den seriösen Geschäftsmann. Du bist mir noch was schuldig.«

Diese Anspielung hatte die gewünschte Wirkung. »Ich hol den Schlüssel. Aber abends muss er wieder hier sein.«

Acht Minuten später dröhnte ein Song von Wolf Alice aus dem Autoradio, während Iris in radarfallensicherem Tempo über die Hagley Road gondelte, zusammen mit all den kleinen

Arbeiterbienen, deren Gehalt am Ende jedes Monats wie von Zauberhand auf ihren Bankkonten landete. Sie waren nicht geschaffen für den Druck und die Anspannung des freien Unternehmertums.

Während im Radio jemand was von tödlicher Langeweile sang, vibrierte Iris' Handy an ihrem Brustkorb. Unterbrechungen gehörten in ihrer Branche zum Alltag. Nach einem raschen Rundumblick – sie konnte es sich nicht leisten, in einem »geborgten« Wagen wegen eines Verkehrsdelikts angehalten zu werden – holte sie das Telefon hervor, sah die Nummer. Falls wichtige Organe absacken konnten, fielen ihre ins Bodenlose. Sie schaltete das Radio aus, drückte auf »Anruf annehmen«.

»Iris?«

»Ja.«

»Gudgeon hier.«

Sie hatte keine Ahnung, warum ein Onkologischer Berater nicht Doktor genannt wurde, aber darauf bestand der Mann. »Hallo, Mr. Gudgeon.«

»Wäre es wohl möglich, dass Sie zu mir kommen?«

»Wann?«

»Könnten Sie es in der nächsten halben Stunde schaffen?«

Wenn es einer von den Weißkitteln so eilig hat, kann man sich gleich auf Ärger einstellen.

Sie verzog das Gesicht. Eigentlich hatte sie keine Zeit. Sie sollte das Terrain sondieren. Sich vergewissern, dass an der vom Kunden genannten Adresse alles auch genau so war, wie er beschrieben hatte.

»Iris, mir liegen die Untersuchungsergebnisse vor, und es ist wirklich wichtig, dass wir darüber sprechen. Wir sind immer offen und ehrlich miteinander umgegangen. Sie verstehen, was ich meine, oder?«

Sie verstand. »Wie lange noch?«

»Verzeihung?«

»Seien Sie ehrlich, wie Sie gesagt haben.«

»Ich würde das lieber hier mit Ihnen besprechen.«

»Ich muss es wissen.«

»Iris …«

»Jetzt.«

Gudgeon stieß einen müden Seufzer aus. »Einen Monat, vielleicht zwei. Genau kann ich das nicht sagen. Die Überlebensraten bei Osteosarkomen sind sehr unterschiedlich. Manche Patienten können sämtliche Prognosen widerlegen.«

Sie dachte darüber nach. War das möglich? Gab es doch noch Hoffnung? Jemand hatte mal gesagt: *Ohne deine Gesundheit kannst du's vergessen – Geld, Job, einfach alles.*

Sie schaute in den Rückspiegel, setzte den Blinker und bog Richtung Krankenhaus ab.

»Ich bin in zehn Minuten da.«

Der Mann auf dem Foto konnte warten.

3

Matt Jackson trat nach draußen auf den St Paul's Square und schlug fröstelnd den Jackenkragen hoch. Wie sollte er seine letzten zwölf Stunden verbringen? Die meisten würden wohl zu Hause bleiben, aber er hatte keins mehr. Nachdem sein Haus zum Tatort geworden war, hatte er eine Einzimmerwohnung im Juwelier-Viertel angemietet. Um ein Dach über dem Kopf zu haben, sich zu verkriechen und vor der Welt zu verstecken. Die Wohnung bedeutete ihm nichts, aber besser dort, als sich hier draußen den Arsch abzufrieren. Vorher würde er eine Flasche Scotch kaufen. Die würde ihn aufwärmen und hoffentlich später seine Nerven beruhigen.

Um zehn Uhr morgens waren die meisten Pubs noch geschlossen, aber in manchen bekam man jetzt den ganzen Tag etwas zu essen, auch Frühstück. Er entschied sich für eines, das beim Betrugsdezernat beliebt war. Sean, der Wirt, hatte ihm schon öfter kommentarlos selbst zu ungewöhnlichen Zeiten Hochprozentiges verkauft.

»Das Übliche?«, fragte Sean. Er war ein bulliger Mann, der mit seinen Prankenhänden und den kurz geschorenen Haaren eher einem Rausschmeißer ähnelte als einem Gastwirt.

»Mach zwei draus.« Jackson rang sich ein Lächeln ab, von dem ihm der Kiefer schmerzte. »Ich fühl mich …« Wie fühlte er sich? Jedenfalls nicht gut.

»Ich brauch keine Begründung«, entgegnete Sean und holte zwei Flaschen Bell's hervor.

Jackson blätterte drei Zwanziger auf die Theke. »Stimmt so.« Dort, wo er hinging, würde er kein Geld mehr brauchen.

»Kommt nicht infrage.« Sean griff mit seinen dicken Fingern in die Kasse und gab das Wechselgeld raus. »Hier. Kauf dir ein Eis oder so.«

Jackson setzte erneut ein Lächeln auf, dankte ihm, klemmte sich die beiden Flaschen unter den Arm und machte sich auf den Weg zu seinem Übergangsquartier. Er würde trinken, bis er aufbrechen musste. Es erschien ihm angemessen, an dem Ort zu sterben, wo er mit Polly am glücklichsten gewesen war.

Die historischen Geschäfte des Schmuckhandels, georgianische Bauten, Kreativwerkstätten, Touristen, angelockt von der Bohemien-Atmosphäre, die das Juwelier-Viertel von der übrigen Stadt abhob – das alles glitt unbeachtet an ihm vorüber. Er wollte nur eines: sich betrinken und hoffentlich jenen vollkommenen Zustand der Gnade zwischen Vollrausch und Noch-nicht-ganz-weggetreten-sein erreichen.

In seiner Wohnung drehte er die Heizung auf, ließ sich aufs Sofa fallen und goss sich vier Fingerbreit Scotch ein, die er in einem Zug trank. Feuer und Malz und Torf. Er füllte das Glas erneut und hob es wieder an die Lippen, als plötzlich die Gegensprechanlage summte. Jackson fluchte. Wenn er nicht reagierte, würde wer auch immer da klingelte hoffentlich wieder gehen. Er trank einen weiteren kräftigen Schluck. Wieder summte die Sprechanlage, diesmal gefolgt von einer vertrauten Stimme.

»Matt, mach die verdammte Tür auf. Ich weiß, dass du da bist. Ich war gerade bei Sean.«

Jackson stöhnte, kippte den Rest Scotch aus dem Glas in sich hinein, stand auf, durchquerte das Zimmer und betätigte den Türöffner. Sekunden später stand Mick Cairns in seiner Wohnküche, und der Ausdruck in seinem schmalen Gesicht verriet Jackson, dass er enttäuscht von ihm war. Es war ihm an den Augen abzulesen, und seine Mundwinkel waren herabgezogen.

»Was?«, sagte Jackson aggressiv. Seit wann haute ihn Alkohol so leicht um? Wahrscheinlich, seit er eine Viertelflasche Scotch vor elf Uhr morgens in sich hineinschüttete.

»Dich volllaufen lassen bringt Polly auch nicht zurück.«

»Das weiß ich selbst.« Die Aggression schlug in besoffene Angriffslust um.

»Und dadurch kriegst du auch nicht deine …« Mick räusperte sich, suchte nach dem richtigen Wort.

»Erotische Anziehungskraft zurück, wolltest du das sagen?«

»Selbstachtung, um ehrlich zu sein, aber ich fand, das klingt zu kitschig.«

Cairns ließ seinen knochigen Körper auf den nächstbesten Stuhl sinken. Es war Matt noch nie aufgefallen, aber Micks hagere Gesichtszüge hatten wirklich was von einem Nagetier an sich.

»Matt, wir machen uns Sorgen um dich.«

»Das braucht ihr nicht. Ich komm schon klar. Auch einen Schluck?«

»Nein.«

»Was dagegen, wenn ich mir einen genehmige?« Er hatte die Flasche schon in der Hand. Sein Gehirn fühlte sich dumpf an, Selbstmitleid, aber das war okay.

»Es wird dir nicht dabei helfen, den Scheißkerl zu schnappen.«

Jackson musste lächeln. »Du scheinst zu vergessen, dass ich von dem Fall abgezogen bin.«

»Nur auf dem Papier.« Mick griff in seine Jacke, fischte einen USB-Stick hervor und legte ihn auf den Couchtisch zwischen ihnen.

Jackson starrte es an, als wäre das Ding eine Handgranate kurz vor der Explosion. Er blickte wieder auf.

Die Falten um Micks Augen vertieften sich. »Hast du eine

Ahnung, was für ein Risiko ich eingegangen bin? Ich könnte meinen Job verlieren, meine Karriere …«

»Aber wenigstens nicht deine Frau«, konterte Jackson trocken.

»Stimmt«, räumte Mick ein, und seine Stimme wurde etwas weicher. »Hab ich dir erzählt, dass sie jetzt mit einem Versicherungsvertreter zusammengezogen ist?«

Jackson schraubte die Scotch-Flasche wieder zu, beugte sich zu seinem Freund hinüber, der seit Kurzem auch sein Kollege war. »Was ist dadrauf?«

»Alles, was du über Pollys Ermordung wissen musst. Obduktionsbericht, Tatort- und Fallnotizen, Zeugenvernehmungen, Zusammenfassungen der Briefings von Marcus Schwachkopf Browne. Das volle Programm.«

»Menschenskind, Mick, was zum Teufel soll ich denn damit machen?« Die Vorstellung, erneut in das Nichts zu treten – und genauso wäre das –, machte ihm größere Angst als die Aussicht auf eine Kugel in den Kopf.

»Stell fest, ob wir irgendwas übersehen haben.«

Jackson schluckte trocken, zog die Whisky-Flasche näher an sich heran. Seine Hand zitterte. »Unwahrscheinlich. Für Marcus Browne ist das Vorgehen nach Protokoll heilig. Der macht alles nach Anleitung.«

»Er hat sich immerhin auf deinen Vorschlag eingelassen, keine näheren Informationen zu Pollys Tod an die Presse zu geben.«

Das stimmte. Laut der offiziellen Version war es ein gehörig aus dem Ruder gelaufener Einbruch. Jacksons eigene Idee. Dadurch konnten die Medien den Fall nicht ausschlachten und Neons unbestrittene Eitelkeit befeuern. Jackson hoffte, dass sich der Killer maßlos darüber ärgerte.

»Matt, wir treten auf der Stelle.« Mick sprach leise. Was es noch schwieriger machte, seine Bitte abzulehnen.

»Hör mal, Mick, ich danke dir für alles, was du getan hast, aber Tatsache ist, ich bin einfach zu nah dran. Mir fehlt die *notwendige Objektivität.*« Die letzten beiden Wörter spie er förmlich aus.

»Und wie wirst du dich fühlen, wenn die nächste arme Frau mitten in der Stadt als Teil der diesjährigen Weihnachtsdeko auftaucht?«

»Ich werde traurig sein.« Das würde er nicht, weil er es nicht mehr erleben würde.

»Du weißt genau, der wird nicht aufhören. Der fängt gerade erst an.«

Jackson warf ihm einen gequälten Blick zu. Mick musste falschliegen. Pollys Ermordung – großer Gott, er durfte nicht daran denken – ließ auf jemanden schließen, der in den dunklen Künsten bewandert war. Es war Neons Höhepunkt gewesen. Zumindest hoffte Jackson das.

»Einen letzten Versuch ist es doch wert, oder? Du kennst die Neon-Ermittlungen besser als jeder andere. Bei Polly wirst du nur aus strategischen Gründen nicht eingeweiht.« Mick sah kurz zum Tisch hinüber, auf dem der USB-Stick lag, klein und unerbittlich. »Ich weiß, dass es schwer ist, Matt.«

Schwer? Es war unmöglich. Er fühlte sich wie ein gebrochener Mann. Nein, er *war* ein gebrochener Mann.

Mick stand auf. »Ich lass ihn dir da. Wenn du reinschaust, prima. Wenn nicht, werde ich's dir nicht übel nehmen. Aber eines solltest du dir klarmachen.«

»Und das wäre?«

»Die Chance, dass Marcus Browne diese verdammten Ermittlungen erfolgreich abschließt, ist genauso groß wie die Chance, dass ich je eine Nacht im Weißen Haus verbringe.«

»Ich soll ans Team denken?«, schnaubte Matt.

»Du sollst an Polly denken.«

Mistkerl, dachte Jackson.

4

Ablehnung ist ebenso zersetzend wie Schuldgefühle. Sie nagt an der Seele und vergiftet die einfachsten Freuden. Er würde wieder töten, und daran wären sie schuld, weil sie sein größtes Werk ignoriert und ihm den verdienten Respekt verwehrt hatten.

Wochenlang hatte er darauf gewartet, dass die Nachricht an die Öffentlichkeit kam. Jeden Morgen nach dem Aufwachen hatte er mit Schlagzeilen gerechnet, ausführlichen Zeitungsartikeln, Interviews, Diskussionen im Radio, vielleicht sogar einer Debatte im Parlament. Und was hatte er bekommen? Einen Scheiß. Schlampen und Arschlöcher, das waren sie. Diese Gedanken gingen Gary Fairweather durch den Kopf, als er seine Kathedrale der Farben betrat.

Jede weiß getünchte Wand veranschaulichte seine Entwicklung vom begeisterten Amateur zum erfahrenen »Gestalter«. (Seine dilettantischen Anfänge hatte er in Vegas zurückgelassen, zusammen mit den Leichen.) An diesen Wänden entfaltete sich die üppige Kollektion von Prototypen seiner eher exotischen Kreationen in einem Kaleidoskop greller Farben neben peppigen kleinen Botschaften: »Der Tod steht ihr gut« und »Sieh, was du sehen willst« glitzerten in Krypton-Grün und -Gelb.

Er betrachtete das satte Licht und konnte noch immer kaum glauben, wie weit er es seit jenen ersten Versuchen gebracht hatte, als er wochenlang herumexperimentieren musste, um auch nur ein halbwegs annehmbares handwerkliches Niveau zu erreichen. Er hatte für seine Kunst gelitten, weiß Gott, mit

Schnittverletzungen und Verbrennungen und zahllosen Brandblasen. Aber jede Kreation hatte auf dieselbe Art begonnen, mit einer schlichten Bleistiftskizze, und sie hatte auf dieselbe Art geendet, mit einer toten Frau, ihrem Namen in wunderschön glitzerndem Licht. Gab es einen besseren Abgang?

Seine Gedanken wanderten zu Vicky. Sie mochte intelligent gewesen sein, aber wie naiv, wie gottverdammt unbedarft konnte ein Mensch sein.

Sie war mit riesigen Erwartungen gekommen und hatte zuerst überrascht gewirkt, verwirrt, dann aber begeistert und aufgeregt. Er war mehr als bloß ein guter Ersatz, hatten ihre Augen gesagt. Natürlich war er das, dachte er in Erinnerung an ihr geschminktes Gesicht, die rotblonden Haare und die Ohrringe, die besser zu einer Wahrsagerin gepasst hätten. Mit ordentlich einem in der sprichwörtlichen Krone – »hab mir Mut angetrunken«, hatte sie geträllert –, erregt von dem Risiko, das sie einzugehen *glaubte*. Ihrer »Kaninchen vor der Schlange«-Reaktion nach zu schließen, als sie zu spät erkannte, in welcher Gefahr sie sich befand, hatte sie nicht annähernd genug intus gehabt.

Mit der fitnessstudiogestählten Vanessa war es ähnlich gelaufen. Hatte ihr denn nie jemand erklärt, dass man einen Abend niemals mit Wodka-Cocktails beschließen sollte? Dabei war sie Pharmareferentin. (Das wusste er zu dem Zeitpunkt nicht, hatte es nur hinterher gelesen.) Offensichtlich war die Droge ihrer Wahl gesellschaftlich akzeptiertes, hoch konzentriertes Äthanol. Wer braucht schon Heroin, wenn du mit Alk genauso high wirst?

Ihre Verführung war sanft vonstattengegangen, erinnerte er sich. Wie ein guter Samariter hatte er sie aus der Gosse aufgelesen, in die sie kurz zuvor gekotzt hatte. Es war schwierig, ja geradezu unmöglich gewesen, sie irgendwo anzufassen, wo er nicht nackte feuchte Haut berührte, denn ebenso wie Vicky hatte auch Vanessa eine Vorliebe für den Modestil »Mir doch egal, wenn ich mich unterkühle«. Sie war beschämend dankbar gewesen, bis zum allerletzten Moment, bevor er zuschlug und die grausame Realität anbrach. Er schloss die Augen und stellte sich ihr hübsches herzförmiges Gesicht, den blonden Kurzhaarschnitt und diese feuchten, vertrauensvollen Augen vor.

Seiner Erfahrung nach reagierte kaum jemand mit Kampf oder Flucht, wie vermeintliche Experten es beschrieben. Es gab nur Angst und noch mehr Angst. Sich an jene letzten Augenblicke zu erinnern, bevor Vanessas eigenes Licht erlosch und sie abtrat, verschaffte ihm das ultimative High.

Es wurde Zeit, an seinem neusten Design zu arbeiten. Kaum etwas bereitete ihm mehr Freude, als eine Installation aus dem Nichts zu erschaffen. Er nahm einen 6B-Bleistift aus seiner beachtlichen Sammlung und klemmte sich das Ende zwischen die Zähne (schreckliche Angewohnheit, das wusste er). Der Stift eignete sich am besten für die Idee, die er im Kopf bereits ausgestaltet hatte. Mit einem kräftigen Armschwung bannte er die erste Linie aufs Papier.

Etliche Linien später hielt er inne, kaute auf dem Bleistift. Sein kleines Meisterwerk würde flimmern und pulsieren und blenden. Diesmal konnten sie ihn nicht ignorieren.

5

Kein Blut. Keine Fesselung. Kein Austausch von Körperflüssigkeiten.

Bevor er den Schritt in die Hölle tat, machte Jackson seinen Laptop an, ging die Aktennotizen durch, die er verbotenerweise behalten hatte, und kehrte zurück zum Beginn der Ermittlungen. Er hatte die Heizung abgestellt und zwei Tassen starken Kaffee intus, sodass er sich jetzt besser fühlte, weniger betrunken, klarer im Kopf. Das hier war vertrautes Terrain. Und er hatte nichts mehr zu verlieren.

Das systematische Sichten des ganzen verfügbaren Materials bestätigte, was er bereits wusste: Neon hatte keine besonderen körperlichen Vorlieben bei seinen Opfern. Blond, brünett, rot gefärbt, mollig oder schlank, klein oder groß, Muttermal oder Narbe, das alles spielte keine Rolle. Die einzige Gemeinsamkeit: Alle waren erfolgreiche, gut verdienende, unabhängige Frauen zwischen dreißig und vierzig. Und ja, sie waren weiß.

Die ersten drei Tatorte ließen keinen Zweifel daran, dass Neon nicht in Panik geriet, stolz auf seine »Kunst« war und stets darauf achtete, nichts von seinem Handwerkszeug zurückzulassen, natürlich auch nicht die Schlinge, mit der er seine Opfer erdrosselte. Der Kerl kannte sich mit Forensik aus. Deshalb suchte er sich öffentliche Orte aus, weil seine DNA dort in der DNA von Hunderten anderen unterging.

Aber bei Polly hatte er es verbockt.

Argwöhnisch beäugte Jackson den USB-Stick, den Mick dagelassen hatte. Gleich, dachte er. *Erst mal klar im Kopf werden.*

Und Neon war clever.

Birmingham war gespickt mit Überwachungskameras, aber nicht jede Straße und Gasse wurde von ihnen erfasst. Wenn sich jemand im volltrunkenen Zustand verlief, dann verlief er sich meist gründlich. Die groß angelegte Neugestaltung der Innenstadt und das daraus resultierende Chaos hatten sich auch als Vorteil für einen entschlossenen und einfallsreichen Killer erwiesen. Die Polizei war jede Menge Überwachungsmaterial durchgegangen und konnte Vicky Wainrights Bewegungen bis zu einem gewissen Punkt verfolgen, aber dann war sie verschwunden. Es war so leicht, den Arm um eine Betrunkene zu legen, vorgeblich, um sie sicher über die Straße zu bringen. Bei Vanessa hatte Neon vermutlich dieselbe Taktik angewandt. Ein paar Zeugen hatten in der fraglichen Nacht einen mittelgroßen und mittelschweren Mann in einem Kapuzenshirt gesehen, der eine in sich zusammengesunkene Frau im Rollstuhl Richtung Centenary Square schob. Gut möglich, dass es sich dabei um Neon gehandelt hatte und bei der Frau um sein zweites Opfer. Sehr gut sogar, aber nicht nachweisbar.

Und dann Gina Jenks. Nichts hätte öffentlicher oder unverfrorener sein können, als seine makabre Lightshow um den berühmten Bullen herum zu inszenieren, der als »Der Wächter« bekannt war. Diesmal hatte Neon kaltblütig den kriminellen Akt eines anderen zu seinen Gunsten genutzt.

Jackson ging erneut seine Notizen durch. Zehn Tage vor dem Leichenfund hatte sich ein gewisser Damien Lee erst mit Bacardi und Bier volllaufen lassen und dann die Skulptur beschädigt. Schlau genug, um zu erkennen, dass der Bulle von modernen Überwachungskameras umringt war, hatte Damien eine nach der anderen mit einem Laserpointer zerstört, damit seine Tat nicht aufgenommen wurde. So schlau, dass seine hässliche Visage schon aufgezeichnet worden war, bevor er die Kameras außer Gefecht gesetzt hatte, war er jedoch nicht gewesen. Zweimal bereits war der fünf Tonnen schwere Bulle wegen Vandalismus zur Reparatur abtransportiert worden, diesmal jedoch sollten die Arbeiten vor Ort durchgeführt werden. Die zu diesem Zweck aufgestellten Sichtschutzwände lieferten Neon die perfekte Deckung, um sein Tableau zu arrangieren und dank eines tragbaren Generators mit Strom zu versorgen. Als am nächsten Tag die Reparaturarbeiten an der Skulptur begannen, war es eine Frau, die Gina Jenks fand. Sie erlitt einen Schock und musste ins Queen Elizabeth Hospital gebracht werden. Die große Frage blieb, wie der Killer die Leiche überhaupt dorthin transportiert hatte.

Auf Jacksons Anweisung hin brachten seine Mitarbeiter in Erfahrung, dass die Straßen in der sehr belebten Einkaufszone pro Tag bis zu sieben Mal gefegt werden, das erste Mal schon in den frühen Morgenstunden. Anfangs hielten sie sich an die These, dass Neon Mitarbeiter der Straßenreinigung war und somit Zugriff auf Fahrzeuge hatte, mit denen sich eine Leiche transportieren ließ, aber Vernehmungen der dort Beschäftigten verliefen ergebnislos. Die nächste Arbeitstheorie: Neon hatte sich getarnt, angesichts der vielen Baustellen in der Stadt wahrscheinlich mit einer Warnweste, hatte eine der Kehrmaschinen aus dem städtischen Depot geklaut und Jenks hineingepackt.

Jackson trank einen Schluck Kaffee, jetzt so kalt wie die Luft vor seinem Fenster.

In seiner Vorstellung war Neon ein Einzelgänger, ein Loser, der keinen hochkriegte. Dass er seine Opfer nicht penetriert hatte, hieß noch lange nicht, dass seine Verbrechen nicht sexuell motiviert waren. Er konnte seine Tatorte unbemerkt betreten und wieder verlassen, was auf einen Mann hindeutete, der ebenso farblos war wie das chemische Element in den Leuchtröhren, mit denen er seine Opfer zur Schau stellte. Leicht zu vergessen.

Nur Jackson würde ihn niemals vergessen. Er schloss die Augen und rieb sich die Lider, um zu verhindern, dass ein Kaleidoskop von grotesken Bildern Gestalt annahm.

Er holte tief Luft, um seinen Pulsschlag zu beruhigen, und konzentrierte sich erneut auf die Fakten. Keines von Neons Opfern wies Abwehrverletzungen auf, was auf einen Täter hindeutete, der schwach und harmlos wirkte. Die Frauen sahen den Tod nicht kommen, bis es zu spät war. Das war Jacksons Vorstellung von Neon, an die er geglaubt und die er offensiv vertreten hatte.

Aber was, wenn er falschlag?

Serienmörder gingen nicht immer nach dem gleichen Schema vor, niemand sollte das besser wissen als er. Gina Jenks, die Journalistin zum Beispiel, war nicht im Zentrum von Birmingham unterwegs gewesen. Sie hatte einen Nachmittag im Black Country Museum verbracht und dann einen Pub in Gornal besucht, einen weiteren in Tipton, der unter anderem dafür bekannt war, dass er Wein vom Fass anbot und nur Barzahlung akzeptierte, und schließlich einen in Oldbury. Jackson konnte sich gut vorstellen, wie eine gut gekleidete Frau aus London lediglich mit einem schiefen Blick und einem »Trinken Sie nun was oder nicht?« abgespeist worden war, als sie versuchte, den Einheimischen Informationen zu entlocken. Das heißt, falls sie die Leute mit ihrem Akzent überhaupt verstanden hatte. Er war in Penn bei Wolverhampton nur ein Stück nordwestlich von Birmingham zur Welt gekommen, und selbst er hatte Mühe. Und der Polizei gegenüber waren sie sowieso verschlossen und misstrauisch, selbst wenn es um einen Serienmörder ging. Falls irgendwer irgendwas wusste, so rückte jedenfalls keiner mit der Sprache heraus.

Anders diejenigen, die selbst mit Neonschildern arbeiteten. Ihren Auskünften zufolge war Neon ein meisterlicher »Bieger«, wie man in dem Metier sagte. Auf die Frage, wie lange es dauerte, bis man das Handwerk wirklich beherrschte, wurden acht Jahre als Durchschnittswert angegeben, also entweder machte Neon das beruflich, oder er war ein außerordentlich begabter Amateur. Das hätte eine Spur liefern müssen. Tat es aber nicht. Jedenfalls keine, die irgendwohin führte. Die Enttäuschung war groß, als die Analyse der eigentlichen Glasröhren keine eindeutigen Ergebnisse brachte.

Neben der Leiche musste Neon also seine Installationen transportieren. Die Ermittlungen waren zu dem Schluss gekommen, dass er wahrscheinlich einen Van gefahren hatte. Was gar nicht gut war. Angesichts der schieren Masse an Fahrzeugen fühlte es sich an, als würden sie die sprichwörtliche Stecknadel im Heuhaufen suchen. Aber sie suchten trotzdem. Aufnahmen von Überwachsungskameras wurden durchforstet, Kennzeichen abgeglichen, aber keines wurde in der Nähe von zwei Tatorten erfasst. Mittlerweile ertranken sie förmlich in Informationen aus Hunderten von Telefonanrufen, einschließlich denen von Spinnern und Fantasten. Je mehr sie ausschlossen, desto mehr tauchten auf, wie Zombies aus *The Walking Dead*. Druck von oben, ein ungeduldiger lokaler Parlamentsabgeordneter, die Medien und eine verängstigte Öffentlichkeit sorgten dafür, dass er und sein Team rund um die Uhr arbeiteten. Sie suchten nach *irgendwelchen* Berührungspunkten zwischen den Opfern, und seien sie auch noch so geringfügig. Vergeblich. Es war, als hätte sich alles gegen sie verschworen, nicht zuletzt die Stadt selbst mit ihren hellen Lichtern, dem Verkehr, den Menschenmassen und der Anonymität, und nach einer Weile war die Stimmung auf dem Nullpunkt.

Er blickte zur Seite. Er schindete Zeit, und das wusste er. Der Morgen war in den Nachmittag übergegangen. Er sollte es endlich hinter sich bringen. Ehe ihn die Courage verließ, nahm er den USB-Stick und rammte ihn in seinen Laptop. Er war stocknüchtern. Das war auch gut so, aber es fühlte sich nicht gut an.

6

Iris fühlte sich beschissen. Nach über einer Stunde mit Mr. Gudgeon und zehn Minuten in der Apotheke – *Wir haben das Medikament nicht auf Lager. Könnten Sie später noch mal kommen?* – war sie auf dem Weg nach King's Heath. Sie würde den Wagen zu spät zurückbringen, aber nach dem Vormittag, den sie hinter sich hatte, war ihr das völlig egal.

Sie war keine, die sich groß Gedanken machte, und sie schaute mit dem nüchternen Blick der Sterbenden auf ihr Leben zurück. Sie hatte keine Angst vor dem Typen gehabt, der sich im Kinderheim an ihr vergangen hatte, oder vor dem, der sie etwa im gleichen Alter dafür anheuerte, Drogen zu verticken. Auch nicht vor der Frau, die (vergeblich) versucht hatte, sie anschaffen zu schicken, sobald sie aus dem Fürsorgesystem herausgeflogen war. Spitzel, Diebe, Vergewaltiger und Drogenbosse (unterste Liga, nicht die großen internationalen Barone) schüchterten sie kein bisschen ein. Sie hatte keine Angst davor, obdachlos zu werden und unter freiem Himmel schlafen zu müssen, keine Angst vor Hunger oder der Straße. *Komm damit klar*, lautete ihr Motto. Und sie kam damit klar. Sie war stolz auf ihre Überlebensfähigkeit, aber sie war sich alles andere als sicher, ob sie das Szenario durchstehen würde, dass Mr. G. eröffnet hatte. Sie spürte die erste Regung von etwas, das Angst sein mochte. Und wahrscheinlich lag darin eine gewisse Ironie.

Als sie in King's Heath angekommen war, schaltete sie einen Gang runter und verlangsamte den Van, damit sie sich gründlicher umsehen konnte. Nette Gegend, dachte sie. Kleine

Geschäfte und Cafés sorgten für eine fast dörfliche Atmosphäre. Schade um die Wohlfahrtsläden.

Laut ihrer Karte stand das Haus auf halbem Weg zwischen King's Heath und Yardley Wood und nicht weit von dem Park in Billesley. Iris mochte weite offene Flächen und Brachland. Sie waren weniger belebt, und man konnte so tun, als würde man einen Hund ausführen.

Sie parkte den Van auf einer Freifläche rund zweihundert Meter vom Zielort entfernt, nahm die Hundeleine, zog eine Baseballcap tief in die Stirn, wickelte sich einen Schal so um den Hals, dass er ihr Gesicht zum Teil verdeckte, und schlenderte die Straße hinunter. Das Haus entsprach exakt der Beschreibung: Es lag ein Stück von der Straße zurückversetzt, leicht erhöht am Ende einer Einfahrt. Noch besser war, dass zu beiden Seiten hohe Bäume standen. Abgeschieden. Und abgeschieden war gut. Das war aber auch das Einzige, was ihr an diesem Job gefiel.

Das Alarmsystem schien echt zu sein, nicht bloß eine Attrappe im Fenster. Sie könnte es ohne Weiteres deaktivieren, aber das würde Zeit und Energie kosten. Deshalb hoffte sie, dass die Anlage ausgeschaltet war, wenn sich die Zielperson im Haus befand. Bei den Kameras sah die Sache anders aus. Am besten wäre es, zuerst die Kabel rauszureißen und die Kameras später zu zertrümmern. Das würde Zeit kosten, war aber nicht ihr größtes Problem.

Normalerweise nahm sie sich die Zeit, eine Zielperson zu beobachten, manchmal über Tage hinweg. Sie machte sich mit seinen Gewohnheiten vertraut – es war immer ein »er« und meistens ein Arschloch – und fand heraus, ob möglicherweise Verwandte und Freunde die Ausführung ihres Auftrags vermasseln konnten oder ob die Zielperson einen großen Hund besaß, der mit Vergnügen ein paar Brocken Fleisch aus ihr rausreißen würde. Nie ein Problem, aber es war sinnvoll, möglichst gut vorbereitet zu sein, und das war nicht einfach, ohne das Opfer wenigstens einmal in natura gesehen zu haben. Bei einer Deadline um 22.00 Uhr blieb nicht viel Zeit, und so konnten leicht Fehler passieren.

Sie ging ein Stück an dem Haus vorbei, machte dann auf dem Absatz kehrt, als hätte sie etwas vergessen, und lief dann noch einmal die Straße entlang. Diesmal blieb sie stehen und bückte sich, um einen imaginären Schnürsenkel zuzubinden, damit sie sich in Ruhe umsehen und überlegen konnte, wie sie am besten in das Haus eindrang. Dreißigerjahre-Stil, oben und vielleicht auch unten je drei Zimmer, Erkerfenster, ein Einfamilienhaus. Hmmm. Ihr war nicht wohl bei der Sache. Dann dachte sie an Mr. Gudgeon. Alles in allem brauchte sie inklusive Flug und Unterbringung 500.000 Pfund, und zwar schnell.

Sie hatte weggehört, als er ihr riet, das Kleingedruckte zu lesen, ehe sie den Behandlungsplan unterschrieb. Als er sich dann in juristischen Feinheiten erging und was von ärztlicher Ethik erzählte, hätte sie beinahe gelacht. Ethik war ihr scheißegal. Auch die Theorie hinter der Behandlung interessierte sie einen Dreck oder dass nur »spezifische molekulare Tumorprofile zugelassen wurden«, was immer das auch heißen sollte. Sie wollte bloß wissen, ob es funktionieren würde. *Bitte.* Er hatte die Unterlagen auf seinem Schreibtisch durchgeblättert, irgendwas gemurmelt, und sie hatte »Versuchskaninchen« gedacht. Aber eine schwache Hoffnung war besser als keine Hoffnung, wenn sie die Krankheit für immer verschwinden lassen konnte. Und »für immer« war eine lange Zeit.

Falls sie genug Kohle hatte.

Vielleicht sollte sie ihre Preise erhöhen.

Abgeschieden oder nicht, der Haupteingang kam nicht infrage, selbst um zehn Uhr abends. Der Kies auf der Einfahrt würde sie verraten, daher war auch der Seiteneingang zu riskant. Blieb nur noch eine Möglichkeit.

Iris richtete sich auf, ging weiter und bog links in eine Auffahrt, die parallel zum Haus verlief.

Vor ihr eine frei stehende Garage mit Schwingtor, die unzugänglich war, daneben eine ebenfalls stabile Tür. Wie oft konzentrierten die Leute sich auf das Türblatt, aber nicht auf die Angeln, an denen die Tür hing? Und die hier waren locker. Sobald sie drin war, würde sie sich dem Haus von hinten nähern, höchstwahrscheinlich durch den Garten. Einbruch. *Peng, peng.*

7

Mick hatte verdammt recht gehabt. Der Stick enthielt Hunderte von Dateien. Um derart viel Material zu klauen, musste Mick irgendwie an Marcus Brownes gesicherten Laptop gekommen sein oder ihn gehackt haben, und das war ein saugefährliches Spiel. Entweder waren Micks technische Fähigkeiten beeindruckend, oder aber er war ein leichtsinniger Narr.

Normalerweise hätte Jackson sich direkt die Tatortfotos angesehen. Aber so weit war er noch nicht. Stattdessen fing er mit den Aktenvermerken an, erkannte Brownes irrige Ansichten in jedem einzelnen Eintrag.

Browne hatte einen klassischen Fehler gemacht und sich in zwei unstrittige Tatsachen verbissen: kein gewaltsames Eindringen ins Haus und keine Abwehrverletzungen bei Polly. Anders ausgedrückt: Sie hatte dem Killer vertraut, was Browne zu der Überzeugung brachte, dass es ihr Ehemann gewesen sein musste. Dabei hatte Browne übersehen, dass Polly allen Menschen vertraute. Das lag in ihrer Natur. Freundlich und bescheiden, stets das Gute in anderen sehend. Es waren diese Eigenschaften, die Jackson damals gerettet hatten. Dass sie auch zu ihrer Ermordung geführt und ihn zur Nummer eins auf der Verdächtigenliste katapultiert hatten, löste einen jähen und gänzlich unvermuteten Zorn in ihm aus. Wäre sie doch bloß vorsichtiger gewesen. Hätte sie doch bloß auf ihn gehört. Eine verschwommene Erinnerung daran, dass er genau das zu Browne gesagt hatte, rief ihm Brownes Erwiderung ins Gedächtnis: »Dann gab es also Spannungen in der Ehe, Matt?« Natürlich hatte es Spannungen gegeben. Er hatte versucht, die

Ermittlungen in drei Mordfällen zu leiten, hatte unter einem kolossalen Druck gestanden und war in einer Sackgasse gelandet.

»Haben Sie je autoerotische oder ungewöhnliche sexuelle Praktiken ausgelebt?« Jackson wusste, worauf Browne hinauswollte. Die besonderen Umstände von Pollys Tod hatten diese unausgegorene Theorie befeuert. Er hatte eine steinharte Miene aufgesetzt und Browne wahrheitsgemäß geantwortet: »Nein.«

Letztlich hatten ihn Timing, ein wasserdichtes Alibi und ein Rechtsmediziner gerettet. Als Polly ermordet wurde, war er gerade dabei, einige ranghöhere Officer, darunter auch der neue jugendliche und talentierte Assistant Police Commissioner, auf den Stand der Ermittlungen zu bringen und seine mangelnden Fortschritte zu erklären. Ansonsten hätte Marcus Browne ihn hopsnehmen lassen, keine Frage. Es gab doch nichts Schöneres, als einen Kollegen einzulochen. Viel Ruhm, viel Ehr. Und alle wussten, was mit Cops hinter Gittern passierte.

Jackson kratzte sich den Kopf. Hintergrundrauschen. Schnee von gestern. *Konzentrier dich.*

Nachdem sein Hauptverdächtiger aus dem Schneider war, neigte Browne jetzt zu der Annahme, dass der Killer schon irgendwo im System war. Er hielt ihn für einen Einzelgänger, kein Einheimischer, aber »jemand, der sich gut in der Gegend auskennt und für seine Verbrechen anreist, keiner, der Aufmerksamkeit auf sich oder seinen Wohnort lenken will«. Als Jackson das las, grinste er zynisch. *Dem Kerl geht's nur um Aufmerksamkeit, du Trottel. Er will bewundert werden. Alles an ihm schreit:* Showman.

Jackson las weiter: »Mit hoher Wahrscheinlichkeit hat Neon einen Komplizen, der die Aufmerksamkeit des auserkorenen Opfers auf sich lenkt und beim Transport der Leichen hilft.« Das war ihm neu, und er glaubte auch nicht, dass es stimmte. Irgendwann im Verlauf der Ermittlungen hatte Jackson gemutmaßt, dass Neon einen Helfershelfer bei der städtischen Straßenreinigung haben könnte – wenn seine Theorie mit der Kehrmaschine stimmte. Die entsprechenden Vernehmungen waren ergebnislos geblieben, aber vielleicht doch einen erneuten Versuch wert.

»Neon verbringt vermutlich viel Zeit in Wettbüros und Bars und geht regelmäßig zu Prostituierten.« Jackson dachte darüber nach. Nichts im Leben der Opfer deutete auf eine Verbindung zur Prostitution hin, wenngleich alle Frauen sexuell aktiv gewesen waren. Noch so ein Irrgarten, in dem man sich verlaufen konnte. Zugegeben, Brownes zusammengeschustertes Täterprofil hatte vielleicht mal stimmig geklungen, aber Pollys Tod hatte alles verändert.

Finster klickte Jackson die Zeugenaussagen an, ging sie durch wie ein Steuerfahnder, der Bilanzen nach Hinweisen durchforstet, dass der Leiter der Finanzabteilung die Firma hintergeht und Millionen beiseiteschafft. So viel irrelevantes Zeug. So viel nichtssagender Quatsch. Und dann …

Ein Mann, der seinen Hund ausführte, hatte ausgesagt, dass sich jemand in der Nähe des Hauses herumgedrückt hatte; »als würde er es auskundschaften«, hatte er gesagt, »obwohl ich mir damals nichts dabei gedacht habe«. Jackson runzelte die Stirn. Wie oft verkauften wohlmeinende Bürger der Polizei ihre harmlosen Beobachtungen als vermeintlich knallharte Beweise?

Er las weiter. Der Zeuge erwähnte ein Auto. »Schwarz oder vielleicht grau. Eine Limousine, glaub ich. *Könnte* eine gewesen sein.« Die Frage nach dem Kennzeichen blieb unbeantwortet. Um eine Personenbeschreibung gebeten, sagte der Zeuge: »Ein mittelgroßer, mittelschwerer Mann. So genau konnte ich ihn nicht sehen, weil es dunkel war.« *Herrgott.*

Jackson musste widerwillig einräumen, dass Brownes Situation schlechter nicht sein konnte. Die Befragung der Nachbarn hatte nichts ergeben. Ebenso wenig die Überprüfung bekannter Sexualstraftäter oder die einschlägigen Datenbanken. Ohne etwas Handfestes, das er den Massen von sinnlosem Zeug entgegensetzen konnte, kam er nicht weiter. Im Grunde raste Browne auf einem Schlitten ungebremst eine Rodelbahn hinunter. Jeden Moment würde er hinausgeschleudert und mit hundert Stundenkilometern gegen die eisige Seitenwand krachen. *Scheiß auf ihn.*

Klick, klick, als Nächstes: der Obduktionsbericht.

Jackson atmete tief durch die Nase ein und begann ohne weiteres Zögern zu lesen.

Anders als die vorherigen Opfer war Polly ganz langsam erstickt. Laut Dr. Weston war der Tod durch »Druck auf den Hals« eingetreten. Wie bei den anderen Opfern hatte der Killer die Schlinge entfernt, und »die Struktur der Halsverletzung lässt die größte Krafteinwirkung auf der rechten Seite vermuten«, daher ging man davon aus, dass der Täter Rechtshänder war. Druckstellen und Blutergüsse deuteten darauf hin, dass »die Schlinge, möglicherweise Leder, mit einer Aderpresse fixiert worden war«. Das verlängerte das Sterben, dachte Jackson düster, und Polly hatte gelitten.

Er grub die Fingernägel in das weiche Fleisch der Handteller. Es war eine kleine Gnade, dass sie nicht vergewaltigt worden war. Seine Wut hatte ihr der Killer post mortem ins Gesicht geschnitten, mit einer scharfen Klinge, möglicherweise ein herkömmliches Küchenmesser. Er hat sie damit bedroht und gefügig gemacht, dachte Jackson. Hatte er das auch bei den anderen Frauen gemacht? Falls ja, hatte er sich seinen Opfern ganz intim nähern können. Bei Polly hatte er das tatsächlich getan. Was für ein Erlebnis, jemandem nah genug für einen Kuss zu sein und dann zuzusehen, wie er mit dem Tode ringt und verliert.

Jackson merkte, wie flach er atmete, und holte tief Luft. Er klickte den Obduktionsbericht weg und rief die Tatortfotos auf. Schlagartig empfand er wieder diese obskure Angst, die ihn überkommen hatte, als er damals den Schlüssel ins Schloss schob. Als er Pollys Namen rief und keine Antwort kam. Sein Instinkt hatte die Führung übernommen. Etwas Schlimmes musste passiert sein. Er erinnerte sich an die Musik, die aus der Anlage im Wohnzimmer ertönte. Polly hatte einen vielseitigen Musikgeschmack gehabt, und wenn sie nach Hause kam, ließ sie oft ihre Lieblingssongs laufen. Er hatte die Coverversion nicht erkannt, und als er nach oben und ins Schlafzimmer gestürzt war, hatte er schon nichts mehr um sich herum wahrgenommen, ohne jedes Zeitgefühl, gefangen in einem Tunnel aus Entsetzen und schreienden Farben.

Stumm, unter Schock, hatte er die kreisende Discokugel angestarrt, die von der Zimmerdecke hing und mit LED-Lämpchen bestückt war. Sie knisterte und knackte und verspottete ihn. Über dem Ehebett an der gegenüberliegenden Wand ein riesiger, rot und gelb strahlender Neon-Papagei, daneben eine leuchtende Palme. Vor den anderen Wänden war ein Tableau aus ähnlichen Vögeln aufgebaut, in kitschigem Rot, grellem Gelb und schillernden Lila- und Blautönen. Die glitzernde Discokugel sorgte für einen Stroboskopeffekt. Er presste die Augen zusammen, um für einen Moment der Reizüberflutung zu entgehen. Als er sie wieder öffnete, sah er Polly mit ausgestreckten Armen und Beinen auf dem Ehebett liegen, das lange blonde Haar floss über das Kissen. Ihr Gesicht, in blauweißes Licht getaucht, war zur Seite gedreht, die braunen Augen halb geöffnet und leer, und ihre Zungenspitze schaute zwischen den Zähnen hervor. Er erkannte sofort, dass sie tot war. Aber er hatte sich trotzdem vergewissert. Hatte die Kälte ihrer Haut gespürt, die Male an ihrem Hals berührt, die Schnitte auf ihren Wangen. Ein Gittermuster von Wunden, wie er sich überdeutlich erinnerte.

Irgendwo in dem noch halbwegs funktionierenden Teil seines Gehirns hatte er registriert, dass der Killer akribisch gearbeitet hatte. Sorgfältig. Endlos viel Zeit im Haus verbracht und jede Sekunde genossen hatte. Und er wollte, dass Jackson das wusste, die unterschwellige Botschaft: *Das ist dein Zuhause, und ich kann darin tun, was ich will. Ich habe dich in der Hand.*

Neon entwickelt keine Wärme. Wenn man eine Leuchtstoffröhre berührt, fühlt sie sich kühl an. Jackson war sich vorgekommen wie in einer Sauna. Er war schweißüberströmt gewesen.

Polly hatte ein Kleid angehabt, das sie gern zur Arbeit trug. Sie unterrichtete in einer Grundschule. Das Kleid war bis zur Taille hochgeschoben. Sie trug auch einen weißen Schlüpfer, aber der war mit Blut beschmiert. Das Blut stammte von den Wunden in ihrem Gesicht, aber das hatte Jackson damals nicht gewusst. Es war provokant und bewusst sexuell irreführend, und er hatte sich in die Irre führen lassen. Am Kopfteil des Bettes lehnte ein Leuchtschild mit dem Schriftzug: »Wie unfein, Polly«.

Während er fassungslos dastand und stierte, zerriss ein primitiver Schmerzensschrei die Luft, ein Laut, wie er ihn noch nie gehört hatte. Aus seinem Mund.

8

Iris fand, dass Kevin Joyces Gesicht mit der grauen, schlecht durchbluteten Haut und den Falten aussah wie Bruchsteinpflaster.

Als er arbeitslos wurde, weil das Stahlwerk dichtmachte – »Zu viel beschissener Stahl aus China und der Türkei«, lautete Kevs Erklärung –, hatte er ein Tattoostudio in Cradley Heath aufgemacht. Genau an der Stelle, wo sich Kevs Laden befand, wies die Hauptstraße eine deutliche Vertiefung auf, für die eine Bodenabsenkung verantwortlich war. Gleichwohl standen viele Geschäfte und Häuser dort schon seit hundert Jahren.

Körperkunst war nicht seine einzige Erwerbsquelle. Kev hatte sein Geschäft in eine lukrativere Branche ausgeweitet: Waffen. Das war der einzige Grund, warum er zu so später Stunde noch in seinem Laden stand.

»Was glaubst du eigentlich, wie spät es ist?« Er zog einen dicken Schlüsselbund aus der Jacke und blieb hinten im Laden vor einer Stahltür stehen, wie man sie oft in Crack-Häusern fand.

»Zehn nach acht«, sagte Iris trocken.

»Jetzt komm mir nicht blöd.«

Das Wort *sorry* gab es in Iris' Wortschatz nicht. Hätte sie es auszusprechen versucht, wären die Konsonanten an ihren Stimmbändern kleben geblieben.

»Musste direkt vom Flughafen hierher«, jammerte er kurzatmig.

»Hat Donkey gesagt.« Kevs Handlanger hatte auch gesagt, dass Kev an der Costa del Soundso nicht bloß ganz harmlos

Urlaub gemacht hatte. Es wurde gemunkelt, er habe sich dort mit ein paar auf der Flucht befindlichen Exkunden getroffen. Iris hielt das für Blödsinn. Diese Zeiten waren längst vorbei. Sie bezweifelte nicht, dass Kev irgendwas im Schilde führte, weil das bei ihm immer der Fall war, aber sie hatte Wichtigeres und Dringenderes zu tun, als sich mit den kriminellen Machenschaften von Kevin Joyce zu befassen. Sie hatte schon genug Zeit verloren. Erst mit einer sinnlosen Fahrt nach Cradley am Nachmittag, dann mit einer zur Apotheke, die nur unwesentlich befriedigender war. Danach war sie kurz zu Hause gewesen, um einen Happen zu essen – niemals mit knurrendem Magen arbeiten –, und weiter ging es. Dass Kev ihr jetzt krummkam, war nun wirklich das Letzte, was sie gebrauchen konnte. Sie brauchte eine Schusswaffe, die nicht registriert war. Und sie brauchte sie jetzt. »Schönen Urlaub gehabt?«

»Durchfall und Sangria, wenn du's genau wissen willst.«

Wollte sie nicht.

»Also dann«, sagte er und ließ die Schlüssel klimpern, als würde er ein Tamburin schütteln. »Nur herein in meine gute Stube.«

Hätte Iris Zeit gehabt, hätte sie sich gründlich umgesehen. Donkey war fleißig gewesen. An drei Wänden hingen Gewehre und Maschinenpistolen in ordentlichen Halterungen, Pistolen und Revolver lagen in Glasvitrinen wie beim Juwelier. Iris sah eine Ruger LC9s – eine kleine und leichte Waffe, die sich wunderbar versteckt tragen ließ und perfekt in ein BH-Holster passen würde. Schachteln mit Munition, nach Kaliber sortiert, daneben zwei große graue Kästen, die an superschicke amerikanische Kühlschränke erinnerten. Die Beschriftung »Winchester« machte praktischerweise klar, welchen Typ Pumpgun sie enthielten. Alle Achtung.

»Nicht schlecht, was?« Kevs Stolz spiegelte sich im wässrigen Glanz seiner Augen wider.

Iris nickte knapp – mehr Anerkennung würde er von ihr nicht kriegen. »Ich brauche eine Glock«, sagte sie, während sie den Blick über die Vitrine in ihrer Nähe gleiten ließ.

»Modell?«

»22, mit Schalldämpfer.«

»Auf Pump?« Kev schniefte.

»Ich zahl am Monatsende, wie immer.«

»Da hat sich inzwischen ganz schön was zusammengeläppert.«

Irgendetwas in ihrem Gesichtsausdruck ließ Kevin Joyce alarmiert zusammenfahren. *Gut.*

»Aber klar, Iris«, stammelte er, »du bist eine meiner besten Kundinnen. Kein Problem.«

Sie sah zu, wie er einen kleineren Schlüssel hervorholte und in das Schloss der Vitrine steckte. Nervös. Im Grunde wusste Kev, dass er bloß ein kleiner Fisch war und nicht der große Gangster, als den er sich gern gab, stellte Iris mit Vergnügen fest. Zwei Sekunden später hatte sie eine Pistole in der Hand.

»Munition geht aufs Haus.« Er hielt ihr eine Schachtel 9-mm-Patronen hin, und möglicherweise lächelte er dabei. Schwer zu sagen bei den vielen Falten und Tattoos in seinem Gesicht.

»Danke.« Sie steckte die Sachen ein und griff nach ihrem Helm. »Ich will dich nicht länger aufhalten.«

Möglicherweise sagte er noch *Kein Problem*, *Viel Glück* oder *Pass auf dich auf*. Es wurde übertönt vom Scheppern der Tür und dem jähen Verkehrslärm, und schon war sie weg. Iris klappte ihr Visier herunter, warf ihr Motorrad an und fuhr in gleichmäßigem Tempo Richtung Stadt.

Sie hatte bereits ein Taxi gebucht, ein privates, keines von den offiziell zugelassenen Taxiunternehmen. Abgesehen davon, dass sie die Adresse ausgekundschaftet und einen Schraubendreher, einen Satz Dietriche, eine Sturmmütze und einen

Packen Bargeld eingesteckt hatte, war das die einzige Vorbereitungsmaßnahme, die sie für den Job getroffen hatte. *Nicht gut.* Sie hatte ihre eigene Arbeitsweise, ihren Aberglauben, und beides war aus einem Hochhausfenster geflogen und auf dem Asphalt in der Tiefe zerplatzt.

Schlimmer noch, die Zeit war knapp – und das nicht nur für den Job.

9

Für Gary war es unerlässlich, den Feind zu kennen, und bei Detective Chief Inspector Jackson hatte er seine Hausaufgaben übergründlich gemacht. Gary wusste von Jacksons toten Eltern – och, schluchz –, wusste, wo er aufgewachsen war – idyllisch, aber öde –, welche Schule er besucht hatte – Gymnasium –, kannte sogar seine Noten, die im mittleren Bereich gelegen hatten und eindeutig bewiesen, dass Mr. J ein ziemlicher Versager gewesen war. Das erklärte wahrscheinlich auch, warum der Arsch den Hinweis übersehen hatte, den er netterweise für ihn platziert hatte, ein Quell quälender Frustration für Gary. Er hatte so gehofft, der DCI wäre schlauer, aber andererseits war Jackson nun mal Polizist. Durfte er die Behauptung wagen, dass der gesamte Berufsstand saublöd war? Oh ja, nach dem, womit er auf *beiden* Seiten des Atlantiks davongekommen war, durfte er das durchaus. Mit seiner Typ-A-Persönlichkeit (perfektionistisch, wettkampforientiert, anspruchsvoll und mit ähnlich hohen Erwartungen an andere) war er nicht gewillt, Nachsicht für begriffsstutzige und unzureichende Menschen zu zeigen. Wieso auch? Noch dazu wurden sie alle sehr viel besser bezahlt als er.

Die Frage in seiner impliziten Botschaft an Detective Jackson war klar und einfach: »Spielchen gefällig?« Natürlich gab es ein mögliches anderes Szenario: Vielleicht hatte Jackson den Hinweis doch gefunden und weigerte sich, darauf einzugehen, was einfach nur schlechtes Benehmen war. Und wo zum Teufel blieb seine Neugier, seine Abenteuerlust? Was sonst stellte der Detective mit seiner Zeit an, nachdem seine liebe Gattin sich in die große Grundschule im Himmel verpisst hatte? Der Mann war wegen des Trauerfalls offiziell in Sonderurlaub geschickt worden (Gary hatte so seine Quellen), also was machte er den lieben langen Tag? Soff er sich den Schädel weg, fraß er sein eigenes Körpergewicht in Fish and Chips oder Fleischpasteten (typisch Midlands), *schlief er*? Wenn Gary eines nicht leiden konnte, dann waren das weinerliche, in Selbstmitleid versinkende Trauerklöße.

Gary stieß einen gequälten Seufzer aus. Mannomann, wenn Jackson doch nur zur Vernunft käme, sie könnten einen Riesenspaß zusammen haben, könnten Räuber und Gendarm in echt spielen. Er wäre natürlich der Schurke (Tussen standen auf böse Jungs, oder?), und Jackson könnte sich am Riemen reißen und verdammt noch mal tun, wofür er bezahlt wurde. Gary hatte alles schon genau geplant: die Morde, die geschmackvoll arrangierten Lichtinstallationen, die Jagd, *das ganze Scheißdrama.*

Was spricht dagegen, Detective?

Vor lauter Vorfreude auf das, was sein könnte, wurde ihm fast schwindelig. Aber zuerst, dachte er dunkel, musste der faule Sack den Köder schlucken. Alles bisher war doch nicht mehr als ein kleiner Einbruch in Jacksons trauriges und ödes kleines Leben. Er war noch gar nicht dazu gekommen, ihn so richtig fertigzumachen, bevor er ihn mit Pomp und Getöse abtreten ließ. Aber was musste er tun, um Jackson trotz aller Gegenwehr zurück ins Spiel zu zerren?

10

Jackson erhob sich, ging zur Spüle, drehte den Hahn auf und klatschte sich Wasser ins Gesicht. Er füllte ein großes Glas und leerte es in einem Zug.

Zurück an seinem Laptop, klickte er die Videos an, die in seinem Haus aufgenommen worden waren. Er suchte nicht nur nach Hinweisen. Er suchte nach Fehlern, nach irgendeinem Schnitzer, der Neon verraten könnte.

Serienmörder nahmen häufig etwas von ihren Opfern mit: Haare, Haut, Ringe oder Halsketten waren beliebte Souvenirs. Das war nicht Neons Ding, aber vielleicht hatte er eine andere Trophäe mitgehen lassen, um jene finalen erregenden Momente erneut durchleben zu können und sich an Pollys letztem Atemzug zu ergötzen. Intuitiv wusste er, dass es irgendein persönlicher Gegenstand von Polly sein musste, der Neon am ehesten reizen würde.

Jackson schauderte, rang die Übelkeit nieder und sah aus dem Fenster. Es war Abend geworden, die rasch einbrechende Dunkelheit mit Lichtern geschmückt. In etwas über einer Stunde wäre alles vorbei. Nach diesem letzten Anlauf würde er akzeptieren können, dass er sein Bestes getan hatte und nicht mehr hätte tun können.

Die Videoaufnahme begann in der Diele und erfasste dann das gesamte Erdgeschoss. Sie zeigte das Wohnzimmer, die große Küche, die Abstellkammer und die Gästetoilette. Jackson folgte dem Kriminaltechniker, der die Kamera geführt hatte. Nach Pollys Ermordung hatte Jackson das Haus verlassen und war seitdem nicht mehr dort gewesen. Es war ein eigenartiges Gefühl, den Ort, der mal sein Zuhause gewesen war, durch ein emotionsloses Objektiv zu sehen.

Polly liebte Ordnung, genau wie er, und sie war eine Minimalistin, wenn es ums Einrichten ging. Sie hatten nur wenige Bilder an den Wänden. Ein großes Foto von ihnen beiden hatte er abgenommen, sobald die KTU es erlaubte; er konnte den Anblick einfach nicht mehr ertragen. Sie hoben beide kaum etwas auf, sammelten keine Figürchen oder irgendwelchen Schnickschnack. Polly war anders als die meisten Frauen, was Schmuck betraf. Sie hatte ein paar Lieblingsstücke, blieb aber nie sehnsüchtig vor den Auslagen von Juweliergeschäften stehen. Außerdem hatte er Browne während einer seiner Vernehmungen bereits bestätigt, dass nichts gestohlen worden war. Auch ihre Kleidung und Unterwäsche war noch vollständig, soweit Jackson das sagen konnte. Pollys einzige Schwäche waren ihre Bücher: gebundene Ausgaben, Taschenbücher, da war sie ganz altmodisch. Nur im Urlaub las sie E-Books. Ihr Lesegeschmack war, ähnlich wie ihr Musikgeschmack, breit gefächert, um Krimis machte sie allerdings einen Bogen. Sie sagte, davon hätte sie zu Hause schon mehr als genug. Die bittere Ironie zog ihm das Herz zusammen. Er dagegen las, wenn er im Urlaub war, nur Science-Fiction, eine Flucht in eine andere Welt, eine andere Wirklichkeit.

Ihre Kochbuchsammlung stand in der Küche in einem Regal neben dem Herd. Er überflog sie kurz. Nigella und Gordon und Jamie grinsten von ihren Hochglanzumschlägen. Die Bücherregale in der Diele und im Wohnzimmer hatten keine erkennbaren Lücken. Würde er es überhaupt merken, wenn da etwas fehlte? Und wieso sollte Neon ein Buch mitnehmen wollen? Das Ganze hier ist ein ziemlich verzweifelter letzter Anlauf, dachte er kläglich.

Im ersten Stock ignorierte Jackson verbissen das Bett, von dem Bettwäsche und Matratze inzwischen entfernt worden waren, und konzentrierte sich auf Pollys Einschlaflektüre, die unangetastet dalag. Kinderbücher für die Kinder, die sie nie haben würden, standen im Gästezimmer, von dem sie gehofft hatten, dass es einst das Zimmer ihres Sohnes oder ihrer Tochter werden würde. Sie hatten gehofft, in ein größeres Haus zu ziehen. Hatten gehofft, gemeinsam alt zu werden. Gehofft, einen Killer zu schnappen. So viele Hoffnungen und jede einzelne jetzt ein zerstörter Traum.

Als er dem Kriminaltechniker ins Gästezimmer folgte, meldete sich plötzlich sein Bauchgefühl. Pollys ganzer Stolz war die seltene amerikanische Erstausgabe eines Kinderbuchs von Roald Dahl gewesen. Jackson hatte es ihr zu Weihnachten geschenkt. Könnte das Neons Interesse geweckt haben?

Jackson peilte sofort das Bücherregal an. Vor Enttäuschung über sein mangelndes Urteilsvermögen geriet sein Herz ins Stolpern. Das Buch war da, an seinem Ehrenplatz, unangetastet.

Als er sich wütend abwenden wollte, fiel ihm ein Buchrücken auf, der ihm unbekannt vorkam. Sofort ließ er das Video zurücklaufen, stoppte es dann und legte den Kopf schief, um den Titel lesen zu können: *Liebesgrüße aus Las Vegas*, von einem Autor, dessen Name sich aus mehreren Sprachen zusammenzusetzen schien.

»Las Vegas«, sagte Jackson laut. Hauptstadt der Spielhallen, Casinos, Pfandhäuser und Hotels, ein Paradies für Callgirls und Trickbetrüger, Spieler, Diebe, Trinker und Mörder. Eine kalte Erregung, wie sie nur ein Detective auf Mörderjagd kennt, durchlief ihn: Las Vegas war außerdem die Hochburg der Neonlichter. Sie waren praktisch dort geboren worden.

Der Mann, der Jacksons Frau getötet hatte, hatte nichts mitgenommen. Er hatte etwas dagelassen.

Vorsätzlich, dachte Jackson und griff nach seiner Lederjacke.

Nach einem kurzen Blick auf die Uhr, wo der Minutenzeiger sich 21.15 Uhr gefährlich näherte, stürmte er die Treppe hinunter in die Tiefgarage des Mietshauses. Kurz darauf fuhr er in seinem Mini Cooper stadtauswärts. Bei der derzeitigen Verkehrslage und dem bescheuerten Tempolimit würde er fünfunddreißig Minuten brauchen. Damit blieben ihm zehn Minuten bis zur Deadline. *Seiner* Deadline.

11

Er schluckte schwer und warf einen letzten Blick auf das Nachtleben, das um diese Zeit allmählich Fahrt aufnahm. Leuchtreklamen von Dutzenden Nachtclubs und Bars ergossen ihr Licht auf die Bürgersteige, nahmen die Straßen in Beschlag. Er fragte sich, ob Neon jetzt dort unterwegs war, lauernd herumschlich und seine nächste Tat plante.

Die Innenstadt war verstopft. Alle Ampeln hatten sich gegen ihn verschworen. Die Uhr tickte, und sobald er konnte, gab er Vollgas. Seine Reifen schleuderten Sand und Kies auf, als er um sieben Minuten vor zehn endlich ankam.

Die Vorhänge waren geschlossen. Eine Erinnerung an blauweißes Absperrband flatterte ihm durch den Kopf, als er die Haustür aufschloss. Zurückkatapultiert in jene Nacht voller Schmerz und Leid und Trauer, wurde sein Mund plötzlich trocken, und er spürte wieder jenes seltsame Pulsieren im Hinterkopf. Er beschwor sich, nicht die Nerven zu verlieren, und lief schnurstracks die Treppe hinauf. Das Schlafzimmer sah beinahe aus wie vorher, übrig geblieben waren nur die Spuren einer groß angelegten kriminaltechnischen Untersuchung und die Flecken und Löcher in den Wänden, wo Neons Installationen abgebaut worden waren.

Oben auf dem Flur wandte er sich nach rechts, zog die Handschuhe, die er wie einen Talisman bei sich trug, aus der Lederjacke und streifte sie über. Sicher hatte der Killer ähnlich umsichtig gehandelt.

Neons Visitenkarte, *Liebesgrüße aus Las Vegas*, lockte ihn von ihrem sicheren Platz im Bücherregal aus. Mit zusammengepressten Zähnen zog Jackson das Buch heraus. Er klappte den Deckel auf und sah auf der Innenseite eine kurze, mit dünnem Filzstift geschriebene Widmung in Großbuchstaben: »FÜR DETECTIVE CHIEF INSPECTOR MATT JACKSON. GENIESSEN SIE DIE SHOW. N.«

Sein Puls raste wie verrückt. Schweiß stand ihm auf der Oberlippe. Er sah genauer hin und bemerkte die schwachen Bleistiftspuren unter der Schrift, als hätte Neon erst geübt und dann ausradiert, bevor er seine Botschaft ins Reine schrieb. Gab es noch andere versteckte Hinweise? Er wusste es nicht. Eines jedoch war klar: Neon hatte direkt mit ihm kommuniziert, und das bedeutete einen Durchbruch, etwas Konkretes, womit er arbeiten konnte, eine klare Spur, der er folgen konnte, aber dazu brauchte er Zeit – Zeit, die er nicht hatte.

Jackson sah auf die Uhr. Drei Minuten, das war alles, was ihm blieb, und er wollte mehr. Er *musste* den Auftragskiller stoppen.

Er griff hektisch nach seinem Handy und versuchte, diesen John anzurufen. Es klingelte ein Mal, dann kam die Ansage »Der Teilnehmer ist nicht erreichbar«, womit Jacksons Möglichkeiten zur Kontaktaufnahme auch schon erschöpft waren.

Er lief wieder nach unten und in die Küche, zog ein Sabatier-Messer mit dünner Klinge aus dem Messerblock. Was nun? Von wo würde der Killer kommen? Würde er an der Tür klingeln und ihn umlegen, sobald er aufmachte? Oder würde er durch die Hintertür hereinschleichen und ihn rücklings erledigen? Der Kerl war wahrscheinlich schon ganz in seiner Nähe.

Denk nach.

Jackson sah sich nach allen Seiten um, schaltete das Deckenlicht aus, knipste eine Stehlampe an und duckte sich hinter das Sofa. Etwas Besseres fiel ihm nicht ein. Abgesehen von dem Messer war das Überraschungsmoment sein einziger Verbündeter. Tief geduckt, seine Waffe fest umklammert, waren alle seine Sinne hypersensibilisiert. Er spürte, wie das Gewicht der Luft auf ihn drückte. Einen salzigen Geschmack auf der Zunge und den Geruch seiner eigenen Angst schwer in der Nase. Er konnte schärfer denn je sehen, klar und fokussiert und seltsamerweise monochrom. Er hätte schwören können, dass er Musik hörte, schwermütig und fern, eine merkwürdige akustische Täuschung. Vielleicht eine Erinnerung.

Ein weiterer Blick auf die Uhr verriet ihm, dass er noch eine Minute warten musste. Er hoffte, sein Killer war pünktlich.

»Nehmen Sie«, sagte Iris und hielt dem Taxifahrer zweihundert Pfund hin. Der Mann war ein Asiate mittleren Alters und dem Foto am Armaturenbrett nach ein fürsorglicher Familienvater.

Seine Augen weiteten sich vor Verblüffung. »Aber, Ma'am, das ist viel zu viel, mehr als das Zwölffache vom Fahrpreis.«

»Nicht von jemandem, den Sie nie gesehen haben.«

Er brauchte einen Moment, um zu verstehen. Dann zuckte er zusammen, und sein Gesicht zog sich in die Dunkelheit des Wagens zurück. »Ich will keinen Ärger«, stammelte er. »Ich bin ein guter Mann.«

Iris bestätigte das weder, noch widersprach sie.

»Bitte, Ma'am, zahlen Sie einfach den Fahrpreis, und alles ist gut.«

Iris knirschte mit den Zähnen. Für so was hatte sie keine Zeit. Wieso musste sie ausgerechnet an einen Taxifahrer mit Gewissen geraten? Sie war ohnehin schon später dran als geplant, und das machte sie nervös. Sie beugte sich vor. »Ist das Ihre Familie?« Ihre Augen huschten zu dem Foto.

Er folgte ihrem Blick, sichtlich beklommen. »Ja.«

»Sie haben viele Kinder.«

Er räusperte sich. »Ma'am, ich …«

»Dann können Sie das Geld gut gebrauchen.« Sie schob die Scheine durch die Lücke in der Trennscheibe und ließ sie auf den Beifahrersitz flattern. Der Mann starrte darauf, als wären es dreißig Silberlinge … was sie wohl auch waren, dachte Iris.

Er schlug die Augen nieder und sagte mechanisch: »Ma'am, ich habe Sie nicht gesehen.«

Ein erleichtertes Zischen entwich ihren Lippen, als sie die Wagentür öffnete.

»Eins noch«, sagte sie drohend und drehte sich ein letztes Mal um. »Gespenster kehren zurück, um jeden zur Rechenschaft zu ziehen, der schlecht über sie redet.«

Wo zum Teufel blieb der Kerl? Jackson sah zum x-ten Mal auf die Uhr. Hatte der kleine Scheißer sein Geld eingesackt und sich vor dem Job gedrückt?

Frustriert, ängstlich und wütend stand er auf, schlich zur Haustür und spähte durch den Spion. Die Auffahrt war dunkel, das einzige Licht kam von einer flackernden Straßenlampe.

Als er sich aufrichtete, bemerkte er am Rande seines Gesichtsfelds eine Bewegung. Instinktiv warf er sich zur Seite. Die Kugel streifte fast seine Nase, ehe sie sich in die nächste Wand bohrte. Als der Pistolenlauf für einen zweiten Schuss in seine Richtung schwenkte, schleuderte Jackson das Messer genau in den Arm des Schützen. Der Schuss ging daneben, und ein Geräusch, eine Art kehliges Brüllen, gellte durchs Wohnzimmer.

Jackson sprang vor, packte den verwundeten Arm seines Angreifers mit beiden Händen. Mit genug Druck würde der Mann die Waffe fallen lassen. Jackson dachte nicht an die Konsequenzen oder daran, wie es aussehen würde, falls das Ding losging und er eine weitere Leiche in seinem Haus erklären müsste. Er musste überleben. *Er musste,* weil er durch die Botschaft von Neon, wenn auch nur kurz, ein Gefühl für sich selbst zurückgewonnen hatte. Jetzt verstand er, wie er mit der Schreckenswelt verbunden war, die er nicht selbst verursacht hatte. Und mit diesem Wissen würde er lange genug leben, um den Job zu erledigen, ehe er sich endgültig verabschiedete.

Auch aus der Nähe konnte Jackson das Gesicht seines Angreifers nicht erkennen, weil es unter einer Sturmmütze verborgen war. Er spürte seinen keuchenden Atem, registrierte, dass der Mann fast zehn Zentimeter kleiner war als er und etliche Kilos leichter. Das sollte ihm einen physischen und psychischen Vorteil verschaffen, aber der Kerl war offensichtlich kampferfahren. Die Waffe klebte an seinem Lederhandschuh, als wäre sie ihm an die Finger geschweißt worden. Er drehte und wand sich und schlug mit seinem freien Arm auf Jackson ein, jeder Hieb fester als der vorangegangene. Jackson konnte die Schläge nicht abfedern. Es war, als würde er wieder und wieder von einer Eisenstange getroffen. Schmerz schoss ihm durch Brust und Kinn, und er verfluchte sich dafür, dass er nicht früher mit dem Rauchen aufgehört hatte.

Verzweifelt drückte Jackson noch fester zu und spürte warmes Blut zwischen seinen Fingern hervorsickern. Falls er gehofft hatte, der Killer würde jetzt die Waffe loslassen, wurde er enttäuscht. Sie taumelten rückwärts und rissen einen Stuhl um. Jackson verzog das Gesicht, als eine Stiefelspitze an seinem Schienbein entlangschabte, gefolgt von einem Faustschlag in die Magengrube, von dessen Wucht ihm schlecht wurde. Panik und Schmerz nahmen ihm die Luft, und fast wäre er zusammengeklappt. Er hatte das eigenartige Gefühl, ein Zuschauer zu sein, das Geschehen aus der Distanz zu beobachten.

Sie torkelten Richtung Treppe, wo er mit der Schulter schmerzhaft gegen einen der Pfosten prallte. Ein weiterer Schuss löste sich, schlug diesmal in die Decke ein. Putz zerplatzte, regnete in Bröckchen auf sie herab. Jackson brannten die Augen, er blinzelte Dreck und Staub weg. So langsam verließen ihn die Kräfte, und sein Widersacher, ganz offensichtlich erfahren und skrupellos, gewann die Oberhand. Jackson spürte die Siegesgewissheit im Körper des anderen, spürte, wie er auf den Zehenspitzen tänzelte, spürte die sehnige Kraft in seinen Armen. Im Vergleich zu ihm fühlte Jackson sich wie ein menschlicher Sack Müll.

Aber wenn er sich weiter in Selbstmitleid suhlte, würde er zu früh sterben.

Er schaltete einen Gang höher und warf sich mit seinem vollen Körpergewicht gegen den Angreifer, der überrascht ächzte, als sie durch die offene Tür in die Küche flogen. Die Pistole schlitterte über den Fliesenboden. Der Angreifer ging in die Knie, um sich nach der Waffe zu bücken, und Jackson trat sie weg. Damit wendete sich das Blatt. Du gegen mich, dachte er.

Dadurch aufgeputscht, versetzte er dem anderen einen weiteren wuchtigen Stoß, schlug mit beiden Händen zu, genau auf die Brust des Gegners, die sich seltsam weich anfühlte. Diesmal geriet der Mann, der gekommen war, um ihn zu töten, aus dem Gleichgewicht, taumelte nach hinten, strauchelte, und schlug mit dem Kopf auf den massiven Granit der Arbeitsplatte. Zufall oder Absicht, Jackson war das scheißegal, als er sah, dass der andere zusammensackte und bewusstlos zu Boden glitt.

Er beugte sich vor, stützte die verschwitzten Hände auf die Oberschenkel, um das Zittern in Armen und Beinen unter Kontrolle zu bringen. Er musste würgen, als sein Adrenalinpegel abstürzte.

Aus der Messerwunde am Arm seines Angreifers rann Blut auf den Boden. Sehr viel Blut. Sie müsste auf jeden Fall genäht werden. Jackson wusste noch nicht, ob der Kerl vielleicht ernsthaft am Kopf verletzt war.

Wollen wir doch mal sehen, dachte er und zog die Sturmmütze ab. Er machte große Augen, als er begriff, dass der Mann in Wahrheit eine junge Frau war.

12

Jackson ersparte sich solche Nettigkeiten wie die stabile Seitenlage. Er durchsuchte die Kleidung der Frau und fand einen Schraubendreher, einen Satz Dietriche und einen kleinen Hammer, ein Portemonnaie mit siebenundvierzig Pfund und fünfundsechzig Pence, aber keine Giro- oder Kreditkarte. Die Frau hatte auch kein Handy bei sich. Offenbar hatte sie ihre Identität bewusst verschleiert. Überraschender war da schon der Tabletten-Blisterstreifen, den er aus ihrer Jeanstasche zog. Er erkannte das Medikament auf Anhieb, weil ein Kollege es verschrieben bekommen hatte, als er sich einer Chemotherapie hatte unterziehen müssen.

Er blickte von den Tabletten in das Gesicht der Frau. Ihre Augen waren geschlossen. Sie hatte helle Wimpern und Brauen. Ihre Hautfarbe erinnerte an zu kurz frittierte Pommes und ihr Haar an schmutziges Stroh. Sie hatte dünne Lippen; kleine Fältchen in den Augenwinkeln und auf der Stirn ließen vermuten, dass sie wahrscheinlich älter war, als er zuerst gedacht hatte. Oder aber sie hatte ein nicht eben stressfreies Leben hinter sich, wovon er angesichts ihrer Berufswahl wohl ausgehen konnte. Ansonsten sah sie eher durchschnittlich und unscheinbar aus – perfekt für das, was sie tat.

Was zum Teufel sollte er jetzt machen? Was zum Teufel sollte er mit ihr machen? Sobald sie aufwachte, würde sie sicher noch einmal versuchen, ihn umzubringen.

Er hob die Pistole auf und verstaute sie in einer Schublade, sammelte Patronenhülsen auf. Das blutige Messer versteckte er in der Abstellkammer. Er schätzte, dass die DNA daran ausreichen würde, um die Frau mit etlichen Verbrechen in Verbindung zu bringen. Dann holte er eine Rolle Klebeband, fesselte seine bewusstlose Angreiferin unter einigen Schwierigkeiten an den umgekippten Stuhl und stellte ihn schließlich auf. Das Leder ihrer Jacke half nicht, die blutende Wunde am Arm zu stillen, also holte er ein paar Geschirrtücher und benutzte sie als Verband. Während sie mit hängendem Kopf aus einem Mundwinkel sabberte, goss er sich einen starken Drink ein und setzte sich ihr gegenüber. Weit genug entfernt, damit sie nicht nach ihm treten konnte, und falls sie wie im Film versuchte, den Stuhl zum Kippeln zu bringen und sich auf ihn zu stürzen, konnte er dem Angriff problemlos ausweichen.

Sein ganzer Körper war lädiert und zerschlagen. Wahrscheinlich würde er tagelang steif sein. Aber egal. Einstweilen am Leben, früh genug tot.

Er richtete seine Aufmerksamkeit wieder auf die Gefangene. Direkt vor ihm saß eine skrupellose und entschlossene Auftragskillerin. Es war reines Glück, dass sie ihr Ziel verfehlt hatte. Wenn er sie laufen ließ, würde sie wieder töten können. *Nicht gut.* Aber sie der Polizei zu übergeben war unmöglich, ohne sich selbst zu belasten. Und das war undenkbar. Man musste kein Genie sein, um sich die Unmenge an Fragen, Untersuchungen und Formalitäten vorzustellen, die sich daraus ergeben würden.

Er trank einen großen Schluck Whisky. Aber das Brennen in seiner Kehle hatte weniger mit dem Alkohol zu tun als mit dem Wunsch, den Tod seiner Frau zu rächen. Diese speziell an ihn gerichtete Botschaft hatte alles verändert. Und trotz seiner Ausbildung, seines persönlichen Moralbegriffs, all der Werte, die ihm wichtig waren, zählte Rache für ihn jetzt mehr als der eigene Tod. Und mit Rache meinte er nicht bloß Gerechtigkeit und einen Gerichtsprozess oder eine Verurteilung und eine lebenslängliche Gefängnisstrafe ohne Aussicht auf Begnadigung, denn dann könnte Pollys Mörder weiterhin essen und trinken, schlafen und atmen, abartige Freundschaften mit geistesverwandten Schweinen schließen und in Erinnerungen schwelgen und …

Jackson rieb sich das Gesicht. Die richtig große, alles entscheidende Frage war folgende: Falls er den Mann finden konnte, der seine Frau ermordet hatte, würde er den Mut haben, ihn zu töten? Könnte er abdrücken? Hier und jetzt, in diesem emotional aufgeladenen Moment und mit einem Glas Whisky in der Hand, *glaubte* Jackson, dass er es könnte. Aber tief im Innern wusste er, dass Zorn und Wut nicht gleichbedeutend waren mit kühler Entschlossenheit, geschweige denn mit eiskaltem Mord. Und wenn es drauf ankam, würde er es durchziehen, oder würde er die Nerven verlieren?

Er betrachtete die Frau vor ihm. Er hatte keinerlei Zweifel daran, dass sie ihm liefern konnte, was er brauchte, ohne mit der Wimper zu zucken. Solange das Geld stimmte, würde sie tun, was er wollte.

Aber war er bereit, den Mord in Auftrag zu geben?

Jackson trank wieder einen kräftigen Schluck. Er hatte eine besonders schlechte Meinung von dem Abschaum, der Berufskiller beauftragte, ohne sich selbst die Hände schmutzig zu machen. Meistens handelte es sich dabei um Drogenbosse, die mitleidlos Tod und Elend anderer in Kauf nahmen, um ihre eigenen Ziele zu erreichen. Und jetzt überlegte er, ob er es ihnen gleichtun sollte.

Abgesehen von moralischen Bedenken gab es auch noch praktische Erwägungen. War das Risiko nicht zu groß, der Einsatz zu hoch? Wenn die Sache schiefging, könnte er im Gefängnis landen, und wie sollte er mit einer Killerin zusammenarbeiten, für die doppeltes Spiel und Verrat zum Überleben gehörten? Den Tabletten nach zu urteilen, die sie bei sich hatte, war sie außerdem krank – schwer krank.

Er überlegte hin und her, ohne zu einer Entscheidung zu kommen, bis ihre Lider schließlich flatterten und sie die Augen aufschlug, die mattblau waren und hin und her huschten. Es war, als beobachtete er ein wildes, für eine Operation betäubtes Tier, das wieder zur Besinnung kam. Er rechnete damit, dass sie jeden Moment auf ihn losgehen würde.

Sie wischte sich den Mundwinkel an der Schulter ab und hob den Kopf. Sie war sofort wieder bei vollem Bewusstsein, denn sie starrte ihn an, als hätte sie ihn im Fadenkreuz. Die Intensität war erdrückend, doch er hielt ihrem Blick stand.

Dann sah sie nach unten, suchte den Boden nach der Pistole ab. Da sie die Waffe nirgends entdecken konnte, wanderte ihr Blick durch den Raum.

»Wie heißen Sie?«, fragte er.

»Fick dich.«

Es war eine altvertraute, aber nicht hilfreiche Antwort, und er machte unbeirrt weiter.

»Das versuchen wir gleich noch mal«, sagte er.

Sie ging nicht darauf ein. »Wer hat dich gewarnt?«, wollte sie wissen.

»Ich mich selbst. Ich bin Ihr Auftraggeber.«

Zweifel breitete sich auf ihrem Gesicht aus, gefolgt von einer Miene, die ausdrückte: *Hast du sie noch alle?*

»Wie Sie sich vielleicht denken können, habe ich meine Meinung geändert.«

»Bei mir gibt's kein Geld zurück.«

Jackson hob kapitulierend die Hände. »Das hab ich auch nicht erwartet.«

»Und wieso sitz ich dann hier?«

Weil ich keine Ahnung habe, was ich mit dir machen soll, dachte er.

»Entweder du weißt es selbst nicht«, redete sie weiter, »oder du hast dich noch nicht entschieden.«

»Beides richtig.«

»Bist du irre, oder was?«

Sie zeigte keinerlei Angst. Stattdessen bemerkte er etwas anderes Undefinierbares, vielleicht die willige Akzeptanz von allem, was er mit ihr machen konnte, zusammen mit dem starken Verlangen, dass er aufhörte, ihre Zeit zu vergeuden, und endlich zur Sache kam. Hing das mit den Tabletten zusammen? Wusste sie, dass ihr nicht mehr viel Zeit blieb?

»Kannst du mich losbinden, solange du überlegst?«

»Von wegen«, sagte er, ohne ihren wütenden Blick zu beachten.

Jackson versetzte sich in ihre Lage. Er hatte ihre Abmachung gebrochen und stellte jetzt eine ernste Gefahr für ihre Freiheit dar. Wenn er sie laufen ließ, würde sie sich höchstwahrscheinlich weigern, ihn von seinem Elend zu erlösen, *und* das Geld behalten. Oder konnte er sie stattdessen für seine Zwecke einspannen? Eine Frau mit ihren speziellen Fähigkeiten könnte ihm bestimmt helfen, einen Killer wie Neon zu schnappen. Er hatte schließlich auch nichts mehr zu verlieren.

»Ich mache Ihnen ein Angebot.«

Sie hob den Kopf, sog die Luft durch die Nase ein wie eine Löwin, die Beute wittert.

»Ich brauche Ihre Hilfe, um einen Serienmörder zu finden«, sagte er.

Ihr Gesicht verzog sich zu einem Lächeln. Sie hatte kleine weiße Zähne. Wahrscheinlich schliff sie sie scharf. »Die Schlägerei hat dein Gehirn in Mitleidenschaft gezogen«, sagte sie.

Er trank einen Schluck von seinem Whisky, sah ihr in die Augen. »Schon mal von Neon gehört?«

»Das ganze Land hat von ihm gehört.« Sie machte nicht den Eindruck, als hätte das ihre Neugier geweckt.

»Ich werde ihn zur Strecke bringen.«

»Was bist du, ein Bulle oder so?« Sie stieß ein Schnauben aus.

»Detective Chief Inspector Matt Jackson.«

Das saß, denn ihre Lippen wurden schmal. »Ich helfe Bullen nicht. Da hab ich meine Grundsätze.«

»Ich dachte, Leute wie Sie haben keine Grundsätze.«

Sie warf ihm einen finsteren Blick zu.

»*Falls* wir ihn kriegen«, sprach er weiter, »will ich, dass Sie ihn töten.«

»Widerspricht das nicht *Ihren* Grundsätzen?« Ihr Gesichtsausdruck war kalt.

Das stimmte, doch es war ihm inzwischen egal. Falls sie ihren Job erledigte, würde ihn keiner mehr einsperren, selbst wenn herauskam, dass er für einen Mord bezahlt hatte. Dann wäre Jackson nämlich schon tot.

»Und hinterher«, sagte er, »werden Sie durchziehen, was wir ursprünglich vereinbart hatten.«

»Sie ticken nicht sauber.«

»Das sagten Sie bereits.«

»Und ich sage auch, dass meine Antwort Nein ist.«

»Sie sind eigentlich in keiner guten Verhandlungsposition.«

Sie lächelte höhnisch. »Was wollen Sie denn machen? Ihre Kollegen anrufen und mich verhaften lassen? Mit welcher Begründung, DCI Jackson?«

Eines musste er ihr lassen: Sie hatte erkannt, dass sie längst nicht so ohnmächtig war, wie ihre derzeitige körperliche Lage vermuten ließ. Er hob sein Glas an die Lippen, trank.

»Wollen Sie mich reinlegen?« Sie musterte ihn durchdringend.

Er sah sie offen an. »Nein.«

Sie blinzelte langsam, überlegte einen Moment. »Das ist nicht nur was Berufliches, oder?«

Er zögerte kurz. »Er hat meine Frau umgebracht.«

»Und jetzt wollen Sie Rache?« Sie war gefühllos und berechnend.

Ja, unbedingt, aber das würde er ihr nicht sagen. »Schnellere Gerechtigkeit.«

»Nee, Sie wollen Rache. Das wollen sie alle. Ist mir egal. Ich helfe keinem Bullen, und ich töte auch keinen. Bringt zu viel Ärger.«

»Ich werde dafür sorgen, dass das nicht passiert.«

Sie schüttelte den Kopf. »Trotzdem, viel zu spektakulär. Und bloß weil ich Leute beseitige, bin ich noch lange keine Expertin für Perverse.«

»Stimmt, aber Sie haben einen anderen Blickwinkel.«

»Welchen denn?«, schnaubte sie. »Wie man tötet?«

»Wie man Leuten auf die Spur kommt, ihnen Fallen stellt, sie austrickst.«

»Aus Ihrem Munde klingt das irgendwie schick. Ist es aber nicht.«

Er stockte. »Was soll ich also Ihrer Meinung nach machen?«

»Mich laufen lassen und hoffen, dass Neon von irgendeinem Scheißbus überfahren wird.«

Jackson glaubte nicht, dass sie noch irgendwo einen guten Kern hatte, aber für den Fall, dass sie auch nur einen Hauch von Gewissen besaß, appellierte er daran. »Sie wollen mir also nicht helfen?«

»Ich bin doch keine Wohltätigkeitsorganisation.«

»Denken Sie an die vielen Frauen, die er auf brutalste Weise ermordet hat«, sagte Jackson. »Denken Sie daran, wie würdelos ihr Tod war. Was, wenn es Ihre Mutter oder Schwester oder Freundin gewesen wäre?« In Anbetracht dessen, dass sie nicht das geringste Mitgefühl gezeigt hatte, als er seine Frau erwähnte, war das ein hoffnungsloser Appell, aber er versuchte es trotzdem.

»Was ist los mit Ihnen?«, blaffte sie. »Sind Sie taub, oder was? Wie oft soll ich das noch sagen? Ich bin *nicht* interessiert.«

Um das zu unterstreichen, kippte sie den Stuhl ein Stück nach hinten und ließ ihn zurück auf den Boden knallen.

Ein letzter Versuch, dachte er. *Ein letztes Angebot.* »Was, wenn ich Ihnen am Ende, nachdem sie erst ihn und dann mich getötet haben, meinen gesamten Besitz vermache: Haus, Auto, Geld?«

Bei diesem Vorschlag weiteten sich ihre Pupillen. Er zog die Tabletten aus der Tasche, hielt sie hoch und sah, wie das bisschen Farbe in ihrem Gesicht verschwand.

»Sie sind krank ... sehr krank, wenn Sie diese Tabletten nehmen müssen. Mit einer kräftigen Finanzspritze könnten Sie sich die beste Behandlung leisten, die für Geld zu bekommen ist.«

Sie öffnete den Mund, brachte aber kein Wort heraus. Jetzt hab ich sie, dachte er. Geld, oder zu wenig Geld, war ihre Schwachstelle.

»Denken Sie drüber nach.« Er stand auf, ging zu ihr.

»Sie lassen mich laufen?«, fragte sie verblüfft.

»Ich bin ein netter Kerl. Ich ruf Ihnen ein Taxi, wenn Sie möchten.«

»Ich möchte nicht.«

»Ganz wie Sie wollen, aber Ihr Arm muss genäht werden, und Sie haben wahrscheinlich eine Gehirnerschütterung. Das Queen Elizabeth ist eine Viertelstunde entfernt.«

»Ich halte nix von Krankenhäusern.«

Sie kennt nur Verneinung und Ablehnung, dachte er. Er fragte sich, ob es irgendetwas gab, das sie mochte. Ihren Antworten nach zu urteilen, nichts außer Töten.

Er löste die Fesseln. »Sie sollten sich trotzdem verarzten lassen.«

Sie stand auf, sah ihn misstrauisch an, als würde er jeden Moment ein Paar Handschellen zücken und sie ihr anlegen.

»Sie lassen mich wirklich hier rausspazieren? Einfach so?«

Er zuckte die Achseln.

»Sie wissen, wo Sie mich finden, falls Sie Ihre Meinung ändern.« Er hoffte, damit gegenseitigen Respekt zu etablieren. »Warten Sie nicht zu lange«, sagte er, bevor er die Haustür öffnete und sie hinaus in die Nacht trat.

13

Der Typ hat ein Rad ab, dachte Iris, als sie vor der All Saints Church in einen Bus stieg. Sie hatte schon so einige schräge Sachen erlebt, aber das hier übertraf alles.

»Sparkhill«, sagte sie zu dem Fahrer, der stirnrunzelnd ihren Arm betrachtete. Sie durchbohrte ihn mit »dem Blick«, den sie in dreiunddreißig Jahren Zurückweisung und Anfeindung perfektioniert hatte. Prompt schaute er weg und nahm das Fahrgeld entgegen. Sie ging nach hinten und setzte sich neben einen tattrigen Alten, der nach Pisse stank.

Sie streckte sich auf ihrem Sitz aus und schloss kurz die Augen. Ihre Endorphine hatten sich aus dem Staub gemacht. Ihr pochte der Kopf, der Arm tat höllisch weh, ebenso die Titten – der Schlag hatte gesessen. Vielleicht konnte sie deshalb nicht klar denken. Vielleicht klang das mit dem Geld deshalb zu schön, um wahr zu sein. Vielleicht war das ja der springende Punkt: Es *war* zu schön, um wahr zu sein.

Und dennoch …

Sie hatte diesen entschlossenen Blick nicht zum ersten Mal in den Augen eines Mannes gesehen, und meistens ging die Sache nicht gut aus. Sie kaufte ihm seinen Schwachsinn von schnellerer Gerechtigkeit nicht ab. Er wollte sich rächen, das war klar. Und Rache war genau ihr Ding.

Wie alle in der Stadt hatte sie von Neon gelesen, irgendein krankes Schwein, das seine Opfer wie Weihnachtsbäume beleuchtete. Aber sie hatte nicht gewusst, dass er die Frau eines Bullen umgebracht hatte. Die Polizei muss echt am Arsch sein, wenn sie sich an jemanden wie mich wendet, dachte sie. Und damit war eines klar: Dieser Job war streng geheim. Inoffiziell. Das bedeutete auch, dass man jede Verbindung zu ihr leugnen würde, falls irgendwas schiefging. Vertrauen nahm in ihrem Leben keinen großen Raum ein – das hatte sie nur zu ein oder zwei Menschen. *Basta.* Konnte sie DCI Jackson vertrauen?

Sie zog die Nase hoch, spähte aus dem Fenster und sah, dass der Bus ihre Haltestelle erreicht hatte. Draußen war die Luft würzig und schwer. Die Gegend hieß nicht umsonst das Curry-Dreieck. Hier war der Migrationsknotenpunkt, zuletzt waren die Somalier gekommen. Keine Piraten. Aber jede Menge Dealer und Zuhälter.

Ihr Ziel war ein Reihenhaus mit ramponierter Fassade, im Garten waren die Pflanzen längst abgestorben, und im Wohnzimmer gab es Drogen. Als sie noch ein ganzes Stück entfernt war, hörte sie schon Pandschabi-Rap aus dem Haus dröhnen. Es klang, als hätten sich sämtliche Bewohner der Straße draußen versammelt, um einen Bhangra zu tanzen.

Bei Hausnummer 83 angekommen, hob sie ihren unverletzten Arm und hämmerte mit der Faust gegen die Tür. Irgendwer hatte begonnen, die Farbschicht auf dem Holz abzuflämmen, dann aber mittendrin die Arbeit eingestellt.

Niemand öffnete. Ein zweiter Versuch blieb ähnlich erfolglos. Die Vorhänge waren zugezogen, aber das dreckige Schiebefenster – einziges Überbleibsel aus längst vergangenen Zeiten – stand einen Spalt offen, wahrscheinlich um den Gestank von Marihuana und Zigaretten entweichen zu lassen.

Sie ging in die Hocke, schob die Hand unter das Fenster und drückte es hoch, kletterte dann ins Wohnzimmer hinein in die künstliche Hitze eines Elektrokamins.

Drei Köpfe vor einem Fünfzig-Zoll-Flachbildschirm drehten sich zu ihr um, darunter auch der von Jaspal.

»Iris«, sagte er mit einem breiten Lächeln. Keiner kommentierte ihr ungewöhnliches Auftauchen. Sie waren zu bekifft.

Sie schob sich um einen Couchtisch herum, der mit leeren Fastfood-Packungen, Limoflaschen und überquellenden Aschenbechern vollgestellt war.

Jaspal stand auf, schlang seine fleischigen Arme um sie und zog sie an sich. Iris zuckte zusammen. Sie ließ sich selbst dann nicht gern umarmen, wenn es ihr gut ging, schon gar nicht, wenn sie verletzt war.

»Scheiße, Jaspal. Mein Arm.«

Er wich zurück, und seine dunklen Augen glitten hinunter zu dem provisorischen Verband, durch den noch immer Blut quoll. »Hast dich wieder mal geprügelt«, sagte er mit einem theatralischen Seufzer. »Na komm.« Er signalisierte ihr mit einem Wink, dass sie ihm in die Diele folgen sollte. Von dort führte er sie die Treppe hinauf in das Zimmer, in dem er bekanntermaßen Kugeln aus Wunden entfernte und Gauner und Schurken wieder zusammenflickte. Der Raum war wie das Behandlungszimmer eines Arztes eingerichtet, mit einigem weiteren Zubehör. Neben einer Couch war ein Ständer für Infusionslösungen und Antibiotika, es gab Sauerstoffflaschen und eine beängstigende Fülle von Instrumenten, an deren Einsatzmöglichkeiten Iris lieber nicht dachte. Und Jaspal verstand sein Handwerk. Er war in seinem Heimatland zum Chirurgen ausgebildet worden, aber die englischen Behörden hatten seine Qualifikation nicht anerkannt. Zu viele zwielichtige Verwandte. Was Jaspal jedoch nicht daran gehindert hatte, sich in Birmingham niederzulassen und seinem Beruf nachzugehen.

»Ich hab mir den Kopf angeschlagen«, sagte sie zu ihm.

»Setz dich. Lass mich mal sehen.«

Sie spürte, wie er ihr Haar teilte und mit den Fingern über ihren Hinterkopf strich, als würde er Blindenschrift lesen.

»Tut's weh?«, fragte er.

»Ziemlich.«

»Kleine Platzwunde, aber die heilt von selbst. Du hast eine ordentliche Beule, aber auch die müsste bald abschwellen. Besser nach außen als nach innen. Warst du bewusstlos?«

»Nein.« Sie wollte nicht, dass er sich Sorgen machte.

»Okay, ich säubere die Wunde, und dann schauen wir uns deinen Arm an.« Sie nickte brav. Ein bekiffter Jaspal war besser als ein offizieller Arzt, der sie womöglich an die Polizei verpfeifen würde.

Nachdem er ihren Kopf verarztet hatte, ließ sie zu, dass er den Notverband des Detectives abnahm. Dann half Jaspal ihr, die Jacke auszuziehen. Der Ärmel ihres Pullovers war zerfetzt.

»Den musst du ausziehen«, sagte er mit einem leichten Stirnrunzeln.

Sie tat es. Falls ihr Oberkörper mit Blutergüssen bedeckt war, so verkniff Jaspal sich irgendwelche Kommentare oder Fragen. Ihre hervorstehenden Rippen allerdings fielen ihm auf.

»Du musst mehr essen«, sagte er.

Iris antwortete nicht.

»Kannst du nicht schlafen? Du siehst müde aus.«

»Hatte viel um die Ohren.«

Er untersuchte ihren Arm unglaublich sanft. »Was war das – eine Machete?«

Sie schaute hoch, blickte ihm ins Gesicht und sah, dass er versuchte, sie aufzuheitern. Sie ließ sich nicht aufheitern. Es tat scheißweh.

»Zu tief für Wundkleber«, sagte Jaspal.

Und lang war die Wunde auch. Vom Handgelenk bis zum Ellbogen. Ausgerechnet ihre Schusshand.

»Ich kann sie säubern, aber vorher muss ich ein Anästhetikum in die Wunde spritzen, um sie zu betäuben. Das wird unangenehm. Danach spürst du gar nichts.«

Iris teilte seinen Optimismus nicht. Was ihr wohl anzusehen war.

»Ich kann dir was für später mitgeben.« Bei Jaspal bedeutete »was für später« meistens starke Opiate.

Sie lehnte ab. »Bringen wir's hinter uns«, sagte sie, und Jaspal griff nach einem Rollwagen, auf dem drei Spritzen wie Drillinge nebeneinanderlagen.

Iris schloss die Augen und biss die Zähne zusammen. Jaspal hatte recht. Es tat tierisch weh. Der Schmerz erinnerte sie daran, dass sie noch immer sehr lebendig war.

Als Jaspal fertig war, bat er einen seiner Freunde, sie nach Hause zu fahren, aber Iris ließ nie jemanden auch nur in die Nähe ihres Hauses. Sie wartete unten, bis ein Wagen kam, der kurz die Lichthupe betätigte.

Sie ließ sich auf der allsehenden und allwissenden Hagley Road absetzen und ging den Rest des Weges zu Fuß. Ihr Atem hing wie Rauchkringel in der Luft. Die Stadt kam nie wirklich zur Ruhe. Verkehr strömte. Lichter funkelten. Sirenen verschiedener Rettungsdienste gellten durch die Nacht.

Es war nach drei, als sie schließlich zu Hause ankam. Zu aufgedreht, um zu schlafen, machte sie sich einen starken Tee mit einem Schuss Whisky, rührte Zucker und Milch in die Tasse, schluckte zwei starke Schmerztabletten und griff nach ihrem privaten Handy. Sie hatte drei Sprachnachrichten. Nur zwei Menschen in ihrem Leben hielten regelmäßig Kontakt zu ihr. Den ersten Anruf beantwortete sie mit einer SMS, der zweite konnte noch warten, und ihre Antwort auf die letzte Nachricht beendete sie mit zwei Küssen.

Sein Haus, sein Auto und sein Geld, dachte sie, als sie auf dem Sofa einschlief.

14

Gary war ein Morgenmuffel, und sein Tag fing eigentlich erst nachmittags richtig an. Er gab Einzelunterricht für Blasinstrumente – hauptsächlich Klarinette und Saxofon – und Klavier. Früher hatte er auch Akkordeon unterrichtet, obwohl er das Instrument nicht besonders mochte. Es war unseriös, zu gewöhnlich. Wenn Naomi verreist war, was erfreulich oft vorkam, schlief er manchmal sogar bis kurz vor drei, wenn der erste Schüler kam. Nach einer langen Nacht, in der er Musik gemacht (oder getötet) hatte, war das ja wohl sein gutes Recht. In letzter Zeit hatte er sich die Langschläferei abgewöhnt, weil er in der Stadt alle Hände voll zu tun gehabt hatte, um den Höhepunkt seiner Karriere als Mörder vorzubereiten. Die passende Gelegenheit war da. Das hatte nichts mit Glück zu tun. Er hatte die erforderlichen Maßnahmen ergriffen, und sein mühevoller Einsatz hatte sich gelohnt. Das Wichtigste war eine sorgfältige Planung. Aber nichts davon würde sich bezahlt machen, wenn es ihm nicht gelang, die Party in Gang zu bringen. Worauf wartete DCI Jackson denn noch? Eine schriftliche Einladung?

Ausgestattet mit Kaffee und der Art von wildem Zorn, der große Kunstwerke hervorbringt (jeder visionäre Radikale würde das bestätigen), war er schnurstracks zu seinem Ort der Neon-Verehrung gegangen.

Nach Garys Überzeugung verlangte das Biegen von Glas ähnliche Fähigkeiten wie das Saxofonspiel. Alles an dir muss im Gleichklang sein. Mit nacktem Oberkörper und mit einem dünnen Schlauch im Mund, um die Temperatur zu regulieren, formte er Glas zu Wörtern und gestaltete Ideen zu Bildern. Die Hitze der Flammen von zwei Gasbrennern leckte über seine Finger und die weichen, fleischigen Teile der Hände. Ein Spiel mit dem Feuer im wahrsten Sinne des Wortes, und obgleich er es fürchtete, waren Handschuhe ausgeschlossen. Zu hinderlich und plump. Sie machten die spirituelle Verbindung und den Dialog mit dem Material unmöglich. Er musste nur im falschen Moment pusten, schon würde das Glas sich wölben und zerplatzen. Jede Drehung und Rundung der schlanken Röhre war mit Zeit und Schweiß und gelegentlich auch Blut erkauft – ein Umstand, den die Frauen, die in seinen Kunstwerken eine entscheidende Rolle spielten, leider nicht zu würdigen wussten.

Er pustete sachte in einen Abschnitt, um eine scharfe Krümmung für den Buchstaben »S« hinzubekommen. Weißer Rauch wirbelte in die Luft, und er achtete darauf, ihn nicht einzuatmen.

Atmen. Oh, wie hatten sie darum gekämpft.

Gina, die Journalistin, hatte sich für pfiffig gehalten. Ausgesehen hatte sie auf jeden Fall so: schicke Kurzhaarfrisur, coole weiße Stiefel, Lederjacke und Londoner Selbstbewusstsein. Ihr umfangreiches Wissen hatte ihn beeindruckt, bis ihm klar wurde, was ihr boshaftes kleines Gehirn sich ausgedacht hatte. Ein Interview mit der Frau des Detectives – *mal auf die menschlichen Aspekte eingehen,* wie sie es formuliert hatte – war eine sehr schlechte Idee gewesen. Gary ging zwar davon aus, dass die Polizeivorschriften das niemals zugelassen hätten, aber in diesen gefühlsduseligen Zeiten, in denen alle immer Verständnis für alles hatten, wusste man nie so genau. Er war lieber auf Nummer sicher gegangen – Gina musste weg (wobei ihm einfiel, dass es da noch einen weiteren Risikofaktor gab, den es zu beseitigen galt). Dass sie glaubte, er könne ihr sachdienliche Hinweise liefern, hatte ihm wunderbar in die Hände gespielt.

Er trug das Glas zurück zu dem Tisch mit seiner Zeichnung, legte es auf den Entwurf, um es zu markieren und abzukühlen, bevor er die nächste Krümmung in Angriff nahm. Der rauchige Duft von angesengtem Papier, von Bleistift und Holz lag in der Werkstatt. Er liebte diesen Geruch.

Noch einmal sanft pusten, damit der nächste Glasabschnitt nicht zerbrach – *schön vorsichtig* –, und der Vorgang wurde wiederholt, immer und immer wieder. Ein kleiner Fehler, und die gesamte Röhre müsste in die Tonne wandern.

Seine Gedanken wanderten erneut zu Gina. Er hatte sein wahres Ich erst offenbart, als er sie genau da hatte, wo er sie haben wollte: panisch und unterwürfig. Aber im tiefsten Innern hatte Gina noch immer geglaubt, sie wäre clever genug, hatte noch immer geglaubt, sie könnte ihn reinlegen. Bis hin zum Beginn des Finales, als sie versucht hatte, ihm was vorzumachen. Lautes Ausatmen, dann erschlaffte sie und stellte sich tot. Sie hatte ihn unterschätzt. Das taten alle, immer. Während er das Leben aus ihr herauspresste, erklärte er ihr minutiös jede Phase einer Erdrosselung, dass jede dieser Phasen ihr eigenes Tempo hatte, dass der Tod einen bestimmten Takt hatte und er dessen Rhythmus auswendig kannte.

Erregung füllte seine Brust aus. Gina war eindeutig sein Typ gewesen, und er hatte sie brechen können. Im Grunde gar nicht so anders als Naomi, seine eigene Frau.

15

Jackson erwachte spät, vollständig angezogen auf dem Bett im Gästezimmer. Ihm war kalt. Er brauchte eine Weile, bis er begriff, wo er war, doch dann erinnerte er sich schlagartig an die vergangene Nacht. Gott, hatte er tatsächlich eine Auftragskillerin gebeten, ihm zu helfen? War er so tief gesunken? Immerhin überfielen ihn nicht gleich nach dem Aufwachen die üblichen Szenarien – eine hässliche Serie von Erinnerungen. War es möglich, sie so tief zu vergraben, dass sie irgendwann verkümmerten und faulten und abstarben? Er schüttelte den Kopf.

Jackson ging nach unten. Nachdem er die Heizung angemacht hatte, öffnete er die Schublade, in der er Iris' Pistole verstaut hatte. Die Glock war bei den bewaffneten Polizeieinheiten beliebt, und er fragte sich, wie sie da rangekommen war. Er nahm die Patrone aus der Kammer, drückte mit dem Daumen auf das kleine scharfkantige Rechteck hinter dem Abzug, und das Magazin fiel in seine freie Hand. Er legte es zurück in die Schublade, nahm die Waffe mit nach oben und packte sie in den Nachttisch. Irgendwann würde ihm schon ein besseres Versteck einfallen. Dann holte er ein Handtuch aus dem Wäscheschrank, zog sich aus und duschte.

Ein Blick in den Spiegel bestätigte, dass er sich seit vierundzwanzig Stunden nicht rasiert hatte. Polly hatte einen leichten Bartschatten immer gemocht, weil sie fand, dass er damit markant und gefährlich aussah. Er lächelte traurig.

»Du fehlst mir«, murmelte er.

Ein überwältigendes Gefühl der Trostlosigkeit zwang ihn beinahe in die Knie. Er kämpfte dagegen an. Falls es ein Jenseits gab, würde er sie schon bald wiedersehen. Würde dieses Ende in Wahrheit ein Anfang sein? Irgendwie glaubte er nicht daran. Der Tod war die einzige Gewissheit, die er hatte, und er klammerte sich daran wie ein Schiffbrüchiger an eine Planke mitten in einem kalten und aufgewühlten Meer.

Der Großteil seiner Kleidung war in dem Apartment in der Stadt, aber er hatte ein paar Sachen im Gästezimmerschrank gelassen: Jeans, zwei Hemden, ein dunkelblauer Pullover mit Rundhalsausschnitt, Socken und Unterwäsche. Er zog sich rasch an, streifte Handschuhe über und nahm *Liebesgrüße aus Las Vegas* genauer in Augenschein.

Die Buchstaben der Widmung waren gleichmäßig, wohlgeformt und exakt platziert. Hatte Neon irgendwas mit Kunst zu tun? War er Kunsthandwerker? Oder vielleicht arbeitete er in einer Druckerei. Aber war da nicht mittlerweile alles digital? Also war Neon vielleicht ein Mann alter Schule. Jackson hoffte es. Viele Serienmörder notierten sich Details ihrer Taten, um ihren Trieb zu befriedigen und das Hochgefühl des Tötens zu verlängern. Bei einer eventuellen Anklage wäre ein Tagebuch des Todes ein unwiderlegbarer Beweis. Dunkelheit stieg in ihm auf. Wenn es nach ihm ginge, würde Neons Fall nie vor einem Gericht verhandelt werden.

Jackson blätterte bis zur Mitte des Buches, wo Farbfotos die Vergangenheit des Showgeschäfts in Las Vegas illustrierten. Ein ganzes Kapitel befasste sich mit dem Aufstieg und Niedergang von Casino-Bands. Früher, so las Jackson, waren Hunderte Orchestermusiker in Vegas vollzeitbeschäftigt. Als die ehemals von der Mafia betriebenen Casinos legal wurden, verkaufte man sie an die Meistbietenden, und ab da galt Musik aus der Konserve als die kostengünstigere Alternative. Anscheinend wurden die Besten unter ihnen von den sich rasch wandelnden Zeiten überrollt, und einige traten in Streik, was aber nicht viel nützte – sie verloren trotzdem ihre Jobs.

Das war zwar interessant, lieferte ihm aber keinerlei Anhaltspunkte. Doch dann, einige Seiten weiter, fiel sein Blick auf das Neon-Museum in Las Vegas, Nevada. Historische und künstlerisch bedeutsame Neonreklamen aller erdenklichen Arten von Geschäften erstreckten sich über eine Fläche von fast einem Hektar. War das die Inspiration für Neons Mordrausch? Aber warum sollte er mit seiner Bewunderung prahlen? War das Buch als Provokation gemeint, oder lieferte es eine Spur? So oder so, Neons ohnehin schon beachtliches Ego war auf immense Größe angewachsen. Jackson fragte sich, ob er das zu seinem Vorteil nutzen konnte.

Er holte sein Handy aus der Tasche und rief Mick Cairns an.

»Hi, Mick.«

»Alles okay, Matt?«

Was soll ich auf so eine Frage antworten? dachte Jackson. »Alles okay. Kannst du reden?«

»Sekunde.«

Jackson stellte sich vor, wie Mick von seinem Schreibtisch aufstand, diversen Kollegen lässig zunickte und sich durch die schick renovierten, modernen Räumlichkeiten bewegte.

»So, hier ist besser.«

»Du musst mir einen Gefallen tun.«

»Schieß los«, sagte Mick, ohne zu zögern.

»Ich möchte, dass die KTU was untersucht.«

»Hast du was gefunden?« Micks Stimme bebte förmlich vor gespannter Erwartung.

Jackson erzählte ihm von dem Buch und wie er es entdeckt hatte.

»Ein Buch?« Mick klang skeptisch. Offensichtlich hatte er mit einer anderen Art Spur gerechnet.

»Ich glaube kaum, dass ihr richtige Fingerabdrücke finden werdet – so blöd ist Neon nicht –, aber ihr könntet es auf latente Spuren untersuchen«, sagte Jackson. »Und die Widmung könnte Anhaltspunkte liefern.«

»Okay. Verstehe.«

Jackson spürte Micks Enttäuschung. »Gibt's ein Problem?«

»Nur das Übliche.«

Personalmangel, dachte Jackson, und der unbedeutende Umstand, dass Mick inoffiziell arbeiten würde. Marcus Browne durfte auf keinen Fall davon erfahren. »Ich bin noch ein paar Wochen in Sonderurlaub, und das hier kann nicht so lange warten. Meinst du, du kriegst das hin?«

»Ich werd's versuchen. Hast du das Buch jetzt bei dir?«

»Ja. Ich bin im Haus.«

Er hörte Mick zischend einatmen. »Im Moment kann ich hier nicht weg. Wir haben gleich ein Briefing. Geht's so gegen drei?«

»Ich werde hier sein«, sagte Jackson, legte auf, doch der Gedanke, längere Zeit in diesem Haus zu verbringen, ließ ihn frösteln.

Es war nichts zu essen da und keine Milch für Tee oder Kaffee. Ungewohnt hungrig trat Jackson vor die Tür und ging die Straße hinunter ins »Dorf«, wie die Einheimischen sagten. Biokaffee oder veganer Brunch ließen ihn kalt. Er brauchte etwas möglichst Fettiges und Ungesundes zwischen die Zähne. Auf der Silver Street wurde er fündig.

In dem fast menschenleeren Café bestellte er sich ein Weißbrotsandwich mit gebratenem Speck und eine Tasse Tee.

Während er auf sein Essen wartete, dachte er über »John« nach. Jackson hatte keine Ahnung, ob sie sich noch mal melden würde oder nicht. Käme vielleicht drauf an, wie schwer ihre Erkrankung war. Gekämpft hatte sie wie jemand, der entschlossen war, am Leben zu bleiben. Er fragte sich, wie viele Menschen sie schon erledigt hatte. In den letzten Jahren hatten die Verbrechen mit Schusswaffen wieder kräftig zugelegt. Und wenn Jugendliche nicht um sich schossen, stachen sie aufeinander ein. Infolgedessen hatte der Handel mit illegalen Waffen ein besorgniserregendes Ausmaß angenommen.

Jacksons Sandwich wurde gebracht. Er klappte es auf, verteilte Ketchup darauf, setzte es wieder zusammen und biss hinein. Der Tee war sämig und stark. Jackson kaute, schluckte und trank etwas Tee.

Als er durch die beschlagenen Fenster auf die Straße blickte, fragte er sich nicht zum ersten Mal, ob Neon hier entlanggekommen war. Was machte er den ganzen Tag? Verbrachte er Stunden mit Glasbläserei in einer Werkstatt? Oder hatte er auf dem Schwarzmarkt irgendeine Quelle aufgetan, die ihn mit geklauten Leuchtschildern versorgte? Neon war nicht eines Tages aufgestanden und hatte unversehens beschlossen, Mord zu einer Form der bildenden Kunst zu machen. Wie alle Serienkiller hatte er sich zuerst mit Kleinkram abgegeben und seine Fähigkeiten gezielt weiterentwickelt, bevor er sich an etwas Größeres herangewagt hatte. Jackson hatte endlos viel Zeit damit verbracht, sich zu fragen, wo Neon lebte. Vielleicht hätte er sich lieber damit befassen sollen, wo Neon vorher gelebt hatte. Vielleicht hatte er sein Handwerk in Las Vegas gelernt? Und jetzt brachte er seine Show in die Straßen von Birmingham.

16

»Du siehst anders aus, irgendwie ausgeruhter«, sagte Mick, als er durch die Diele und in die Küche schritt. Er hatte einen Aktenkoffer dabei, der, so Jacksons Vermutung, Beweismittelbeutel enthielt.

»Hab mit dem Saufen aufgehört«, sagte Jackson, obwohl das eine ziemlich optimistische Behauptung war. Auf dem Rückweg vom Café hatte er beschlossen, zumindest eine Pause einzulegen. Wenn auch nur eine kleine Pause. Neon zu schnappen war das Einzige, was er vor seinem Tod noch erledigen musste. Danach war sowieso alles egal. »Tee?«, fragte er.

Mick schüttelte den Kopf. »Keine Zeit.« Er fischte Latex-Handschuhe aus seiner Tasche und zog sie an. »Also, was haben wir?«

Jackson klappte das Buch auf und reichte es ihm. »Schau dir die Widmung an.«

Mick verzog angewidert das Gesicht. »Das müssen wir schleunigst einer Schriftsachverständigen vorlegen. Aber heimlich, damit Browne nichts mitkriegt.«

Jackson nickte dankbar. Als er bei der Polizei angefangen hatte, wurden Schriftsachverständige hauptsächlich dann eingeschaltet, wenn es um Lösegeldforderungen oder Drohbriefe ging. Im digitalen Zeitalter bestand kaum noch Bedarf für sie. *Liebesgrüße aus Las Vegas* würde deshalb recht schnell bearbeitet werden können. »Hast du irgendwelche Kontakte bei der Polizei in Las Vegas?«

»Nee, außer Harry Bosch vielleicht.« Mick grinste, während er das Buch in einen Beutel für Beweismittel schob und ihn beschriftete. Der *Detective* in Michael Connellys Kriminalromanen war bei seinen Kollegen sehr beliebt. »Moment mal«, sagte Mick, einer jähen Eingebung folgend, »was ist denn mit dieser Frau, die letztes Jahr bei uns war?«

Jackson durchforstete sein Gedächtnis. Ihm hatte etwas anderes vorgeschwebt. »Meinst du diese Kriminologin, Krasinski oder Krackowski?«

»Kozlowski.«

»Stimmt.« Sie hatte einen Tag bei ihnen im Präsidium verbracht, weil sie eine Arbeit über Messerstechereien in Großbritannien schrieb. London wäre für ihre Zwecke besser geeignet gewesen, hatte Jackson damals gedacht, aber seitdem waren diese Art Straftaten in den West Midlands dramatisch angestiegen.

»Ich könnte sie ja mal kontaktieren«, sagte Mick ironisch, »und mich erkundigen, ob sie irgendwelche gutmütigen Cops da drüben kennt. Wieso fragst du?«

»Nur so ein Gedanke, aber vielleicht hat Neons Interesse an Las Vegas etwas mit seiner Vergangenheit zu tun.«

»Du meinst, er hat da gelebt?«

»Ist erst mal nur eine Vermutung, aber wenn ich richtigliege, hat er dort vielleicht seinen ersten Mord begangen.«

Mick sah nicht begeistert aus. »Hast du eine Vorstellung davon, wie viele Leute sich in Las Vegas rumtreiben?«

»Vorausgesetzt, er ist britischer Staatsbürger, wäre es trotzdem einen Versuch wert.« Er hatte noch ein paar andere Ideen, denen nachzugehen sich vielleicht lohnen würde. Sein Team hatte etliche Leute vernommen, die sich mit der Neon-Branche auskannten. Dabei war nur sehr wenig Nützliches herausgekommen. Vielleicht hatten sie die falschen Fragen gestellt. Jackson war entschlossen, einen zweiten Versuch zu unternehmen.

Mick warf einen Blick auf seine Uhr und dann auf den Teppich. »Ist das Blut da von dir?«

»Hab mich geschnitten.«

Mick beäugte ihn argwöhnisch.

»Du wolltest doch gleich wieder los«, sagte Jackson bedeutungsvoll.

Mick bedachte ihn mit einem missbilligenden Blick, hakte aber nicht weiter nach.

Jackson begleitete ihn zur Tür. »Irgendwas Neues bei den Ermittlungen?«

»Browne hat eine erneute Vernehmung der Männer von der Müllabfuhr angeordnet.«

»Klingt vernünftig.«

Mick legte den Kopf schief, als könnte er es nicht fassen, dass Jackson irgendwas Gutes über Browne sagte.

»Sonst noch was?«

Mick schluckte. »Ist erst mal nur eine Idee. Noch nicht endgültig.«

»Aber?«

»Er zieht einen Undercover-Einsatz in Erwägung. Mit einer Polizistin als Lockvogel.«

»So ein Schwachsinn. Haben sich schon Freiwillige gemeldet?«

»Bisher nicht.«

»Hoffen wir, dass es so bleibt.« Browne musste verrückt sein, das Leben einer Kollegin aufs Spiel zu setzen.

Sie verabschiedeten sich, und Jackson sah seinem Freund hinterher. Nach dem anfänglichen Hochgefühl, endlich etwas Sinnvolles zu tun, fühlte er sich jetzt leer und wie isoliert von allem. Auf dem Rückweg vom Café hatte er ein paar Grundnahrungsmittel wie Brot und Milch und Butter gekauft. Mahlzeiten hatte er in den vergangenen Monaten entweder ausgelassen oder irgendetwas beim Italiener, Chinesen oder Inder bestellt. Wie heute Morgen ein Sandwich in einem Café zu essen war okay, doch es gab nichts Traurigeres als einen einsamen

Witwer, der sich allein in einem Restaurant über seinen Teller hermacht. In seiner Kehle ballte sich ein fester Klumpen Trauer zusammen, den er hastig runterschluckte, ehe er daran erstickte.

Er nahm Jacke und Portemonnaie, ging zu seinem Mini und fuhr zum nächsten Supermarkt. Seit Jahren hatte er keinen dieser Läden mehr betreten, Polly hatte sich immer um die Einkäufe gekümmert. Ohne eine klare Vorstellung davon, was er eigentlich kaufen wollte, brauchte er ewig, um sich zurechtzufinden. Man sollte meinen, ein Todgeweihter müsste wenigstens wissen, worauf er Appetit hat, dachte Jackson. Stattdessen verwirrte ihn das unüberschaubare Angebot, und er begnügte sich mit einer Packung Hackfleisch, einem Glas Chilisauce und einer Dose rote Bohnen. Obwohl er Mick gegenüber etwas anderes behauptet hatte, nahm er auch noch eine Flasche argentinischen Malbec mit.

Eisiger Regen fiel, als er den Parkplatz überquerte, und seit dem Morgen schien es um etliche Grade kälter geworden zu sein. Außerdem war es dunkel. Er spürte sogar ein wenig Freude, in sein früheres Zuhause zurückzukehren.

Als er in die Einfahrt bog, erfassten seine Scheinwerfer eine Gestalt auf der Stufe vor seiner Haustür. Er sah sich suchend um und entdeckte ein Motorrad – eine Triumph Street Triple 675 –, das dicht an der Hecke stand.

Jackson parkte den Mini, nahm seinen Einkauf vom Beifahrersitz, stieg aus und schloss den Wagen ab.

Die Gestalt erhob sich.

»Ich bin dabei«, sagte sie.

»Schön, Sie wiederzusehen, John«, erwiderte er.

17

Garys Stimmung war auf dem Nullpunkt. Zum x-ten Mal fragte er sich, was zum Teufel er tun musste, um Jacksons Aufmerksamkeit zu bekommen, ohne erwischt zu werden.

Unbemerkt war Gary ihm durch den billigen Supermarkt gefolgt – Jackson hatte offensichtlich keine besonders hohen Ansprüche. Der Laden war nicht weit von dort, wo er wohnte und wo Gary zuletzt getötet hatte. Die Erinnerung an diesen glorreichen Abend stand ihm in strahlenden Farben vor Augen. Es fühlte sich warm und flauschig in ihm an, und er genoss das Gefühl einen Moment lang.

Dann dachte er wieder an Jackson und sein Jammergesicht. Der Anblick hatte Gary dermaßen entmutigt, dass er fast die Hoffnung aufgegeben hatte. Der Detective würde sich doch nicht etwa umbringen wollen? Das würde nun wirklich alles, aber auch alles ruinieren.

Er ließ die Wut in seinem Innern toben. Er hasste es, wenn seine Obsession ihn übermannte. Jetzt war nicht der richtige Zeitpunkt, es würde schon alles genau so laufen, wie er es wollte, ermahnte er sich streng.

18

Ihre Haut war vor Kälte fast blau, bemerkte Jackson, während er unter ihrem wachsamen Blick seine Einkäufe verstaute.

»Einen Schluck Wein?« Er deutete auf die gerade gekaufte Flasche.

»Nein.«

Natürlich durfte sie bei den Medikamenten, die sie nahm, keinen Alkohol trinken. »Stört es Sie, wenn ich mir ein Glas genehmige?«

»Nicht im Geringsten.«

Jackson zuckte mit den Achseln, öffnete den Malbec und goss sich großzügig ein. Aus den Augenwinkeln sah er, dass sie den Luxusherd, die Kaffeemaschine und den riesigen, amerikanisch aussehenden Kühlschrank mit dem Wasserspender musterte. Vielleicht bekam sie solche Küchen nicht oft zu sehen.

»Möchten Sie ein Glas Eiswasser?«

Sie schüttelte den Kopf.

Er trank einen Schluck Wein, schaute zu Boden. »Was macht der Arm?«

»Tut weh.«

»Sie halten nicht viel von gepflegter Konversation, was?« Er wollte die Stimmung aufhellen.

Sie erwiderte nichts.

»Auch gut.« Er nahm am Küchentisch Platz und klopfte auf den Stuhl neben seinem. Sie setzte sich, ganz vorn auf die Stuhlkante. »Bevor wir …«

»Ich will eine Zusicherung zu dem Testament und dem ganzen anderen Zeug, das Sie versprochen haben.«

»Darauf wollte ich gerade kommen«, sagte er ruhig. »Deshalb ist es wichtig, dass wir uns gegenseitig vertrauen.«

Ihre Nasenflügel bebten. »Also, wie soll das laufen, und warum ich?«

Weil ich sonst keine Auftragsmörder kenne und du ihn für mich töten musst, wenn wir ihn gefunden haben. »Sie haben andere Kontakte als ich. Sie bewegen sich in anderen Kreisen.«

»In kriminellen Kreisen, meinen Sie.«

»Richtig.«

»Neon ist ein Psycho. Er kennt nicht unbedingt dieselben Leute, die ich kenne.«

»Vielleicht ja doch, und dieser Möglichkeit sollten wir nachgehen.«

Sie verzog das Gesicht. Jackson wusste, was sie dachte: dass jede andere Spur im Sande verlaufen war.

»Im Wesentlichen werden Sie Ihre Möglichkeiten ausschöpfen und ich meine, das bedeutet vor allem Zugang zum Polizeiapparat. Sie und ich könnten unglaublich effektiv sein.« Vor allem unglaublich, dachte Jackson.

Der skeptische Ausdruck in ihrem Gesicht verriet, dass sie da ganz anderer Meinung war.

»Angenommen, ich helfe Ihnen«, sagte sie. »Wir haben Glück. Sie kriegen, was Sie wollen. Was dann?«

Diesmal war es an ihm, das Gesicht zu verziehen.

Sie erwiderte seinen Blick kühl. »Ich töte Neon, und Sie bekommen Ihre Rache.«

So ausgedrückt klang es genauso brutal, wie es war. Jackson räusperte sich.

»Und ich muss dann dafür den Kopf hinhalten, vielen herzlichen Dank.«

»Wenn es dazu käme, würden Sie mich umbringen«, sagte er.

»Das tu ich ja sowieso.«

Jackson trank noch einen Schluck Wein. »Stimmt.«

»Woher soll ich wissen, dass Sie mich nicht anlügen und Ihre ganze Knete irgendeinem Heim für streunende Katzen vermachen, wenn die Sache vorbei ist?«

»Woher soll ich wissen, dass Sie mir keine Kugel in den Kopf jagen, sobald ich Sie als meine Erbin eingesetzt habe?«

Sie schniefte, wischte sich mit dem Handrücken die Nase ab.

»Ich schlage Folgendes vor«, sagte er. »Ich rede morgen mit einem Anwalt und lasse von ihm ein Dokument aufsetzen, dass mein Vermögen bei meinem Tod auf Sie überschreibt.«

Das Leuchten in ihren Augen war wohl Zufriedenheit. So lebendig hatte er sie bis jetzt noch nicht gesehen.

»Ich werde außerdem bei einem Kollegen, dem ich vertraue, ein Schriftstück deponieren. Sollte mir irgendetwas … Endgültiges zustoßen, bevor Neon geschnappt ist, sind Sie die Erste, an deren Tür man klopft.«

Sie nickte.

»Aber ich kann Sie nur dann als meine Alleinerbin einsetzen, wenn Sie mir Ihren Namen verraten.«

Ihr Körper verspannte sich. Jackson kam in den Sinn, dass sie bei aller Ausgekochtheit und Cleverness nur wenig darüber wusste, wie die normale Welt funktionierte.

»Wie gesagt«, stellte Jackson erneut klar, »wir müssen einander vertrauen, und ich komme mir, ehrlich gesagt, ziemlich dämlich vor, wenn ich Sie John nenne.« Er lächelte in der Hoffnung, dass sie Sinn für Humor hatte und nachgeben würde.

Sekunden verstrichen. Er beobachtete ihre Augen, die aber unergründlich blieben.

»Ich heiße Iris Palmer«, sagte sie schließlich leise.

»Schön, Sie kennenzulernen, Iris«, sagte er. »Ich bin Matt.«

19

»Okay«, fuhr Jackson entschlossen fort. »Ich fasse jetzt mal die ganze Neon-Ermittlung von Anfang an zusammen. Unterbrechen Sie mich, wenn ich auf irgendetwas genauer eingehen soll oder Sie sonst irgendwelche Fragen haben. Einverstanden?«

Iris zuckte mit den Schultern.

»Ich war der leitende Ermittler, bis ich in Sonderurlaub geschickt wurde«, erklärte er.

»Wegen Ihrer Frau, klar.«

Die Sachlichkeit, mit der sie das sagte, brachte ihn für einen Moment aus dem Konzept, doch dann riss er sich zusammen und begann mit dem ersten Mord. Von da an lief es wie von selbst. Iris saß da, schmächtig und mit hochgezogenen Schultern, aufmerksam und konzentriert. Er konnte regelrecht sehen, wie sie die Informationen verarbeitete und Schlussfolgerungen zog. Zweimal stieß sie einen Seufzer aus und schüttelte kaum merklich den Kopf. Er wusste nicht, ob sie dachte, dass die Polizei Scheiß gebaut hatte, dass Neon sie an der Nase herumführte, was er ja tat, oder ob sie total ratlos war, was sie hoffentlich nicht war. Als Letztes schilderte er ihr den Abend, an dem Marcus Browne auftauchte und ihn zur Vernehmung abholte.

»Arschloch«, sagte sie. Eine Solidaritätsbekundung, aber Jackson brauchte keine Verstärkung dessen, was er ohnehin schon empfand. Dann schwiegen sie.

Er leerte sein Glas und goss sich neu ein.

»Warum wollten Sie gestern plötzlich nicht mehr, dass ich Sie umlege?«

Jackson erzählte ihr von dem Buch und der Botschaft, die es enthielt.

»Haben Sie's hier?«

»Es wird gerade auf Fingerabdrücke untersucht.«

»Träumen Sie weiter. Der verarscht Sie. Könnte ich jetzt doch ein Wasser kriegen?«

»Klar.« Jackson sprang auf. »Kein Problem.«

Er füllte ein Glas und stellte es ihr hin, als würde er einen Alligator mit einem Fleischbrocken füttern. Dann sah er zu, wie sie es in einem Zug leerte. Sie behielt das Glas in der Hand und fuhr nachdenklich mit einem behandschuhten Finger über dessen Rand.

»Was für eine Art Mann ist unser Killer?«, wollte er von ihr wissen.

»Er macht seine Hausaufgaben und arbeitet genau nach Schema F.«

»Schema F?«

»Er bereitet sich vor. Er schlägt zu. Er arrangiert alles und räumt auf. Er verschwindet. Er ist ein Profi, und er ist gründlich. Er wird auch keine digitalen Spuren hinterlassen.«

»Sie hören sich an, als wären Sie ein Fan.«

Sie stellte das Wasserglas ein wenig zu fest auf den Tisch.

»Er ist außerdem ein Angeber, arrogant, manipulativ und ein Großmaul.«

Jackson vermutete, dass Iris viele Männer kannte, auf die diese Beschreibung passte.

»Kriegt nur einen hoch, wenn er Frauen dominieren kann«, fuhr sie fort. »Woraus ich schließe, dass er wie viele Männer unter der ganzen Fassade ein Schlappschwanz ist.«

»Ein *Schlappschwanz*?« Das Wort wäre ihm nicht als Erstes eingefallen, um Neon zu beschreiben.

»Er fühlt sich minderwertig. Nicht wohl in seiner Haut. Wird leicht aggressiv. Hält sich für besser, als er ist.«

»Hat er eine feste Beziehung?«

Sie legte den Kopf schief, schien ernsthaft darüber nachzudenken. »Wahrscheinlich. Vielleicht ist er der unterlegene Partner. Sie sagen, alle Opfer wurden erdrosselt?«

»Ja.« Jackson versuchte, keine Regung zu zeigen, anders als Iris, die völlig gleichmütig wirkte.

»Womit?«

»Einer Lederschlinge.«

»Und?«

»Und was?«, fragte er.

»Dünn, dick, welche Farbe?« Sie trommelte ungeduldig mit den Fingern auf dem Tisch.

»Er hat sie mitgenommen.«

»Das Ding muss aber doch Spuren hinterlassen haben, oder?«

Hätte ein anderer ihm diese Frage gestellt, hätte er das für eine aufmerksame Beobachtung gehalten, aus dem Munde einer Auftragskillerin ließ sie ihm das Blut in den Adern gefrieren. Was zum Teufel dachte er sich dabei, diese Frau in sein Haus zu lassen? Hatte er den Verstand verloren? Gut möglich, aber eigentlich spielte selbst das keine Rolle mehr.

»Wir gehen davon aus, dass die Schlinge aus schwarzem Rindsleder ist, vier Zentimeter breit. In den ersten drei Fällen wurde der Hals extrem eingeschnürt, und sowohl der Schildknorpel als auch das Zungenbein waren gebrochen. Bei meiner Frau ...«, Jackson versagte kurz die Stimme, »Bei meiner Frau hat er eine Aderpresse benutzt. Der Erstickungstod war langsam und schmerzvoll. Das ist ein kleiner, aber wichtiger Unterschied.«

»Um eine Botschaft zu vermitteln«, sagte sie. »*Ich kann machen, was ich will. Ihr könnt mich nicht schnappen, und ich bin schlauer als ihr.* Gute Idee, den Medien zu verschweigen, von wem sie getötet wurde«, schob sie nach. »Das dürfte ihn auf die Palme bringen.«

»Meinen Sie, das ist die richtige Strategie? Ihn provozieren?«

Sie zuckte mit einer Schulter. »Den Scheißkerl ärgern. Unberechenbar sein, ihn auf Trab halten, sodass er nie weiß, woran er ist.«

»Keine schlechte Idee«, sagte Jackson vage. »Ist aber riskant. Neon hat Gina Jenks zum Schweigen gebracht, weil sie Nachforschungen angestellt hat.«

Iris schwieg. *Na und?*

»Sowohl bei meiner Frau als auch bei der Journalistin hatte er ein Motiv«, sagte Jackson. »Anders als bei den ersten zwei Opfern, die er zufällig ausgewählt hat.«

»Sagt wer?«

»Die Frauen waren in der Stadt, um sich zu amüsieren, Iris. Sie hatten nichts miteinander zu tun. Sie kannten sich gar nicht.«

»Aber sie könnten Neon gekannt haben. Habt ihr die Telefondaten überprüft?«

Er fragte sich kurz, ob sie ihn auf den Arm nehmen wollte. »Natürlich.«

»Keine Überschneidungen?«

»Zwischen den Frauen? Wir konnten keine ermitteln.«

»Dann überprüft das noch mal.« Iris starrte stur geradeaus. Jackson versuchte, in ihrem Gesicht zu lesen, und stellte fest, dass er es nicht konnte.

»Neon kennt sich offensichtlich gut in der Stadt aus«, sagte er. »Und das will was heißen bei den ganzen Großbaustellen und Umleitungen, den vielen gesperrten Straßen und Scharen von Arbeitern.«

»Aber er muss immer noch zum Tatort hin- und wieder wegkommen«, stellte sie fest. Das alles hatten sie längst überprüft. Aber er beschloss, sie weiterreden zu lassen, wollte ihren Gedankenfluss nicht unterbrechen. »Er wird nicht sein eigenes Auto benutzen, und er wird kein Taxi nehmen oder den Bus, weil er seine ganze Staffage dabeihat«, fuhr sie fort. »Wie Sie schon gesagt haben, fährt er vermutlich einen Van, entweder einen eigenen oder einen geliehenen. Falls er sich einen leiht …«

»Dann hat er einen Komplizen.« Jackson wurde flau im Magen, als ihm einfiel, dass Marcus Browne genau das gemutmaßt und er den Gedanken verworfen hatte.

»Möglich, aber vielleicht weiß der nicht genau, wozu Neon den Van braucht.«

Jackson fand das schwer zu glauben. Aber Iris blieb unbeirrt.

»Er wird sich irgendwelche Vorwände einfallen lassen, um sich den Van auszuleihen, aber dann hat er ein Problem, weil ihr denselben Wagen mit demselben Kennzeichen auf den Überwachungsvideos entdecken würdet. Soweit ich weiß, befinden sich 27 Überwachungskameras an öffentlichen Plätzen und 380 weitere auf Gebäuden und zur Beobachtung der Umgebung, deshalb hat er meiner Meinung nach ein eigenes Fahrzeug, an dem er nach jeder Fahrt die Nummernschilder austauscht. Und er ist clever, weil er sich die vielen toten Winkel in der Stadt zunutze macht.«

Jackson sträubten sich die Nackenhaare. Iris sprach aus Erfahrung. Auch sie agierte in diesen dunklen Ecken und Winkeln, Orte, die er nie gesehen hatte und nie sehen wollte. »Weiter.«

»Das Straßenreinigungsdepot. Die haben garantiert eine Videoüberwachung. Habt ihr euch die Aufnahmen genau angesehen?«

»Ja. Fehlanzeige.«

»Und nach dem Mord an Gina habt ihr die Mitarbeiter dort vernommen?«

»Haben wir.«

»Einer von denen lügt. Neon kann so eine Nummer nur mithilfe eines Insiders durchgezogen haben. Irgendwer hat die Kehrmaschine zu Neon gefahren, damit der die Leiche transportieren konnte, und hat sie dann wieder zurückgefahren.«

Wieder schien Marcus Browne richtiggelegen zu haben, wurde Jackson klar. Aber Iris' Theorie hatte einen Haken. »Die Kehrmaschine müsste voll mit Ginas DNA sein. Wir haben aber nichts gefunden, in keinem. Und wir haben sie alle untersucht.«

»Vielleicht wart ihr nicht gründlich genug. Vielleicht wurde er ausgetauscht. Manchmal kann man bei der Stadt gebrauchte Kehrmaschinen kaufen.«

»Haut nicht hin«, sagte Jackson, der nicht weiter nachfragen wollte, woher Iris das wusste oder warum überhaupt jemand eine gebrauchte Kehrmaschine kaufen sollte. »Neon hat unter Zeitdruck gearbeitet. Er wusste nicht, wie lange Gina Jenks noch in den Midlands bleiben und Fragen stellen würde. Er musste sie möglichst schnell zum Schweigen bringen.«

»Dann hat er eben einen Leichensack verwendet. Liegt doch nahe.«

Jackson kratzte sich am Kopf. Er war ein DCI, verdammt noch mal, und diese Straßengöre-Querstrich-Auftragsmörderin verstand mehr von Ermittlungsarbeit als die meisten seiner Kollegen. Er erzählte ihr, dass alle Angestellten der Straßenreinigung erneut vernommen werden sollten.

»Von Ihnen?«

»Leider nein.«

»Haben Sie Namen?«

»In den Akten, ja. Wieso?«

»Leute, die so eine Arbeit machen, stehen in der Nahrungskette eine Stufe über Gerüstbauern.« Auf seinen verständnislosen Blick hin redete sie weiter. »Anders ausgedrückt, ich kenne ein paar Leute, die ein spezielles Interesse am Entsorgungsgewerbe haben.«

Jackson setzte eine entspannte Miene auf, als würde er über das Fußballspiel vom Vorabend reden und nicht über die Beseitigung von Leichen.

»Moment bitte.« Er holte seinen Laptop aus dem Nebenzimmer, fuhr ihn hoch und steckte den USB-Stick in den Port. Er spürte, dass Iris ihm über die Schulter schaute, und drehte den Bildschirm von ihr weg.

»So viel zum Thema Vertrauen«, murmelte sie.

»Ich lese die Namen vor«, sagte Jackson, ohne auf die Bemerkung einzugehen. »Sagen Sie Stopp, wenn Ihnen einer bekannt vorkommt. Ahmed Khan, Dave Widdowson, Raheem Omojola, Roger King, Bo Zhang, Jordan Boswell …«

»Meine Größe, spindeldürr und Augen wie eingelegte Eier?«

»Na ja, jetzt, wo Sie's sagen …«

»Kenn ich«, sagte sie. »Aus Wren's Nest. Ein echter Zigeuner.«

Wren's Nest war eine Sozialbausiedlung bei Dudley. Früher eine Hochburg der Kriminalität. Anscheinend hatte sich daran nichts geändert. »Dass er dem fahrenden Volk angehört, macht ihn noch nicht zum Verbrecher.«

»Jordan Boswell würde sein eigenes Kind verkaufen, wenn ihm das Geld einbrächte. Er ist die Schwachstelle. Ich dachte, ihr hättet die Telefondaten gecheckt.«

»Wir haben *sämtliche* Telefondaten überprüft«, betonte er und klickte die entsprechende Datei an. »Wenige Tage vor Ginas Ermordung wurde Jordan Boswell zweimal von einem Münztelefon aus angerufen.«

»Na bitte. Habt ihr das Münztelefon gefunden?«

»Ja.«

»War es in der Nähe einer Überwachungskamera?«

»Nein.«

Iris' Augen wurden schmal. »Ich hab's ja gesagt: Neon ist ein Profi.«

»Sie denken, er war der Anrufer?«

»Wer sonst?«, entgegnete sie und verdrehte die Augen.

Jackson nahm sich vor, Jordan Boswell möglichst schnell aufzusuchen, bevor Marcus Brownes Leute ihm zuvorkamen. Er machte weiter: »Noch mal zurück zu Gina Jenks und den Pubs, wo sie was getrunken hat.«

»Und ihre blöden Fragen gestellt hat.«

»Und wo wir keinen Schritt weitergekommen sind«, stellte Jackson klar, »weil die Leute da sich an irgend so einen lächerlichen Schweigekodex halten.«

»Was habt ihr erwartet? Wenn ein Bulle so einen Laden betritt, ist das, als würde ein Lamborghini auf einen Lidl-Parkplatz rollen. Man riecht euch fünfzig Meter gegen den Wind.«

»Meinen Sie, Sie hätten mehr Glück?«

»Das *meine* ich nicht nur, das *weiß* ich.«

Er schrieb eine Liste auf einen Notizblock, riss das Blatt ab und reichte es ihr. »Finden Sie raus, mit wem sie geredet hat, ob sie von irgendwem angebaggert wurde.«

Sie versteifte sich sichtlich.

»Hören Sie, das soll nicht wie eine Anweisung klingen.«

Sie starrte ihn finster an. Ihr Mund war eine straffe, dünne Linie.

»Oder Ihnen sagen, was Sie zu tun haben, aber wir müssen unsere Kräfte bündeln und zusammenarbeiten.«

Nach einem Moment überflog sie die Liste, faltete das Blatt Papier zusammen und schob es in die Gesäßtasche ihrer Jeans. »Was für ein Typ war Gina?«

»Sehr engagiert. Wollte sich unbedingt einen Namen machen.«

»Na, das hat sie immerhin geschafft.«

Jackson war nicht sicher, ob das ein geschmackloser Scherz war oder eine sachliche Feststellung.

»Hat sie geraucht?«, fragte Iris.

Er wusste es zu schätzen, dass sie die richtigen Fragen stellte. »Ja. Sie könnten herausfinden, ob sie mal vor die Tür gegangen ist und dabei mit irgendwem gequatscht hat, von dem sie sich besser ferngehalten hätte.«

»Krieg ich Spesen?«, sagte Iris.

»Wie bitte?«

»Geld bringt Leute zum Reden. Sie sind Bulle, Sie müssten das wissen.«

Jackson seufzte. »Okay. Ich erstatte Ihnen alle eventuellen Auslagen.«

»Wann?«

Himmelherrgott, dachte er. »Wenn wir uns das nächste Mal treffen.«

»Okay. Zurück zu Gina. Wo wurde ihr Wagen gefunden?«

»Parkplatz in Cape Hill.«

»Haben Sie ein Foto?«

Jackson wandte sich wieder dem Laptop zu. Mit ein paar Klicks rief er Ginas blauen Corsa auf, der zwei Reihen von der Ausfahrt entfernt auf dem achten Stellplatz stand, und drehte den Bildschirm so, dass Iris das Foto gut sehen konnte.

»Reden Sie mit Ihren … *Bekannten*«, sagte er. »Vielleicht haben die irgendwas munkeln hören.«

Sie sah ihn kühl an. »Noch mal. Ein Typ wie Neon wird nicht mit irgendwem aus meiner Welt reden.«

»Jeder Versuch, und sei er noch so aussichtslos, ist besser, als nichts zu tun.«

Ihr Gesichtsausdruck besagte, dass er ihre kostbare Zeit vergeudete. Zeit, die sie vielleicht nicht mehr hatte.

»Geht's Ihnen gut genug, um das zu machen, ich meine wegen der …« Er verstummte, hustete, griff nach seinem Glas und merkte, dass es schon wieder leer war.

Ihr Mund zuckte. Seine Unbeholfenheit schien sie zu amüsieren.

Um sie abzulenken, wurde er wieder sachlich. »Wir bleiben in Kontakt.«

»Ich brauche Ihre Telefonnummer«, sagte sie.

»Haben Sie Ihr Handy dabei?«

»Nein.«

Log sie ihn an? »Ich schreibe Ihnen meine auf«, sagte er.

»Nicht nötig.«

»Können Sie sich die merken?«

»Ich bin nicht blöd«, zischte sie ungehalten.

Daran hatte Jackson keinen Zweifel, und er ratterte die Nummer herunter. »Okay, und Ihre?«

»Die geb ich Ihnen, wenn ich mich wieder melde.«

»Iris«, sagte er in einem warnenden Tonfall. »Verscheißern Sie mich nicht.«

Sie sah ihn kühl an und stand auf. »Sind wir hier fertig?«

»Nicht ganz.« Jackson richtete sich zu voller Größe auf. »Während wir zusammenarbeiten, erledigen Sie keine weiteren Aufträge, bringen niemanden um.« Iris trat von einem Bein aufs andere. »Denken Sie ja nicht, dass ich Sie nicht drankriege, sollten Sie es doch tun.«

Sie öffnete den Mund, um zu protestieren, doch er kam ihr zuvor.

»Ich habe auch so meine Kontakte«, sagte er drohend. »Übermorgen um sechs kommen wir wieder zusammen.« Um nicht mit ihr gesehen zu werden, nannte er einen zweitklassigen Pub knapp außerhalb der Stadt als Treffpunkt. »Es sei denn, ich höre vorher schon von Ihnen«, sagte er sarkastisch.

20

Iris wusste nicht, welche rechtlichen Probleme die polizeiliche Anstiftung zu einer Straftat nach sich zog, aber sie wusste, wie es sich anfühlte, gelinkt zu werden. Dabei hatte sie sich eingebildet, den Detective genau da zu haben, wo sie ihn haben wollte, denn Jacksons Fähigkeiten als Ermittler nach zu schließen, war er ein Tölpel. Und dann, als sie gerade gehen wollte, hatte er ihr das Gegenteil bewiesen. Keine Jobs für sie mehr, sonst ... Und sie wusste sehr genau, was er mit *drankriegen* gemeint hatte: Er würde sie ausliefern, sie würde die volle Wucht des Gesetzes zu spüren bekommen und ihre Freiheit verlieren.

Um halb elf am nächsten Vormittag schäumte sie immer noch vor Wut. *Und* der Arsch hatte immer noch ihre Pistole. Sie konnte sich eine andere besorgen, aber darum ging's nicht, und außerdem hätte sie die bezahlen müssen. Je eher der Job erledigt wäre, desto schneller würde sie das Geld kriegen. Der Gedanke an so eine Menge Kohle brachte eine Ader an ihrer Schläfe zum Pochen. *Denk an die Belohnung, Iris, und scheiß auf den Rest.*

Sie klappte das Visier an ihrem Helm herunter, stieg auf die klassische Triumph und fuhr aus der Stadt in Richtung Smethwick.

Siebzehn Minuten später befand sie sich exakt an der Stelle, wo Ginas Wagen entdeckt worden war. Der Parkplatz war leer, und nach acht Monaten würde sie nichts Wichtiges mehr finden können. Ihr war klar, dass die KTU-Typen alles abgesucht hatten, aber sie ging trotzdem in die Hocke. Ein kalter Windstoß traf ihre nackte Haut zwischen hochgerutschtem Pullover und Jeansbund. Sie fluchte leise – hier waren bloß noch Erde und Schotter.

Sie richtete sich wieder auf, versuchte, sich in den Killer hineinzuversetzen. Irgendwann an diesem verhängnisvollen Abend im März hatten sich seine und Ginas Wege gekreuzt. Iris vermutete, dass er ihr Informationen über den Neon-Fall versprochen und vorgeschlagen hatte, sich hier auf dem Parkplatz zu treffen. Sie stellte sich vor, wie Gina vorausfuhr und Neon mit dem eigenen Auto folgte. Wahrscheinlich hatte er sich eine schlecht einsehbare Stelle gesucht, hatte die Lichthupe betätigt, und Gina, ehrgeizig und wissbegierig, wie sie war, hatte ihr Auto verlassen und war zu ihm rübergelaufen. Und warum auch nicht?

Oder aber Neon wäre ausgestiegen und zu ihr hinübergegangen, hatte sie überredet, in seinen Wagen einzusteigen. Hätte eine Frau wie Gina das nicht zu offensichtlich und gefährlich gefunden? Es sei denn, er hatte einen schicken Schlitten und sie war eine Autofanatikerin. Dagegen sprach allerdings, dass sie einen Corsa fuhr.

Iris schnalzte tadelnd mit der Zunge. *Bleib bei den Fakten, Mädchen.*

Also, wo hätte er geparkt? dachte sie, stellte sich auf die Zehenspitzen und schaute sich um. *Wo hätte ich gewartet?*

Eine Reihe großer Wertstoffcontainer fiel ihr ins Auge. Sie standen am hinteren Ende des Parkplatzes, boten gute Deckung und waren weit genug von der Hauptstraße entfernt.

Sie neigte den Kopf gegen den Wind, schob die Hände in die Taschen und ging darauf zu. Direkt neben den Containern stand ein Micra – für Iris ein Küchenmixer auf Rädern. So beiläufig wie möglich ging sie in die Hocke, durchsiebte mit behandschuhten Fingern den Dreck um und unter dem Wagen. Was immer sie fand, konnte aus der Restmülltonne gleich nebendran stammen, und wahrscheinlich war hier nichts mehr zu finden, das irgendwie mit Neon zu tun hatte. Dennoch, Iris arbeitete gern gründlich.

Nachdem sie drei Seiten des Autos erfolglos untersucht hatte, ging sie zum Heck und wiederholte den Vorgang.

Nichts.

Dann kam ihr ein Gedanke. Der Unterschied zwischen ihr und Neon war der, dass er sein Ego füttern musste. Ihr dagegen ging es nur um ihren Kontostand. Sie besaß keine anderen Fähigkeiten. Das Töten war für sie ein dreckiger Job. Es brachte ihr keine Befriedigung, aber die meisten Menschen hassten ihre Arbeit, und irgendwer musste es ja tun. Sie kehrte niemals zum Tatort eines Jobs zurück. Serienkiller hingegen machten das öfter. Sie konnten nicht anders, mussten sich immer wieder daran aufgeilen, die Scheißkerle. Nach der widerlichen Botschaft an Jackson war ihr klar, dass sie es mit einem Mann zu tun hatten, der sich für unbesiegbar hielt. Er würde wieder herkommen, garantiert. Und das vermutlich mit demselben Wagen, den er benutzt hatte, um Gina zu ködern.

Befriedigt fuhr sie die Straße hinunter nach Oldbury und hielt an einer Autowaschanlage. Bewaffnete Polizisten und Zollbeamte hatten hier kürzlich gemeinsam eine Razzia durchgeführt, um illegale Einwanderer abzugreifen, aber es waren noch immer Leute da, von denen sie wusste, dass sie ihr nützliche Informationen liefern könnten.

Wie immer herrschte Hochbetrieb. Sie sah zu, wie drei junge Männer einen alten Mercedes säuberten.

Sie sprach den Stämmigsten von ihnen an – einen Mann mit teigigem Gesicht und Augenbrauen, die sich in einer geraden Linie über die Stirn zogen. »Ist Jakub da?« Jakub war der polnische Besitzer. Mit seinem dünnen, vogelartigen Körperbau, den Knopfaugen und der runden Brille schien er eher in eine Volkshochschule zu gehören als hierher. Eines Abends hatte er ihr gegenüber nach zu vielen Wodkas geprahlt, er habe früher als verdeckter Ermittler gearbeitet. Als korrupter verdeckter Ermittler, vermutete sie.

Teiggesicht deutete mit dem Kinn in Richtung eines klapprigen Fiesta. Iris nickte zum Dank und ging über den Hof. Jakub sprach gerade mit einem Mann, der einen Porkpie-Hut und einen dicken Mantel trug. Sobald Jakub sie sah, entschuldigte er sich, schüttelte dem Mann die Hand und kam rasch auf sie zu. Hintertriebener Mistkerl, dachte Iris.

Jakub ließ ein paar Nettigkeiten vom Stapel. *Schön, dich zu sehen. Die Geschäfte laufen prima. Du siehst gut aus.* Was eine Scheißlüge war. Sie sah krank aus, und sie wusste es. Als ihm die Puste ausging, fragte sie ihn nach Kunden mit protzigen Autos.

»Wie meinst du das?«

»Kamen in letzter Zeit Wagen mit getönten Scheiben.«

Jakub breitete die Arme aus. »Ich glaube nicht.«

»Und vor ungefähr acht Monaten?«

Ein ungläubiges Lächeln breitete sich auf seinem Gesicht aus, aber als er sah, dass Iris nicht ebenso amüsiert war, verschwand es so schnell wie Eiswürfel in kochendem Wasser. »Daran würd' ich mich bestimmt erinnern«, sagte er, um sie schnell zu besänftigen.

»Halt die Augen offen. Wenn ein besonders schicker Wagen reinkommt, notierst du das Kennzeichen.«

»Besonders schick?«, echote er fragend.

»Auffällig, teuer, schnell, interessant, exotisch …« Du weißt, was ich meine, dachte sie genervt.

»Aha, ja, klar. Verstehe.« Er ballte eine knochige Hand zur Faust und hob sie an die Lippen. »Und es gelten die üblichen Konditionen?«

»Ich verdoppele den Preis, wenn du den Fahrer beschreiben kannst«, sagte Iris.

Jakub strahlte und deutete eine Verbeugung an. »Immer eine Freude, mit dir ins Geschäft zu kommen.«

Iris machte auf dem Absatz kehrt, schwang sich auf die Triumph, ließ den Motor an und fuhr auf direktem Weg nach Gornal zum *The Vaults*, dem ersten Pub, den Gina Jenks – unmittelbar nach ihrem Besuch im Black Country Museum – in der Nacht ihrer Ermordung aufgesucht hatte. Falls nichts dazwischenkam, würde Iris rechtzeitig zum Mittagsbetrieb dort ankommen.

21

Den ganzen Vormittag hatte Gary das Stadtzentrum auf der Suche nach Inspiration durchkämmt. Immer wieder zog es ihn dafür in die Nähe eines seiner Tatorte, dorthin, wo seine *künstlerischen Installationen* gewesen waren, wie er verliebt dachte.

Er brauchte einen Schuss Koffein und bestellte sich einen Americano in einem Café nicht weit von der Stelle, wo er Gina Jenks' Leiche arrangiert hatte. Die Befriedigung, die ihm das verschaffte, war durch kaum etwas zu überbieten. Fast konnte er noch ihr Parfüm riechen, bevor es vom Geruch der Angst überlagert wurde. Ein Schauer der Erregung durchlief ihn, als er daran dachte, wie er sie angelockt und ausgelöscht hatte. Wenn er die Augen schloss, sah er sie noch vor sich – tot, natürlich. Lebende Frauen waren so überbewertet. Gina hatte keine Ahnung, wie viel Mühe und Sorgfalt er ihrer Leiche gewidmet hatte. Ehrlich, sie wäre stolz gewesen. Als er mit ihr fertig war, sah sie geradezu majestätisch aus, keine Spur mehr von dem coolen Image, um das sie sich so sehr bemüht hatte. Wer braucht schon diesen ganzen Instagram-Fake, wenn er seinen eigenen Neonkünstler haben kann, der einen für den Sensenmann herausputzt?

»Möchten Sie warme Milch dazu?«, fragte der Barista.

»Was?«, sagte Gary gereizt, weil er aus seinen Erinnerungen gerissen wurde.

»Warme Milch?«, blaffte der Mann.

Arschloch. »Ach so, ja gern.«

Garys Mund verzog sich, während er zusah, wie der Barista versuchte, sein eigenes verdammtes Kunstwerk zu erschaffen, anstatt einfach nur einen Kaffee einzugießen. Gary zahlte und ging mit der Tasse nach draußen, um seine zukünftige Beute besser begutachten zu können.

Leider trugen die meisten Frauen Mäntel und wattierte Jacken, Schals und Mützen und Handschuhe. Das war alles andere als stimulierend. Egal, er beschloss, in Ruhe seinen Kaffee zu trinken und stattdessen über die technischen Aspekte seines nächsten Kunstwerks nachzudenken. Er hatte bereits eine ansehnliche Sammlung von Leuchtschildern zu einem großen amerikanischen Thema angefertigt, darunter einige echte Knaller. Gott, es würde wunderbar werden. Und in ein paar Tagen würde er die Schlüssel zum Schauplatz seines großen Spektakels bekommen. Es würde genau hier inszeniert werden, mitten in Birmingham, vor aller Augen. Aufregender ging's doch gar nicht.

Er genoss den Moment und trank seinen Kaffee. Nachdem er die Stadt bis ins Mark erschüttert hatte, was konnte er wohl alles erreichen? Nach diesem Finale wollte er eine Weile von der Bildfläche verschwinden, und nächstes Jahr würde er den Sommer über mit der Band auf Tour gehen. Naomi hätte nichts dagegen, sie wäre ohnehin mit ihrer Arbeit beschäftigt. Sein Kumpel Baz hatte die Tourdaten bereits festgelegt. Osteuropa lockte mit Auftritten in Estland, der Slowakei, Slowenien und Lettland. Falls es Gary zu langweilig wurde, könnte er ja die eine oder andere Leiche zurücklassen, um nicht aus der Übung zu kommen.

Aber zuerst brauchte er Jackson.

Seine Stirn legte sich in Falten. Er hatte gehofft, der Detective würde inzwischen wieder an dem Fall arbeiten, doch bislang hatte er nichts dergleichen feststellen können, weder offiziell noch sonst etwas. Hmm …

Eine auffallend gut aussehende Frau, stark geschminkt, gerade Haltung, stöckelte auf teuren Stilettos vorbei. Wahrscheinlich ein Model, dachte Gary, oder, und der Gedanke gefiel ihm noch besser, ein Köder. Schlagartig wurde ihm die Lösung für sein Dilemma klar.

Verträumt sah er ihr nach, bis sie im Gedränge verschwand. Dann wandte er den Blick zurück zu der Szene unmittelbar vor ihm. Welche vom Glück gesegnete Frau unter all den attraktiven und klassisch schönen würde er auserwählen, damit ihr Name und ihr Tod in wundervolle Lichter getaucht wurden?

22

Jackson rief im Birmingham Museum and Art Gallery an und bat, mit dem Kurator verbunden zu werden, einem Mann namens James Bridges. Aus den Fallunterlagen ging hervor, dass bereits ein Detective dort Nachforschungen angestellt hatte, aber keinen Schritt weitergekommen war. Jackson hoffte, dass er mehr Glück haben würde. Bridges hörte zu, während Jackson sich vorstellte und fragte, ob die Galerie in den vergangenen zwölf Monaten Neonkunst ausgestellt hatte.

»Nein«, antwortete Bridges klipp und klar. »Manche betrachten das als zeitgenössische Bildhauerei. Mein Kunstbegriff ist da etwas feiner«, sagte er trocken.

»Sie können damit nichts anfangen?«, fragte Jackson.

»Das würde ich nicht sagen. Ich bin für alle künstlerischen Ausdrucksformen offen, für alles, was den Zustand der Menschheit abbildet. Aber natürlich sind einem manche Formen zugänglicher als andere.«

Jackson zog zwei dicke Striche durch James Bridges' Namen. »Kennen Sie dann vielleicht jemanden, der sich für Neonkunst begeistert und damit auskennt?«

»Kennen Sie die Kunsthandlung und Galerie in der Arena Birmingham?«

Jackson setzte sich auf. Tatsächlich hatte er schon davon gehört.

»Sprechen Sie mit Lizzie Withers. Sie wird Ihnen weiterhelfen können. Ach, und noch was.«

»Ja?«

»Die Galerie öffnet erst um zehn Uhr. Ich würde Lizzie genug Zeit für ihre erste Tasse Kaffee lassen.«

Jackson sah auf die Uhr und widmete sich wieder den Vernehmungsprotokollen von Vicky Wainrights und Vanessa Booths Eltern. Beide Frauen waren unverheiratet gewesen. Vicky hatte erst vor Kurzem eine dreijährige Beziehung beendet, und Vanessa war laut Aussage ihrer Mutter »mit Männern befreundet, nichts Ernstes«. Er würde die Eltern zu diesem Zeitpunkt nicht mit einem Anruf oder Besuch aufschrecken, nur weil er die abwegige Hoffnung hegte, sie könnten ihm irgendetwas Weltbewegendes mitteilen. Das wäre zu grausam.

Beide Frauen hatten ähnliche Interessen: Shoppen, Clubben und Reisen. Vicky hatte Skiurlaub in Chamonix gemacht, beide bevorzugten ausgefallene Reiseziele. Wie die meisten jungen Leute verbrachten sie gern Zeit mit Freunden und waren mit einem relativ großen Kreis von jungen, gut situierten Berufstätigen vernetzt. Vanessa hatte genug gespart, um ein eigenes Haus anzuzahlen. Jackson wünschte, dass ihm irgendetwas auffallen würde, aber nichts auf den dicht bedruckten Seiten sprang ihm ins Auge.

Danach rief er David Noakes von der Anwaltskanzlei Noakes & Standing auf der Corporation Street an und bat um ein Gespräch. Sie vereinbarten einen Termin am nächsten Vormittag. Sein nächster Anruf galt dem Beamten, der für die Koordination der Straßenreinigung zuständig war, ein Mann namens Roderick Mayo. Jackson erinnerte Mayo daran, wer er war, und fragte, ob es möglich wäre, noch einmal mit Jordan Boswell zu sprechen.

»Heute Morgen hat doch schon einer von eurer Truppe angerufen«, sagte Mayo müde. »Sprecht ihr euch denn nicht ab?«

Jackson war den fehlenden Respekt vonseiten der Bevölkerung gewohnt. Der Mangel an sichtbarer Polizeipräsenz auf den Straßen und eine besonders in Birmingham niedrige Aufklärungsrate bei Einbrüchen hatten dazu geführt, dass sich viele Menschen im Stich gelassen fühlten. Er wusste schon nicht mehr, wie oft er versucht hatte, überhöhte Erwartungen zu dämpfen, indem er auf die Mittelkürzungen verwies, den allgemeinen Personalmangel und die schlechte Stimmung unter den Kollegen – zusätzlich zu dem ganzen Druck, unter dem die von der Gesellschaft weniger Begünstigten standen.

»Tut mir leid«, sagte Jackson. »Da ist offenbar was schiefgelaufen.«

»Jedenfalls haben Sie Pech. Ihrem Kollegen hab ich auch schon gesagt, dass Jordan heute freihat.«

»Wahrscheinlich braucht mein Kollege ohnehin bis Mitte nächster Woche, bis er mit der Liste durch ist«, log Jackson gezwungen leutselig.

»Na, kein Wunder, dass ihr diesen Neon noch immer nicht geschnappt habt.«

Jackson ignorierte Mayos bissige Bemerkung und sagte: »Meinen Sie, ich könnte Mr. Boswell zu Hause erreichen?« Der Mann wohnte in Quinton, wie Jackson sich erinnerte.

»Kommt drauf an.«

»Worauf?«

»Ob er da ist oder nicht. Der ist oft bei seinen Kumpels in Tividale. Die spielen da wohl in einer Band.« Mayos Tonfall ließ durchblicken, dass er Boswell nicht für einen kommenden Weltstar hielt.

»Welches Instrument spielt er?«

»Tamburin und Mundharmonika. Aber schlecht.«

Jackson dankte Mr. Mayo. Er rief Boswells Adresse auf. Die Worte »The Grove« in der ersten Zeile beschworen Bilder einer baumbeschatteten Villengegend herauf. Hätte ihn schwer gewundert.

Aber zuerst hatte er eine Verabredung mit Lizzie Withers.

Die kultivierte Ruhe einer Kunstgalerie umhüllte Jackson wie eine warme Decke. Abgesehen von den auf die einzelnen Gemälde gerichteten Spotlights war der Raum weich ausgeleuchtet. Er schrie nicht Geld und Kultur, er flüsterte es.

Jacksons Blick fiel auf das Gemälde einer liegenden Frau auf einem Bett. Ihr Gesicht war ihm zugewandt, ihre Augen waren geschlossen, langes blondes Haar fiel wallend von dem Kissen bis auf den Boden. Sofort perlte ihm Schweiß auf der Stirn, und ein entsetzliches Klopfen in seiner Brust hämmerte eine Warnung. Instinktiv griff er sich an den Hemdkragen, um eine Krawatte zu lockern, die nicht da war. Er rang nach Luft.

»Wunderbar, was?«

Als Jackson sich umdrehte, begegnete er dem ernsten Blick eines Mannes im mittleren Alter, der wie von Zauberhand neben ihm aufgetaucht war. Jackson nickte blind.

»Ist Ihnen nicht gut?«, fragte der Mann besorgt.

»Hab heute noch nichts gegessen«, stammelte Jackson. »Niedriger Blutzucker.«

Der Mann schob eine Hand unter Jacksons Ellbogen und führte ihn zu einem Stuhl. Jackson ließ es zu.

»Ich hol Ihnen was zu trinken.«

Der Mann durchquerte den Raum, stieß eine Tür auf und rief »Lizzie!«, ehe er aus dem Blickfeld verschwand.

Jackson atmete tief ein und aus, um sein rasendes Herz zu beruhigen. Jesses, dachte er. Egal, wie sehr er versuchte, so zu tun, als ob, sich normal zu verhalten, sein Körper und sein Geist hatten sich zusammengetan, um gegen ihn zu rebellieren.

Einige Minuten später wurde ihm eine Tasse Tee in die Hand gedrückt. »Ist Tee in Ordnung? Ich hab ordentlich Zucker reingetan.«

Als Jackson aufsah, blickte er in das Gesicht einer Frau mit brünettem wuscheligem Haar, grün-braunen Augen und zarten

Gesichtszügen. Sie war ganz in Schwarz gekleidet, wirkte aber so strahlend wie ein Weihnachtsengel.

»Ralph hat mir Bescheid gegeben.« Sie sah zu einem Schreibtisch hinüber, wo der Mann von vorhin saß und mit einem Finger über eine Katalogseite fuhr.

»Es tut mir leid«, sagte Jackson.

»Das muss es nicht. Passiert mir andauernd.« Sie senkte die Stimme. »Besonders, wenn ich es am Abend vorher mit dem Pinot übertrieben habe.«

Er lächelte. »Sind Sie Lizzie Withers?«

»Gott, eilt mir mein Ruf als Schluckspecht jetzt schon voraus?« Der Gedanke schien sie nicht im Geringsten zu stören.

Jackson stand auf und stellte sich vor.

»Der Neon-Mörder«, sagte sie nachdenklich.

»Könnten wir uns vielleicht irgendwo unter vier Augen unterhalten?«

»Warten Sie kurz.« Lizzie Withers ging hinüber zu Ralph. Nach einem kurzen Gespräch im Flüsterton drehte sie sich zu Jackson um und deutete auf die Tür am hinteren Ende der Galerie.

Jackson trank rasch noch einen Schluck Tee. Seine Beine fühlten sich an, als wären sie vom Rest seines Körpers losgelöst.

Er folgte ihr in einen kleinen dunklen Raum, der Gemälde eines ihm unbekannten Künstlers enthielt.

»Also?« Sie lehnte sich mit dem Rücken an die Wand, stemmte einen Fuß dagegen. »Wie kann ich Ihnen helfen?« Es war ungewöhnlich, dass jemand in seiner Gegenwart so völlig entspannt war. Die meisten Menschen reagierten verhalten, vorsichtig und manchmal argwöhnisch, wenn sie mit der Polizei zu tun hatten. Ganz anders Lizzie, eine Frau, die sich offensichtlich sehr wohl in ihrer Haut fühlte. In dieser Hinsicht erinnerte sie ihn an Polly. Er gab sich größte Mühe, das flaue Gefühl im Magen zu ignorieren.

»Ich verstehe nicht viel von Neonkunst. Ich hatte gehofft, Sie könnten mir da weiterhelfen.«

»Das Kunstestablishment rümpft zwar ein wenig die Nase darüber, aber Neonkunst ist beim Publikum sehr beliebt und gewinnt zunehmend Anerkennung. Profilierte Künstler und Künstlerinnen wie Tracey Emin bedienen sich Leuchtmitteln schon länger. Ich vermute, Sie haben bereits mit einem Neonkünstler gesprochen.«

»Nicht persönlich.«

»Das sollten Sie aber. Ich kann Ihnen einen Künstler empfehlen, dessen Arbeiten ich nächstes Jahr ausstellen möchte. Ich habe hier irgendwo seine Nummer. Bin gleich wieder da.«

Sie bewegte sich schnell und anmutig. Während sie fort war, zog Jackson eine Mappe aus seiner Aktentasche, nahm mehrere Nahaufnahmen der Installationen an den Tatorten heraus und breitete sie auf einem niedrigen Tisch aus.

Lizzie kam zurück und reichte ihm eine Visitenkarte mit der Aufschrift: *Arlo Knight, Neonkünstler und Bühnenbildner.* »Arlo ist nicht immer leicht zu erwischen«, sagte sie. »Sie müssen es vielleicht öfter versuchen.«

»Danke für den Tipp.« Aus der Nähe fiel ihm zum ersten Mal auf, wie hübsch und elegant sie war, und ihn ängstigte der Gedanke, dass Neon in derselben Stadt frei herumlief wie Lizzie Withers.

»Und was ist das?« Sie zog eine kleine Lupe aus ihrer Tasche.

»Neons Arbeiten«, erklärte Jackson.

Er sah die Konzentration in ihrer angespannten Kinnpartie, als sie die Fotos betrachtete, die Akribie, mit der sie jedes einzelne studierte. Es war schwer zu sagen, was sie davon hielt. Vielleicht war sie nicht in der Lage, das Werk eines Mannes zu schätzen, der Frauen derart Schreckliches angetan hatte.

Schließlich richtete sie sich auf.

»Eins vorweg: Das ist meine subjektive Meinung«, sagte sie. »Die technischen Aspekte lasse ich außer Acht.«

»Aber?«

»Sie sind gut. Dynamisch, verspielt – der Papagei gefällt mir besonders. Anregend und formvollendet zugleich.«

Jackson rang die aufkommende Panik nieder. »Sie würden die Sachen ausstellen?«

»Wenn ich nichts über ihre Entstehung wüsste, ja. So ist es natürlich völlig ausgeschlossen.«

»Können Sie mir noch mehr dazu sagen?«

»Neon-Schilder sind sowohl praktisch als auch metaphorisch. Der Künstler kann seine Botschaften ganz nach Belieben vermitteln.«

Oh ja, er hatte seinen Spaß, dachte Jackson verbittert.

»Schauen Sie sich mal hier die visuelle Kommunikation an«, sagte sie und deutete auf »Endspiel«, das Neonschild von Vicky Wainrights Fundort. »Aus Licht und Hitze gefertigt, verbindet Neon hier Typografie mit Industriedesign und urbanem Design. Einerseits ist es aussagekräftig, durchdacht und komplex und andererseits oberflächlich, schrill und dekadent.«

Jackson blinzelte. Es kam ihm vor, als würde er sich eine anspruchsvolle Kunstsendung im Radio anhören und absolut nicht kapieren, worum es eigentlich ging. »Aber was verrät uns das über den Menschen, der es erschaffen hat? Wollen Sie damit sagen, dass er Sinn für Humor hat?«

»Einen perversen Sinn für Humor«, erwiderte sie. »Außerdem ist er einsam, glaube ich.«

»Wie kommen Sie darauf?«

»Neonkünstler brauchen nicht nur profundes Wissen über das Verhalten von Licht, sondern auch handwerkliches Können. Dafür sind viele Stunden Geduld und Arbeit erforderlich.«

»Sie meinen, es ist ein einsames Geschäft.«

»Ähnlich wie bei Schriftstellern, könnte ich mir vorstellen«, sagte sie.

War Neon latent depressiv? Jackson gab sich innerlich einen Ruck. Das war Schwachsinn. Neon war ein Killer – Schluss, aus.

»Er benutzt nicht nur Neon«, sagte Lizzie.

»Nein?« Jackson sah sich das Foto noch mal an, als könnte er es dann besser verstehen. Konnte er nicht.

»Neon leuchtet in warmen Farben, in Rosa- und Rottönen. Um Türkis zu bekommen, braucht man Argon. Und angesichts seiner Farbpalette bevorzugt er kältere Farbtöne.«

»Hat das was zu bedeuten?«

»Nur für ihn.«

Jackson verdrängte das Bild seiner toten Frau. Wenn er ihm Raum ließ, würde es ihn aus der Bahn werfen. *Gott*, es war heiß hier drin.

»Sie wissen vermutlich, dass Neon im kommerziellen Bereich von LED verdrängt worden ist«, sagte Lizzie. »Vor einigen Jahren mussten viele Hersteller von Neonschildern dichtmachen. In den Staaten war Neonkunst schon immer populär, aber bei uns hat es eine Weile gedauert, bis sie allmählich anerkannt wurde. In letzter Zeit hat sich diese Entwicklung beschleunigt, und jetzt gilt Neonkunst als ziemlich, na ja, cool. Sie hat eine sehr treue Fangemeinde.«

»Gibt's irgendeinen besonderen Grund für dieses gestiegene Interesse?«

Ihre Augen blickten verschmitzt. »Wir wünschen uns doch alle ein bisschen Farbe in unserem tristen kleinen Leben.«

Jackson konnte sich nicht vorstellen, dass die Frau vor ihm ein »tristes kleines Leben« führte. Aber Neon vielleicht? Er fragte sie danach.

»Ich habe keine Ahnung. Möglicherweise. Interessanter Gedanke.« Sie blickte zur Seite, als suchte sie nach dem richtigen

Wort, um treffend zu beschreiben, was sie eigentlich sagen wollte. »Vielleicht liegt der Reiz für ihn ebenso sehr in den Risiken, die er eingeht, wenn er seine Arbeiten erschafft, wie in dem fertigen Werk.«

»Wegen der Gefährlichkeit des Materials?«, fragte Jackson.

»Absolut.«

»Aber der Kerl hat damit kein Problem«, sagte Jackson und sammelte die Fotos auf.

»Oh nein, er beherrscht sein Metier, keine Frage.«

23

Zwei Stunden später bog Jackson in eine Sozialsiedlung mit Miets- und Reihenhäusern. Wäsche flatterte im Wind, und an jedem Haus waren Satellitenschüsseln montiert. Jordan Boswells Adresse war kein baumbestandenes Paradies. Das einzige Grün, das Jackson sehen konnte, war Gestrüpp, und er war sicher, dass jeder Hund in der Nachbarschaft es regelmäßig als Hundeklo benutzte. Pkws und Vans, meistens halb auf dem Bürgersteig abgestellt, standen dicht an dicht mit Sperrmüll, darunter ein Kühlschrank, ein Küchenherd, der anscheinend einem Fritteuse-Brand zum Opfer gefallen war, ein Sofa und zwei Matratzen. Kleinkinder, die auf Dreirädern den Gehweg rauf und runter sausten, zeigten mit den Fingern auf seinen Wagen. Ältere Kinder im schulpflichtigen Alter beäugten ihn mit unverhohlener Neugier. Falls es hier irgendwo Erwachsene gab, so hockten die bestimmt in ihren Wohnzimmern vor der Glotze.

Als er endlich ein Plätzchen zum Parken gefunden hatte und ausgestiegen war, schloss er unter dem kalten Blick eines Jungen von etwa fünfzehn Jahren (jedenfalls dem Flaum auf seinen Wangen nach zu schließen) sein Auto ab und ging zu Hausnummer acht. Bei jedem Schritt spürte er trotz des kalten Windes ein Brennen im Rücken. Er war ein Fremder und unerwünscht und das aus gutem Grund. Die Bewohner dieser Siedlung hatten eine Nase für Ordnungshüter. Wie Iris gesagt hatte, witterten sie einen Bullen auf fünfzig Meter Entfernung.

Der kleine Vorgarten hatte kein Tor, und Jackson trat ungehindert auf einen holprigen Weg aus Gras und rissigen Platten.

Eine angebaute Garage war in einem ebenso schlechten Zustand, Dach und Mauern beängstigend schief. Ein kräftiger Windstoß, so Jacksons Vermutung, könnte genügen, um die ganze Konstruktion zum Einsturz zu bringen.

Er sah sich das Haus an. Die Vorhänge im Erdgeschoss und in der ersten Etage waren zugezogen.

Als Jackson an die Haustür klopfen wollte, sah er, dass sie einen Spalt offen stand. Er klopfte trotzdem. Niemand kam, also drückte er sie ein Stück weiter auf, schob den Kopf hinein und rief: »Jemand zu Hause?« Seine Stimme verhallte.

Verwundert trat Jackson langsam in einen breiten Korridor mit einer Treppe auf der linken Seite und einer Öffnung in der rechten Wand, durch die eine Nische zu sehen war, in der ein heilloses Durcheinander herrschte. Am Ende des Korridors öffnete Jackson eine Tür zu einer kleinen, quadratischen Küche mit zusammengewürfelten Melamin-Schränken. Auf dem Gasherd waren dicke Kleckse einer Flüssigkeit zwischen den Brennerringen erstarrt. In einem Topf sah er irgendeine undefinierbare, mit Schimmel überzogene Masse. Er durchquerte die Küche und betrat ein Wohnzimmer, in dem jede erdenkliche Fläche mit schmutziger Wäsche übersät war. Für einen Mann, dessen Job es war, die öffentlichen Straßen zu reinigen, scheiterte Boswell spektakulär daran, in seinen eigenen vier Wänden für Sauberkeit und Ordnung zu sorgen.

Jackson ging zu einem Sideboard, zog Schubladen auf und durchforstete sie nach irgendeiner, wenn auch noch so dünnen Verbindung zu den Neon-Ermittlungen. Ein Papierstapel auf dem Couchtisch entpuppte sich als lauter Rechnungen. Den vielen Mahnungen nach war Boswell hoch verschuldet. Zigarettenblättchen, Rabattmarken und Speisekarten für Restaurants mit Lieferservice lagen überall herum. Doch ansonsten konnte Jackson nichts Belastendes entdecken.

Er ging den Weg zurück, den er gekommen war, und blieb

im Korridor am Fuß der Treppe stehen. Wieder rief er Boswells Namen, fügte aber diesmal hinzu, dass er von der Polizei war, doch seine Stimme hallte lediglich von den Wänden wider.

Mit leisen Schritten stieg er die Treppe hinauf zu einem kurzen Flur in der ersten Etage. Ein Abstellraum am Ende gewährte Einblick in einen betonierten Hof, hinter dem eine Reihe Platanen ein Wäldchen abgrenzten. Durchs Fenster konnte er den Verkehr auf der Schnellstraße sehen.

Es gab zwei Schlafzimmer mit je zwei Doppelbetten, die ungemacht waren. Auf dem dunklen Bettzeug waren die zahlreichen Flecken weniger auffällig. Falls Jordan, wie Iris vermutete, Neon tatsächlich geholfen hatte, müsste Jackson irgendwo etwas Verdächtiges entdecken. Er tat sein Bestes, um irgendwelche Beweise zu finden. Auf der Suche durchstöberte Jackson Kleiderschrank und Kommode, fand aber nur fünfzig Pfund. Vielleicht lag Iris ja völlig daneben – vielleicht war sie nicht so schlau, wie sie dachte. Womöglich war Boswell auch nur einer von unzähligen, aus kleinen Verhältnissen stammenden jungen Männern, die einen schlecht bezahlten Job hatten und von einem besseren Leben träumten.

Auf der anderen Seite des Flurs war ein L-förmiges Bad. Eine halb leere Tube Zahnpasta lag in dem völlig verkalkten Waschbecken, dessen Rand übersät war mit etwas, das aussah wie Müsliflocken. Als Jackson aufblickte, sah er im Spiegel Jordan Boswell. Er wirbelte herum. Jordan Boswells Leiche, das Gesicht lila verfärbt, die Augen glasig, hing an einem Strick, der um eine Stange in der Dusche geschlungen war.

Mit rasendem Herzen trat Jackson näher an den Toten heran. Der Hals war so geschwollen, dass die Schlinge kaum zu sehen war. Bei diesen kühlen Temperaturen musste Boswell schon mindestens vierundzwanzig Stunden tot sein. Suizid oder Mord, Jackson wusste es nicht. Aber etwas sagte ihm, dass Neon eine Rolle dabei gespielt hatte.

Er schaltete in den Polizistenmodus, rief Mick Cairns an, nannte ihm die Adresse des Hauses und erklärte, dass er dort einen Toten gefunden habe, auf den Boswells Beschreibung passe. Dann ging er nach unten und wartete.

24

Als Iris das *The Vaults* betrat, hätte es auch das Wohnzimmer ihrer Großmutter sein können.

Überall standen Nippes und Krimskrams herum. Im Schankraum saßen fast nur alte Männer und Frauen, die Domino spielten und deftige Hausmannskost aßen. Abends veränderte sich die Stimmung. Dann kamen die Jüngeren, angelockt von der Hauptattraktion, dem Poolbillardtisch im Hinterzimmer.

Caleb Mulloy hörte auf, ein Glas abzutrocknen. »Mein Gott, Iris. Was ist los mit dir?«

»Was hab ich angestellt, bin ich mit runtergelassener Hose reingekommen?«

Caleb grinste. Er hatte ein dunkles Gesicht und melancholische braune Augen, die offenbar bei Frauen gut ankamen. Man munkelte, dass es in Gornal viele kleine Calebs gab. »Im Profil hätte ich glatt an dir vorbeigeguckt. Bist du krank?«

»Ich hatte Grippe«, sagte Iris. »Und du solltest nicht so scheißneugierig sein.«

»'tschuldige«, sagte er wenig überzeugend. »Was du jetzt brauchst, ist ein schönes Glas Guinness.«

»Was ich brauche, ist eine Auskunft.«

»Oh«, sagte er und schaltete schlagartig von vergnügt auf besorgt. »Eh ich's vergesse, Norman lässt dich grüßen.«

Das war keine gute Nachricht. Jacksons Warnung, die Finger von Auftragsmorden zu lassen, gellte ihr durch den Kopf, obwohl sie nicht die Absicht hatte, auf ihn zu hören. »Ist er hier?«

Caleb deutete mit dem Kopf auf eine geschlossene Tür.

»Ich nehm dann eine von den Limos da.« Sie zeigte auf eine Kühlvitrine unter der Kasse.

»Welcher Geschmack?«

»Egal.«

»Alles klar. Auf Eis?«

Iris schüttelte den Kopf. Ihr war schon kalt genug. Während Caleb herumhantierte, kam sie gleich zur Sache und fragte nach Gina Jenks.

»Wieso interessiert die dich?«, fragte Caleb ungeniert.

Iris ging nicht darauf ein. »Was genau wollte Gina von dir wissen?«

»Du stellst Fragen. Das ist ewig her. Bestimmt schon fünf, sechs Monate.«

»Fast neun«, berichtigte Iris ihn.

»Na bitte. Damals hab ich mit der Polizei geredet.«

»Hast du nicht.«

Er stellte die Limo vor sie auf die Theke. »Wie du selbst am besten weißt …«

»Lass stecken, Caleb. Ich bin kein Bulle, und ich frage dich nicht nach ihren Maßen, obwohl du die wahrscheinlich genau gecheckt hast. Jeder weiß, dass sie eine Enthüllungsjournalistin war, die sich nach Neon erkundigt hat. Und du als Barmann warst hier ihre heißeste Spur.«

Caleb Mulloy warf den Kopf in den Nacken und lachte in einem vollen, tiefen, beeindruckenden Bariton. Etliche weißhaarige Köpfe drehten sich zu ihnen um. »Ihre Chance, diesen kranken Scheißkerl zu finden, war genauso groß wie meine Chance, mit jemandem wie dir ins Bett zu steigen.« Iris warf ihm einen Blick zu, der *Nimm dich in Acht* sagte. »Das mein ich ja«, sprach er weiter. »Einen Dreck wusste sie. Hatte schon eine Woche damit vertan, Leute in der Stadt anzuquatschen, hat sie zumindest gesagt. Und aus irgendeinem Grund meinte sie, wenn sie ins Black Country Museum geht und eine Folge von *Gangs of Birmingham* guckt, würden sich ihr plötzlich Türen öffnen und sie wäre Gutfreund mit den Einheimischen. Als ob wir etwas über einen Irren wüssten, der in der Stadt Frauen umbringt.«

»Also ist sie hierhergekommen, weil ihre anderen Spuren im Sande verlaufen waren?«

»Hat sie jedenfalls gesagt.«

Aber das ergab keinen Sinn, fand Iris. Gina musste einen sehr guten Grund gehabt haben.

»War vielleicht bloß ein Versuchsballon, damit ich einen Hinweis aus dem Hut zaubere«, sagte Caleb. Er schnalzte mit der Zunge, nahm das nächste Glas und wienerte es mit einem Geschirrtuch. »Ich kann dir sagen, die war eine echte Quasselstrippe. Typische Londonerin, total herablassend, alles war immer *cool.*« Er sprach das Wort übertrieben geziert aus. »Du glaubst nicht, wie oft sie hier was *authentisch* fand, den Raum, das Bier, die blöde Beleuchtung, in einer Stunde mindestens fünfzig Mal, als hätte ich keine Ahnung, was das heißt. Hat jedenfalls ganz schön genervt.«

Iris trank einen Schluck Limo, und die Kohlensäure stieg ihr in die Nase. »Du konntest sie also nicht leiden?«

»Ich kannte sie nicht«, sagte er wegwerfend. »Ich schätze, wer auf diesen Typ adrette Besserverdienerin steht, käme auf seine Kosten. Ich persönlich mag Frauen mit Ecken und Kanten, wenn du verstehst, was ich meine.«

Iris sah glatt durch ihn hindurch.

Caleb schluckte trocken. »Hör mal, es tut mir leid, dass die Kleine tot ist. Ehrlich. Aber, verdammt noch mal, was hat sie denn gedacht? Wenn du im Dunkeln rumstocherst, wird dir schnell der Kopf abgerissen.«

Iris leerte ihr Glas und kramte nach ihrem Portemonnaie, obwohl sie wusste, dass Caleb ihr Geld ablehnen würde, was er auch tat. Dann bewältigte sie den Hinderniskurs aus alten Tischen und Stühlen und Senioren.

Norman Pardoe saß hinten in einem Raum, der nur spärlich von Tageslicht erhellt wurde. Das lag keineswegs an der Jahreszeit, sondern vielmehr an den wenigen Fenstern und dem gesetzwidrig dichten Zigarettenqualm. Alle Anwesenden sahen aus, als hätten sie die Gelbsucht.

Inmitten seiner Entourage aus Speichelleckern und Komplizen hob Norman den Kopf. »Da ist sie ja.«

Als wäre das ein Befehl, sich zu verdrücken, standen alle auf. Manche murmelten ein kurzes Hallo, andere nahmen sie gar nicht zur Kenntnis.

Als die Tür sich hinter dem Letzten geschlossen hatte, sah Iris in das Gesicht des furchterregendsten Mannes in den West Midlands. Norman Pardoe hatte eine Glatze, einen langen weißen Bart und kleine Augen in der Farbe von Kanalwasser. Wenn er die Stirn runzelte, sah er aus, als besäße er die DNA eines alten chinesischen Kaisers. Er war ein massiger Mann mit einer gewaltigen Präsenz, und manche hielten ihn fälschlicherweise für milde. Der mittlerweile über sechzigjährige Pardoe hatte sich fast vier Jahrzehnte an der Macht gehalten, und wie viele Männer, die sich nach oben gekämpft hatten, war ihm das nicht mit Nettigkeiten gelungen. Skrupellosigkeit lag ihm im Blut. Er betrieb ein Fuhrunternehmen als Tarnung, um Drogen zu transportieren, hauptsächlich Kokain. Viele hatten sich mit ihm angelegt, meistens arrogante Typen, die glaubten, sie hätten leichtes Spiel mit ihm. Aber es gab immer ein böses Ende – für sie.

Seit einiger Zeit war Iris eine von denen, die Pardoe schützten, indem sie seine Feinde ausschaltete. Von den schmuddeligen Aspekten des Geschäfts hielt sie sich fern. Er bezahlte andere fürs Foltern – entweder als Bestrafung oder als Druckmittel, um an Informationen zu kommen. (Iris hielt das für Zeitverschwendung: Ihrer Erfahrung nach erzählten Männer alles, was du hören willst, wenn du ihnen einen Schneidbrenner an die Genitalien hältst.)

»Es wird gemunkelt, dass du krank bist. Und wenn mich das miese Licht in diesem finsteren Loch hier nicht täuscht, scheint das der Wahrheit zu entsprechen.«

Iris wiederholte, was sie Caleb erzählt hatte.

»Dann kann ich dich also für einen größeren Job einplanen?«

Iris nickte. Pardoe bekam, was Pardoe wollte, wenn du wusstest, was gut für dich war, und scheiß auf Jacksons Bedingung.

Zufrieden klopfte er mit dem Zeigefinger leicht auf seine brennende Zigarette, und Asche fiel auf den Teppich. Er musterte sie einen Moment, ein Lächeln im Gesicht. Es war kein angenehmes Gefühl. Eher so, als würden sich seine Augen in ihr Gehirn bohren und die Synapsen durcheinanderbringen. Sie erwiderte seinen Blick unverwandt.

»Wir haben Konkurrenz bekommen«, durchbrach er schließlich das Schweigen. Typen wie Pardoe benutzten gern das königliche »Wir«. »Die kleinen Scheißer wollten in Spanien unsere Handelsrouten stören«, fuhr Pardoe fort. »Übrigens ohne großen Erfolg. Jetzt kommen sie uns hier ins Gehege. Haben schon zwei meiner besten Leute umgelegt.«

»Namen?«

»Da hab ich was Besseres.« Er zog zwei Fotos aus seiner Jacketttasche.

Iris studierte sie. Der Charmeur und der Schläger. Der Charmeur hatte volles graues Haar, blitzende Augen und einen lasziven Gesichtsausdruck. Sie hielt ihn für den Gefährlicheren der beiden. Das waren attraktive Typen immer.

Sie blickte auf. »Wer sind die?«

»Enrik Malaj und Valon Prifti«, sagte Pardoe. »Albaner.« Pardoe strich sich mit erstaunlich kleinen Händen über den stattlichen Bauch. »Diese Schweine schrecken vor nichts zurück. Abgesehen davon, dass sie ganze Stadtviertel kaputtmachen, betreiben sie Kinderhandel, Herrgott noch mal.«

Schon vor langer Zeit hatte Iris gelernt, ihre Gefühle unter Kontrolle zu halten, auch wenn es um noch so abscheuliche, widerliche Dinge ging. Pardoes moralische Entrüstung schien bewundernswert, doch das war nur Show.

»Die müssen beseitigt werden«, sagte er finster.

Sie nickte bloß, als hätte Pardoe sie gebeten, kurz um die Ecke zu gehen und eine Packung H-Milch zu kaufen.

»Außerdem spielen sie sich als Importeure und Großhändler für andere Organisationen wie meine auf«, sagte er abschließend.

Iris verstand vollkommen. »Und schalten alle aus, die ihrem Geschäftsmodell im Wege stehen«, sagte sie.

Pardoe nickte.

»Wo finde ich die beiden?« Sie vermutete, dass es der Stripclub auf dem Weg in die Stadt sein würde. Der war schon zweimal von der Polizei dichtgemacht worden, weil dort Frauen aus Osteuropa zur Prostitution gezwungen worden waren. Aber irgendwie erschuf er sich unter anderem Namen immer wieder neu. Pardoe nannte ihr jedoch eine Adresse in einer guten Gegend. »Sie wollen alle beide?«

Er nickte, die Augen ausdruckslos.

»Es gelten die normalen Vertragsbedingungen«, sagte sie. Was bedeutete, dass es ihn einen Haufen Geld kosten würde. Gut so.

»Natürlich.«

»Wann soll die Sache erledigt sein?«

Seine grünen Augen flackerten. »So schnell wie möglich.«

»Kein Problem«, sagte Iris.

25

»Darf ich fragen, was Sie hier machen?«

Marcus Browne blieb immer und überall höflich. Er wurde nie wütend, weil das seiner Meinung nach auf Schwäche und einen Mangel an Führungsstärke schließen ließ. Seine Frage und sein Tonfall waren dennoch bestimmt. Cairns hüstelte, setzte eine hilflose Miene auf und ging schnell weg, um mit einem der Officer zu sprechen.

Der Tatort, an dem es jetzt vor Polizeibeamten nur so wimmelte, war inzwischen gesichert, und Kriminaltechniker machten sich an ihre Arbeit. Irgendwer hatte einen Krankenwagen gerufen. Ein Van der Rechtsmedizin wäre besser gewesen.

»Ich war der festen Überzeugung, es würde die Ermittlungen weiterbringen«, sagte Jackson in einem entsprechend zerknirschten Ton.

»Ich weiß Ihre Hilfsbereitschaft zu schätzen, DCI Jackson, aber Sie sollten zu Hause sein.«

»Ja, aber ...«

»Und in diesem Fall bin ich der leitende Ermittler«, stellte Browne seelenruhig klar. Er war ebenso groß wie Jackson und nutzte die Gelegenheit, um Tacheles zu reden, was durchaus verständlich war. Aber für Jackson war Marcus Browne jemand, der sein halbes Erwachsenenleben an einer Universität Psychologie und Kriminologie studiert hatte, um dann der realen Welt seine Bildung aufzuzwingen. Dabei war es keine schlechte Idee, bei ihm gut angeschrieben zu sein. Selbst von denjenigen, die ihn nicht ausstehen konnten, räumten die meisten ein, dass sie ihn respektierten, besonders Detective Sergeant

Kiran Shah, die jetzt neben Browne stand und ihm an den Lippen hing.

»Das ist doch albern«, entgegnete Jackson. »Es geht hier nicht um Ihr oder mein Ego, Marcus. Wir haben alle dasselbe Ziel.«

»Das sehe ich ganz genauso, aber wir müssen uns an die Vorschriften halten. Und Sie dürften gar nicht hier sein. So einfach ist das.«

Jackson konnte ihm nicht widersprechen. Es wäre ihm lieber gewesen, wenn Browne aus der Haut gefahren wäre, aber dafür war der Mann viel zu ruhig und vernünftig, und irgendwie wurmte ihn das am meisten.

»Fahren Sie nach Hause, Matt. Sie können hier nichts weiter tun.«

Jackson hob die Hände. Er wusste, wann er verloren hatte. »Na gut.«

Shah lächelte ihn mitleidig an, ehe sie ihrem Boss ins Haus folgte.

Jackson stopfte die Hände in die Taschen und ging zu Cairns, der ein wenig abseits stand.

»Sorry, Matt. Ich hatte keine andere Wahl.«

Jackson schnaubte.

»Wieso bist du eigentlich hier?«, fragte Cairns.

Jackson zögerte. Er konnte schwerlich gestehen, dass er jetzt mit einer Auftragsmörderin zusammenarbeitete, die ihm die Spur geliefert hatte.

»Reines Bauchgefühl«, sagte er.

Cairns runzelte die Stirn. »Das hier ist kein BBC-Krimi, Matt.«

Unter ihresgleichen wurde Intuition ebenso missbilligt wie Ratschläge irgendwelcher Hellseher. Aber hier ging es um Neon. Altbewährte Strategien funktionierten da nicht. Gefragt waren unorthodoxes, kreatives Denken und der ganze andere Quatsch.

»Wieso hast du gerade bei dem Typen hier vorbeigeschaut, Matt?«, hakte Cairns nach.

»Weil mir Boswell am wahrscheinlichsten als Helfershelfer erschien.«

»Ich fasse es nicht, du denkst, Browne hat recht?«

»Boswell war *kein* Komplize. Er ist benutzt worden. Das ist was anderes.«

Cairns zuckte die Achseln. »Kann man so oder so sehen.«

»Hat wahrscheinlich keinen Sinn, dich jetzt schon nach dem Buch zu fragen, oder?«

»Ich kann ja schließlich nicht zaubern.« Cairns grinste, stellte sich breitbeinig hin und blähte seine schmale Brust auf, »Aber Ms. Kozlowski hat auf meine E-Mail geantwortet.«

»Tatsächlich?«

»Und Ms. K war sehr hilfsbereit.« Cairns zog sein Handy aus der Tasche und ging seine Mails durch. »Da ist es. Der Mann, an den du dich wenden solltest, ist Axel Gonzalez, ein erfahrener Officer beim Las Vegas Police Department. Ich simse dir seine Durchwahl.«

»Danke, Mick.«

»Kein Problem.« Cairns deutete mit dem Kinn Richtung Haus. »Meinst du, das war Neon?«

»Garantiert.«

Cairns rührte sich nicht vom Fleck, und Jackson hatte den Eindruck, er wäre noch nicht fertig. Er wartete geduldig.

Cairns sog die feuchte, bitterkalte Luft ein und stampfte mit den Füßen, um sich aufzuwärmen. Dann spähte er über die Straße. Jackson folgte seinem Blick und sah den Jungen mit den kalten Augen dort stehen.

»Tougher kleiner Scheißer, was?«, sagte Cairns. »Denkt, er ist unschlagbar.«

»In dem Alter waren wir doch alle so«, sagte Jackson nachsichtig. »Hältst du mich auf dem Laufenden?«

»Klar.«

»Geh jetzt mal lieber rein, bevor dein Boss noch einen Suchtrupp losschickt.«

Jackson wartete, bis Cairns im Haus verschwunden war. Er hoffte, mit dem Jungen reden zu können, bevor die Kollegen anfingen, die Nachbarn zu befragen, aber Fehlanzeige: Der Junge war nicht mehr da.

Jackson sah auf seine Uhr. Er hatte noch was zu erledigen.

Jackson bog von der Ridgeacre Road auf die Hauptstraße und fuhr raus nach Rowley Regis, wo Kenny Flavell seinen Schrottplatz hatte. Kenny war seit fünf Jahren Jacksons Informant. Die Abmachung lautete, dass Jackson Kennys zahlreiche frühere Delikte ignorieren würde, solange Kenny schön sauber blieb.

Der Schrottplatz bestand aus Bergen von Altmetall: Hunderte Autowracks warteten darauf, ausgeschlachtet und ihrer Reifen, Batterien und anderer noch verwertbarer Teile beraubt zu werden; Aluminiumdosen türmten sich neben Kühlschränken, Gefriertruhen und sonstigen Elektrogeräten. Kaum hatte Jackson neben einer Schrottpresse angehalten, da kam Kenny Flavell auch schon aus seinem Büro über den Platz gerannt.

Jackson ließ das Fahrerfenster herunter, und Kenny ging mit knackenden Knien davor in die Hocke.

»Ich werd langsam zu alt für den Quatsch«, sagte Kenny und verzog das Gesicht. »Und bei Ihnen, Mr. J? Alles paletti so weit?«

Jackson holte tief Luft. »Ja, Kenny, und danke der Nachfrage.«

»Schlimme Geschichte.« Kenny schüttelte den Kopf, sah sich nach beiden Seiten um und senkte die Stimme. »Die Nummer, die ich Ihnen gegeben hab. Ich will da keine bösen Überraschungen.«

»Sie haben nichts zu befürchten, Kenny.«

Kenny seufzte erleichtert, und sein rundes Gesicht entspannte sich.

»Mit der Familie alles in Ordnung?«, fragte Jackson. »Wie viele Jungs sind's noch mal?«

»Drei«, sagte Kenny. »Mehr werden's auch nicht. Meine Mrs. hat mich zum Arzt geschickt, und der hat bei mir schnipp gemacht. Aber Sie wollen doch bestimmt nicht über unsere Verhütungsmaßnahmen reden. Was führt Sie her?«

»Die Journalistin, die hier in der Gegend entführt und von Neon ermordet worden ist. Tja, ich hab jetzt jemanden, der das Ganze ein bisschen aufmischt.«

»Ach ja?« Furcht glitt wie ein Schatten über Kennys Gesicht. Neon löste automatisch Angst aus.

»Ich möchte, dass Sie Augen und Ohren offen halten«, sagte Jackson. »Hören Sie zu, was die Leute so reden, ob sich irgendwas tut. Könnten Sie das für mich machen?«

Kenny blickte unsicher zu Boden. »Ich weiß nicht, Mr. J. Mir ist nicht ganz wohl bei der Sache.« Er stockte, als er Jacksons Enttäuschung bemerkte, und bemühte sich gleich. »Aber klar helfe ich Ihnen. Ich würde Sie nie hängen lassen, Mr. J, da können Sie sicher sein.«

»Ich weiß das zu schätzen. Stinknormale Verbrecher liegen Ihnen mehr, was?«

»Ja, Mr. J«, sagte Kenny. »Keine Frage.«

»Und ich kann mich drauf verlassen, dass Sie diskret vorgehen?«

»Wie immer.«

»Und dass Sie den Mund halten?«

»Bei Gott.«

»Iris Palmer. Wenn Sie diesen Namen hören, sagen Sie mir Bescheid.«

»Wird gemacht.«

»Und, Kenny?«
»Ja?«
»Notfallplan, falls die Sache schiefläuft.«
Kenny zwinkerte ihm zu.

26

Erfolg! Und er hatte nicht mal dafür töten müssen!

Gary Fairweather hatte eine Hitliste mit den Dingen, die ihm den größten Kick verschafften. Mord stand an erster Stelle; nichts erregte ihn mehr, als die Macht über Leben und Tod in Händen zu halten. Etwas Druck, geschickt ausgeführt, und es war aus gewesen mit den Frauen. Sex mit Naomi belegte Platz zwei, drohte aber jetzt, auf Platz drei abzurutschen. Endlich, und das wurde auch verdammt Zeit, war DCI Jackson aus seiner Schockstarre erwacht. Gary wusste das, weil er es mit eigenen Augen gesehen hatte. Er hatte das kleine entschlossene Federn in seinem Gang erkannt. Er hatte ihn mit seinen *schwachköpfigen* Kollegen beobachtet. Er hatte das winzige Leuchten des Ermittlers in seinen Augen bemerkt. Bei Gott, DCI Jacksons Comeback war beeindruckend. Jordan Boswells Haus war jetzt ein Tatort, und dass Jackson dort aufgetaucht war, hatte alles verändert. Sie waren im Geschäft. Die Fahrt begann, und es würde aufregend werden.

Naomi riss sich irgendwo im Ausland mit den Bonzen eines beschissenen Riesenkonzerns ihren süßen kleinen Arsch auf – langweilig, aber lukrativ –, und er hatte sich zur Belohnung einen Tag freigegeben. Gerade schaute er sich eine Musik-Website an, die Füße auf den Couchtisch aus hellem Eichenholz gelegt. Naomi würde ausrasten, wenn sie das wüsste. Vielleicht würde er später diesen neuen Club in der Stadt besuchen. Er hatte Lust auf einen Abend mit den Kids in ihren Gasmasken und Gummiklamotten. Man konnte nie wissen, was für Freaks in solchen Läden abhingen. Oder vielleicht, und das wäre womöglich nützlicher, würde er sich an seine neue Freundin ranmachen, die Lage checken, herausfinden, was die Polizei oder, genauer gesagt, Jackson dachte. Er wollte unbedingt wissen, wie die Ermittlungen vorankamen, wollte sehen, wie sie sich abstrampelten, wie sie kämpften und scheiterten. Das erinnerte ihn an seine gute alte Mum.

Für einen Moment glitten seine Gedanken ab. Der Tod seiner Mutter war nicht seine Schuld gewesen. Nicht wirklich. Das war Schicksal gewesen, Zufall, »die Götter« hatten es so gewollt. Wahrscheinlich hätte er mehr tun können, um sie zu retten. Vielleicht, wenn er schneller reagiert hätte. Aber er war einfach zu fasziniert gewesen, gebannt von der Schönheit ihres Todes: die geballte elektrische Aktivität, die ihr Gehirn stimulierte, und ihre Unfähigkeit, irgendwas dagegen zu machen.

Ja, dachte Gary, das war ein atemberaubender Anblick.

27

Jackson hatte den Neonkünstler Arlo Knight gleich beim ersten Versuch erreicht und war nun auf dem Weg zu ihm.

Arlo Knight trug ein schwarz-weißes Palästinensertuch um den Hals. Mit seinen dunkelbraunen Augen, den ebenmäßigen Gesichtszügen und der herzlichen Art, mit der er Jackson begrüßte, wirkte Knight locker, aufgeschlossen, bohemienhaft und zugewandt. Bei den Frauen dürfte das gut ankommen, dachte Jackson. Und auch wenn er laut Lizzie Withers ein Einzelgänger war, einsam war er sicher nicht.

»Immer herein«, sagte Knight mit einer Energie, die Jackson längst verloren gegangen war. »Ich bin gerade zwischen zwei Projekten.«

»Großer Gott«, entfuhr es Jackson, überwältigt von der grell schimmernden Neonbeleuchtung, strahlend wie Aladins Höhle – ein Miasma aus Licht und schreienden Farben, von dem ihm schwindelig wurde.

Knight lachte leise. »Ist nicht jedermanns Geschmack.«

»Ich wollte nicht unhöflich sein«, sagte Jackson. »Mich hat nur die schiere Masse umgehauen. Wie lange machen Sie das schon?«

»Vierzehn Jahre, so um den Dreh.«

»Und Sie können davon leben?«

Knight verschränkte die Arme und dachte kurz nach. »Jetzt ja, aber ich habe lange gebraucht, um diese Kunst zu beherrschen. Anfangs habe ich einen Fehler nach dem anderen gemacht. Geht schnell, wenn man bei 700 Grad Celsius arbeitet. Und Narben gibt's gratis dazu«, sagte er und schob die Ärmel seines Kapuzenshirts hoch.

»Ach du Schande«, flüsterte Jackson, als er die zerfurchte und verfärbte Haut sah.

»Neon an sich ist nicht gefährlich. Aber der Herstellungsprozess kann es sein. Deshalb müssen Anfänger in den Neon-Workshops einen Vertrag unterschreiben, der die Veranstalter von jeder Verantwortung befreit. Abgesehen von den offensichtlichen Risiken von Feuer und Glas, sind Gase explosiv, und dann ist da natürlich noch die ganz große Gefahr: Strom.«

»Das hab ich mir schon gedacht«, warf Jackson ein.

»Auch wenn die Stromspannung niedrig ist, die Stromstärke ist entscheidend. Wenn man keine Ahnung hat, besteht die Gefahr eines tödlichen Stromschlags. Es ist durchaus riskant. Macht alles den Reiz mit aus.«

»Glaub ich Ihnen aufs Wort.« Jackson ging zu einer beeindruckend aussehenden, geflügelten männlichen Figur. Darüber hing der Schriftzug »SEXY« in Lila, Türkis, Orange und Gelb. »Wie lange brauchen Sie für so was?«

»Hat mich fast einen ganzen Monat gekostet, das da richtig hinzukriegen, aber im Allgemeinen geht es schneller. Die Designphase nicht mit eingerechnet, brauche ich für weniger anspruchsvolle Stücke durchschnittlich acht Tage.«

Jackson betrachtete die komplizierten Apparaturen um sich herum. In der Mitte des Raumes stand ein großer Entwurftisch mit Papierrollen, Metallfeilen, einem Bleistifthalter, Messern und angekohlten Holzklötzen. Er nahm einen davon in die Hand. »Wofür sind die?«

»Damit kühlt man das Glas beim Biegen ab. In jeder Phase wird ein Teil der Röhre immer wieder auf den Tisch gelegt, um ihn mit dem Entwurf zu vergleichen, und an den Stellen markiert, wo er gebogen werden muss. Das Ganze macht man umgekehrt, wie ein Spiegelbild«, erklärte Knight, »damit sich die Verbindungen später auf der Rückseite befinden. Die sollen ja unsichtbar sein.«

»Klingt sehr technisch.« Alles Technische war nicht gerade Jacksons Stärke.

Knight zuckte die Achseln. »Es ist eine Wissenschaft für sich.«

»Ach ja?«

»Begonnen hat das Ganze Ende des neunzehnten Jahrhunderts mit einem schottischen und einem englischen Chemiker, William Ramsay und Morris Travers. Ramsay hatte zusammen mit einem anderen Forscher bereits das Edelgas Argon entdeckt und ging davon aus, dass es im Periodensystem zwischen Helium und Argon wahrscheinlich noch ein weiteres Element gab.«

»Aha«, sagte Jackson, der das alles zwar sehr interessant fand, die Ermittlungen würde es allerdings nicht weiterbringen.

»Nach vielen gescheiterten Versuchen«, fuhr Knight fort, »konnte der Beweis dafür tatsächlich erbracht werden. Dann sprangen die Franzosen auf den Zug auf, und schließlich, etwa ein Jahrzehnt später, interessierten sich auch die Amerikaner dafür.«

»Sind die von Ihnen?« Jackson betrachtete eine Wand, die zur Hälfte mit Bleistiftzeichnungen bedeckt war. Ein Raumschiff mit dem Schriftzug »I'll Be Back« gefiel ihm besonders gut.

»Ohne die geht's nicht. Bei einem derart komplizierten Verfahren kann man nichts automatisieren.«

»Und Sie benutzen immer Bleistifte, keine Filzstifte oder so?«

»Genau. Ein schön weicher Bleistift, Härtegrad 5 oder 6B, eignet sich am besten.«

»Das klingt nach einer sehr sinnlichen Arbeit«, sagte Jackson, der unbedingt verstehen wollte, wie so ein Neon-Kunstwerk hergestellt wurde.

Knight nickte zustimmend. »Es ist im wahrsten Sinn des Wortes Handarbeit«, sagte er und hob seine Hände. »Plus ein bisschen Atemluft von mir«, schob er mit einem bescheidenen Lächeln nach. »Das hört sich vielleicht hochtrabend an, aber für mich ist das so, als würde ich der Kunst Leben einhauchen.«

Jackson dachte darüber nach. Einerseits Leben einhauchen und es andererseits auslöschen – das galt zumindest für Neon.

Er öffnete seine Aktenkoffer und holte denselben Satz Fotos heraus, den er schon Lizzie Withers gezeigt hatte. Knight nahm sie und presste angewidert die Lippen aufeinander.

»Mein Gott«, sagte er nach einem Moment. »Das sind Tatortbilder, oder?«

»Ja.«

Knight studierte die Fotos.

»Ich würde sagen, die Leuchtkörper sind wirkungsvoll und erfüllen ihre Aufgabe. Sie sind technisch tadellos und wunderbar ausgeführt. Auch die Farbgestaltung ist gelungen und vielseitig. Die Bandbreite ist heutzutage größer als früher – das haben wir den Japanern zu verdanken. Die sind verrückt nach Neon. Es gibt einen ganzen Bereich japanischer Trucker-Kunst. Schauen Sie.« Er nahm ein iPad und rief das Foto eines Sattelschleppers auf, an dem ein solches Gewirr von schrillen Farben leuchtete, dass Jackson blinzeln musste.

Doch er wollte zu den Fotos und zum Thema zurückkommen. »Lassen sich anhand dieser Installationen Rückschlüsse auf den Menschen ziehen, der sie geschaffen hat?«

»Sie meinen, ob er so was wie eine Signatur hat, zum Beispiel die Art, wie er Licht verarbeitet?«

»Genau«, sagte Jackson.

Knight betrachtete die Fotos ein weiteres Mal ausgiebig und schüttelte dann den Kopf. »Haben Sie auch Tatortfotos, auf denen die Opfer zu sehen sind?«

Jackson hatte welche, wollte sie aber eigentlich nicht zeigen.

»Dann könnte ich vielleicht besser verstehen, was er vermitteln will«, erklärte Knight nicht ohne Mitgefühl.

Jackson nickte stumm und holte Bilder aus der Mappe, auf denen Vicky beziehungsweise Vanessa zu sehen waren. Er brachte es nicht über sich, Knight Fotos von seiner Frau zu zeigen. Dann trat er ein paar Schritte zur Seite. Allein der Gedanke an Polly löste einen so heftigen körperlichen Schmerz aus, dass er plötzlich verstand, was es hieß, ein gebrochenes Herz zu haben. Er drückte eine Hand gegen seine Brust, versuchte, das Klopfen darin zu beruhigen.

»Er ist ein Geschichtenerzähler«, sagte Knight schließlich. »Die Frauen sind Figuren in seiner Erzählung, und diejenigen, die sie entdecken, sind seine Leser.«

»Dachte ich mir, dass Sie das sagen würden.« Jackson gelang es nicht, den Zynismus in seiner Stimme zu verbergen.

Knight nahm es ihm nicht übel. »Ich vergleiche es nur mit anderen Werken. Manche Künstler vermitteln gern geistreiche, provokante oder verstörende Botschaften.«

»Und die da sind nicht verstörend?«, sagte Jackson ungläubig.

»Doch, natürlich, inmitten des Arrangements ist eine ermordete Frau, aber die eigentlichen Leuchtzeichen sind nicht besonders originell. Er spielt auch nicht mit dem Gegensatz zwischen Realität und Wahrnehmung, wie manche Künstler.«

Verwirrt kratzte sich Jackson am Kopf. »Also was für ein Mensch ist Neon?«

»Ich bin kein Psychotherapeut. Vielleicht sieht er Frauen – oder eine Frau – als Bedrohung, aber auch als begehrenswert. Er scheint sie von ihrer besten Seite zeigen zu wollen, ihnen einen angemessenen Abschied bieten. Er liebt sie ebenso sehr, wie er sie hasst.«

Sie schwiegen beide einen Moment.

»Wenn ich etwas bemängeln würde«, sagte Knight und tippte auf das Bild, »dann, dass die Schilder zu dynamisch und kraftvoll sind – jedenfalls für meinen Geschmack. Aber wahrscheinlich geht es ihm genau darum. Wie groß sind diese Buchstaben?«, fragte er und zeigte auf eines der Leuchtzeichen, die bei dem Mord an Vicky Wainright verwendet worden waren.

»Fünfzehn Zentimeter.«

»Damit haben sie einen Sichtbereich von rund sechzig Metern. Wussten Sie, dass die Röhre eines einzigen Buchstabens bis zu sieben- oder achtmal gebogen sein kann?«

Jackson musste an Lizzie Withers' Bemerkung über Neons Geduld denken.

»Interessante Farbwahl übrigens«, sagte Knight. »Rot ist am besten lesbar. Um besonders klare Schriftzüge zu bekommen oder um Unreinheiten zu beseitigen, muss zwischen den Buchstaben eine zusätzliche Röhre eingefügt werden.«

»Das lässt sie so spaghettiartig aussehen?«, fragte Jackson.

»Genau. Und schauen Sie, da: Damit jeder Buchstabe für sich allein steht, hat er die überflüssigen Bereiche mit Acrylfarbe geschwärzt. Das ist ein cleverer Trick, und er beherrscht ihn professionell.«

»Sie sagten gerade, Unreinheiten müssten beseitigt werden.«

»Das nennt man Ausheizen. Hier«, sagte er und führte Jackson in den Teil des Ateliers, in dem seine Apparaturen standen.

Jackson sah eine beeindruckende Reihe von Gasbrennern, Lötlampen und etliche gut einen Meter zwanzig lange gerade Glasröhren.

Knight blieb vor einem großen Gerät stehen. Es hatte eine gelbe Metallarmatur mit verschiedenen Schaltern, und in der Mitte befand sich eine Anzeige mit einer Zahlenreihe von 0 bis 1000. »Zuerst wird die Luft aus der Röhre gesaugt, und dann sorgt Hochspannung von rund 20 000 Volt dafür, dass alle Unreinheiten verbrennen. Ich vergleiche das gern damit, Frankenstein ein schlagendes Herz einzusetzen. Wenn die Röhre abgekühlt ist, was langsam erfolgen muss, wird mit niedrigem Druck Gas eingeführt.«

»Wo bekommt man diese ganze Ausrüstung her?«

Knight lächelte ironisch. »Wo ich sie bekomme, oder wo jemand mit finsteren Absichten sie bekommt?«

»Jemand wie Neon.«

»Kommt drauf an, wie lange er das schon macht, und nachdem ich seine Arbeiten gesehen habe, würde ich sagen, er ist schon eine ganze Weile dabei. Viele kommerzielle Neon-Hersteller sind bankrottgegangen, nachdem LEDs aufkamen. Vielleicht hat er irgendwo Restposten gekauft. Außerdem wird im Internet ziemlich viel angeboten. Die Transformatoren für die Stromversorgung sind leicht zu bekommen.« Knight lächelte Jackson mitleidig an. »Das hilft Ihnen auch nicht weiter, was?«

Statt einer Antwort seufzte Jackson nur müde.

»Wurden denn an den Glasröhren keine Spuren gefunden?«, fragte Knight. »Die haben Sie doch bestimmt genau untersucht.«

Jackson schüttelte den Kopf. »Jedes einzelne Teil war mit einer Ammoniaklösung abgewaschen worden, die die Ergebnisse kontaminiert hat.«

Knight nickte. »Damit werden üblicherweise alte Neons gereinigt.«

»Was ist mit der Art, wie die Elektroden angebracht sind?«, erkundigte sich Jackson. »Fällt Ihnen da irgendwas Ungewöhnliches auf?«

Knight sah sie sich genau an. »Leider nein. Er hat auf jeden Fall sehr ruhig und präzise gearbeitet, sonst würde man die Linie sehen, wo das Glas an die Elektrode anschließt. Er ist ein geduldiger Mann.«

Geduldig und tödlich, dachte Jackson.

28

Der Pub mit dem Namen »Schwarzer Schwan« in Tipton, von den Einheimischen »Dreckige Ente« genannt, war verriegelt und verrammelt. Ein Schild mit der Aufschrift »Verkauf durch öffentliche Versteigerung« klebte an der Tür. Eine alte Frau, die einen Einkaufswagen mit einem kleinen weißen Terrier darin den Bürgersteig entlangschob, erklärte Iris, dass der Pub einen Monat zuvor dichtgemacht hatte.

Iris strich dem Hund über den Kopf und ließ sich von ihm die Hand lecken. Sie mochte Tiere. Bei ihnen wusste man, woran man war. »Wie heißt er?«

»Sie heißt Mitzi. Sechs Jahre alt und noch immer so hübsch wie an dem Tag, als ich sie aus dem Tierheim gerettet hab.« Das Gesicht der Frau zerfurchte sich zu einem stolzen Lächeln.

Iris wünschte, jemand hätte sie als Sechsjährige gerettet. Sie streichelte Mitzi, dankte der Frau noch einmal für die Auskunft und machte sich auf den Weg zum »Alten Klepper« in Oldbury.

Während der Fahrt dachte Iris über Norman Pardoes Albanier-Auftrag nach. Die Sache klang kopflos und überhastet, nicht sein Stil. Ihrer auch nicht. Norman hatte ihr geholfen, als sie abgebrannt war, und die Arbeit für ihn hatte jahrelang ihre Rechnungen bezahlt, entweder Überwachung oder Beseitigung. Er war kein Mann, dem man widersprach. Ein »Nein« und Variationen von Nein gehörten nicht in seinen Sprachschatz. Jetzt jedoch brauchte sie sehr viel mehr Kohle, und die sollte der Jackson-Auftrag bringen. Der war eine einmalige Chance. Niemals würde sie so viel Geld zusammenbringen, auch nicht mit hundert Jobs. Iris war nicht blöd, sie konnte diese Arbeit nicht ewig machen. Männer töten – sie war noch nie beauftragt worden, eine Frau umzulegen – war etwas für junge Leute. Und sie wusste nicht einmal, wie viel Zeit ihr noch blieb.

Als Freelancerin machte es sich bezahlt, alles zu übernehmen, was ihr angeboten wurde. Sich von einer einzigen Einnahmequelle abhängig zu machen war idiotisch. Mit ein bisschen Geschick könnte sie sowohl Jacksons als auch Normans Pferde reiten und beide über die Ziellinie bringen. Sie würde vorsichtig sein müssen – weder Jackson noch Pardoe durften voneinander erfahren. Das war das Problem mit Kunden: Jeder hielt sich für den Allerwichtigsten.

Der »Alte Klepper« war nur dem Namen nach alt. Der Wirt hatte den Pub vor zwei Jahren renoviert und dabei leider Gottes alles Ursprüngliche herausreißen und innen babyrosa streichen lassen. Der einst gemütliche Pub mit separater Lounge war jetzt ein einziger zusammenhängender Raum. An einem Ende spielten ein paar Teenager Darts und tranken Bier; das andere Ende war für die Bingo-Runde reserviert, die gerade in vollem Gang war.

Als Iris an einem Aufsteller vorbeiging, auf dem für den Abend Pasteten verheißen worden, lief sie prompt in Davey Jelf hinein, einen gierigen Jungen, den sie absolut nicht abkonnte und der öfter in ihrer Nähe auftauchte, als er sollte. Wohin sie auch ging, immer war er ein paar Schritte hinter ihr, wie ein böser Schatten.

Mit seinen scheinbar lidlosen Augen und der gelben Haut erinnerte Jelfs Gesicht an einen Speckfisch, der schon zu lange an der Supermarkttheke gelegen hatte. In Ohren, Nase und Kinn hatte er allerlei Metall stecken. Er lungerte oft bei Norman herum, weil er bei den größeren Jobs mitmischen wollte. Träum weiter, dachte Iris. Er war aufbrausend, verströmte

Feindseligkeit und Aggression aus jeder Pore und hatte damit nicht das richtige Temperament für ihre Branche.

»Wie geht's Orchid?«, fragte sie ohne Umschweife. Sie war überrascht gewesen, als sie gehört hatte, dass er einen Greyhound vorm Einschläfern gerettet hatte. Weniger überrascht war sie, als sie ihn dabei erwischte, wie er den Hund mit Tritten traktierte. Das hatte Davey zwei blaue Augen und eine gebrochene Nase eingebracht sowie die Warnung, dass sie zurückkommen und ihn umlegen würde, sollte er so was noch einmal machen.

»Blödes mageres Miststück.«

Iris war sich nicht sicher, ob das ihr oder dem Hund galt, aber es war ihr auch egal. »Hab dich heute Vormittag gar nicht im *The Vaults* gesehen. Warst du nicht eingeladen?«

»Leck mich. Ich war beschäftigt.« Er reckte das Kinn. Dabei blitzte etwas Goldenes auf. Sie ließ sich nichts vormachen – Davey hasste es, wenn er was verpasste.

»Tja, ich bin auch ziemlich beschäftigt. Bis dann.« Sie ging weiter, stellte erleichtert fest, dass Jelf ihr nicht folgte, und setzte sich an die Bar, während Linda Gardner, die Wirtsfrau, ein Bier zapfte.

»Hallo, Fremde«, sagte Linda. »Wie geht's dir?«

Sie wappnete sich gegen die unvermeidlichen Bemerkungen über ihre blasse Haut und den Gewichtsverlust, als sie antwortete.

Doch Linda, von Natur aus eine unverbesserliche Optimistin, fragte fröhlich: »Was darf's denn sein?«

Iris bestellte einen O-Saft. Linda sagte, es sei gesund, fünf verschiedene Obstsorten am Tag zu sich zu nehmen.

Mehrere Gäste kamen und bestellten Essen. Iris wartete schweigend, bis der Ansturm sich gelegt hatte und sie wieder zu zweit an der Bar waren.

»Wo steckt Wayne?«, fragte Iris.

»Ist zum Großhandel. Den seh ich so bald nicht wieder«, antwortete Linda mit Wärme in der Stimme.

Weiß der Geier, was sie an dem Kerl findet, dachte Iris. Wayne war ein trübseliger, wortkarger Mann, der schnell und grundlos aus der Haut fuhr. Iris hatte gehört, dass er auch gern mal handgreiflich wurde.

»Wir machen jetzt donnerstags Karaoke-Abende, falls du mal Lust hast«, sagte Linda, die offensichtlich in Plauderlaune war, genau der Grund, warum Iris sie sich ausgeguckt hatte.

»Ich bin unmusikalisch.«

»Das sind die meisten anderen Gäste auch«, konterte Linda mit einem Kichern. »Samstags gibt's natürlich weiter Livemusik. Hör mal«, sagte sie und beugte sich über die Theke, »gestern Abend haben wir eine Séance abgehalten. Also nicht *wir*, aber ein Bekannter von einem Bekannten von Wayne aus Blackheath. War ein echter Erfolg. Alle möglichen Leute sind gekommen. Der Laden war brechend voll.«

Iris dankte dem Himmel, dass Linda ein richtiges Klatschweib war.

»Den Geist von Gina Jenks hat bestimmt keiner gerufen, was?«, sagte Iris.

»Gina … ach so«, sagte Linda und wurde leise. »*Die* Gina, diese Journalistin, die …«

»Genau die. Direkt nachdem sie hier war, oder?«

Linda sah Iris verschwörerisch an. »Wayne hat gesagt, sie hätte Fragen nach diesem Irren gestellt, der Frauen ermordet und Lightshows aus ihnen macht.«

»Hat sie mit irgendwem länger geredet?«

»Weißt du was?«, sagte Linda und verdrehte die Augen. »Genau das hab ich auch gefragt.«

»Und?« Iris trank einen Schluck.

»Anscheinend haben ihr alle bloß die kalte Schulter gezeigt. Du kennst ja die Leute hier. Sie hätte genauso gut vom Mars sein können. Ehrlich gesagt«, erklärte Linda, »nach einem großen Fest wird's hier immer ein bisschen ruhig.«

»Im März?« Iris hielt das für unwahrscheinlich.

»Da hatten wir doch die *Battle of the Bands*. Überall Kids und Musiker. Wir sind aus allen Nähten geplatzt.«

»Wann genau war das?«

»Ein paar Abende bevor ... du weißt schon«, sagte Linda.

War Gina Jenks im Publikum gewesen?

»Wie viele Bands waren denn hier?«

»Sieben oder acht. Laut waren sie auf jeden Fall. Ich war froh, dass ich nicht da war.«

»Du warst nicht dabei?« Iris ließ sich ihre Enttäuschung nicht anmerken.

»Bei meiner Mom, in Spanien.« Lindas Gesicht verdüsterte sich. »Wayne hat gesagt, ich hätte ihn hängen lassen und nächstes Mal müsste ich hierbleiben und mithelfen, sonst könnte ich was erleben.«

Iris hatte eine ungefähre Vorstellung, was sie dann »erleben« würde.

»Weißt du, ob Gina Jenks an dem Abend hier war?«

»Iris Palmer«, sagte Linda mit einem schrillen Lachen, »du stellst Fragen wie ein Bulle.«

Und mit Bullen redete man bekanntlich nicht. Iris zwang sich zu einem so breiten Grinsen, dass ihr die Wangen schmerzten. »Ist sie vielleicht mal eine rauchen gegangen oder mit irgendeinem Typen abgezogen?«

Iris wusste nicht, ob es an ihrem drängenden Tonfall lag, aber plötzlich hatte Lindas Stimme einen nervösen Beiklang. »Wayne hat bloß zu mir gesagt, dass Gina Jenks eine echte Musikliebhaberin war.«

29

In Las Vegas war es neun Uhr morgens, als Jackson mit Axel Gonzalez sprach, einem Mann, der amerikanisches »Geht nicht, gibt's nicht« und Warmherzigkeit ausstrahlte.

»Das soll jetzt kein Wortspiel sein, aber wenn Sie irgendwie Licht in die Sache bringen könnten, wäre ich Ihnen sehr dankbar«, sagte Jackson.

»Also, was habt ihr bis jetzt?«

Jackson legte ihm die Ermittlungen detailliert dar. Gonzalez unterbrach nur einmal an der Stelle, als Jackson unter Verdacht geraten war, als Nachahmungstäter seine eigene Frau ermordet zu haben. »Echt übel«, sagte er. Jackson fuhr fort und erwähnte die persönliche Botschaft, die als Widmung in dem Buch stand.

»Las Vegas also?«, sagte Gonzalez.

»Ich denke, unser Täter ist dort gewesen.«

»Zusammen mit über dreißig Millionen anderen Touristen pro Jahr. Er kann auch nur das Buch gesehen und bei Amazon bestellt haben.«

»Wo hätte er sein Handwerk sonst lernen sollen? Wir haben jede Möglichkeit diesseits des Atlantiks überprüft.«

»Man kann sogar Bombenbau im Internet lernen. Vielleicht hat er zu Hause geübt.«

»Sie halten also nichts von meiner Theorie?«

»Ich bin nur nicht ganz überzeugt. Haben Sie das Buch untersuchen lassen?«

»Geschieht gerade.« Jackson erzählte von den ausradierten Bleistiftspuren unter der Widmung.

»Sieht so aus, als würde der Typ Sie herausfordern. Als würde er sagen: ›Na los, schnapp mich doch.‹«

»Sie meinen, er *will* festgenommen werden?«

»Unterbewusst vielleicht, aber nicht notwendigerweise. Der Sauhund will, dass Sie sein Spiel spielen.«

Oder seine Geschichte lesen, wie Arlo Knight meinte.

»Und wenn ich's nicht mitspiele?«

»Manche Serientäter hören auf und verschwinden von der Bildfläche«, sagte Gonzalez.

Jackson verzog das Gesicht. Neon einfach abtauchen zu lassen kam nicht infrage. Und er glaubte immer mehr, dass auch Neon diese Vorstellung nicht zusagte.

»Oder er tötet erneut, um Ihre Aufmerksamkeit zu erregen«, schob Gonzalez nach.

War das der Grund, warum Boswell sterben musste? Jackson ermahnte sich, dass die Obduktionsberichte noch nicht vorlagen, aber es war schwer, unvoreingenommen zu bleiben, wenn sein Denken jede wache Minute von Neon beherrscht wurde.

»Klingt ziemlich ausweglos.«

»Erzählen Sie mir mehr über die Schlingen«, bat Gonzalez. »Sie haben gesagt, die waren aus Leder.«

»Laut unserer Rechtsmedizin.«

»Leder ist ein Naturprodukt. Tierhäute haben häufig individuelle Besonderheiten. Mein Dad hat in Texas gearbeitet. Da wird viel Vieh gezüchtet«, sagte Gonzalez, als wollte er sein Fachwissen erklären. »Ich vermute mal, dass es keine identifizierbaren Abdrücke an den Opfern gab.«

»Keine, aber wir gehen davon aus, dass er Rechtshänder ist.«

»Eines ist sicher.«

»Und das wäre?«

»Er hat irgendwo Probeläufe gemacht. Er würde nicht wollen, dass Sie seine Frühwerke sehen.«

Ein interessanter Gedanke. »Wie ein Künstler, der nur seine besten Arbeiten ausstellt?«

»So ungefähr«, bestätigte Gonzalez. »Sie müssen seine schlechten Sachen finden, die versuchten Morde, den Scheiß, der nicht richtig geklappt hat.«

»Womit wir wieder bei Las Vegas wären.«

»Sie glauben wirklich, der Mistkerl hat hier damit angefangen?«

»Wäre doch möglich, oder?«

»Möglich heißt nicht, dass es auch so war«, sagte Gonzalez. »Irgendeine Vorstellung, wie alt er ist?«

Bislang hatte Jackson irgendwas zwischen fünfundzwanzig und fünfundvierzig vermutet. Nach seinen Gesprächen mit Withers und Knight war er gezwungen, diese Annahme zu revidieren und Neon eher in die Nähe seines eigenen Alters zu rücken. »Mitte bis Ende dreißig. Könnten Sie die letzten fünfzehn oder zwanzig Jahre durchgehen und nach ungelösten Fällen von Mord oder versuchtem Mord suchen, bei denen der Täter seine Opfer erdrosseln wollte?«

Schweigen am anderen Ende. Er stellte sich vor, wie Gonzalez die Backen aufblies, sich am Ohr kratzte, den Kopf schüttelte. Beratung war eine Sache. Akten durchforsten für einen Fall, mit dem er nichts zu tun hatte, eine ganz andere. »Ist das ein offizielles Gesuch?«

Jackson zögerte.

»Inoffiziell«, sagte er.

Schweigen.

»Ich denke wirklich, das könnte was bringen«, beteuerte Jackson.

Die darauf folgende Pause schien ewig zu dauern. Jackson hatte sein Bestes getan, doch jetzt sollte er die Zeit des Mannes nicht länger in Anspruch nehmen.

»Sagen wir mal, ich werf einen Blick drauf«, sagte Gonzalez

schließlich. »Der wird nicht besonders gründlich sein. Aber mal sehen, was dabei rauskommt.«

Das war mehr, als Jackson zu hoffen gewagt hatte.

Die blendenden Lichter der rund um die Uhr geöffneten Tankstelle beleuchteten das Haus so hell wie alles, was Neon hätte auf die Beine stellen können.

Iris konnte noch immer nicht ganz glauben, wo sie war – unter einer Platane in einer ehemals ruhigen Sackgasse – oder was sie hier machte – ein Haus im Dreißiger-Jahre-Stil beobachten, das so ähnlich aussah wie das des Detectives und in dem ständig Männer ein und aus gingen. Es war ohne Zweifel ein Bordell und sie verstand nicht, wieso die Nachbarn sich damit abfanden.

Bis sie daran dachte, wem der Laden gehörte.

Wenn du nicht willst, dass man dir das Fleisch von den Knochen schneidet und deine abgetrennten Gliedmaßen auf der nächsten Schnellstraße verteilt oder in einem Kanal versenkt, dann legst du dich nicht mit den Albanern an.

Im Dunkeln, völlig durchgefroren, blickte sie auf ihre Uhr. Sie stand seit fast vier Stunden da, und es war jetzt nach zwei Uhr morgens. Männer wie Malaj und Prifti lebten wie Vampire. Es könnte noch Stunden dauern, bis sie auftauchten. Die Thermoskanne Tee, die sie für die Observierung mitgebracht hatte, war seit über einer Stunde leer. Ihr wurde von Sekunde zu Sekunde kälter, und, schlimmer noch, sie musste dringend pinkeln.

Kurz entschlossen ging sie den Hang hinunter zur Tankstelle, benutzte die Kundentoilette und betrat dann den Shop. So vermummt, wie sie war, wäre sie auf keiner Überwachungskamera zu erkennen, und der übermüdete, indisch aussehende Mann an der Kasse zeigte nicht das geringste Interesse an ihr. Sie nahm zwei Schokoriegel und zog sich am Getränkeautomaten einen Kaffee: Milch, zwei Stück Zucker.

Hinter ihr läutete die Türglocke. Ein Schwall eiskalte Luft wehte herein, gefolgt von zwei Männerstimmen, die sich in einer ihr unverständlichen Sprache unterhielten. Der Kassierer ließ sein Handy fallen, stand auf, zog die Schultern hoch und drückte beide Handflächen zusammen.

Er hatte Angst. Iris blieb reglos stehen.

Die beiden Männer trugen enge Lederjacken und Jeans. Die Stiefel an ihren Füßen – bei Prifti Schuhgröße siebenundvierzig, schätzte sie – sahen aus, als könnte man damit mühelos jemanden niedertrampeln. Im Nacken hatte Prifti unter seinem kurz geschnittenen Haar ein Kreuz tätowiert, von dem sich zu beiden Seiten Engelsflügel ausbreiteten. Er hat offensichtlich einen abartigen Sinn für Humor, dachte Iris.

Enrik Malaj ließ sich zwei Packungen Zigaretten geben. Für Iris hörte er sich an, als wäre er auf eine von diesen Nobelschulen gegangen – nicht den Hauch eines ausländischen Akzents. Unterdessen nahm Prifti etliche Snacks aus den Regalen. Malaj drehte sich zu ihm um und sagte irgendwas auf Albanisch. Prifti blieb stehen und ließ die Chips- und Erdnusspackungen auf den Boden fallen.

»Gibt's hier irgendwo ein Restaurant, wo man anständig essen kann?« Malaj wandte den Kopf, sodass Iris sein Profil sehen konnte. Er hatte hohe schräge Wangenknochen, seine Nase war eine gerade Linie, und die akkurat geschnittenen Koteletten waren grau meliert. Ganz anders als der ungepflegte Prifti.

»Das einzige Lokal, das ich kenne, hat vor einer Stunde geschlossen«, antwortete der sichtlich besorgte Kassierer.

Malajs Lächeln war langsam. Es breitete sich auf seinem attraktiven Gesicht aus wie ein Blutfleck auf einem weißen Wollteppich. »Sonst gibt's nichts? Wir essen gern indisch.«

Der Verkäufer schluckte trocken. »Mein Onkel hat nicht weit von hier ein Restaurant.«

»Dann rufen Sie ihn an. Wenn uns sein Essen schmeckt, schreiben wir ihm eine gute Bewertung bei TripAdvisor.«

Falls das ein Witz sein sollte, konnte der Mann hinter der Kasse nicht darüber lachen. Er nahm sein Handy, tippte eine Nummer ein und sagte etwas auf Urdu. Iris beherrschte die Sprache nicht, aber sie erkannte den Tonfall, der rasch von Flehen in Angst und dann in Frustration und Wut umschlug. Vielleicht wollte der Onkel nicht mitspielen. Schließlich wurde der Mann leise, sagte noch etwas und legte auf.

»Mein Onkel wird Sie gern im Restaurant Spice Rooms begrüßen«, sagte er in einem Bitte-tut-mir-nichts-falls-es-euch-nicht-schmeckt-Tonfall. »Es ist gleich gegenüber, neben dem Waschsalon. Ganz bequem zu erreichen.« Iris hatte den Verdacht, dass Malaj das längst wusste. Ein Mann wie er überließ kaum etwas dem Zufall.

Sie gab keinen Mucks von sich, bis die beiden Männer gegangen waren. Dann legte sie die Schokoriegel zurück und ging mit dem Kaffee zur Kasse. Schweiß perlte dem Mann auf der Oberlippe, und seine Miene war eine Mischung aus Erleichterung, Dankbarkeit und Angst. Sie schien auszudrücken, dass sie beide gerade knapp dem Tode entronnen waren. Iris reichte ihm einen Zehner und steckte wortlos ihr Wechselgeld ein.

30

Nachts war die Stadt seidig und gefährlich und glamourös, eine Fassade für den Schrecken, der darunterlag. Da waren ihr die ehrlichen, heruntergekommenen Straßen ihrer Jugend lieber.

Iris konnte nicht schlafen und verbrachte die frühen Morgenstunden auf ihrem Motorrad, unter einem mondhellen Himmel, der alles in Grün und Orange tauchte.

Sie fuhr in Birmingham herum, schaute bei Len auf der Northfield Road vorbei. Len, ein Zuhälter im Rollstuhl, hatte den, wie sich herausstellte, unverdienten Ruf, seine Ohren überall zu haben.

»Neon? Ich?«, sagte Len. »Willst du mich verarschen?«

Sie fuhr weiter und sprach mit Dougie, einem Obdachlosen, der in den Unterführungen der Stadt schlief, wenn die Polizei ihn nicht von dort vertrieb. Sie fragte ihn nach einem Mann mit einer Vorliebe für Leuchtschilder und junge beruflich erfolgreiche Frauen. Er schüttelte den Kopf, und sie bat ihn, die Augen offen zu halten.

Als sie gerade wieder aufs Motorrad steigen wollte, rief Dougie ihr nach: »Probier's mal in dem Club beim Bahnhof Snow Hill.«

»Welcher Club?«

»Weiß nich, wie der heißt, wo sich alle so komisch anziehen.«

Eine strenge Diät aus Billigwein und harten Spirituosen hatte Dougies Gehirn schon vor Jahren stark in Mitleidenschaft gezogen, und Iris glaubte kaum, dass sie Genaueres aus ihm rausbekommen könnte.

Er blähte seine eingefallenen Wangen auf und strich sich mit den dreckigen Fingern einer Hand durch den struppigen Bart. »Die ziehen sich schwarz an.«

»Wie Gothics?«

»Ich glaub, ja«, sagte er, nachdem er lange darüber nachgedacht hatte. »Bloß, die sind keine Gothics.«

Das bringt nichts, dachte Iris genervt.

»Die mögen auch ein bisschen Farbe«, sagte Dougie.

»Wie Neon, willst du das damit sagen?«

»Genau«, bestätigte Dougie mit einem breiten Grinsen. »Pink und Rot und so weiter.«

»Um wie viel Uhr macht der Club zu?«

»Gegen vier. Das weiß ich, weil ein paar von denen dann hier langkommen.«

Iris sah auf die Uhr. Ihr blieb noch etwas über eine Stunde. Um diese Zeit würde sie schnell durch die Innenstadt kommen. Ein Club in der Nähe des Bahnhofs Snow Hill war zwar ein ziemlich dürftiger Hinweis, aber sie hatte nichts Besseres.

Wie sich herausstellte, fand sie den Laden relativ leicht, weil gerade ein paar übernächtigte Gäste herauskamen, die genau so gekleidet waren, wie Dougie gesagt hatte. Eine Treppe führte hinab in einen unterirdischen Tunnel, wo der Club-Eingang lag. Iris fragte sich, ob das ein ehemaliger Luftschutzbunker aus dem Zweiten Weltkrieg war. Angeblich gab es von denen noch so einige in der Stadt, aber die meisten waren ungenutzt und in Vergessenheit geraten.

Als sie um eine Ecke bog, prallte sie gegen einen Typen im schwarzen PVC-Trenchcoat, der beim Zusammenstoß knisterte. Der Mann hatte volles dunkles Haar und leuchtend grüne, mit schwarzem Lidschatten umringte Augen – das übrige Gesicht war unter einer Ledermaske verborgen. Sie hätte wetten können, dass er farbige Kontaktlinsen trug – genau wie sie manchmal, wenn sie einen besonders anspruchsvollen Job angenommen hatte. Er musterte sie so eindringlich, dass ihr unbehaglich zumute wurde. Was hast du's denn so eilig? dachte sie und starrte zurück. Dann murmelte er eine Entschuldigung und ging weiter.

Elektronische Musik schallte ihr in einem dumpfen Rhythmus entgegen. Je näher Iris dem Eingang kam, desto lauter wurde der Krach. Als sie den Raum betrat, der aussah wie eine Höhle aus Neon- und Stroboskoplicht, war das die totale Reizüberflutung. Dutzende von jungen Männern und Frauen mit knallbunten Haaren und Extensions drehten und wanden sich zu pulsierenden, hypnotischen elektronischen Beats. Es war eng, und es war verschwitzt, und Iris hatte das Gefühl, wenn sie zu lange hierbliebe, würde sie in ein visuell verursachtes Koma fallen.

Sie drängte sich durch eine Mauer aus Menschenkörpern zur überfüllten Bar. Da sie offensichtlich in absehbarer Zeit keinen Drink bekommen würde, lehnte sie sich mit dem Rücken gegen eine Säule und beobachtete das Geschehen. Die schwarz gekleideten Frauen peppten sich mit bunten Netzstrümpfen und Plateaustiefeln auf. Die meisten hatten zahlreiche Piercings. Viele Männer trugen enge Gummi- und glänzende PVC-Klamotten und manche Taucherbrillen und Gasmasken. Iris machte das keine Angst, aber der unheimliche Anblick würde so manchen einschüchtern. Die Leute hier wollten schockieren, und das gelang ihnen auch.

Ein Gedanke, den sie nicht richtig zu fassen bekam, nagte an ihr. Während sie sich umschaute und ihr die Augen von der schieren Masse an reflektierenden Stoffen in grellen Gelb- und Grüntönen wehtaten, musste sie an den Typen im Korridor denken. Sein Verhalten, die Art, wie er sie beäugt hatte – irgendetwas stimmte mit ihm nicht. Andererseits waren hier alle so, irgendwie seltsam. Sie wusste, dass sie sich von der Masse abhob und ihr Gesicht nicht hierherpasste, deshalb beschloss sie, lieber wieder zu verschwinden.

31

»Bist du zu Hause?«

»Ja.«

»Lass mich rein«, sagte Cairns.

Jackson spähte aus dem oberen Flurfenster und sah Mick Cairns zu ihm hochschauen. Er hatte ein breites Grinsen im Gesicht.

»Ich bringe frohe Kunde.«

»Moment, ich komm runter«, sagte Jackson und steckte das Handy weg.

Er öffnete die Tür, und Cairns drängte herein. »Mann, ist das kalt da draußen.«

»Kaffee?«

»Unbedingt. Schwarz, ohne Zucker.«

»Müssen ja echt dringende Neuigkeiten sein, dass du schon um …«, Jackson stellte den Wasserkocher an und sah auf seine Uhr, »kurz nach acht hier auftauchst.«

»Morgenstund und so weiter«, sagte Cairns. »Ehe ich es vergesse, Browne hat bei der Untersuchung des Stricks Dampf gemacht. Ersten Erkenntnissen zufolge war Jordan Boswell entweder ein Schlangenmensch, oder er wurde ermordet.«

»Dachte ich mir.«

»Wir setzen im Moment auch auf Mord, weil die Art der Knoten darauf hindeutet, dass a) wer auch immer sie gemacht hat, Rechtshänder war, und Boswell war Linkshänder, und b) Boswell sie wohl kaum hingekriegt hätte, wenn er die Hände über dem Kopf hatte. Außerdem hatte er eine fette Beule an der

Schläfe, was darauf hindeutet, dass er von einem Angreifer überrumpelt wurde.«

»Irgendwelche DNA am Strick?«, fragte Jackson, während er Kaffee eingoss und Cairns eine Tasse reichte.

Cairns nahm sie und schüttelte den Kopf.

»Passt genau zu Neons Arbeitsweise«, murmelte Jackson. Dann fiel ihm auf, dass Cairns seinen Blick mied. »Was ist?«

»Browne glaubt nicht, dass da ein Zusammenhang besteht.«

»Du machst Witze.«

»Keine Leuchtschilder, keine Kamera, keine Action.«

Jackson starrte Cairns mit offenem Mund an. Drehte er langsam durch? Machte ihn sein Verlangen, Neon zu finden, blind für offensichtlichere und logischere Schlussfolgerungen? Er dachte an sein Gespräch mit Gonzalez, der seine Theorie angezweifelt hatte, Neon sei in Las Vegas gewesen.

»Und Boswell hatte ein schillerndes Privatleben, wenn er nicht gerade Straßen fegte«, fuhr Cairns fort. »Durchaus möglich, dass er dem einen oder anderen Kriminellen ans Bein gepinkelt hat.«

»Das ist doch Schwachsinn. Es war Neon, verdammt noch mal.«

Jacksons unvermittelte Lautstärke ließ Cairns zusammenfahren. »Ich bin nur der Bote, Matt.«

Jackson entschuldigte sich, verärgert darüber, dass er die Beherrschung verloren hatte. Mick war nun wirklich der Letzte, an dem er seinen Frust auslassen sollte.

»Schon gut«, sagte Cairns gutmütig. Er nahm einen Schluck Kaffee.

»Sonst noch was?«, fragte Jackson hoffnungsvoll, doch ohne daran zu glauben.

»Von der Schriftsachverständigen habe ich noch keinen Mucks gehört. Aber ich will sie nicht drängen, schließlich tut sie mir einen Gefallen.« Cairns trank seine Tasse zügig leer. »Ich muss los, zurück in die Höhle des Löwen.«

»Moment noch, ich wollte dir was geben.« Jackson nahm einen versiegelten Umschlag vom Fensterbrett.

»Sieht wichtig aus. Was ist da drin?«

»Anweisungen für den Fall, dass mir was zustößt.«

Cairns sah ihn verwundert an.

»Du bist der einzige Mensch, dem ich vertraue.«

Cairns schüttelte den Kopf und hielt den Umschlag zwischen Daumen und Zeigefinger, als wäre er ein Beweisstück, das ordnungsgemäß gesichert werden musste. »Hör mal, Matt, ich weiß ja, ich bin mit dieser ganzen Sache zu dir gekommen. Ich hab gedacht, es würde dir helfen, dir wieder einen Fokus geben, aber das hier ist verrückt. Ich wollte dich doch nicht in Gefahr bringen.«

Jackson ging nicht darauf ein. »Es steht alles da drin. Verwahr den Umschlag gut. Mach ihn nicht auf, solange du es nicht musst.«

Widerwillig schob Cairns den Umschlag in seine Manteltasche. »Ich finde das überhaupt nicht gut.«

»Versprich mir, dass du ihn nicht aufmachst.«

»Klar.«

»Sag es.«

»Du. Hast. Mein. Wort.«

Jackson dankte ihm und brachte ihn zur Tür.

Er musste in einer Stunde bei seinem Anwalt sein und hatte vor, hinterher einen kleinen, aber sehr wichtigen Einkauf zu tätigen, in einem Laden, der sich auf das neuste Technikzubehör für Autos spezialisiert hatte. Er machte gerade den Abwasch, als sein Handy von einer Nummer angerufen wurde, die er nicht kannte.

»Hallo?«, sagte er.

»Sind Sie Detective Chief Inspector Jackson?«

»Wer will das wissen?«

»Mein Name ist Andy Fenner, ich bin …«

»Polizeireporter bei der *Post*«, fiel Jackson ihm ins Wort.

»Wir bringen einen Artikel über die Ermittlungen im Fall Neon.«

»Ich arbeite nicht mehr an dem Fall«, sagte Jackson.

»Darüber möchte ich ja gerade mit Ihnen reden. Wie ich gehört habe, war Ihre Ehefrau Neons letztes Opfer.«

»Wie bitte?« Unbändiger Zorn kochte in ihm hoch.

»Dann stimmt das nicht?«, fragte Fenner überrascht.

»Von wem zum Teufel wissen Sie das?«

»Die Information kam direkt von der Pressestelle.«

»Tja, das hätten die nicht machen dürfen«, blaffte Jackson, unfähig, seine Wut zu zähmen.

»Es tut mir leid, wenn ich Sie damit überfallen habe, aber jetzt hätten Sie Gelegenheit, Ihre Sicht der Dinge zu erzählen.«

»Kein Kommentar.« Jackson legte auf. Das war freundlicher als *Leck mich am Arsch*.

32

Iris wusste selbst nicht, ob sie das die ganze Zeit vorgehabt hatte oder ob ihr Unterbewusstsein Überstunden machte, jedenfalls lenkte sie ihr Motorrad am nächsten Morgen zum Haus des Detectives, obwohl sie sich eigentlich erst abends treffen wollten. Tatsache war, dass sie den von ihm vorgeschlagenen Pub nicht mochte. Lauter solariumgebräunte Yuppies, die zur Fleischbeschau dort antanzten. In solchen Läden fühlte sie sich immer unbehaglich. Unter strategischen Gesichtspunkten waren sie gefährlich. Jemand wie sie fiel auf, und in ihrem Metier war das unter Umständen tödlich. Stattdessen würde sie Jackson jetzt berichten, was sie herausgefunden hatte, sie würden sich austauschen und dann entscheiden, wie sie weitermachten.

Als sie ganz in der Nähe war, hielt sie am Straßenrand, nahm den Helm ab und rief sein Handy an, bekam aber nur die Mailbox. Unbeirrt fuhr sie weiter, bis sie in seine Einfahrt bog. Die sah leer aus, weil sie leer war. Sie stellte sich unter das Vordach und wählte eine andere Nummer.

»Alles in Ordnung?«, fragte sie.

Die Stimme, die antwortete, war ihr so vertraut wie ihre eigene Haut. Sie und ihre einzige Freundin kannten sich schon ewig. Iris bewunderte sie für ihre Kraft, ihre Ruhe und ihren Einfallsreichtum. Aber heute klang sie alles andere als ruhig.

»Hast du darüber nachgedacht, was der Arzt gesagt hat?«

Iris hatte an nichts anderes gedacht. *Wie auch?*

»Hab ich.«

»Und?«

Iris hatte das Gefühl, als würde die Zeit ihr durch die Finger rinnen. Ohne sehr viel Geld wäre sie irgendwann abgelaufen. In ihrem Fall sah es ganz so aus, als wäre das eher früher als später so weit.

»Ich arbeite dran.«

»Iris, ich denke wirklich …«

»Ich wollte nur wissen, ob alles in Ordnung ist.«

»Ja, aber …«

»Ich kann nicht aufhören. Ich melde mich später noch mal.«

Iris beendete den Anruf, lehnte sich mit dem Rücken gegen Matt Jacksons Haustür und wünschte bei Gott, sie könnte optimistischer in die Zukunft schauen.

Sie steuerte die Triumph zurück die Einfahrt hinunter und fuhr nach Hause. Sie würde ein bisschen Schlaf nachholen, sich mit Kohlenhydraten und Koffein wieder in Schwung bringen und später die Albaner observieren. Vielleicht machten sie sich das Curry vom Vorabend zur Gewohnheit. Gut so. Regelmäßige Abläufe waren der Tod für jedes Opfer, das sie je gekannt hatte.

»Sie Schwein.«

Jackson stand vor Browne, und es war ihm egal, ob das gesamte Ermittlungsteam ihn hörte. Aus den Augenwinkeln bemerkte er Kiran Shah, bang und besorgt. Er glaubte kaum, dass diese Sorge ihm galt.

»Sie haben der Presse einen Tipp gegeben.«

Browne schaute gequält. Er war kein Mann, der öffentliche Szenen mochte. »Gehen wir doch irgendwohin, wo wir uns unter vier Augen unterhalten können, DCI Jackson.«

»Wir können ruhig hierbleiben.« Jackson schaute sich um. Seine Kollegen sahen völlig erschöpft aus. Kaum einer blickte ihm in die Augen. Man hätte meinen können, er würde alle im Raum mit einem Sturmgewehr bedrohen.

Shah kam unauffällig näher und wich wieder zurück, als Browne diskret den Kopf schüttelte.

»Kommen Sie, Matt.« Browne deutete in Richtung eines leeren Vernehmungsraums. Jackson folgte ihm. Er hatte seinen Standpunkt klargemacht. In dem Raum angekommen, nahm Browne Platz, aber Jackson blieb stehen. »Ich verstehe Ihren Ärger.« Marcus Brownes Verständnis befeuerte Jacksons Wut nur noch.

»Andy Fenner von der *Birmingham Post* hat mich heute Morgen um zehn angerufen, um ein paar Fakten mit mir abzuklären, bevor sie in Druck gehen, und seitdem klingelt mein Telefon ununterbrochen.«

Brownes bedauernder Blick wirkte ehrlich. »Das muss ein Schock gewesen sein.«

Fast noch schockierender war Brownes Gelassenheit. »Sie hatten nicht mal den Anstand, mich zu warnen.«

Brownes Augen verdunkelten sich leicht. Jackson hatte schon Hundescheiße mit einer ähnlichen Farbe gesehen. »Matt, es tut mir aufrichtig leid. Die Pressestelle hat eindeutig einen Fehler gemacht.«

»Mehr haben Sie mir nicht zu sagen?«

»Nur, dass die Entscheidung, die Medien über Neons letztes Opfer zu informieren, von allerhöchster Stelle getroffen wurde, das kann ich Ihnen versichern.«

»Vom Commissioner?« Jackson fuhr sich mit den Fingern am Kinn entlang. Dagegen kam er nicht an.

»Setzen Sie sich doch bitte«, sagte Browne.

Und Jackson, aus dem alle Energie gewichen war, tat wie geheißen.

»Die Entscheidung erfolgte gezwungenermaßen. Sie wissen doch selbst, wie sehr wir unter Druck stehen, was Budget, Personal und Zeit betrifft.«

Das wusste er. Doch *er* würde nicht aufgeben, bis Neon geschnappt war und Iris ihren Auftrag erfüllt hatte.

Brownes Stimme schrammte durch den stickigen Raum und riss ihn aus seinen Gedanken.

»Matt, darf ich mal nicht als Detective, sondern als Freund mit Ihnen reden?«

Jackson antwortete nicht. Marcus Browne war nie sein Freund gewesen und würde es auch nicht sein, dennoch musste er eingestehen, dass der Mann Integrität hatte. Intrigant und durchtrieben wäre er ihm lieber gewesen.

»Ich bin unverheiratet und kann mir nicht mal annähernd vorstellen, was Sie gerade durchmachen, aber glauben Sie mir, ich habe Mitgefühl für Ihre Situation. Sie stehen unter enormem Druck, der zu einem Zustand kognitiver Dissonanz geführt hat.«

Kognitiver was? »Geht's auch ein bisschen verständlicher?«

»Das ist ein Zustand, in dem Gefühle und vorgefasste Meinungen größeren Raum einnehmen als Fakten. Offen gestanden, jeder Detective, der so lange an einem derart komplizierten Fall arbeitet, wird sich zwangsläufig an gewisse starre Vorstellungen klammern.«

»Das ist ...«

»Wie lange sind Sie schon bei der Polizei?«

Um einiges länger als du, dachte er. »Fast achtzehn Jahre.«

»Sie denken institutionalisiert.«

»Falls institutionalisiert heißt, das zu sehen, was direkt vor meiner Nase ist, dann bekenne ich mich gern schuldig.«

»Ah, Sie meinen Boswell. Cairns hat Ihre Bedenken erwähnt.«

»Neon hat Boswell umgebracht«, beharrte Jackson. Er wusste, dass er sich wie ein Song in Endlosschleife anhörte.

»Die Tat trägt nicht seine Handschrift. Neon tötet nur Frauen und stellt sie dann aus.«

»Bei Boswell ging es ihm bloß darum, ihn mundtot zu machen, was er sehr erfolgreich getan hat«, konterte Jackson.

»Neon wollte Schlagzeilen machen, keinen verdammten Film.«

»Da haben wir's wieder«, sagte Browne. »Starre Denkmuster gepaart mit emotionaler Sprache.«

Jackson wollte protestieren, doch Browne redete einfach weiter.

»Matt, ich verstehe, wie schlimm das für Sie sein muss. Ich versuche tatsächlich, Ihnen zu helfen, wenn Sie mich nur lassen.«

Mir ist längst nicht mehr zu helfen, dachte Jackson. Er wollte einfach nur weg, irgendwo was trinken, raus aus diesem Raum mit einem Mann, der ihn mit seiner »Alles nach Vorschrift«-Philosophie in den Wahnsinn trieb. Und ja, er hasste es, wie er sich fühlte: außer Kontrolle. Schlimmer noch, er wusste, dass das, was Marcus Browne sagte, mehr als nur ein Körnchen Wahrheit enthielt.

»Gefühlsausbrüche sind unter den gegebenen Umständen zwar absolut verständlich, aber sie gehören nicht in die moderne Polizeiarbeit«, stellte Browne mit einem gebieterischen Ton in der Stimme klar. »Deshalb ist beschlossen worden, Sie zu Ihrem eigenen Besten und im Interesse der Ermittlungen vom Dienst zu suspendieren.«

Bei der Aussicht wich alle Wärme aus Jacksons Gesicht. »Das ist nicht nötig.«

»Bei vollen Bezügen.«

»Mir geht's nicht ums Geld. Mir geht's um den Fall.«

»Selbstverständlich, und es wird Sie freuen, zu hören, dass wir eine neue Strategie planen.«

»Weibliche Officer als Köder für Neon einsetzen? Sind Sie wahnsinnig?«

»Das ist eine absolut vertrauliche Information.« Browne schob sich seine Brille höher auf die Nase. »Ich schlage vor, Sie nutzen die Zeit für einen Urlaub. Überlassen Sie uns die weiteren Maßnahmen.«

»Tun Sie das nicht.«

»Ich fürchte, die Entscheidung liegt nicht mehr in meinen Händen«, sagte Browne, obwohl Jackson das stark bezweifelte. Er fragte sich, wie viele intime Plauderstündchen Browne und der Chief Super wohl gehabt hatten.

»Ich wäre Ihnen dankbar, wenn Sie mir Ihren Dienstausweis gäben.«

»Ich muss arbeiten«, sagte Jackson und bedauerte sofort die Ohnmacht in seiner Stimme. »Ich brauche das.«

Browne streckte auffordernd die Hand aus. Zittrig vor Schock tastete Jackson nach seinem Portemonnaie, zog seinen Dienstausweis hervor und händigte ihn aus.

»Danke.«

»Sind wir fertig?« Jackson konnte seine Verzweiflung nicht länger zügeln – und erst recht nicht seine Aggression.

»Noch nicht ganz.«

Jackson schrak aufs Neue zusammen. Doch er hielt den Mund.

»Einer Ihrer Informanten, Kenny Flavell, wurde heute Morgen wegen eines Drogendelikts festgenommen.«

Jackson wurde beinahe ohnmächtig.

»Damit eins klar ist«, fuhr Browne nahtlos fort. »Ich weiß, dass DS Cairns meinen Computer gehackt hat, um Sie mit Informationen zu versorgen, für die Sie keine Berechtigung besitzen.«

»Ich hab ihn darum gebeten«, behauptete Jackson stur.

»Das glaube ich Ihnen sofort, aber wenn Sie irgendwas über den Stand der Ermittlungen wissen wollten, hätten Sie mit Ihrem Opferschutzbeamten sprechen sollen oder mit mir.«

»Cairns hat einen Fehler gemacht«, sagte Jackson, jetzt hektisch um einen höflicheren Ton bemüht, »aber es war lediglich falsch verstandene Loyalität einem alten Freund gegenüber.«

»Genau deshalb wird diese Angelegenheit auch unter uns dreien bleiben und Cairns seinen Posten behalten.«

»Danke«, sagte Jackson plötzlich verlegen.

»Bitte zwingen Sie mich nicht, ein Disziplinarverfahren gegen Sie anzustrengen und die berufliche Zukunft von DS Cairns erneut zu überdenken.«

»Aber …«

»Ich rate Ihnen dringend, jeden weiteren Kontakt mit DS Cairns zu meiden, bis die Neon-Ermittlungen abgeschlossen sind. Haben wir uns verstanden?«

»Ja«, antwortete Jackson. Noch nie war ihm Neon so unerreichbar erschienen.

33

Gary hatte beschlossen, seinen Tätigkeitsbereich auszuweiten. Bislang (das Beseitigen des lästigen Risikofaktors in dem Vorort zählte er nicht mit) hatte er sein Talent nur in einem städtischen Umfeld demonstriert. Es wurde höchste Zeit, etwas Abwechslung ins Spiel zu bringen. Nicht zuletzt würde es für die richtige Aufmerksamkeit sorgen. *Komm schon, Detective, du kleiner Scheißer, du Vollidiot, worauf wartest du noch?*

Gary verabscheute jede Annäherung an das Landleben, aber unter dem Aspekt des Tötens und Ausstellens hatte es gewisse Vorteile. Erstens bot es ein einmaliges Überraschungsmoment, oder war *Schock* zutreffender? Ja, keine Frage, Schock. Und Furcht. Zweitens würde die Polizei eine Ewigkeit brauchen, um in die Puschen zu kommen und es auf ihre ohnehin schon lange Liste von Ermittlungen zu setzen. Es würde sie noch mehr verwirren (und sie war so leicht in die Irre zu führen). Drittens würde die Presse ausflippen.

Der Nachteil war, dass ein Städter wie er gewisse Maßnahmen ergreifen musste, um unter der Landbevölkerung nicht aufzufallen. Er dachte nicht im Traum daran, hier seine Zelte abzubrechen und sein Unternehmen in die Wildnis von Wales oder des West Country zu verlagern. *Nein, nein, nein.* Er hatte viel zu viel in sein Territorium investiert. Ihm schwebte eher eine Stippvisite vor, ein Ort mit urbanem Umfeld. Nicht allzu weit von Jacksons Elternhaus entfernt, genauer gesagt. Und falls seine Suche nach der passenden Location heute erfolgreich verlief, falls er also genau die Stelle fand, um sie hier herauszulocken, könnte ihm das einen ungemein befriedigenden Lohn einbringen.

Gary wusste schon, welchen visuellen Effekt, welche emotionale Schockwirkung er gestalten wollte. Wenn das die Bullen nicht völlig fassungslos machte, dann fiel ihm auch nichts mehr ein. Und das würde ihn stinksauer machen.

Aber, hey, bloß nicht pessimistisch werden, dachte er. *Pessimismus ist was für Loser.*

Um eventuellen häuslichen Schwierigkeiten vorzubeugen, war es wichtig, den Mord genau zu timen. Naomi würde erst in zwei Wochen nach Hause kommen. Laut ihrem Terminkalender – für den er sich immer brennend interessierte – würde sie nach einem kurzen Zwischenstopp gleich ihr nächstes Projekt in Angriff nehmen. Anders ausgedrückt, er musste nichts überstürzen, konnte die gesamte Logistik in Ruhe planen. Er hatte es nicht so weit gebracht, um sich jetzt von irgendeinem blöden Zufall alles vermasseln zu lassen.

34

Browne hatte Jacksons Eier im Schraubstock.

Mit dem Tempo eines Mannes, der von einer Schlägerbande in aufgemotzten Autos verfolgt wird, brauste Jackson die Schnellstraße entlang. Er hatte die Stadt und, so kam es ihm vor, den scheinheiligen Geruch, der Marcus Browne umwaberte, hinter sich gelassen, aber er konnte trotzdem nicht aufatmen. Der Puls in seinem Hals hämmerte immer noch bedrohlich.

Eine tiefe Wintersonne tauchte den Himmel in ein kupfriges Rot, so gleißend, als wäre es von Neon erschaffen worden. Jackson klappte die Sonnenblende herunter, griff nach seiner Sonnenbrille und kniff die Augen gegen das Licht zusammen.

Er war auf dem Weg nach Quinton. Wenn Marcus Browne stichhaltige Beweise für eine Verbindung zwischen Neon und Boswell haben wollte, dann würde Jackson sie zutage fördern.

Er bog in die Straße, wo Jordan Boswell gelebt hatte. Es war der Tag, an dem die Müllabfuhr kam, und er suchte zwischen Autos und überquellenden Abfalltonnen nach einem Parkplatz. Schließlich gab er auf, wendete und fuhr in eine Querstraße, die weniger heruntergekommen aussah. Es war merkwürdig, wie drastisch sich das soziale Gefüge eines Wohngebiets nach nur wenigen Metern ändern konnte.

Der Geruch von faulenden Essensresten und Feuerwerkskörpern schlug ihm entgegen. Der Boden war übersät mit abgebrannten Böllern und Raketen, Beleg dafür, dass die Guy-Fawkes-Festivitäten sich über den 5. November hinaus erstreckt hatten. Jackson konnte sich denken, dass die Straße während der verspäteten und spontanen Feier letzte Nacht ein Kriegsgebiet gewesen war.

Der Teenager mit den kalten Augen, den er zwei Tage zuvor bemerkt hatte, war nirgends zu sehen. Aber ein etwa neunjähriger Junge auf einem Fahrrad, das zu klein für ihn war, hielt an und musterte Jackson.

»Müsstest du nicht in der Schule sein?«

Der Junge zeigte ihm den Stinkefinger und stieg wieder in die Pedalen, radelte schnell auf ein Haus mit offener Vordertür zu, aus der Jackson einen heftigen Streit hörte. Die Lautstärke ebbte kurz ab, weil der Junge wahrscheinlich verkündet hatte, dass die »Fürsorge« in der Nähe war, dann ging es ungehemmt weiter.

Ein Zelt der Kriminaltechnik verdeckte noch immer den Eingang zu Boswells Haus. In dem daneben waren die Vorhänge geschlossen. Die Nachbarn auf der anderen Seite waren offensichtlich ausgezogen und hatten nur eine halb abgerissene Satellitenschüssel zurückgelassen.

Jackson begann, die gegenüberliegende Straßenseite abzuklappern. Die meisten Leute waren unterwegs. Einige waren zu Hause, aber nicht geneigt, die Tür zu öffnen. Von den wenigen, die aufmachten, war keiner in der Lage oder willens, ihm zu helfen.

Schließlich kam er zu einem Bungalow mit einem Container davor, der mit Schutt, einem auseinandergenommenen Kleiderschrank und Regalbrettern gefüllt war. Obendrauf thronte wackelig ein Sessel, aus dem die Polsterung quoll.

Jackson spähte durch ein Fenster. Der Fernseher lief, eine ältere Frau saß davor. Als er an die Tür klopfte, rührte sie sich nicht. Er klopfte erneut. Lauter. Die Tür schwang auf. Der Teenager, der ihn vor zwei Tagen angestarrt hatte, stand vor ihm. Er sagte kein Wort. Aus der Nähe konnte Jackson Zigarettenrauch im Atem des Jungen riechen.

»Ich möchte mich kurz mit dir unterhalten.«

»Polizei?«

Jackson zögerte. »Ja.«

»Hab gestern schon mit euch geredet.«

»Es haben sich noch weitere Fragen ergeben.«

»Ich weiß nix weiter. Hab den Typen nicht gekannt. Hab nix gesehen. Weiß nix.« Der Junge gähnte, und Jackson bekam einen intimen Blick auf seine zahlreichen Füllungen.

»Du machst einen aufgeweckten Eindruck. Ich wette, dir entgeht so leicht nichts.« Jackson griff in die Innentasche seiner Jacke. »Wie heißt du?«

Der Junge behielt dieselbe gelangweilte Haltung bei, aber seine Augen verfolgten Jacksons Hand, die jetzt das Portemonnaie hervorholte. »Tommy«, sagte er.

»Was hast du gesehen, Tommy?«

»Es war dunkel.«

»Dann ist es also nachts passiert?« Jackson zog drei Zwanzig-Pfund-Scheine heraus.

Tommy trat einen Schritt vor. Automatisch wich Jackson zurück.

Nachdem Tommy sich nach allen Seiten vergewissert hatte, dass die Luft rein war, bat er Jackson ins Haus. »Ich mach das nicht zwischen Tür und Angel«, erklärte er.

Jackson folgte ihm durch eine schmale Diele in eine Küche, die klein, aber sauber war.

»Nur du und deine Oma, was?«, sagte Jackson.

Tommy musterte ihn. »Wie viel haben Sie?«

Sachlich und gierig, genau wie Jackson ihn haben wollte.

»Ich hab Sie nicht ins Haus gelassen, weil ich auf Gesellschaft aus bin«, schob Tommy nach.

»Okay.« Jackson gab ihm das Geld. Es verschwand blitzartig in der Tasche seines Kapuzenshirts.

»Haben Sie noch mehr?«

»Kommt drauf an. Erzähl mir, was du gesehen hast.«

»So einen Typen, der vor Jordans Haus rumhing.«

»Wann?«

»Vor drei Nächten.«

»Das ist sehr präzise.«

»Ich bin nun mal sehr aufmerksam.«

»Also nicht in der Nacht, bevor Boswell gefunden wurde?«

»Sind Sie taub, oder was, Opa?«

Jackson lächelte zerknirscht. »Um wie viel Uhr war das?«

»Keine Ahnung. Elf, vielleicht später?«

»Was für ein Auto fuhr der Typ?«

»Hab keins gesehen.« Das ergab Sinn. Neon hätte nicht gewollt, dass sich jemand sein Kennzeichen merkt. Keinen Sinn ergab jedoch, dass Neon gesehen worden war. Das war ein gravierender Fehler, der ihn Kopf und Kragen kosten konnte und der nicht zu ihm passte.

»Kannst du den Mann beschreiben?«

Tommy kratzte sich am Kopf. »Nicht so gut.«

»War er groß, klein, dick, weiß, schwarz?«

Tommy verschränkte die Arme, lehnte seine schmalen Hüften gegen die Resopalplatte des Küchentischs.

Jackson zog zwei weitere Zwanziger heraus. Erneut verschwanden sie wie von Zauberhand. Er wünschte, er hätte Iris hergeschickt – die hätte die Information garantiert im Nu aus dem Jungen herausgeholt, und er hätte nicht hundert Pfund hinblättern müssen.

»Ungefähr so groß wie Sie«, sagte der Junge.

»Ähnlicher Körperbau?«

»Stämmiger.«

»Und sein Gesicht?«

»Hab ich nicht gesehen.« Wieder kratzte Tommy sich am Kopf. Nervöse Angewohnheit, dachte Jackson.

»Es war Vollmond, oder?«

Tommy zuckte mit einer Schulter. »Hab ihn nur von hinten gesehen. Er ist nicht gegangen, wie die Schwarzen so gehen.«

Jackson glaubte kaum, dass das eine kulturell zutreffende Beobachtung war und schon gar nicht eine politisch korrekte. »Was hatte er an?«

»Jeans und Jacke.«

»Wie die hier?« Jackson zeigte auf seine eigene Lederjacke.

»So ungefähr. Aber länger.«

»Hat er Handschuhe getragen?«

»Ja.«

»Ist er reingegangen?«

»Weiß nich.«

»Und du hast keine Ahnung, ob Jordan ihn kannte oder nicht?«

»Woher soll ich das wissen? Der Typ könnte auch versucht haben, ihm Doppelglasfenster zu verticken oder so.«

Jackson warf ihm einen *Schon-klar*-Blick zu. »Ist dir sonst noch was aufgefallen?«

Tommy stopfte die Hände in die Taschen seines Kapuzenshirts. »Der hatte Dreads.«

Jackson verabschiedete sich und kehrte zu seinem Auto zurück, das neben dem Lieferwagen eines Elektrikers parkte. Er blickte die Straße rauf und runter. Alle Häuser standen etwas zurückversetzt, und fast jedes hatte eine Einfahrt, manche groß genug für zwei Autos. Um elf Uhr abends waren die meisten Leute bestimmt zu Hause, Vorhänge geschlossen, und einige lagen schon im Bett. Würde da jemandem ein fremdes Fahrzeug auffallen? Eher unwahrscheinlich.

Die Befragung der Nachbarn war schon abgeschlossen, aber die Officer hatten nicht gewusst, dass Neon schon zwei Tage vorher hier gewesen war, und hatten deshalb auch nicht danach gefragt. Und von den Dreadlocks hatten sie auch keine

Ahnung, da wäre Jackson jede Wette eingegangen. Sonst hätte ihm Browne die Neuigkeit garantiert unter die Nase gerieben. Außerdem war es durchaus möglich, wie Jackson sich widerwillig eingestand, dass Boswells Besucher harmlos war und bloß als Verdächtiger ausgeschlossen werden musste.

Jackson ging von Haus zu Haus und klingelte. Er stellte sich den Leuten als Detective vor, der in dem Fall ihres ermordeten Nachbarn ermittelte, und fragte, ob sie vor drei Nächten ein unbekanntes parkendes Fahrzeug auf der Straße gesehen hatten. Die Antworten reichten von »Sorry« und Kopfschütteln bis zu »Ich dachte, es wäre Sache der Polizei, so was rauszufinden«, um dann rasch die Tür wieder zu schließen. Das Wort »tragisch« fiel zweimal. Vier Anwohner waren nicht zu Hause. Jackson nahm sich vor, später noch mal wiederzukommen.

Als er in sein Auto stieg, bemerkte er eine Frau mittleren Alters, die in einem nachtschwarzen Fiesta vor ihrem Haus hielt. Ein letzter Versuch, dachte er.

Als er bei ihr ankam, wollte sie gerade Einkaufstüten aus dem Kofferraum nehmen. »Kann ich Ihnen helfen?«

Sie drehte sich um. Ihr sorgfältig geschminktes Gesicht furchte sich argwöhnisch, und tiefe Falten bildeten sich um die Mundwinkel. »Haben Sie das Schild da nicht gesehen?« Sie deutete zum Fenster: »KEINE WERBUNG«.

Er setzte sein beruhigendstes und charmantestes Lächeln auf. »Ich bin von der Polizei.«

»Ach so«, sagte sie, als hätte er sich einen Scherz erlaubt. Sie betrachtete die Einkaufstüten, sah dann wieder ihn an. »Lassen Sie uns reingehen. Es ist kalt.« Sie wollte nach den Tüten greifen.

Jackson trat rasch vor. »Lassen Sie nur, ich nehm die.«

Im Haus blieben sie in einem Wohnzimmer stehen, das in kühlen Grau- und Cremetönen gehalten war.

»Entschuldigen Sie meine Schroffheit«, sagte sie, während sie sich aus ihrem Mantel schälte. Jackson fielen die glänzend lackierten Fingernägel auf. Den Leberflecken auf ihren Händen nach zu urteilen war sie älter, als sie schien.

Er fragte, wie sie hieß und ob noch jemand im Haus wohnte.

»Ich bin geschieden.«

Er kam gleich zur Sache. »Haben Sie vor drei Tagen abends hier auf der Straße ein unbekanntes Auto bemerkt?«,

»Da war ich bei meinem Sohn im West Country und bin ziemlich spät nach Hause gekommen. Vor Nummer 29 stand ein Auto. Chrissie und Jim waren zu Hause, und ihr Besuch parkt meistens in der Einfahrt. Derjenige muss dann wohl bei jemand anders gewesen sein.«

»Haben Sie Fabrikat und Modell erkannt?«

Sie hob eine manikürte Hand an die Brust und lachte leise. »Ich kenn mich mit Autos leider nicht gut aus.«

»Limousine, Fließheck, Kombi, Cabrio?«

Sie überlegte kurz. »Der Wagen sah sportlich aus. Flacher als mein Fiesta.«

Damit war nicht viel anzufangen. »Erinnern Sie sich an das Kennzeichen?«

»Meine Güte, nein.«

»In welche Richtung war das Auto geparkt?«, fragte Jackson.

»In meine.«

»Also zur Hauptstraße hin?«

»Genau«, sagte sie.

»Warum ist es Ihnen überhaupt aufgefallen?«

»Es war ungewöhnlich.«

»Inwiefern?«

»Die Farbe«, sagte sie.

»Und die war?«

»Leuchtend gelb. Grell. Fast neongelb.«

Jackson wartete geduldig in dem Pub außerhalb der Stadt. Die Erregung und Zuversicht, die er nach dem unverhofften Erfolg empfunden hatte, verflog, als er um halb acht einsehen musste, dass Iris nicht kommen würde. Das schreckliche Tief, das unvermeidlich auf ein Hoch folgt, ließ ihn fast verzweifeln. Was zum Teufel machte er eigentlich? Er wünschte sich den Tod, und sie hatte nicht mehr lang zu leben. Was brachte es da noch, weiter zu ermitteln?

Ein Anruf bei ihrer »Auftragskiller«-Nummer hatte dieselbe »Der Teilnehmer ist nicht erreichbar«-Ansage erbracht, die er beim letzten Mal schon gehört hatte. Er beschloss, noch eine halbe Stunde zu warten und dann nach Hause zu fahren. Von Tonicwater hatte er gründlich die Nase voll.

Auf der Suche nach Männern mit Dreadlocks blickte er zur Bar hinüber und ertappte sich nach einer Weile dabei, wie er das Treiben der schönen und hippen jungen Leute beobachtete.

Er hielt sich selbst nicht für gut aussehend, aber eine Brünette hatte von dem Moment an, als er sich hinsetzte, zu ihm herübergeschaut. Er fing unabsichtlich ihren Blick auf, und sie lächelte, flüsterte ihrer Freundin etwas zu. Jackson griff mit der linken Hand nach seinem Glas und zeigte ganz bewusst seinen Ehering.

In den Wochen nach Pollys Tod war er kaum in der Lage gewesen, zu funktionieren. Es war noch immer zu schmerzlich, an ihr gemeinsames Glück zu denken. Die Trauer hatte jede frohe Erinnerung zerfressen, aber er würde seinen Schmerz nicht mit einem One-Night-Stand lindern.

Er stand auf und trat hinaus in eine vor Sternen strotzende Nacht. Der Parkplatz war voll. Keine grellgelben Autos, weder Sportwagen noch andere.

Als er gerade in seinen Mini steigen wollte, hatte er das deutliche Gefühl, beobachtet zu werden. Er erstarrte, drehte sich dann langsam im Halbkreis, überzeugt, dass jemand in der Dunkelheit lauerte.

Die Laternen auf dem Gehweg, die Scheinwerfer vorbeifahrender Autos, das Licht blendete ihn, und der Stroboskopeffekt löste die Erinnerung an eine andere Nacht aus, entsetzlich in ihrer Brutalität. Die bösartig glitzernde Discokugel, der Anblick von Pollys entstelltem Gesicht – was Neon ihr angetan hatte – wühlten in seinem Gehirn. Jackson konnte sich nicht bewegen. Er war wie gelähmt, an Ort und Stelle festgewachsen, blind. Seine Zungenspitze glitt über Lippen, die sich rissig und trocken anfühlten, und er lauschte angestrengt, ob jemand mit hohem Tempo davonfuhr. Alle Geräusche wurden von einer seltsamen Musik in seinem Kopf übertönt, die vertraute Melodie, die er bis zu diesem Moment ausgeblendet hatte. Die Coverversion eines alten Songs, die tiefe Stimme eines Mannes, ließ die Dunkelheit zersplittern. Zu Jacksons Entsetzen sang er davon, dass seine Augen von blitzendem Neonlicht durchbohrt wurden.

Mit einem tiefen Stöhnen riss er die Autotür auf, ließ sich in den Mini fallen, schaltete das Radio ein und drehte es laut. Alles, um nicht mehr »The Sound of Silence« hören zu müssen.

35

Iris wusste die Vorteile von Sackgassen zu schätzen. Mit nur einem Weg hinein und hinaus waren sie wie geschaffen für schnellen Rückzug, falls sie aufflog. Was sie nicht vorhatte.

Mitten in der Nacht hatte sie im Vorgarten eines leeren Hauses mit einem »Zu vermieten«-Schild Posten bezogen. Ihr Motorrad parkte mit der Nase hangabwärts und Richtung Straße nahe der Garage. Es gab keine Sicherheitsleuchten. Und was die Nachbarn betraf: Wenn ein Bordell direkt vor ihren Augen betrieben werden konnte, dann würden die Anwohner sich wahrscheinlich einen Dreck für Iris interessieren. In dem unwahrscheinlichen Fall, dass sie doch zur Rede gestellt wurde, käme sie lediglich ihren Bürgerpflichten nach und beobachtete das Grundstück gegenüber. »Ist Ihnen denn das seltsame Treiben da nicht aufgefallen?«, würde sie seelenruhig sagen.

Endlich, gegen vier Uhr morgens, sah sie die Albaner in einem Nissan-Pick-up mit Frontschutzbügel – einem »Ich hab mordsdicke Eier«-Wagen – die Straße herauffahren. Sie betraten das Haus und kamen nicht mehr heraus.

Iris trug eine dicke Steppjacke über zwei Pullovern, Leggings und Jeans und war trotzdem bis auf die Knochen durchgefroren. Ihre Zähne fühlten sich tiefgekühlt und spröde an, als könnten sie zerspringen, sobald sie die erste heiße Tasse Tee trank. Das war im Moment alles, wovon sie träumte. Sie war müde, ihre Augen waren verquollen, und sie fühlte sich, als wäre sie um zehn Jahre gealtert.

Morgens um sieben wachte die Straße allmählich wieder auf. Heizungsabgase quollen aus Schornsteinen und trafen auf die kalte Morgenluft. Lichter gingen an. Vorhänge wurden aufgezogen. Türen öffneten sich, um Hunde raus- und Katzen reinzulassen. In den Häusern wurde es lebendig, als Familien aufstanden und Eltern für ihre Kinder Frühstück machten, um sie dann zur Schule zu schicken und sich selbst auf den Weg zur Arbeit zu machen. Zeit für Iris, zu verschwinden, ehe sie gesehen wurde.

Sie stülpte den Helm auf, schwang ein Bein über die Maschine und schaukelte sie vor und zurück, bis der Ständer hochklappte und sie mit den Stiefelspitzen den Boden berührte. Als sie gerade den Motor starten wollte, bemerkte sie Enrik Malaj, der allein aus dem Haus kam. Er stieg in den Nissan, setzte rückwärts aus der Einfahrt und fuhr sehr schnell zum Kreisverkehr am Ende der Straße.

Iris folgte.

Malaj blinkte rechts, dann links, war offensichtlich auf dem Weg in die Innenstadt. Der morgendliche Berufsverkehr wurde immer dichter. Wie alle anderen Autofahrer kam Malaj kaum voran. Um nicht bemerkt zu werden, ließ Iris sich ein wenig zurückfallen und kroch im Schneckentempo dahin, vorbei an der kostenlosen Tierklinik auf der linken Seite und schließlich an der Amber Tavern auf der rechten Seite. Als der Pick-up sich der Hügelkuppe und dem King's Arms näherte, blinkte er links, Richtung Harborne.

Iris beschleunigte und wechselte auf die Überholspur, um die Ampel noch zu erwischen. Sie schaffte es und folgte dem jetzt schneller werdenden Nissan über die Kuppe, immer eine Fahrzeuglänge hinter ihm. Am nächsten Kreisverkehr bog der Pick-up ab, folgte der Straße bis zu einem großen Parkplatz, wo Malaj den Wagen abstellte und ein paar Münzen in den Parkautomaten steckte. Iris hielt ein paar Stellplätze weiter an.

Die Wintersonne kam hervor, und in ihrem Licht war Malaj eine imposante, Respekt einflößende Figur. Er trug seinen langen Ledermantel, sein graues Haar glänzte wie frisch gewaschen.

Iris beugte sich über das Motorrad und tat so, als würde sie einen der beiden Lenkerspiegel einstellen, als Malaj näher kam, doch er ging an ihr vorbei, als wäre sie unsichtbar. Aus der Nähe sah sie eine Narbe, die seine linke Augenbraue durchschnitt. Die glatten Wangen mit den hoch sitzenden Knochen verliehen ihm ein fast aristokratisches Aussehen. Doch um den Mund trug er einen grausamen Zug, ein Mann, dem es Genuss bereiten würde, jemandem Schmerzen zuzufügen, und der sich prächtig amüsieren würde, wenn er anderen dessen Leiden und Sterben beschrieb.

Sie folgte ihm in Richtung Lordswood Road. Für einen großen Mann bewegte Malaj sich leichtfüßig, zielstrebig, mit wiegendem Gang.

Die Umgebung wurde urbaner, ansehnlicher und schicker.

Als er seine Schritte verlangsamte, tat sie es ihm gleich. Vertrautes Terrain für ihn, dachte sie, denn er steuerte auf ein Café mit verwitterter Holzfront und Außentischen zu, an denen ausnahmslos Männer mit welterfahrenen Gesichtern und Frauen mit einer Vorliebe für schwarzen Lippenkonturenstift saßen. Der Rauch von Dutzenden Zigaretten hing als schwere Wolke in der Luft.

Iris ließ sich zurückfallen und überquerte die Straße. Sie beobachtete, dass Malaj wie ein Rockstar begrüßt wurde, mit reichlich Schulterklopfen, Umarmungen und Fauststößen. Sofort wurde ein Stuhl für ihn frei gemacht, und Malaj nahm Platz. Die anderen ließen sich ringsum nieder.

Nicht mal eine Minute später kam ein Barista und servierte dem Gangsterboss einen Americano – Iris registrierte das Kännchen mit heißer Milch. Malaj bedankte sich höflich, zog eine Packung Zigaretten aus der Tasche und zündete sich eine an. Er nickte, lachte dann mit einem glatzköpfigen Typen, dessen Mund die Farbe einer frisch zerquetschten Fliege hatte. Iris fragte sich, ob die anderen merkten, dass Malaj in Gedanken woanders war.

Er holte ein Smartphone hervor, scrollte und schrieb Nachrichten. Die Digitalisierung machte es Leuten wie den Albanern leichter, Menschen, Waffen und Drogen zu verschieben. Mit gesicherten Kommunikationswegen würde er den Bullen immer zwei Schritte voraus sein. Norman Pardoe konnte einiges von seinem größten Konkurrenten lernen. Pardoes Problem: Er war zu alt und zu sehr vom alten Schlag, um sich umzustellen. Er begriff nicht, dass es nur für eine Frau in ihrer Branche von Vorteil war, unter dem digitalen Radar zu bleiben. Sie schätzte, dass Neon aus demselben Holz geschnitzt war wie sie.

Malaj schaute immer wieder von seinem Smartphone auf und blickte rechts und links die Straße hinunter. Er wartete auf jemanden. Keiner von seinen Leuten schien das mitzubekommen. Zu sehr damit beschäftigt, ihn zu beeindrucken.

Iris ging über die Straße, schob sich durch die Menge und betrat das Café, das auch innen mit dem bleichen Holz getäfelt war. Sie bestellte sich eine Tasse Tee, ein getoastetes Rosinenbrötchen und ein Glas Wasser. Wenn sie nicht bald ein paar Schmerztabletten schluckte, würde sie umkippen.

Ein Zweiertisch in der Ecke war frei. Iris steuerte schnurstracks darauf zu. Von dort aus hatte sie ungehinderten Blick auf Malaj und den mutmaßlichen Komplizen, auf den er wartete.

Sobald ihre Bestellung gebracht wurde, warf sie die Tabletten ein. Der Tee war genau richtig, heiß und stark.

Malaj hob ebenfalls die Tasse an den Mund, schluckte und sagte etwas zu den anderen, die prompt aufstanden und weggingen, ihre Getränke blieben stehen. Als er allein war, lehnte Malaj sich zurück, spreizte die Beine und stellte seine Stiefel fest auf den Bürgersteig. Sein Mantel, der bis auf den Boden reichte, öffnete sich ein Stück. Iris hielt das für einen Schachzug: Malaj wollte dem Mann, der jetzt auf ihn zukam, seine Waffe zeigen. Ähnliches hatte sie schon unzählige Male beobachtet. Malaj machte klar, dass er der Boss war, indem er nicht aufstand, und der Mann setzte sich erst, als er dazu aufgefordert wurde.

Iris konnte einem Menschen nicht ansehen, ob er Albaner oder Lette, Este oder Litauer, Slowake oder Pole war. Einen Briten dagegen erkannte sie auf Anhieb. Der Neuankömmling war Brite, genauer gesagt aus den Midlands.

Er trug eine graue Jogginghose, blendend weiße Laufschuhe und ein weißes Kapuzenshirt, das nicht blendete. Seine geschmacklose Kleidung interessierte sie nicht. Vielmehr interessierte sie, dass der Mann eine kleine Nummer bei Norman Pardoe war und Bryce hieß. Sein Spitzname war »Ratte«, was unter den gegebenen Umständen mehr als zutreffend war. Wie sonst hätte Malaj zwei von Pardoes besten Leuten ausschalten können? Die Erklärung war ein Spitzel, und der war Bryce Butler.

Offenbar war Bryces Albanisch genauso schlecht wie Iris', denn er sprach Englisch, was gut war. Schlecht war, dass Doppelverglasung und Straßenlärm es ihr fast unmöglich machten, etwas zu verstehen. Nach dem, was sie mitbekam, redete Butler über Pardoes Geschäftspartner. Manche seiner Informationen waren falsch oder überholt, aber nicht alle, und dann hörte sie besorgt, dass Bryce die gesamte Hierarchie von Pardoe Enterprise offenlegte. Iris konnte Davey Jelf nicht ausstehen, aber sie würde nicht zulassen, dass er von einem Fremden umgelegt wurde, und wenn das in dem Tempo weiterging, wären Pardoe und seine Leute in ein paar Wochen Geschichte. Malaj sprach von einem Gewerbegebiet in Brierley Hill.

Sie trank ihren Tee aus, wartete, bis Bryce gegangen war, und wartete dann noch etwas länger, bevor sie das Café verließ. Sie würde ihr Motorrad später abholen. Zuerst musste sie ein Münztelefon finden.

36

Jacksons Stimmung war düster. Um sich den Song aus dem Gehirn zu brennen, hatte er einen Whisky zu viel gekippt, als er am Vorabend nach Hause gekommen war. Wie die Aura, die nach einem schlimmen Migräneanfall zurückbleibt, hallte das dumpfe Echo der Melodie noch immer nach. Hatte Polly die von Disturbed aufgenommene Coverversion des Folk-Klassikers an dem Abend gespielt, oder war er Teil von Neons Inszenierung gewesen?

Irgendwann schleppte er sich aus dem Bett, ging wie auf Autopilot ins Bad und zog sich an. In der Küche, eine Tasse Tee in der Hand, erinnerte ihn das nervige Blinken des Anrufbeantworters daran, dass das Ding voll war. Jackson hatte sich gestern nicht mehr darum kümmern können. Abgesehen von einem Anruf der British Telecom, die ihm einen neuen Mobilfunkvertrag andrehen wollte, war jede übrige Nachricht von einem Journalisten, der nach einer Story geiferte. Er löschte alles, schaltete das Gerät aus und zog die Telefonstecker aus der Wand.

Als ein paar Reporter vorfuhren und anfingen, ihn durch den Briefschlitz in der Haustür zu beknien, fasste er einen Entschluss. Er sammelte Iris' Pistole und Munition, ein Multitool und seinen Laptop zusammen und warf alles in eine Reisetasche. Er zog die Vorhänge zu, schnappte sich seine Schlüssel und verließ das Haus, stürmte mit einem »Kein Kommentar« durch den Pulk Presseleute.

Zwei Idioten – beide faselten was von Exklusivstorys – klammerten sich an sein Auto, als er losfuhr. Lautes Dauerhupen hatte den gewünschten Effekt, und er brauste schlingernd aus der Einfahrt, um zu seinem Apartment in der Stadt zu fahren. Ein paar besonders Hartnäckige nahmen die Verfolgung auf, doch er konnte sie bald abschütteln.

Es war ein Fehler gewesen, ins Haus zurückzukehren. Neben allem anderen symbolisierte es vor allem Zweisamkeit. Er würde sich dort immer einsam und verlassen fühlen, auch ohne die grauenhaften Bilder, die ihn jedes Mal überfielen, wenn er an ihrem gemeinsamen Schlafzimmer vorbeiging.

Das Apartment fühlte sich in jeder Hinsicht sehr viel sicherer an, und so machte er sich an die Arbeit. Zuerst lud er die Glock, dann nahm er ein Geschirrtuch aus der Küchenschublade und wickelte die Waffe darin ein. Als Nächstes holte er das Multitool aus der Tasche, klappte den kleinen Schraubenzieher daran aus und ging ins Bad, wo er die Lüftungsabdeckung von der Wand entfernte. Er legte die Waffe in den Hohlraum neben den Leitungen und schraubte das Gitter wieder fest.

Zufrieden griff er sich eine Beanie-Mütze, zog sie sich tief über die Ohren und in die Stirn und verließ die Wohnung.

Er brauchte dreizehn Minuten zu Fuß bis zum Centenary Square und der Hall of Memory, wo Neons zweites Opfer gefunden worden war. Noch immer waren umfangreiche Bauarbeiten im Gange, obwohl das Kriegerdenkmal seit Kurzem wieder geöffnet war.

Von dort lief er am Birmingham Repertory Theatre und der Stadtbibliothek vorbei. Neue Gebäude hatten die gesamte Stadtlandschaft verändert und mit ihr auch die Skyline. Wohin er auch blickte, überall waren Kräne und Gerüste und Bauarbeiter. Die Wirkung war chaotisch und verwirrend.

Wie sollte man einen Killer zwischen Hunderten Arbeitern und Passanten und Pendlern aufspüren? Werde ich ihn je finden? fragte Jackson sich verzweifelt. Mit Schutzhelm und Warnweste konnte Neon problemlos in der Masse verschwinden. Und wo waren die Überwachungskameras – wie viele davon funktionierten überhaupt?

Jackson betrat einen Brettertunnel neben der Großbaustelle des Birmingham Paradise.

Als er auf der anderen Seite in der Nähe des Kunstmuseums herauskam, hörte Jackson einen Akkordeonisten, der »Autumn Leaves« spielte. Er ging zwischen Chamberlain Square und Victoria Square hindurch Richtung Hauptbahnhof. Aller Wahrscheinlichkeit nach war Neon denselben Weg gegangen, vorbei an all dem Glanz und Glamour einer Stadt, die sich auf Weihnachten vorbereitete. Hatte er die zahllosen LED-Dekos mit den goldenen Schneeflocken, den Bäumen und roten Beeren bewundert?

Als er sich nach links zum Bullring-Einkaufszentrum wandte, stieg ihm der süßliche Geruch von Waffeln in die Nase, und er musste würgen. Im Gedränge der Passanten wurde er auf eine in Glas eingefasste Überführung geschoben, unter ihm lag der Hauptbahnhof, seine futuristische Architektur, das glänzende Aluminium, ohne Form oder Charakter. *Blade Runner* und *Terminator*. Eine Reklame leuchtete auf: »Join the Rebellion.« Wie zum Hohn waren die Schriftzüge der Straßennamen aus Neon. Wohin er auch schaute, der Killer schien dort zu sein, eingeflochten in das Gewebe der Stadt, und doch konnte Jackson ihn nicht sehen.

Eine Treppe hinunter und hinaus ins Freie. Jackson steckte zwischen Menschen fest, bis die Menge sich lichtete und er zur Statue des Bullen vor dem Eingang ging – Gina Jenks letztem Ruheort. Ihn überkam eine jähe Wut auf die stetig wachsende Stadt, die, ohne es zu wollen, die Taten eines skrupellosen Mörders verborgen hatte. Nach nur einer halben Stunde im Stadtzentrum wurde Jackson klar, dass er noch immer meilenweit davon entfernt war, Neon je aufzuspüren.

Zurück in seiner Wohnung, machte Jackson sich eine Kanne Kaffee, stark genug, um ihn für den Rest des Tages hellwach zu halten, und setzte sich an seinen Laptop. Er legte eine Datei an und tippte:

Dreadlocks

narzisstisch

manipulativ

hochintelligent

Geschichtenerzähler

War in Las Vegas, um zu lernen?

Plötzlich fragte er sich, wie viele Probeläufe Iris wohl gemacht hatte. Und warum sie am Vorabend nicht gekommen war. Aus Angst? Das glaubte er nicht. Die Iris, die er kannte, ließ sich von nichts und niemandem einschüchtern. Hatte sie eine dringendere Verabredung? Hatte sich ihre Krebserkrankung dramatisch verschlimmert? Er hoffte aufrichtig, dass dem nicht so war.

Er sah auf sein Handy, ob sie ihm vielleicht eine Nachricht geschrieben hatte.

Frustriert wandte er sich wieder dem Laptop zu.

Fundorte der Toten fallen geografisch in ein Goldenes Dreieck.

Er war das Gebiet mehrfach abgegangen. Neons Morde, die Tatorte nur Minuten voneinander entfernt mit weniger als einer Meile Abstand, erfolgten nach Mitternacht und möglicherweise vom selben Ausgangspunkt aus. Hinterher war Neon geflüchtet, ehe polizeiliche Großmaßnahmen eingeleitet werden konnten. Ja, er wollte, dass seine Kunst gesehen wurde, aber er sorgte auch dafür, dass er rechtzeitig weg war. Und das deutete auf einen Mann hin, der in der Nähe lebte. Das war Jackson schnell klar gewesen, im krassen Gegensatz zu Brownes Meinung.

Jackson tippte weitere Notizen.

Helfershelfer tot

Neon macht Fehler – wurde gesehen.

Fährt einen Wagen: neongelb, sportlich. Sein eigener?

Jackson dachte darüber nach. Wie konnte es sein, dass ein Mann, der so vorsichtig war und über so gute Forensikkenntnisse verfügte, einen dermaßen dummen und fundamentalen Fehler machte? Dergleichen kam vor, natürlich, aber bei Neon neigte Jackson zu der Annahme, dass es ein Bluff war. Er musste an Gonzalez' Bemerkung denken, Neon habe den unbewussten Wunsch, geschnappt zu werden. Das passte zu seiner Gier nach Aufmerksamkeit.

Eine Idee nahm Gestalt an. Jackson griff nach seinem Handy. Ehe er eine Nummer eintippen konnte, kam ein Anruf.

»Jackson«, sagte er, und eine Stimme vom Band erklärte ihm, er habe ein R-Gespräch. Iris, dachte er. Er akzeptierte den Anruf.

»Ich brauch meine Pistole«, sagte sie statt einer Begrüßung.

»Ach ja?«

»Ich will sie wiederhaben.«

Auf keinen Fall, dachte er. »Würden Sie mir vielleicht erklären, warum Sie gestern nicht gekommen sind?«

»Hatte was zu erledigen.«

»Gut, wir müssen trotzdem reden.«

»Hab's gestern bei ihnen versucht«, sagte sie. »Sie waren nicht da.«

Da hatte er sich wahrscheinlich gerade Marcus Browne zur Brust genommen. »Sorry, ich hatte auch was zu erledigen. Wo sind Sie jetzt? Ich kann zu Ihnen kommen.«

»Nur, wenn Sie meine Pistole mitbringen.«

»Ich habe sie nicht hier.«

»Dann holen Sie sie.«

»Iris, das haben wir doch schon besprochen.«

»Sie sind ein verdammter Dieb.«

»Iris, hören Sie mir zu. Mein Boss hat den Medien einen Tipp gegeben, dass Polly von Neon ermordet worden ist, und jetzt ist jeder Journalist des Landes hinter mir her.«

»Dann bin ich raus.«

»Die wollen was von mir, nicht von Ihnen.«

»Und so bleibt es auch. Haben Sie eine Ahnung, was passieren könnte, wenn ich auch nur in der Nähe eines Bullen gesehen werde?«

Er fuhr sich mit der Hand übers Kinn. Er musste Iris bei der Stange halten. Sie könnte entscheidende Informationen haben. Noch wichtiger war, er brauchte sie, um Neon zu töten. »Ohne mich kriegen Sie kein Geld.«

»Ohne mich«, konterte sie, »verrotten Sie in Ihrem Elend, und Neon bleibt, wo er jetzt ist.«

Bei dem Gedanken krampfte sich Jacksons Magen zusammen. Irgendwie musste er sie zur Vernunft bringen, oder sie würde aussteigen. Doch er kannte ihren Schwachpunkt.

»Ich war bei meinem Anwalt. Das Testament ist aufgesetzt.«

»Ich glaube Ihnen kein Wort.«

»Mein gesamtes Vermögen fällt nach meinem Tod an Sie. Ich kann es beweisen, Iris.«

»Jaja.«

»Als Zeichen meines guten Willens überweise ich Ihnen vorab fünfundzwanzigtausend, die ich von meiner Mutter geerbt habe.« Das war der letzte Trumpf, den er ausspielen konnte. Falls sie ablehnte, wäre er auf sich allein gestellt. Kein Job, keine Frau, vielleicht keine Chance, Neon je zu entlarven und Pollys Tod zu rächen. Er hielt den Atem an. Das Schweigen zog sich mehrere Sekunden lang hin.

»Wo kann ich Sie finden?«, fragte sie schließlich.

»Ich bin in einer Wohnung im Juwelier-Viertel.« Er gab ihr die Adresse, legte auf und seufzte tief vor Erleichterung.

37

Jackson ließ sich nicht anmerken, wie froh er war. Er erledigte die finanzielle Seite auf Anhieb, überwies Geld direkt auf ein Konto, das unauffindbar war, wie Iris ihm versicherte. »Also versuchen Sie gar nicht erst irgendwelche krummen Touren«, schob sie drohend nach. Ihm fiel auf, wie angespannt sie war. Nach einem letzten bösen Blick setzte sie sich.

»Ich will meine Pistole.«

»Ich habe Ihnen doch schon gesagt, dass ich …«

»Was haben Sie damit gemacht?«

Er räusperte sich. »In den Kanal geschmissen.«

Sie stand auf, schlug sich auf die Oberschenkel und sah ihn angriffslustig an.

»Dazu hatten Sie kein Recht.«

»Tut mir leid, aber wir hatten eine Abmachung.«

»Hatten wir nicht.« Sie stopfte die Hände in die Taschen und tigerte auf und ab.

»Es ist zu Ihrem eigenen Besten. Auf den Besitz einer Waffe mit Munition stehen mindestens zehn Jahre. Ich hab das gemacht, um Sie zu schützen, Iris.«

Sie sah das offensichtlich anders.

Plötzlich klingelte ein Handy, und es war nicht seines. Iris fuhr zusammen, holte ihr Telefon aus der Tasche und drückte den Anruf weg.

»Was haben Sie herausgefunden?« Er sprach leise, bemüht, das Gespräch wieder auf Kurs zu bringen.

Als sie antworten wollte, klingelte ihr Handy erneut. Sie verzog das Gesicht.

»Sollten Sie nicht rangehen?«

Wieder drückte sie den Anruf weg. »Haben Sie Tee?«

»Klar. Aber keine Milch.«

»Ich kann keinen Tee ohne Milch trinken.«

Gott, war diese Frau schwierig.

»Warten Sie«, sagte er. »Ich hole meine Jacke.« Als er zurückkam, war sie dabei, eine Nachricht zu tippen. Sie wirkte aufgewühlt, und er fragte sich, was mit ihr los war. Er wartete, bis sie fertig war, dann hielt er sein eigenes Handy hoch. »Wie lautet Ihre Nummer?«

Sie blinzelte nur.

Jackson ließ nicht locker. »Je eher Sie damit herausrücken, desto eher kriegen Sie Ihren Tee.«

Sie ratterte eine Nummer herunter, die er in seinen Kontakten speicherte.

»Nichts anfassen«, warnte er. »Schlafen Sie ein bisschen. Sie sehen aus, als könnten Sie's brauchen.«

Er rannte zum nächsten Supermarkt, kaufte eine Packung Milch und rannte zurück. Nach einem kurzen Blick hoch zu seiner Wohnung, atmete er tief durch und ging in die Tiefgarage unter dem Haus. Iris' Triumph stand versteckt in einer Nische hinter einer Säule. Jackson holte sein Handy hervor und den GPS-Tracker, den er tags zuvor gekauft hatte. Er aktivierte die SIM-Karte, nahm dann sein Multitool, schraubte das Heckteil des Motorrads ab und entfernte den Sitz. Er arbeitete schnell, löste Drähte, schob den Peilsender zwischen die Kontakte, bevor er alles wieder anschloss und den Sitz aufschraubte. Das Ganze dauerte etwas über eine Stunde – sehr viel Zeit, um eine Packung Milch zu holen. Er rechnete jeden Moment damit, Iris' wütendes Gesicht zu sehen. Nachdem er ein Passwort angelegt hatte, synchronisierte er das Gerät mit seinem Handy und lief nach oben, wo sein Gast zu seiner Erleichterung auf dem Sofa lag und schlief. Die

Jahre schienen von ihr abgefallen zu sein. Im Schlaf sah sie friedvoll und ungefährlich aus, völlig anders, als sie sonst wirkte.

Jackson zog die Jacke aus und machte Tee für sie beide. Sie rührte sich, als er zwei Tassen auf den Couchtisch stellte.

Iris' hohle Wangen blähten sich, als sie auf ihren Tee pustete und einen Schluck kostete. »Sie hätten mich nicht so lange schlafen lassen sollen«, sagte sie vorwurfsvoll. Die kurze Ruhepause hatte ihre Stimmung nicht verbessert.

Noch einmal nahm er einen Anlauf und fragte, was sie herausgefunden hatte.

»Gina Jenks ist den Leuten über eine Woche lang auf die Nerven gegangen, bevor sie Neon in die Hände fiel. Hat Fragen gestellt und keine Ruhe gegeben.«

»Das ist nichts Neues.«

»Ich beschreibe die Situation«, sagte Iris schmallippig.

»Der Pub, in dem sie zuletzt gesehen wurde …«

»Der ›Alte Klepper‹.«

»In dem war sie schon ein paar Abende vor ihrer Ermordung gewesen.« Iris erwähnte die *Battle of the Bands* und Gina Jenks' Interesse an Musik.

Mit pochendem Herzen unterdrückte Jackson die unerwünschte musikalische Erinnerung an den Vorabend. Aber was hatte Mayo noch mal über Boswell gesagt? Er spiele *Tamburin und Mundharmonika. Und zwar schlecht.*

»Gina könnte Neon bei der Veranstaltung über den Weg gelaufen sein.« Iris sprach weiter. »Da waren Unmengen Leute. Wenn eine Frau mit einem Kerl geredet hat oder von ihm angemacht worden wäre, hätte das keiner gemerkt.«

»Es war keine zufällige Begegnung«, warf Jackson ein. »Neon überlässt nichts dem Zufall.«

»Stimmt«, sagte sie.

»Falls er Wind davon bekommen hat, dass sie neugierige

Fragen stellte, wird er sie belauert haben.«

»Jeder anständige Killer recherchiert sein Opfer«, sagte Iris mit erschreckender Selbstbeherrschung.

Gibt es so etwas wie einen »anständigen Killer«, überlegte Jackson und sträubte sich gegen den Gedanken. »Hatte sie irgendwas rausgefunden, was meinen Sie?«

»Definitiv«, sagte Iris.

»Könnte Musik die Verbindung sein?«

»Was schwebt Ihnen vor, ein mörderischer DJ?«, schnaubte Iris. »Wahrscheinlich hört er auch gern Countrymusic.«

Trotz ihrer Spöttelei nahm Jackson sich vor, die DJ-Szene zu überprüfen und herauszufinden, ob Neons erste Opfer sich auch für Musik interessiert hatten.

»Der Pub hatte doch bestimmt Flyer drucken lassen«, sagte Jackson. »Vielleicht auch Plakate, auf denen die Namen der Bands stehen.«

Iris blickte skeptisch.

»Ich meine das ernst«, sagte er.

»Soll ich noch mal hinfahren und fragen?«

»Das kann ich machen. Ich habe sowieso zu viel Zeit, seit ich vom Dienst suspendiert bin.«

Ihre Augen weiteten sich. »Und wie zum Teufel soll das dann funktionieren? Das war doch Teil des Deals, Ihr *Zugang zum Polizeiapparat*«, zitierte sie ihn.

»Ich habe noch immer Kontakte.« Aber würde Cairns weiter mitmachen? Er hatte schließlich eine Hypothek und eine teure Scheidung abzubezahlen.

Iris trank wieder einen Schluck Tee, sichtlich unbeeindruckt. »Haben Sie Boswell überprüft?«

»Sie wissen es noch nicht?«

Sie starrte ihn an.

»Er ist tot.«

»Neon hat ihn umgebracht?«

»Marcus Browne sieht das nicht so.« Jackson brachte sie auf den neuesten Stand.

»Ein Typ mit Dreadlocks und einem gelben Auto. Sie haben ihn nicht grad in flagranti ertappt, was?«

»Wer braucht denn Beweise, wenn ich ihn auch so kriege?«

Iris zog eine Augenbraue hoch, die so blass war, dass Jackson es nur bemerkte, weil ihre Stirn sich kräuselte.

»Dank Marcus Browne badet Neon jetzt im Rampenlicht. Sein krankes kleines Hirn denkt, dass sämtliche Medien seine ›Leistungen‹ feiern. Polly war der Höhepunkt seiner Karriere, und endlich bekommt er Anerkennung dafür.«

Iris stützte ihr Kinn auf und blickte finster.

Jackson traf eine Entscheidung: »Wir geben ihm Zeit, seinen Triumph zu genießen und sein Ego zu streicheln.«

»Das ist das Gegenteil unserer Abmachung.«

»Vorübergehend.«

»Was haben Sie vor?«, fragte sie argwöhnisch.

»Die Presse leckt sich die Finger nach einem Exklusivinterview mit mir. Und das werde ich nutzen, um Neon direkt anzusprechen. Ich werde ihm sagen, dass er Mist gebaut hat. Ich werde ihn warnen, dass wir ihm dicht auf den Fersen sind.«

38

Der ist durchgeknallt, dachte sie. Iris kannte viele Irre, und Matt Jackson war zweifellos einer von ihnen. Deshalb behielt sie den Zusammenstoß mit einem Fremden in einem Club voller Spinner für sich.

Nachdem Jackson das übliche Geschwafel vom Stapel gelassen hatte, wie dankbar er für ihre Hilfe war, war sie doch noch mal zum »Alten Klepper« gefahren. Wayne plauderte zwar nicht gern, aber er führte immer über alles genau Buch. Hinterher würde sie zu dem Gewerbegebiet in Brierley Hill fahren und rausfinden, was Malaj und seine Leute vorhatten.

Als sie ankam, war Wayne draußen. Er hatte die Arme verschränkt und betrachtete besorgt das Dach. Sie hielt neben ihm und blickte zu dem dunklen Fleck unter der Regenrinne hoch.

»Siehst du die lose Schieferplatte?«, sagte Wayne. »Da kommt Feuchtigkeit rein. Und Feuchtigkeit ist teuer.«

Iris hatte weder Zeit noch Lust, ihn zu bedauern. »Ist Linda drinnen?«

Er brummte ein Ja. Das würde noch eine Weile dauern.

Linda war dabei, Salz- und Pfefferstreuer und Essigflaschen auf den Tischen zu verteilen. Sie warf Iris einen misstrauischen Blick zu.

»Ich komme mir vor wie in einer Leichenhalle«, murmelte Linda, ihr Blick wanderte durch den leeren Pub.

Auch Iris sah sich um, auf der Hut vor einem Irren mit Dreadlocks. Ihr war egal, was Jackson meinte. Sie hielt es für durchaus möglich, dass Neon sie jetzt im Visier hatte und sich darauf vorbereitete, zuzuschlagen. *Versuch's doch.* Was Besseres könnte ihr gar nicht passieren.

Iris redete nicht lange drum herum. »Habt ihr noch ein paar Flyer oder Poster von der *Battle of the Bands*?«

»Kann sein.« Linda war längst nicht so schlau wie Wayne, aber sie war nicht blöd.

Iris hätte gequält seufzen und sich irgendeine Erklärung einfallen lassen können, aber dafür hatte sie keine Zeit. »Ich hätte gern welche«, sagte sie.

Linda sah Iris an, als wäre das ein Witz. Der Blick, den sie zurückbekam, belehrte sie eines Besseren.

»Dann pass mal kurz auf die Bar auf, ja?« Linda verschwand nach hinten. »Nimm dir ruhig was zu trinken«, rief sie noch, wie immer beflissen.

Iris ging hinter die Theke und blieb vor der Batterie Spirituosenflaschen stehen. Als sie sich umdrehte und nach einem Glas griff, hörte sie hinter sich ein Knarren. Sie wirbelte herum und sah Davey Jelfs erbärmliches Gesicht und seinen ebenso erbärmlichen Hund.

»Der Boss will dich sprechen.« Jelf zitterte, entweder vom Crystal Meth oder vor Aufregung. Aber wieso sollte Pardoe einen Widerling wie Jelf schicken? »Auf der Stelle.« Er riss brutal an der Leine. Der Greyhound jaulte auf.

»Ich hab dich gewarnt.« Iris riss die Klappe in der Theke hoch und ging wütend auf Jelf zu.

»Ich glaub nicht, dass du noch in der Lage bist, mir zu drohen.« Er sah ihr in die Augen.

Iris holte aus, wollte schon ihre Faust in Jelfs mageres Gesicht rammen …

»Bitte sehr«, sagte Linda und legte einige Poster und Reklamezettel auf die Theke. »Hallo, Davey«, begrüßte sie ihn mit aufgesetzter Heiterkeit. Iris ließ den Arm sinken.

»Hallo, Linda«, sagte Jelf. »Wir können nicht bleiben, oder, Iris? Mr. Pardoe wartet nicht gern.«

Als der Name fiel, wurde Linda blass. Ihr Blick wanderte von Jelf zu Iris und wieder zurück zu Jelf.

Wütend schnappte Iris sich ein Poster, faltete es zusammen und schob es in die Innentasche ihrer Jacke. Dann ging sie hinaus in den gnadenlos kalten Nachmittag.

Jelf blieb stehen, holte eine Packung Zigaretten hervor und zündete sich eine an. »Da drüben.« Er deutete mit dem Kopf auf den Parkplatz des Pubs.

Da stand Pardoes BMW X5 mit laufendem Motor. Pardoe saß auf der Rückbank, vorn der Mann, der ihn meistens fuhr, ein Typ namens Fred Staines. Der Beifahrersitz war leer, was Iris als gutes Zeichen auffasste.

Sie schob die Hände in die Taschen und ging mit flotten Schritten hinüber. Bei Pardoe war es besser, niemals Unsicherheit zu zeigen, das wusste sie.

Staines stieg aus, öffnete die Tür zum Fond und bedeutete Iris, einzusteigen. Zigarettenqualm umhüllte sie und brannte ihr in den Augen. Die Tür schloss sich, und sie hörte die Zentralverriegelung klacken.

Pardoe, finster wie eine Gewitterwolke, beugte sich drohend vor. Die Ledersitze knarrten, und Iris wurde in die Ecke gedrückt. Die Spitze von Pardoes Bart berührte ihr Gesicht.

Sie sagte nichts, hörte, dass Staines sich wieder ans Steuer setzte.

»Wie lange kennen wir uns, Iris?«, fragte Pardoe.

»Sechs Jahre.«

»Plus minus ein paar Monate«, sagte er mit einem gehässigen kleinen Lächeln.

»Wenn Sie das sagen.«

»Bin ich immer fair gewesen?«

»Ja.«

»Bin ich immer ehrlich gewesen?«

»Ja.«

Seine grünen Augen wurden schmal. »Und warum, verdammt noch mal, redest du dann mit der Polizei?«

»Tue ich nicht.«

»Kindchen«, sagte er leise und drohend. »Du bist *gesehen* worden.«

Sie atmete vernehmlich aus. Genau davor hatte sie Jackson gewarnt.

»Was will der Bulle von dir?«, fragte Pardoe. »Hast du Scheiße gebaut? Bist du schlampig geworden?«

Wut brodelte in Iris auf, weil ein Arschloch wie Pardoe ihre Professionalität anzweifelte. Wenn Jelf ihr gefolgt wäre, hätte sie ihn bemerkt. Irgendwer hatte geredet, oder Jackson hatte geredet, was wahrscheinlicher war. Das Beste war, die Stichelei zu überhören. So ungünstig ihre Situation auch war, sie musste ihm die Wahrheit sagen. Sie hatte zu oft gesehen, was mit Leuten passierte, die Pardoe anlogen. »Ich soll jemanden für ihn umlegen.«

»Heilige Scheiße«, hörte sie Staines sagen.

Pardoe hätte verblüffter nicht sein können, wenn sie erklärt hätte, sie wollte heiraten und sich zur Ruhe setzen. Er wich zurück, und Iris setzte sich auf.

Die Erholungspause währte nicht lange. Wieder schob Pardoe sein Gesicht dicht an ihres. Er erinnerte an eine Klapperschlange, kurz bevor sie zubeißt.

»Er arbeitet nicht mehr bei der Polizei«, sagte Iris, was in gewisser Weise stimmte.

Pardoe sah zu seinem Fahrer hinüber. »Na dann ist ja alles bestens«, sagte er sarkastisch, worauf Staines kicherte.

»Mr. Pardoe, er interessiert sich weder für Sie noch für Ihre Geschäfte.«

»Mag sein, aber wie willst du für mich arbeiten, wenn du

gleichzeitig für ihn arbeitest? Das ist ein Interessenskonflikt, Iris.« In Wahrheit meinte Pardoe: ein Loyalitätskonflikt. Und den konnte er nicht hinnehmen.

»Aber ich mache Fortschritte bei den Albanern. Ich weiß, was läuft.«

»Lass hören.«

Als sie Pardoe erzählte, dass Bryce Butler ihn verriet, wurden seine schmalen Augen so klein, dass sie fast nicht mehr zu sehen waren. »Dieser kleine Scheißer.«

»Was soll ich machen?«

»Eine Kugel ist zu gut für ihn. Den überlass mal mir.« Er klopfte Staines auf die Schulter. Staines sah stur geradeaus und nickte. Iris wusste, was das hieß. Dann fragte Pardoe zu Iris gewandt: »Wie schnell kannst du sie erledigen?«

Sie erzählte ihm von dem Café, das dafür völlig ungeeignet gewesen war, und von dem Gewerbegebiet in Brierley Hill, das sich möglicherweise anbot. »Dort will ich mich heute Nachmittag umsehen.«

Seine Pranke tätschelte ihr Knie. »Mach das, Iris. Und halt mich auf dem Laufenden.«

Die Zentralverriegelung öffnete sich.

»Wäre das alles, Mr. Pardoe?«

»Ende gut, alles gut«, sagte er umgänglich. »Gute Arbeit, Iris. Bin stolz auf dich.«

Iris stieg aus und ging langsam über den Parkplatz.

Jelf stand noch immer neben dem Eingang zum Pub, zappelig wie ein Junkie, einen hämischen Ausdruck im Gesicht.

»Nett geplaudert?« Er schnippte seine Zigarettenkippe auf den Asphalt.

Iris lief schnurstracks auf ihn zu und rammte ihm mit großer Genugtuung ein Knie zwischen die Beine. Während Jelf sich noch winselnd krümmte, stieg sie auf ihr Motorrad und fuhr nach Brierley Hill.

Das Bürogebäude befand sich an der Thorns Road. Es war aus Backstein, der obere Teil mit Brettern verkleidet und wie alle anderen Gebäude des Gewerbegebiets verlassen. Die erste Etage hatte acht Dreifachfenster, das Erdgeschoss vier, und alles schien in einigermaßen gutem Zustand zu sein. Es bot genügend Raum, auf jeden Fall genug für Malaj und seine Leute. An einem Ende war eine Überdachung, wie ein übergroßer Carport, auf der Rückseite eine Tür. Iris fragte sich, was da drin wohl vor sich ging, doch ohne Bewachung schloss sie Drogen aus. Es waren nirgendwo Autos oder Menschen zu sehen, also probierte sie die Tür. Abgeschlossen, wie nicht anders zu erwarten.

Iris hatte nicht ewig Zeit. Sie überquerte einen weitläufigen Hof und kam zu drei Lagerhallen mit Rolltoren aus Metall. Sie versuchte erfolglos, die ersten beiden zu öffnen. Das dritte hob sich widerstandslos vom Boden, und sie betrat eine große Halle. Oberlichter zogen sich über die gesamte Länge des Daches und erhellten etliche Stahlträger, die kreuz und quer auf dem Betonboden lagen.

In ein paar Sekunden war sie am anderen Ende der Halle. Ein umgekippter Stuhl, ein Gaszylinder und ein Schneidbrenner. Messer lagen herum.

Sie blieb vor einer großen getrockneten Blutlache stehen. Darüber baumelte ein Mann an einem Haken, der an einem Querbalken befestigt war. Im Unterschied zu seinem misshandelten Körper war sein Gesicht auffallend unversehrt. Mit den Albanern machte niemand Geschäfte, der nicht selbst Albaner war. Bryce Butler war zu blöd gewesen, um das erkennen, und er hatte seinen Fehler teuer bezahlt.

Iris verließ die Halle rasch, zog ihr Handy aus der Tasche und rief Norman Pardoe an, um ihm die Neuigkeit mitzuteilen.

39

Als die silbrigen Töne von Debussys »Arabeske Nr. 1« endeten, klatschte Gary spontan Applaus.

»Sehr, sehr gut, Olivia. Ich höre, wie viel du geübt hast.«

Olivia strahlte, und die porzellanhäutigen Wangen der Sechzehnjährigen nahmen die gleiche Farbe an wie ihr Haar. »Ich hab den Takt bloß richtig hingekriegt, weil Sie mir die CD geliehen haben.«

»Die Anerkennung hast du dir ganz allein verdient, Kleines.«

Die Freude stand ihr noch immer ins Gesicht geschrieben, als sie sich vom Klavierhocker erhob und ihre Noten einpackte.

»Hör mal, ehe du gehst. Ich habe eine super Idee. Kennst du Jasmine Kendrick?«

»Die ist an meiner Schule. Spielt Klarinette. Macht bei vielen Musikwettbewerben mit.«

»Hättest du Lust, sie am Klavier zu begleiten?«

»Ich?« Wieder lief sie rot an.

Niedlich, dachte Gary. »Wieso nicht? Könnte dir Spaß machen.«

Gary ging zu einem großen Schubladenschrank an der Wand, zog das zweite Fach von oben auf und kramte kurz darin herum, bis er die Noten für den ersten Satz von Saint-Saëns' Sonate für Klarinette und Klavier fand. Er reichte sie ihr.

»Versuch's mal. Schau, wie du zurechtkommst. In der nächsten Stunde können wir es gemeinsam durchgehen.«

»Das wäre toll«, sagte sie. »Bis nächste Woche dann.«

»Freu mich schon drauf, Kleines.«

Gary sah dem Mädchen nach. Teenager in dem Alter gingen nicht, sie hüpften. Ach, wieder so jung zu sein, dachte er und überlegte, ob er noch Zeit für eine Tasse Kaffee hatte, bevor sein nächster Schüler kam. Aidan, ein mürrischer Junge, der kein Interesse an Klavierunterricht oder irgendwas anderem hatte, war zu seinem Pech mit penetrant ehrgeizigen und völlig verblendeten Eltern geschlagen. In deren Fantasie spielte Aidan Rachmaninoffs zweites Klavierkonzert. In Wahrheit kriegte er kaum den Flohwalzer richtig hin. Folglich vergeudeten Aidan und Gary beide jede Woche eine Stunde ihres Lebens mit lähmender Langeweile. Wahrscheinlich sollte er das pragmatischer sehen. Wenn Mum und Dad weiterhin mit Vergnügen Geld an ihn verschleuderten, sollte er es mit Vergnügen einsacken. Das würde Naomi jedenfalls sagen. Naomi sagte so einiges, mit dem sie zugegebenermaßen nicht ganz unrecht hatte. Ihr Lieblingsspruch war: »Einer muss ja die Brötchen verdienen.« Und er konnte sich nicht beschweren. Naomi war Eventmanagerin und eine Goldmine auf zwei Beinen. Jeder Mann sollte so eine haben.

Dabei war er keineswegs faul. Er unterrichtete Klavier und Holzblasinstrumente und trat in ein paar Bars in der Stadt auf. Außerdem ging er einkaufen, kochte, putzte, saugte Staub, machte die Wäsche und bügelte. Wenn er gefragt wurde, wie er sich dabei fühlte, meistens von fassungslosen Geschlechtsgenossen, antwortete er stets, er sei Projektmanager, nur eben zu Hause, und was sei daran bitte auszusetzen? Das Gefasel von Chancengleichheit und Gleichberechtigung ging anscheinend immer nur in eine Richtung. Sobald Männer wie er jedoch Kinder hatten, wurde ihr Lebensstil auf einmal anerkannt und sozial akzeptiert. Wenn sie mit anderen ausgingen – und von Naomis beträchtlichem Gehalt aßen sie häufig auswärts –, sagte er deshalb lediglich, er sei Musiklehrer. *Basta.* Auch wenn er nur sporadisch arbeitete und manchmal monatelang gar keine

Einnahmen hatte. Die Kinder träumten heutzutage eher davon, Sänger zu werden, weil das einfacher war. Er machte diese bescheuerten Castingshows dafür verantwortlich. Tatsächlich hatten die wenigsten genug Talent oder Engagement, um ein Musikinstrument zu erlernen.

Gary schlenderte in die Küche, löffelte drei Portionen besten, frisch gemahlenen kolumbianischen Kaffee in eine French Press und wartete darauf, dass das Wasser kochte. Von der Küche führte eine Flügeltür in den Garten. Wenn's nach ihm ginge, würde das ganze Grundstück betoniert. Auch Gartenarbeit zählte zu seinem Repertoire, weil Naomi Blumen mochte, insbesondere Rosen – stachelige kleine Biester.

Als Gary den Schlüssel in der Haustür hörte, eilte er durch eine breite Diele von georgianischen Proportionen (es hatte schon seine Vorteile, eine Frau mit Geschmack und Geld geheiratet zu haben). Er machte einen Schritt zurück, als Naomi hereingerauscht kam. Scheiße, dachte er, damit hatte er nicht gerechnet. Seine Gesichtszüge zeigten jedoch nichts als Entzücken.

Mit ihrem schimmernden Haar und dem dunklen Teint, der nahöstliche Gene irgendwo in ihrer Abstammung vermuten ließ, war Naomi zweifellos eine Schönheit. Sie brachte es auf eins fünfundsiebzig in High Heels, und ihre Kurven ließen keine Wünsche offen. Es gefiel ihm, dass andere Männer sie förmlich mit Blicken auszogen, wenn er mit ihr unterwegs war. Dadurch achtete man weniger auf ihn und seine mangelnde Qualifikation als Brötchenverdiener.

»Du bist schon zurück!« Er hasste Überraschungen und ergriff alle möglichen Maßnahmen, um sie zu vermeiden. Unter den gegebenen Umständen war das eine verdammte Katastrophe. Dennoch setzte er sein »normales Gesicht« auf und lächelte. Was hätte er sonst machen sollen? Naomi war seine Eintrittskarte in ein interessantes Leben.

»Wir sind viel schneller fertig geworden als gedacht, und ich hab einen früheren Flug erwischt.« Sie ließ ihr Gepäck fallen und schlang die Arme um ihn, umhüllte ihn mit Parfümduft von Yves Saint Laurent und Klamotten von Reiss. Nur das Beste für sein Mädchen. »Oh, du hast mir gefehlt«, sagte sie und zog ihn fest an sich.

»Du mir auch.« Seine Hände glitten zu ihrem festen kleinen Hintern, und er gab ihr einen langen, langsamen, sinnlichen Kuss auf die rot geschminkten Lippen.

»Schon besser«, sagte sie und wich ein wenig zurück. »Es tut mir *so* leid, dass ich nicht öfter angerufen hab. Es war einfach alles *so* hektisch.« »So« war eines von Naomis Lieblingswörtern. Gary schätzte, wenn sie es aus ihrem Wortschatz streichen würde, würden sämtliche Gespräche um die Hälfte kürzer ausfallen.

»Kein Problem, Babe.«

»Und du?«

»Mir geht's gut. Mit dem Unterrichten läuft es. Und langsam tröpfeln die Weihnachtsgigs herein, das ist großartig.«

»Ich hab's dir doch gesagt. Du musst nur Geduld haben.«

Wenn für Geduld Pokale verliehen würden, bekäme er den größten. Naomi hatte keinen blassen Schimmer.

»Sind das Gigs mit RocknRoller?«

»Erstaunlicherweise ja.«

Naomi zog eine Grimasse, was ihr umwerfend gutes Aussehen nicht schmälerte. »Ich vermute mal, Phil ist immer noch mit Spaghetti Junction beschäftigt?«

»Wenn er nicht gerade mit der Frau von jemand anderem beschäftigt ist. Ich glaube, Phil hat mit mehr verheirateten Frauen geschlafen, als du Steuererklärungen abgegeben hast.«

Naomis Lachen war hell, perlend und fröhlich. Sie liebte seine Scherze. Ganz egal, wie lahm sie waren.

»Mir ist schleierhaft, wieso er es sich in den Kopf gesetzt hat, einen Haufen pickliger Teenager mit bescheidenen Gitarrenkünsten zu managen.« Phil hatte es eben diesen Teenagern überlassen, die Band zu taufen, daher der beschissene Name. Als Gary ihn darauf ansprach, schob Phil seinen Sinn für Demokratie vor. Als ihr Manager sollte Phil aber ein Diktator sein. »Die nehmen seine Zeit inzwischen dermaßen in Anspruch, dass wir über ihn kaum noch Gigs bekommen.«

»Oh, du armer Schatz.« Sie drückte ihm einen sanften Kuss auf den Mund. »Ich hab gedacht, du spielst sowieso lieber mit Jazz Outfit.«

Das stimmte. Abgespeckte Arrangements von klassischen Nummern, bei denen er mit seinem Können als Saxofonist und Klarinettist glänzen konnte, entsprachen eindeutig mehr seinem Geschmack. Das Publikum war wählerischer, die Leute waren kultiviert und auch dankbar. Phil brauchte ihn nur wegen seines musikalischen Könnens, doch allmählich hatte Gary die Nase voll von dem Lärm, den Phil Musik nannte. Das einzige Zugeständnis war »Baker Street«, das Gary jedes Mal als letztes Stück bei einem Set spielen sollte. Früher hatte er Gerry Raffertys kultiges Saxofon-Solo geliebt. Nach dem millionsten Mal hätte er Mr. R am liebsten erwürgt, aber der Musiker war ihm zuvorgekommen – Gerry war schon in das große Aufnahmestudio im Himmel aufgestiegen.

»Genau deshalb«, sagte er überschwänglich, »gehen wir nächsten Sommer auf Europa-Tour. Baz hat alles organisiert.«

»Nächstes Jahr?« Ihre Arme lösten sich von seinem Hals und sanken herab. Sie sah nicht so erfreut aus, wie er gedacht hatte. Im Gegenteil. Ihre Unterlippe bebte, und in ihren Augen lag echte Bestürzung.

»Habe ich etwas Falsches gesagt? Ich meine, klar, jemand muss sich ums Haus kümmern, aber ich wäre doch nur ein paar Monate unterwegs. Gib die Wäsche in die Wäscherei. Hol dir Hilfe, eine Putzfrau oder so.« *Besorg dir einen Koch, Herrgott noch mal.* Vielleicht würde Naomi sich ja an Hauspersonal gewöhnen und ihn künftig in Ruhe lassen.

»Ja«, sagte sie zerstreut. Als hätte sie ihren Autoschlüssel verloren und würde fieberhaft überlegen, wo sie ihn zuletzt gesehen hatte.

»Was ist denn?«, hakte Gary nach.

Ihr strahlendes Lächeln warf ihn beinahe um. Hatte sie den metaphorischen Schlüssel also gefunden. »Nichts weiter. Wir können später drüber reden.«

Worüber reden? Er wurde ganz kribbelig vor Besorgnis. Vielleicht hatte sie vorgehabt, ihn nach Bali oder Hawaii zu verschleppen. Naomi liebte Urlaube, vollkommen unverständlich bei einer Frau, die drei Viertel ihres Lebens im Ausland verbrachte.

»Gott, ich brauche ein heißes Bad.«

Er rang den quälenden Gedanken nieder, dass sie drauf und dran war, nicht nur seine musikalischen Ambitionen, sondern auch sein Leben zu ruinieren, und schaltete wieder auf nett, rücksichtsvoll und, ganz wichtig, *natürlich* um. »Na los, geh nach oben, zieh dich aus, und ich bring dir eine Tasse frisch gebrühten Kaffee.«

»Klingt himmlisch.« Sie lächelte ihn verträumt an. »Kommst du mit in die Wanne?« Ihre Stimme war heiser vor Lust. Und das Angebot war verlockend. Die Erotik zwischen ihnen stimmte, und Naomi war eine begeisterungsfähige und aufgeschlossene Geliebte. Nach fünf Jahren Ehe hatte die körperliche Seite ihrer Beziehung nichts an Attraktivität verloren, Gott sei Dank. Sie war höchstens immer noch besser geworden. Auch dafür waren Naomis viele Geschäftsreisen gut. Es blieb keine Zeit für Routine und Monotonie. Er könnte es auch gar nicht verkraften, wenn sie ständig zu Hause wäre. *Logo.*

»Geht nicht, Babe. Der nächste Schüler kommt in …« Er sah auf seine Uhr, eine TAG Heuer, die Naomi ihm zum Geburtstag geschenkt hatte, »... weniger als zwei Minuten.« So angetörnt er auch war, er glaubte nicht, dass ein Quickie seiner Frau genügen würde.

Naomi zog einen Schmollmund, eine perfekte Rosenknospe. »Dann eben später.«

»Worauf du dich verlassen kannst.«

Er sah ihr nach, wie sie die Treppe hinaufschwebte, und spürte besonders in seiner unteren Körperregion den Wunsch, ihr zu folgen. Er riss sich zusammen und ging zurück in die Küche.

Als es an der Tür klingelte, nahm Gary an, der nächste Schüler wäre da. Er unterdrückte ein Stöhnen, stellte die Kaffeetasse ab und machte auf.

Er stand volle fünf Sekunden wie erstarrt da.

»Lässt du mich rein, oder muss ich mir hier den Hintern abfrieren?«

»Phil«, sagte Gary, als er sich wieder im Griff hatte. »Hätte dich fast nicht erkannt. Was zum Teufel hast du mit deinen Haaren gemacht?«

40

Jackson war in einem Laden für DJ-Equipment in der Custard Factory auf der Gibb Street gewesen. Die Factory war *das* Kreativzentrum der Stadt. Ihren Namen verdankte sie dem berühmten Bird's Custard, der früher dort produziert worden war. Sein Gespräch mit den Mitarbeitern hatte wenig erbracht außer Empfehlungen für andere Musikläden, die mit Instrumenten handelten, und drei, die Schallplatten verkauften. Die meisten waren geschlossen. Als er endlich einen fand, der geöffnet hatte, schaute der Inhaber Jackson statt einer Antwort nur komisch an; ein korpulenter Mann mit Pferdeschwanz, der seine fleischigen Gesichtszüge nur noch mehr zur Schau stellte: »Viele Musiker kommen her, schauen sich um und kaufen ihre Instrumente dann online. Ist billiger.« Jackson hatte sich nach Kunden mit Dreadlocks erkundigt. Iris hatte recht. Sie pfiffen auf dem letzten Loch.

Er versuchte erneut, Cairns anzurufen. Beim ersten Mal hatte es am anderen Ende geklingelt, doch dann war der Anruf unterbrochen worden. Beim zweiten Mal ging er schon gar nicht mehr durch. Jackson verstand das. Er war eine Persona non grata. Er hoffte, dass Cairns die Schriftsachverständige nicht vergessen hatte. Die musste inzwischen irgendwas gefunden haben.

Niedergeschlagen und mürrisch fuhr er zurück ins Juwelier-Viertel. Als er hinauf zu seiner Wohnung ging, bemerkte er einen Zettel im Briefkasten. Er zog ihn behutsam heraus und sah, dass Iris geliefert hatte.

41

»Warte kurz«, sagte Gary. »Da muss ich rangehen.«

Phil lümmelte auf einem Stuhl in der Küche, beide Arme ausgebreitet wie ein Gekreuzigter. In der Hand hielt er eine Zeitung. Vielleicht haben wir gute Kritiken bekommen, dachte Gary.

Er lauschte dem Anrufer, bedankte sich und reckte dann mit einem Jubelschrei die Faust in die Luft.

»Hast du ein Angebot für einen Auftritt im besten Londoner Jazzclub, oder was?«, fragte Phil.

»Mein nächster Schüler kommt heute nicht.«

Phil zog amüsiert eine Augenbraue hoch. »So schlimm?«

»Noch schlimmer.«

»Dann können wir ja ein bisschen quatschen.« Phil hievte das rechte Bein aufs linke, sodass der Absatz seines Cowboy-Stiefels auf dem Knie ruhte. Phil setzte sich eigentlich nicht hin, er ließ sich nieder. Und der gute alte Phil hatte noch eine Besonderheit: Im tiefsten Innern war er ein Yankee.

»Kleinen Moment. Schau doch so lange in deine Zeitung.« Gary ließ das Wasser im Kessel noch mal aufkochen. Naomi würde das nicht gefallen. Hoffentlich war sie zu müde, um den Unterschied zu schmecken. Da Phil offenbar länger bleiben wollte, fragte er ihn, ob er auch einen Kaffee wollte.

»Gern«, sagte Phil und holte das Händedesinfektionsmittel aus der Tasche, das er stets dabeihatte. Laut Phil vernichtete es neunundneunzig Prozent aller Haushaltskeime. Infolgedessen waren seine Hände immer rot und manchmal auch wund, was sich bei einem Rhythmusgitarristen nicht besonders machte.

Das war die einzige Macke in Phils tiefenentspannter Persönlichkeit. Aber auf die ein oder andere Macke hatte wohl jeder ein Recht. Vielleicht hatte Phil sich deshalb auf das Management untertalentierter Teenies verlegt.

Während Phil sich die Pranken mit Gel einrieb, trabte Gary nach oben, wo Naomi vollständig bekleidet auf dem Bett lag und schlief. Offensichtlich war sie zu übermüdet gewesen, um noch ein Bad zu nehmen. Er stellte den Kaffee leise auf den Nachttisch, küsste sie auf die Stirn und deckte sie behutsam zu. Dann ging er wieder nach unten.

Sie wechselten mit ihren Tassen ins Wohnzimmer – Naomi nannte es Salon. Man konnte wirklich nicht behaupten, dass es der Frau an gesellschaftlichem Ehrgeiz mangelte. »Seit wann bist du zurück?«

»Gestern Nacht. Tana wollte noch länger bleiben, aber …«

»Lass mich raten: Der Ehemann hat was gemerkt.«

»Nicht ganz.«

»Aber fast.«

»Könnte man so sagen.« Phil senkte den Blick.

»Eines Tages wirst du erwischt.«

»Bislang bin ich immer davongekommen.«

»Ich habe dich schon hundertmal gewarnt. Du spielst mit dem Feuer.«

»Das ist ja der Reiz an der Sache«, sagte Phil mit einem anzüglichen Grinsen. »Und Tana ist schön, talentiert und gut bei Kasse. Guck mal.« Phil reichte ihm die Zeitung. »Da, im Wirtschaftsteil.«

»Hiesige Kosmetikerin gewinnt Unternehmensauszeichnung.« Gary las den Quatsch nicht, denn seine Augen blieben an der klassisch schönen Rothaarigen hängen, die beruflich und privat mit Lob überschüttet wurde. Er schielte zu Phil hinüber. »*Das* ist Tana?« *Wie kommt dieser neurotische Hygienefreak immer an solche Frauen?*

»Ich hab dir ja gesagt, sie ist umwerfend.« Phil grinste selbstgefällig.

Gary hörte gar nicht hin. Denn als er die *Post* zurückreichen wollte, fiel sein Blick auf die Titelseite: FRAU EINES POLIZEIBEAMTEN WAR NEONS LETZTES OPFER. *Oh, wie gottverdammt herrlich.*

»Na, gib schon her«, sagte Phil leicht genervt, wie Gary fand. Phil mochte ja die Band und die Braut gekriegt haben, aber das war noch lange kein Grund, giftig zu werden. Dennoch tat er brav wie geheißen. Er würde den Artikel später online lesen. Was für eine köstliche Aussicht.

Gereiztes Schweigen machte sich breit, und Gary würde es bestimmt nicht als Erster brechen. Er hatte schon abgeschaltet, sich auf seinen Planeten Gary zurückgezogen. Er bewohnte ein helles und glänzendes, wunderbares Universum.

Phil begann, von Spaghetti Junction zu reden, wie gut die Gruppe sich nach ihrem Sieg bei der *Battle of the Bands* machte, was sie alles vorhatten. Für Gary war das bloß Hintergrundrauschen und Blabla. Er dachte nach und sinnierte und plante.

»Ist das okay, wenn ich den Wagen wieder hinten abstelle?«

Gary schreckte hoch und nickte.

»Die Schlüssel lass ich dir da.«

»Alles klar.«

Phil stand auf und Gary ebenfalls. »Ich muss in die Gänge kommen. Schön, dich zu sehen, Alter«, sagte Phil. Gary versuchte, Contenance zu wahren, was bei dem jugendlichen Jargon, den Phil mit bald vierzig ständig von sich gab, nicht ganz leicht war. Er war in etwa so modern wie Hosen mit Schlag. Auch wenn er viel mit den Kids zusammen war, musste er sich noch lange nicht zum Trottel machen. Immerhin bestand Phil nicht auf Umarmungen, Gott sei Dank. Hätte zu viele Keime übertragen können. »Ich hab im Moment ziemlich viel mit der

Band am Laufen«, sagte Phil. »Soll ich den Van dann erst mal bei mir behalten?«

»Wie du willst.«

»Riesending, diese Carsharing-Idee.«

»Hat sich auf jeden Fall als sehr nützlich erwiesen«, sagte Gary ausdruckslos.

»Ich lass mich von Tana herfahren, um den Wagen abzuholen. Dann könnten Naomi und du sie mal kennenlernen.«

»Klingt gut.«

Gary ging mit Phil nach draußen und öffnete das Doppeltor zum Parkplatz hinterm Haus. Er trat zurück, als Phil ein Monstrum von Wagen hereinfuhr, einen Mustang mit Linkssteuerung, so grellgelb, dass einem die Augen davon wehtaten.

42

Das Aufnahmestudio, das die *Battle of the Bands* gesponsert hatte, machte laut seiner Website um zehn Uhr auf. Als Jackson dort anrief, klingelte und klingelte es, bis ein Anrufbeantworter ansprang. Er erklärte, dass er Polizist sei, bat um Rückruf und hinterließ seine Nummer.

Als Nächstes fuhr er zur Steelhouse Lane, wo einer der Musikläden war, die am Vortag geschlossen hatten.

»Kennen Sie die hier?« Jackson faltete das Plakat auseinander und zeigte es einem jungen, etwa siebzehnjährigen Burschen. Er hatte ein beeindruckendes Loch im linken Ohrläppchen. Jackson konnte glatt hindurchschauen auf die Reihe von Akkordeons an der Wand dahinter.

»Pop«, sagte der Junge. Er hätte genauso gut *fuck* sagen können. »Nich mein Ding. Ich steh mehr auf Grindcore.«

Jackson hatte keine Ahnung, was das war.

Der Junge schob sich ein Kaugummi in den Mund und bot Jackson auch eines an. Er nahm es.

»Ich weiß allerdings«, sagte er und tippte mit dem Finger auf das Plakat, »dass das Aufnahmestudio da vor einem Monat dichtgemacht hat. Zu viel Konkurrenz.«

»Na toll«, murmelte Jackson.

»Sind Sie Bulle oder so was?« Der Bursche kaute wie wild auf seinem Kaugummi.

Oder so was, dachte Jackson. »Ich ermittle im Fall Neon.«

Die Augenbrauen des Jungen schossen fast bis zu seinem Haaransatz hoch. »Cool.«

Jackson ging nicht weiter darauf ein. »Es wäre möglich,

dass er Kontakte zur Musikbranche hat.«

»Na dann viel Glück. Die ist *riesig*. Ich kann Ihnen andere Aufnahmestudios nennen, falls Ihnen das weiterhilft.«

»Sehr gern«, antwortete Jackson und nahm sein iPhone, um die Informationen direkt einzugeben. Hinterher gab er dem jungen Mann seine Visitenkarte. »Falls Sie irgendwas hören, auch wenn es Ihnen noch so belanglos vorkommt, rufen Sie mich an.« Er erwähnte weder Dreadlocks noch grellgelbe Autos und ein mögliches Interesse an US-amerikanischer Musik. So eine Beschreibung war keinen Deut besser als ein mieses Phantombild.

Ganz ähnlich lief es bei zwei weiteren Läden ab. Es kostete ihn jede Menge Zeit und brachte keinerlei greifbare Ergebnisse.

Wieder zurück in seiner Wohnung, rief er Wayne Gardner an. Wayne reagierte so, wie Jackson erwartet hatte.

»Ich bin Gastwirt, kein verdammter Simon Cowell.«

»Was ist mit dem Aufnahmestudio, das die Veranstaltung promotet hat, mit wem haben Sie da geredet?«

»Weiß ich nicht mehr.«

»Gehen Sie Ihre Unterlagen durch, finden Sie einen Namen und rufen Sie mich an. Sonst komme ich zu Ihnen.« Er legte auf. Wieso hatte er das Gefühl, dass er auf einer Straße ins Nirgendwo unterwegs war? Jedem Anhaltspunkt nachzugehen, der irgendwie mit der Musikbranche zusammenhing, würde ohne die Möglichkeiten des Polizeiapparates unendlich viel Zeit kosten. Es war an der Zeit für Plan B.

Jackson googelte die Nummer der BBC in Birmingham, rief in der Zentrale an und bat, mit der Nachrichtenredaktion verbunden zu werden. Neons erstes Opfer war in einem Apartmenthaus gleich neben der BBC entdeckt worden. Da war es nur angemessen, dass er denen sein erstes und einziges TV-Interview geben würde.

»Jack Andrew, Nachrichtenredakteur«, meldete sich eine Stimme, deren angespannter Tonfall verriet, dass der Mann unter Druck stand.

Sobald Jackson seinen Namen nannte, hörte sich der Mann plötzlich ganz anders an. Andrew lud ihn umgehend ein, bot an, sich jederzeit an jedem gewünschten Ort mit ihm zu treffen. Er hätte ihm sogar ein Honorar angeboten, da war sich Jackson sicher, wenn er es drauf angelegt hätte. Schließlich gingen Andrew die Worte aus. Sehr leise erklärte Jackson, wann er das Interview gesendet haben wollte und in welche Richtung es gehen sollte. Er erwartete Einwände und irgendwelche Kommentare über den Gestaltungsspielraum und journalistische Integrität. Stattdessen fragte Andrew nur, ob er eine Stunde vor der Sendung da sein könne. Er freue sich darauf, ihn zu sehen.

Wenige Minuten später klingelte Jacksons Handy. »Mick«, sagte er erstaunt. »Ich hab schon gedacht, du bist auf Tauchstation.«

»Bin ich auch. Hör mal, ich muss es kurz machen. Die Schriftsachverständige hat sich gemeldet.«

Prompt brachte die gespannte Erwartung eine Ader an Jacksons Schläfe zum Pochen.

»Du hattest recht mit den Bleistiftspuren. Die sind wichtig.«

»Inwiefern?«

»Wenn Musiker Musik notieren, machen sie das zuerst mit Bleistift und dann überschreiben sie alles mit Kuli oder so. Das heißt Gravieren. Die endgültige Version wird oft mit dünnem Filzstift geschrieben, und die Bleistiftspuren werden natürlich wegradiert. Es geht darum, die fertige Notierung so einheitlich und symmetrisch wie möglich hinzubekommen.« Cairns stockte. »Hallo? Du sagst ja gar nichts.«

Es fügte sich alles zusammen, Jackson wusste es. Er brachte Cairns auf den neusten Stand und fragte, ob er bereit wäre, die

Laufarbeit zu übernehmen, Aufnahmestudios und Bands zu kontaktieren und Wayne Gardner Druck zu machen.

»Ich hab hier zwei Neulinge, die für mich arbeiten. Die kann ich darauf ansetzen.«

»Und die halten den Mund?«

»DC Tonks und DC Mander mögen Browne genauso wenig wie du oder ich. Das wird natürlich parallel zu den offiziellen Ermittlungen laufen.«

Jackson notierte sich beide Namen. »Wenn ich wüsste, dass Browne mitmacht, würde ich ihm die Information gern zukommen lassen.«

»Wird er aber nicht. Darf ich fragen, was du jetzt vorhast?«

»Guck morgen Abend die Nachrichten, dann weißt du's.«

Nach dem Anruf ging er auf die Homepage eines sozialen Netzwerks und sah nach, ob Iris irgendwo in der Nähe war. Die Koordinaten ergaben Cradley Heath. Was machte sie dort? Mit wem redete sie?

Als könnten Gedanken in Taten übersetzt werden, piepste sein Handy, und eine kryptische Textnachricht erschien. Er textete zurück, wartete kurz ab. Jackson sah auf Uhrzeit und Ort, dann nahm er seine Jacke.

»Ich will noch mal dasselbe«, sagte sie. »Und die Ruger. Ich zahl bar.«

Kevin Joyce streifte sich ein Paar Handschuhe über und nahm die Waffen aus ihren jeweiligen Fächern. »Munition?«

Iris murmelte eine Antwort. Sie war ein Instinktmensch, und sie hatte ein ungutes Gefühl. Wie nicht anders zu erwarten, wollte Pardoe, dass sie mit den Albanern kurzen Prozess machte, wie er sich ausdrückte. Das Problem war nur, dass sie noch längst nicht so weit war. Er hatte ihre Zurückhaltung gespürt und prompt gefordert, dass sie sich später treffen sollten. »Nach Feierabend« und »am üblichen Ort.« Iris mochte *übli-*

che Orte nicht, genauso wenig wie sie gleichbleibende Gewohnheiten mochte, und zwar aus denselben Gründen.

»Die Geschäfte müssen ja gut laufen«, sagte Joyce, als er ihr eine braune Papiertüte mit einer Schachtel 9-mm-Patronen reichte.

»Was ist mit dir? Viele Kunden gehabt in letzter Zeit?«

Joyce warf ihr einen misstrauischen Blick zu. »Worauf willst du hinaus, Iris?«

Das war eine gute Frage. Weiß der Geier, dachte sie. »Hast du irgendwelche Kunden, die auf Musik stehen? Könnte ein Typ mit Dreadlocks sein.«

Joyces Mund klappte auf. Eine Zigarette hing gefährlich locker an seinen Zähnen. »Merkst du eigentlich selber, wie verdammt bescheuert das klingt? Die Hälfte der Bevölkerung von …«

»Der Typ ist weiß.«

»In dem Fall ist die Antwort Nein.«

»Dachte ich mir.«

Sie sah auf die Uhr. Timing war alles. Sie würde nach Hause fahren, duschen und sich was zu essen reinzwingen. Sie hatte so eine Ahnung, dass sie im Laufe der Nacht töten würde.

43

Gary setzte sein bestes Lächeln auf und sah zu, wie Naomi sich über ihr Lieblingsessen hermachte, Pasta mit Meeresfrüchten. Er war an dem Morgen früh aufgestanden und zum Markt gefahren, um auch ganz sicher zu sein, dass die Jakobsmuscheln frisch waren. Er hatte in anregenden Erinnerungen geschwelgt und noch zwei teure Flaschen Macon gekauft, aus denen er ihr großzügig eingeschenkt hatte. Und zum Nachtisch hatte er noch eine Schachtel Pralinen aus einem neuen Edelkaufhaus in petto. Paul Desmonds Saxofon sorgte für eine wohltuende, sanfte Hintergrundmusik. Gary glaubte kaum, dass er im Bereich der Charmeoffensiven noch mehr auffahren konnte. Die Sache, über die sie *später reden* wollte, war bislang nicht zur Sprache gekommen. Einerseits war er erleichtert, andererseits schwante ihm nichts Gutes.

Naomi strahlte vor Glück und Zufriedenheit. Sie war wirklich eine Schönheit. Er sah sie am liebsten ohne Make-up und in Freizeitkleidung, weil sie dann verletzlicher wirkte. Kerzenlicht betonte ihre dunklen sinnlichen Gesichtszüge. Es war, als säße eine Prinzessin aus dem Morgenland an seinem Tisch. »Was würde ich nur ohne dich anfangen, du wunderbarer Mann?«, säuselte sie.

Was würde *er* ohne *sie* anfangen?

Er schwelgte in Glücksgefühlen. In allen Einzelheiten hatte er online gelesen, dass Neon Polly Jackson ermordet hatte, die Frau des Detectives. Alles lief in die richtige Richtung. Alles lief ganz in seinem Sinne. Naomi dachte offensichtlich, dass sein zutiefst zufriedener Gesichtsausdruck ihr galt. *Nur Geduld, Baby.*

»Jetzt, wo ich dich ganz für mich habe«, sagte sie mit großen leuchtenden Augen, »sollten wir über meine fabelhafte Idee reden.«

Gary trank einen kräftigen Schluck Wein. Aus irgendeinem Grund schmeckte der ein bisschen säuerlich. »Ich bin gespannt. Schieß los, Babe.«

Sie schob kurz die Zungenspitze zwischen ihre vollkommen geformten Zähne und Lippen. »Du weißt, wie hart ich arbeite, Gary. Dauernd Überstunden. Viele Auslandsreisen. Nie genug Zeit für *uns*.«

Die Betonung gefiel ihm nicht, und er fragte sich, worauf sie hinauswollte. »Aber wir kriegen es doch ganz gut hin, oder?«, sagte er.

»Es ist toll gewesen.« Sie blickte nach unten, fuhr mit einem manikürten Fingernagel über den Rand ihres Weinglases.

Gewesen. Wie kann ein einziges Wort so einen Missklang erzeugen? Würde sie ihm eröffnen, dass sie die Scheidung wollte, einen anderen hatte, dass Schluss war? Ein panischer Schauder durchlief ihn. »Sorry, Babe, ich versteh nicht ganz.«

»Was hältst du davon, wenn wir das Haus hier verkaufen und aufs Land ziehen?«

Jäh schnappte er nach Luft, viel zu viel davon fuhr ihm in die Lunge. Es war, als hätte er flüssiges Quecksilber inhaliert. Gott, er erstickte.

»Wir würden einen Riesenprofit machen, wenn wir jetzt verkaufen«, plapperte sie gedankenlos weiter, »und wenn wir weit genug rausziehen, irgendwohin, wo es richtig ländlich ist, könnten wir uns von dem Geld ein schönes Zuhause kaufen.«

»Wir haben doch schon ein schönes Zuhause.« Er versuchte, den angstvollen Ton in seiner Stimme niederzuringen.

»Und wir werden wieder eins haben. Denk einfach mal drüber nach, Gary.«

Er *dachte* darüber nach. Matsch und Grünzeug und Tierscheiße und zermürbende Langeweile. In nur einem einzigen Gespräch hatte Naomi seinen gesamten Daseinsgrund zerstört. Bilder seines anderen Lebens, seine Schöpfungen, die Frauen, der Sport, die Besuche in dem Club, wo er sein konnte wie andere Leute, zerbarsten in Milliarden Scherben.

»Aber wir haben so viel Zeit und Geld in das Haus gesteckt.« Seine Zeit und ihre Knete. »Der polierte Betonboden, die Friese, die restaurierten Flügelfenster.« Und die andere Sache, von der sie nichts wusste.

»Das können wir wieder machen«, schwärmte sie.

Nein, können wir nicht, dachte er. Zeit für die praktischen Fragen. »Und wovon würden wir leben?«

»Wir würden uns einschränken, eigenes Gemüse anbauen, Hühner halten – vielleicht auch Schweine.«

Schweine? Verfluchte Scheiße. Er stieß ein nervöses Lachen aus, musste sich schwer beherrschen, nicht die Hände um ihren Hals zu legen, zuzudrücken, auf dieses einzigartig befriedigende Knirschen zu lauschen, es zu spüren. »Das kann nicht dein Ernst sein. Wir sind Stadtmenschen, Naomi. *Das hier* ist deine Gegend, und ich bin aus London. Irgendwo in der Pampa würden wir es keine fünf Minuten aushalten.«

»Woher willst du das wissen?«, fragte sie mit glänzenden Augen. »Du könntest weiter unterrichten.«

Wen denn bitte? dachte er. Für ihn war Land gleichbedeutend mit Leuten auf Pferden, rotgesichtigen Bauern, tumben Hausfrauen, die einen ganzen Sack rotznäsiger Kinder hüteten, ein Ort, wo die Enten rückwärts flogen, wie mal jemand gesagt hatte. »Und was ist mit den Bands?«

»Gründe deine eigene.«

»Ich hab's nicht so mit Folkmusic.« Das war ein dummer Einwand, aber das war ihm egal. Nur über seine Leiche würde er das alles aufgeben, wofür er sich abgemüht hatte, was er aufgebaut hatte.

»Mach doch nicht so ein Gesicht, Gary. Es wäre das größte Abenteuer unseres Lebens.«

Das bezweifelte er stark. Irgendwie musste er ihr das ausreden. »Hör mal, ich verstehe dich ja. Du bist überarbeitet. Die letzte große Beförderung war nicht leicht zu bewältigen. Eine kleine Pause wird dir guttun. Dann bist du wieder erholt und stürzt dich mit Begeisterung in dein nächstes Projekt.«

Naomi ließ sich auf ihrem Stuhl nach hinten fallen und schien sich plötzlich auffällig für ihren leeren Teller zu interessieren. Ihre hübschen Mundwinkel senkten sich. Er kannte diesen Gesichtsausdruck. Rebellisch.

Er beugte sich vor, nahm ihre kühle, etwas widerspenstige Hand in seine. »Babe, wir haben hier ein wundervolles Leben. Hier. In Birmingham. Es wäre ein Jammer, das aufzugeben.«

Unter ihren dunklen, dunklen Wimpern hinweg warf sie ihm einen Blick zu, der ebenso herausfordernd war wie die schlimmsten Blicke seiner Mutter. Und was war aus ihr geworden?

»Ich will ein Kind.«

Der Satz war ein Schlag in die Magengrube. Das hörte er zum ersten Mal. Er hatte gar nicht gewusst, dass Kinder für sie eine Rolle spielten. Es war, als hätte seine Frau sich eine andere Persönlichkeit transplantieren lassen. Er öffnete den Mund, schloss ihn wieder. Nacktes, überwältigendes Entsetzen packte ihn. Wenn sich ein Schockzustand so anfühlte, dann war er mittendrin.

In Naomis Augen glitzerten Tränen. »Willst du denn keine Kinder?«

Nein, absolut nicht. Allmächtiger, die brüllten und kreischten die halbe Nacht, jede Nacht. Er war so nachtaktiv wie eine Fledermaus, aber er würde diese Zeit nicht mit einem Säugling verbringen. Die Nacht war *seine* Spielwiese, *sein* Moment des Ruhms.

»Natürlich wünsche ich mir Kinder«, log er, »aber noch nicht jetzt. Seien wir ehrlich«, sagte er möglichst ruhig, »Babys sind mit dem Leben eines Musikers nicht vereinbar. Es wäre nicht fair.«

»Fair?« Ihr Gesicht verzerrte sich vor Wut. »Meine biologische Uhr tickt nicht bis in alle Ewigkeit.« In diesem Moment wünschte er sich, diese Uhr würde mit einem Schlag stehen bleiben und nie wieder in Gang kommen.

Sag ihr, was sie hören will. Er rang sich ein mitfühlendes Lächeln ab. »Ich verstehe dich, Babe. Ehrlich. Lass mich drüber nachdenken, ja?«

Sie beugte sich über den Tisch, drückte ihm einen Kuss auf den Mund, war schon durch die vage Aussicht auf Hoffnung beschwichtigt – vorläufig. »Ich hätte das früher schon mal ansprechen sollen, anstatt dich so damit zu überfallen«, sagte sie versöhnlich.

Da hast du verdammt recht, dachte er, während er gedanklich nach Halt suchte. »Ist schon gut. Ich werde drüber nachdenken, versprochen. War alles ein bisschen viel auf einmal«, sagte er und sah sie mit dem warmherzigsten, beruhigendsten Lächeln an, das er aufbieten konnte.

44

Wie vereinbart, fuhr Iris beim Wettbüro in Dudley vorbei – Pardoe bezeichnete es gern als die »Buchmacher«. Staines machte die Tür auf und ließ sie herein. Pardoe saß mit ein paar von seinen Leuten im Hinterzimmer, trank Whisky und futterte Speckchips.

»Schön, dich zu sehen, Iris«, sagte er. »Auch einen Schluck?« Er wusste, dass sie keinen Alkohol trank, deshalb war es eine blöde Frage.

Iris antwortete höflich: »Nein, danke, Mr. Pardoe.«

»Gut ausgerüstet?«

Sie nickte, hielt den Blick auf Pardoe gerichtet und ignorierte die anderen Widerlinge.

»Wie ich höre, sind unsere albanischen Freunde jetzt gerade auf ihrem Anwesen.«

Iris hatte keine Ahnung, woher Pardoe das wusste, welcher Spitzel ihm das berichtet hatte.

»Und das heißt, heute Nacht ist es so weit. Falls du nicht beide kriegst, leg einen um.« Seine kleinen grünen Augen hüpften vor Bosheit und Vorfreude. Typen, die selbst nie den Finger am Abzug gehabt hatten, waren immer besonders wild aufs Töten.

»Das könnte gefährlich sein.«

»Du bist in einem gefährlichen Gewerbe, Kindchen.«

»Ich meinte, für Sie, Mr. Pardoe.« Das stimmte zwar, aber es war auch für sie riskanter. Pardoe mochte ja Informationen über Malaj haben, aber Malaj war kein Dummkopf. Mit Sicherheit hatte er auch Informationen über Pardoe. Und deshalb war es entscheidend, dass sie die beiden zusammen erledigte. Sie wollte nicht mit einem so bestialisch gefolterten Körper wie Bryce Butler enden.

Pardoe schaute kurz zu Staines hinüber, der stumm an der Tür stand und Wache schob. »Lass das mal meine Sorge sein, Iris«, sagte Pardoe. »So, jetzt ab mit dir. Wenn die Sache erledigt ist, treffen wir uns im Lagerraum.«

Das war auf jeden Fall sicherer, als zum Wettbüro zurückzukommen. Sie war schon fast zur Tür hinaus, als er sie noch einmal zurückrief.

»Keine Spuren zu mir, Iris.«

Was du nicht sagst, dachte sie.

Die Fahrt nach Brierley Hill dauerte dreizehn Minuten. Sie stellte das Motorrad eine halbe Meile entfernt auf einem Friedhof ab, und acht Minuten später war sie in der Nähe des Gebäudes. Sie würde auf keinen Fall direkt auf das Gelände gehen – da hätte sie sich genauso gut eine Zielscheibe auf den Rücken malen können.

Sie blieb in der Dunkelheit stehen und hielt Ausschau. Alles schien ruhig, als wäre niemand da. Doch irgendwo da drinnen saß der Boss und überlegte, wie er die Opposition ausschalten und seine Geschäfte ausweiten konnte.

Sicherheitslampen beleuchteten Malajs Pick-up in gut zweihundert Metern Entfernung. Hoffentlich war seine rechte Hand Prifti bei ihm. Wenn sie zwei Fliegen mit einer Klappe schlug, hätte sie Pardoe erst mal vom Hals und könnte sich auf Neon konzentrieren, auf das Geld und den Ausweg aus ihrer Lage.

Ihr größtes Problem war Unwissenheit. Sie hatte keine Ahnung, wie viele Männer in der Lagerhalle waren, bereit und willens, sie zu töten. Sie musste also warten, bis Malaj wegfuhr, aus der Einfahrt auf die Hauptstraße bog. In dem Sekundenbruchteil, in dem er anhielt, um nach rechts und links zu schauen, ob die Straße frei war, würde sie zweimal durch das Fahrerfenster schießen, erst Malaj ausschalten, dann Prifti. Und dann abhauen.

Sie verfluchte diesen Job, zu dem sie gedrängt worden war, ohne sich richtig vorbereiten zu können, zog die Baseballcap tief ins Gesicht und machte sich zähneknirschend auf eine lange Nacht gefasst.

Zwei Meilen nördlich von Wolverhamptons Stadtzentrum hielt Jackson auf dem Hof einer stillgelegten Tankstelle an und blendete die Scheinwerfer ab.

Eine Textmitteilung von Kenny Flavells ältestem Sohn Aston (benannt nach Kennys liebstem Fußballverein, Aston Villa) konnte nur eines bedeuten: Iris Name war irgendwo aufgetaucht.

Eine Gestalt mit Kapuze rollte auf einem Skateboard heran. Jackson betätigte kurz die Lichthupe. Die Gestalt duckte sich, sprang hoch, drehte sich mit dem Skateboard einmal in der Luft und landete wieder. Dann glitt sie elegant auf seinen Wagen zu. Es war ein gekonnt und beeindruckend ausgeführter Tick, dennoch fand Jackson es seltsam für einen Mann, der auf die dreißig zuging.

Er beugte sich zur Seite, öffnete die Beifahrertür, schaltete die Scheinwerfer aus und die Innenbeleuchtung an. Aston stieg ein, mitsamt seinem Skateboard. Er lehnte es sich gegen die Knie und verschränkte die Arme. Nicht gerade froh darüber, neben einem Polizisten zu sitzen, der seinen Vater nicht geschützt hatte, folgerte Jackson. Er erkundigte sich nach Kenny.

»Meinem Dad geht's einigermaßen.«

Jackson hätte sich entschuldigen können. Er hätte versuchen können, es zu erklären. Er hätte sagen können, dass er Kenny aus der Patsche helfen würde. Aber er tat nichts dergleichen. Seine Welt war sehr viel dunkler und komplizierter, und er hatte keine Zeit mehr für Dinge, die er nicht ändern konnte.

»Was hast du für mich?«, fragte Jackson.

»Dad sagt, diese Frau bringt Leute um.«

Das wusste Jackson schon.

»Für Norman Pardoe«, schob Aston nach.

Pardoe war einer der Kriminellen, die tatsächlich mit Mord davonkamen. Er war in eine Vielzahl von Verbrechen verwickelt und hatte sich doch über Jahrzehnte dem Zugriff der Justiz entziehen können. Für die Öffentlichkeit war es schwer begreiflich, wieso das Wissen um die Schuld eines Mannes nicht ausreichte und dass es sehr viel schwieriger war, diese Schuld auch zu beweisen. Bislang war die Polizei genau daran immer gescheitert, auch bei der jüngsten Serie von Auftragsmorden, die ihm zugeschrieben wurde.

Und jetzt wusste Jackson auch, warum.

»Pardoe hat Schwierigkeiten«, sagte Aston. »Die Albaner machen sich bei ihm breit.«

»Und er setzt die Frau ein, um das Problem zu lösen?«

»Hat Dad auch erst gedacht, aber es wird gemunkelt, dass sie bei Pardoe in Ungnade gefallen ist. Und zwar mächtig.«

Jackson schielte zu ihm hinüber, hoffte, dass Aston ihm Genaueres liefern würde. War Iris' Leben in Gefahr? Statt einer Antwort zuckte Aston die Achseln, erweckte den Anschein, als wäre ihm das zu hoch.

»Gibt's sonst noch was?«

»Das ist alles«, sagte Aston und öffnete die Tür.

»Sag deinem Dad, ich bin ihm dankbar«, rief Jackson, aber Aston stand schon wieder auf seinem Skateboard und rollte davon.

Jackson scrollte durch die Kontakte auf seinem Handy und rief Iris an, um ihr zu sagen, dass Norman Pardoe aus irgendeinem Grund schlecht auf sie zu sprechen war. Während er darauf wartete, dass der Anruf durchging, trommelte er mit den Fingern auf dem Lenkrad.

Dann teilte ihm eine Stimme vom Band mit: *»Die gewählte Nummer ist nicht vergeben.«*

»Scheiße«, fluchte Jackson. Iris hatte ihn verladen. Aber Gott sei Dank hatte er ja den GPS-Tracker an ihrem Motorrad angebracht.

Bewegung. Iris konnte ihr Glück kaum fassen. Sie hatte sich gerade erst in ihren mentalen Wartemodus versetzt, als eine Gestalt aus der Lagerhalle in ein helles Rechteck aus Licht trat. Prifti. Das Herz dröhnte ihr in der Brust. Sie spähte durch die Dunkelheit, betete, dass Malaj ihm folgte.

Er tat es nicht.

Prifti stieg in den Nissan, ließ den Motor an und fuhr rasant los. Iris machte sich bereit. Ihre Sinne schalteten ab. Sie konzentrierte sich und hob die Waffe. Alles um sie herum trat in den Hintergrund, und sie nahm nicht mal das donnernde Geräusch eines nahenden Sattelschleppers auf der Hauptstraße wahr. Aber Prifti sah ihn kommen. Er stoppte, ließ den Lastwagen passieren.

Iris holte tief Luft, atmete nur wenig aus und behielt den Rest in der Lunge. Mit dem Finger gespannt am Abzug richtete sie die Glock auf ihr Ziel, gab zwei Schüsse ab, traf Prifti in die Schläfe. Auf diese kurze Distanz hatte er keine Chance, und sein Körper sackte aufs Lenkrad. Sein Kopf war in Iris' Richtung gedreht, die Augen offen, Blut quoll aus seinem Mund. Der Nissan setzte sich ruckelnd in Bewegung, rollte quer über die Straße und prallte gegen eine Ziegelmauer auf der anderen Seite. In der Stille klang das Geräusch, als wäre eine Bombe explodiert.

Ehe irgendwer in der Lagerhalle reagieren oder die Verfolgung aufnehmen konnte, war Iris schon aufgesprungen und auf der Flucht. Sie rannte und rannte und blieb nicht stehen. Mit rasendem Herzen und pochendem Kopf erreichte sie den Friedhof, sprang auf ihr Motorrad und raste davon, als wäre Neon ihr auf den Fersen.

45

Jackson folgte Iris' Route.

Nachdem er sie auf einem Friedhof in Brierley Hill lokalisiert hatte, fuhr sie auf einmal mit hohem Tempo Richtung Dudley. Er rief Cairns an.

»Menschenskind, Matt, nein, ich hab keine …«

»Ist heute Abend in Brierley Hill irgendwas passiert?«

»Nee.«

»Sicher?«

»Matt, ich bin hundemüde und will nach Hause.«

»Sorry, Mick. Könntest du das überprüfen?«

Cairns seufzte geräuschvoll. Jackson hörte, wie er auf einer Tastatur herumtippte, dann seine Stimme, die Jacksons Frage in den Raum rief. Schweigen am anderen Ende, und dann: »Scheiße. Bist du jetzt Hellseher, oder was?«

Jackson biss die Zähne zusammen.

»Eine Schießerei wurde gemeldet. Moment«, sagte Cairns. »Außerdem gab's einen Verkehrsunfall.«

Was hast du getan, Iris? »Gibt's Tote?«

»Ist noch nicht geklärt. Würdest du mir vielleicht sagen, was los ist?«

»Besser, wenn du's nicht weißt.«

»Matt, das wird allmählich wirklich …«

»Ich melde mich später noch mal.« Jackson trat das Gaspedal durch, schaltete einen Gang höher. Iris war noch immer in Bewegung. Er musste sie aufhalten.

Iris raste Richtung Dudley. Sie hielt kurz an, um die Glock in die schlammigen Tiefen eines Kanals zu werfen, dann fuhr sie über Umwege, um eventuelle Verfolger abzuschütteln, weiter zu Pardoes Lagerraum.

Sie parkte einige Straßen entfernt in einem Stadtteil, der wohlhabend wirkte, und ging dann schnurstracks in ein Viertel, von dem man das weiß Gott nicht behaupten konnte. Von okay zu beschissen in ein paar Hundert Metern.

Pardoes Lagerraum war einer von zehn, ganz am Ende einer Reihe von weißen Rolltoren aus Metall. Eine einsame funzelige Lampe in einer Seitenstraße lieferte die einzige Beleuchtung. Prompt musste sie an Neon denken. Er würde es hassen. Oder vielleicht nicht? Hatte er so einen Lagerraum, in dem er seinem Handwerk nachging? Sie würde Matt darauf ansprechen, wenn die Sache mit Pardoe geklärt war.

Die Nacht war vollkommen windstill, und die Luft fühlte sich feucht an. Kein Hund bellte, keine Katze jaulte; keine Stadtfüchse schnüffelten in Mülltonnen. Zu still. Schlagartig fühlte sich alles falsch an. Hatte man Pardoe irreführende Informationen zugespielt? War Prifti bloß ein Lockvogel gewesen, um von Pardoe abzulenken? Hatte Malaj zugeschlagen, während sie seine rechte Hand ausschaltete?

Iris krampfte sich der Magen zusammen. Mit zusammengekniffenen Augen hielt sie nach Pardoes Auto Ausschau, sah aber nur endlose Dunkelheit. Sie bereute zutiefst, dass sie sich der Glock entledigt und die Ruger zu Hause gelassen hatte. Sie schaute nach hinten, in ein Niemandsland aus Novembernacht, und sah nichts, keine Bewegung, dennoch hatte sie das Gefühl, als wäre jemand dort. Wartend. Lauernd. Bereit, zuzuschlagen.

Jackson hielt bei Iris' Motorrad an. Aus den Häusern an der Straße fiel kein Licht. Er spürte instinktiv, dass sie irgendwo in der Nähe sein musste. Aber in welche Richtung sollte er gehen?

Er lief zu der Triumph. Der Motor war noch warm – sie konnte nicht weit sein. Er schaute die Straße rauf und runter, lauschte. Sah nichts, hörte nichts. Ein Stück weiter vorne war eine schmale Seitenstraße, und er ging darauf zu, einfach weil ihm nichts Besseres einfiel.

Er kam an einem längst geschlossenen Eckladen vorbei, passierte eine Häuserreihe, die immer heruntergekommener wirkte, je weiter er ging. Er fühle sich seltsam allein und fragte sich, ob es so mit Neon laufen würde, ob sie beide sich in irgendeiner namenlosen Straße von Birmingham ihren letzten Kampf liefern würden. Ohne Iris würde es wohl kaum dazu kommen. Er musste sie finden.

Als er in die nächste Straße bog, sah er die Überreste eines Drahtzauns im schwachen Mondlicht schimmern und dahinter freies Gelände. Er ging hinüber, auf eine Reihe verwahrlost wirkender Garagen und Lagerräume zu.

Er hörte Schritte vor sich und erstarrte. Sofort verstummten die Schritte ebenfalls. Sosehr er sich auch anstrengte, er konnte nicht durch die Mauer aus Dunkelheit hindurchsehen.

Plötzlich fiel Licht aus einem Fenster und beschien zwei Gestalten, dicht hintereinander. Die vordere kleinere drehte sich um, als die dahinter den Arm hob. Jackson dachte nicht nach. Er hämmerte mit der Hand gegen das nächstbeste Rolltor und rannte los.

Von dem Geräusch alarmiert wirbelte Iris herum, presste die Lippen zusammen, als sie Davey Jelf erkannte, einen Revolver in der Hand. Er zuckte kurz, als wäre er angeschossen worden, dann fing er sich wieder und feuerte. Instinktiv hechtete Iris zur Seite, weg von dem Lichtschein, der nun aus etlichen Häusern fiel. Die Kugel zog ihr einen neuen Scheitel und versengte ihre Kopfhaut. Schotter schrammte ihr Kinn auf. Sie rollte ab und duckte sich hinter einige Mülleimer, sah aus ihrer Position, wie

Jackson Davey packte und ihm die Hände um den Hals legte.

Matt hatte ihr gerade das Leben gerettet, begriff sie.

Aber wie zum Teufel hatte er sie gefunden?

Ein weiterer Schuss zerriss die Luft, und diesmal gingen noch mehr Lichter an. Der Mann drückte den Rücken durch und warf den Kopf nach hinten. Schmerz explodierte blitzartig mitten in Jacksons Gesicht. Wütend, mit heftig blutender Nase und tränenden Augen hielt er seinen Gegner fest und presste ihm den Unterarm gegen die Gurgel. Er umfasste die rechte Hand des sich erbittert wehrenden Mannes mit seiner linken, übte so viel Druck aus, wie er konnte.

»Ich bin Polizist. Waffe fallen lassen«, schrie Jackson. Sofort gingen etliche Lichter wieder aus.

Der Mann würgte und schlug um sich. Jackson hatte ihn fest im Griff, zerrte ihn nach hinten und hob ihn von den Beinen. Er merkte, dass seine Kraft nachließ, aber der Mann hatte immer noch die Waffe. Sein Leben war in Gefahr. Die Muskeln in Jacksons Armen zitterten, und sein Gesicht fühlte sich an, als stünde es in Flammen.

Er bemerkte eine Bewegung in der Nähe der Mülleimer. Iris kam aus ihrem Versteck gekrochen. Wenn sie ihre Deckung aufgab, würde der Mann auch noch den letzten Funken Energie aufbieten, um sich loszureißen, und Jackson glaubte nicht, dass er ihn dann noch halten, ihn stoppen könnte.

Er atmete tief ein, lockerte den Griff seiner linken Hand, holte weit aus und verpasste dem Mann einen wuchtigen Faustschlag gegen die Schläfe. Der Treffer saß, und der Revolver flog dem Mann aus der Hand. Dann knickten seine Beine ein.

Jacksons Arme wurden plötzlich schlaff und leicht. Keuchend stand er über seinem am Boden liegenden Gegner, und um auf Nummer sicher zu gehen, trat er ihm noch einmal kräftig gegen das Kinn.

46

Er war oben und tief in ihr drin und las ihren nackten Körper wie ein Musikstück. Zuerst *andante*, dann *allegro* und dann *subito*. Auf dem Weg zum Crescendo legte er den gekrümmten Zeigefinger an ihren Halsansatz, schob ihn hoch und langsam wieder runter, zunächst noch ganz leicht.

Naomi stöhnte und bebte, unterwürfig vor Lust. Erregt steigerte er die Intensität. Zweimaliges Blinzeln signalisierte ihm, dass er das Ganze auf die nächste Stufe heben sollte. Er sollte dominieren, kontrollieren, Schmerz zufügen. Sie war unfähig zu sprechen und verletzlich. Sie gehörte ihm.

»Nicht bewegen«, befahl er.

Sie gehorchte. Ihr Körper war angespannt wie eine Stimmgabel, ihre Nippel steinhart.

Er schob beide Hände um ihren Hals. Gefahr gehörte mit zur Abmachung, und das jetzt war der riskante Teil. Zu viel Druck und er würde sie töten. Mit ihr zu spielen, während er in sie hineinstieß, erforderte ein ähnliches Geschick, wie seine Neonzeichen zu erschaffen. Aber er war ein Maestro, und ihr Körper war ein Orchester.

Schweißnass beobachtete er ihr Gesicht, sah, wie sie die Augen verdrehte, sich verlor, während ihr Gehirn nach Sauerstoff gierte und von einem Dopaminrausch überflutet wurde, der so stark war wie Heroin. Ihr Körper erbebte krampfartig und erschlaffte, eine wilde Freude erfasste Gary, und er kam.

47

»Iris, um Himmels willen, nein!«

Sie hielt den Revolver ihres Angreifers in der behandschuhten Hand. Ihr ausdrucksloses Gesicht verriet Jackson, dass sie drauf und dran war, abzudrücken.

»Er wollte mich umbringen.« Ihre Stimme war nicht laut. Sie war ruhig und vernünftig und eisig. Sachlich.

»Warum eine Kugel verschwenden?«

Sie rührte sich nicht. Auch die Waffe blieb, wo sie war.

»Iris, ich habe allen Grund, ihn wegen unerlaubten Schusswaffenbesitzes festzunehmen.«

»Aber er hat sie ja nicht. Ich hab sie.«

»Sie können ihn nicht kaltblütig erschießen. Nicht so.«

Warum nicht? fragten ihre Augen. Mit Iris zu reden, war, als würde man sich unterhalten, während einem ein Messer an die Kehle gedrückt wurde.

Der Mann war bewusstlos. Jackson glaubte nicht, dass das noch lange so bleiben würde. Seine Augenlider flatterten bereits. Wenn er Iris dazu bringen konnte, noch zu warten, würde er Zeit gewinnen, um die Sache anständig zu regeln. »Wollen Sie denn nicht wissen, warum er auf Sie geschossen hat?«

»Davey Jelf ist scharf auf meinen Job.«

»Sie kennen ihn?«, fragte Jackson verblüfft.

»Er ist mein verdammter Schatten. Will unbedingt für einen meiner Kunden arbeiten.«

»Vielleicht tut er das ja schon.«

Ihre Augen wurden schmal, ihre Lippen verzerrten sich vor Wut. »Woher haben Sie gewusst, dass ich hier bin?«

»Reines Glück.«

Ihre ausdruckslose Miene machte deutlich, dass sie ihm das nicht abkaufte.

»Wenn wir abwarten, bis Jelf zu sich kommt«, sprach er schnell weiter, »können wir ihn zur Rede stellen. Jetzt geben Sie mir die Waffe.« Er streckte die Hand aus.

»Nein.«

»Iris«, sagte er warnend und ließ die Hand sinken. »Sie haben meine, und jetzt hab ich seine. Wir sind quitt.« Sie schob den Revolver in die Jackentasche.

Jackson bat sie kein zweites Mal.

Jelf bewegte sich und schlug die Augen auf. Er war benommen, versuchte verzweifelt abzuschätzen, wie tief er in der Scheiße steckte, während er sich hochhieven wollte. Iris' Stiefel auf seiner Brust drückte ihn zurück auf den Boden. Als sie die Waffe wieder hervorzog und damit auf seinen Kopf zielte, waren die Machtverhältnisse klar. Jelf begann zu stammeln.

»Bitte nicht, Iris. Es war nicht meine Idee. Bitte.« Er schniefte und weinte – bettelte. Dann wandte er sich an Jackson, flehte ihn an: »Das dürfen Sie nicht zulassen. Sie sind Bulle. Sie dürfen einen Unschuldigen nicht sterben lassen.«

»Unschuldig?«, sagte Jackson. »Das ist eine interessante Interpretation.«

Iris fasste Jacksons Kommentar als grünes Licht auf und machte sich bereit.

»Wenn Sie ihn töten«, sagte Jackson ernst, »müssen Sie mich als Nächsten töten.«

Iris zögerte.

»Das kannst du doch nicht wollen«, schniefte Jelf. »Denk doch an die arme Orchid.«

»Halt die Klappe, Davey.« Iris trat ihm fest auf das knochige Brustbein.

»Aua«, schluchzte Jelf.

»Wer ist Orchid?«, fragte Jackson.

»Der Hund, den er prügelt.«

»Nein, ich …«

»Halt's Maul«, sagte sie.

»Bitte, Iris.« Jelf wand sich. »Ich hab doch nur Befehle ausgeführt. Norman hat mich geschickt.«

Die Muskeln an Iris' Kiefer traten hervor, die Sehnen am Hals spannten sich an vor Zorn. Jackson konnte sehen, wie die Erkenntnis sie einholte. »Hat Pardoe dich bezahlt?«, fragte sie Jelf.

Er nickte. »Die Hälfte im Voraus, die andere Hälfte hinterher.«

Das war gut, dachte Jackson. Das ließ sich beweisen; man musste nur der Spur des Geldes direkt zu Pardoe folgen.

»Woher hast du den Revolver?« Nichts in ihrem Tonfall deutete darauf hin, dass sie ihre Meinung geändert hatte und darauf verzichten würde, Jelf zu erschießen.

»Hat Norman mir gegeben. Ist ein Smith & Wesson …«

»Sechsschüssiger Magnum, Kaliber .357«, fiel Iris ihm ins Wort. »Das weiß ich.«

Zu Jacksons Verwunderung steckte sie den Revolver ein und nahm ihren Fuß von Jelfs schmaler Brust. Der stieß einen Seufzer der Erleichterung aus.

»Die Albaner sind einer weniger«, sagte Iris. Ihre Stimme klang dunkel. »Ich werde rumerzählen, dass du das warst.«

Jelfs lädierter Unterkiefer klappte herunter. »Iris, so eine Scheiße. Beim Grabe meiner …«

»Mach lieber das Beste aus deiner Freiheit, Davey.«

»Scheiße, nein. Bitte, Iris«, bettelte Jelf. »Bitte, ich flehe dich an.«

Jackson musste ihre Gerissenheit bewundern, aber er hatte eine bessere Idee. Er rief Cairns an.

»Was?«, blaffte Cairns nach mehrmaligem Klingeln. Jackson vermutete, dass Cairns nach der Meldung von dem Verkehrsunfall und den Schüssen doch noch im Büro geblieben war, statt nach Hause zu fahren.

»Wir wär's, wenn du dich bei Browne wieder lieb Kind machen könntest?«

»Der mutige Teil von mir sagt scheiß drauf, der vernünftige würde nicht Nein sagen.«

»Willst du Norman Pardoe drankriegen?«

Iris' Mund öffnete sich leicht. Sie funkelte ihn erbost an.

»Ich höre«, sagte Cairns und klang sehr interessiert.

»Ich habe hier einen jungen Mann, der bereit ist, mit dir zusammenzuarbeiten.« Jackson achtete weder auf den wütenden Glanz in Iris' Augen noch auf das Entsetzen in Jelfs. Er gab die Informationen durch, und Cairns sagte, dass er binnen einer Stunde da wäre.

»Das hätten Sie lassen sollen«, knurrte Iris.

»Ich hab nie gesagt, dass ich mit der Polizei zusammenarbeiten will«, jammerte Jelf. »Ich hab gewusst, dass sie ein Spitzel ist«, murmelte er, um dann unter Iris' eiskaltem Blick zurückzuschrecken.

Jackson juckte es in den Fäusten, ihn erneut bewusstlos zu schlagen. Das hier raubte ihm wertvolle Zeit bei seiner Suche nach Neon.

Doch Iris war noch nicht fertig. »Ist Ihnen klar, was Sie gemacht haben? Sie haben mich praktisch an Enrik Malaj ausgeliefert und mir meine Haupteinkommensquelle genommen.«

»Kleine Frage, Iris: Warum für einen Mann arbeiten, der Sie tot sehen will? Scheint mir kein gutes Geschäftsmodell zu sein.«

Sie starrte ihn an, als wäre er drei Jahre alt.

»Weil es *meine* Entscheidung ist, nicht Ihre, wie ich mein Leben führe. Weil die Bosse in *meiner* Welt andere Leute ständig hintergehen. Weil ich Pardoe wieder rumgekriegt hätte.« Ihre

Augen blitzten vor Zorn. Sie drehte sich auf dem Absatz um und ging.

Jacksons Kehle schnürte sich zu. »Iris, gehen Sie nicht.«

»Ich werde sicher nicht auf Ihren Kumpel Cairns warten. Viel Glück mit Neon«, sagte sie. »Bleiben Sie bei Ihren dreckigen Tricks, sonst haben Sie nämlich null Chance.«

Jackson brauchte Iris, und sie brauchte ihn. Er hatte ihr das Leben gerettet, Herrgott noch mal. Sie war verdammt stur, aber wenn sie sich ihre begrenzten Möglichkeiten klargemacht hatte, würde sie sich wieder bei ihm melden. Doch ganz so sicher war er sich da nicht. In Iris' schwarz-weißer Gedankenwelt hatte er sich in ihr Leben eingemischt, hatte ihr die Kontrolle aus den Händen mit den abgekauten Fingernägeln genommen und sie verraten. Das waren für sie unverzeihliche Vergehen.

Das Warten auf Cairns zog sich endlos hin. Jelf, ebenso blöd wie abstoßend, sprudelte vor nervöser Energie und redete ununterbrochen. Sein rattenhafter Überlebensinstinkt würde Jackson in die Hände spielen. Ein vermasselter Auftrag für Pardoe bedeutete das Ende, und zwar nicht nur das Ende eines Arbeitsvertrags. Jelfs beste Option war es, mit der Polizei zu kooperieren und darauf zu hoffen, dass er glimpflich davonkam.

»Komme ich dann auch in so ein Zeugenschutzding?«, quengelte Jelf.

Jackson hielt den Mund.

»Das müsst ihr mir garantieren, sonst sag ich überhaupt nichts.«

Was zum Teufel mache ich hier eigentlich? dachte Jackson. Während er den Babysitter spielte, war Neon vielleicht schon hinter seinem nächsten Opfer her.

»Und ich will eine Wohnung, ein Auto, Geld.« Seit Jelf sich wieder etwas berappelt hatte, litt er an Größenwahn.

Jackson starrte wortlos in die Ferne. Es wunderte ihn immer wieder, wie viele Informanten meinten, »der Polizei helfen« würde mit sofortigem Reichtum belohnt.

»Und ich will ein …«

»Damit eins klar ist«, sagte Jackson. »Ein Wort über Iris Palmer zur Polizei, dann mache *ich* ihre Drohung wahr und verpfeife dich an die Albaner.«

Jackson empfand eine gewisse Genugtuung, als er die Schweißperlen auf Jelfs Stirn sah. Sie glänzten im Mondlicht.

»Ist das klar?«, fragte er.

»So klar wie Crystal Meth«, murmelte Jelf.

»Gut, jetzt komm.«

Sie gingen zu Jacksons Auto; Iris' Motorrad war verschwunden. Die Überreste des Peilsenders samt Verdrahtung lagen auf der Straße. Scheiße, jetzt konnte er sie nicht mal mehr finden.

»Wie wär's mit Musik?«, schlug Jelf vor, als sie im Auto saßen und das Gebläse auf vollen Touren lief. Jackson überhörte ihn, war in Gedanken schon wieder bei Neon.

Endlich traf Cairns ein, stieg aus seinem Wagen und schob sich auf die Rückbank des Minis, wo Jackson ihm Jelfs Situation erklärte.

»Hängt das irgendwie mit dem Mord heute Nacht zusammen?«, fragte Cairns.

»Das war ich nicht«, warf Jelf ein.

»Bist du Komiker, oder was?«, sagte Cairns. »So ein Bürschchen wie du würde es niemals mit Enrik Malaj und seinen Leuten aufnehmen.«

»Irgendeine Ahnung, wer den Abzug gedrückt hat, Mick?« Die Schärfe in Jacksons Stimme galt allein Jelf.

»Die Albaner haben sich hier mit ziemlich vielen Leuten angelegt. Pardoe ist nicht der einzige Drogenboss, der eine Rechnung mit ihnen offen hat.«

»Es ist wichtig, dass du Malaj drankriegst, bevor es richtig übel wird.«

»Ich glaube, mein Freund, der Zug ist längst abgefahren.«

Jackson erwiderte nichts.

48

Lampenfieber brandete wie eine Flutwelle über Jackson hinweg, als er am nächsten Morgen aufwachte. Die Vorstellung, dass er in ein paar Stunden den unausgegorenen Versuch machen würde, Neon aus der Reserve zu locken, indem er zur besten Sendezeit ein Fernsehinterview gab und vor Gott weiß wie vielen Menschen redete, kam ihm jetzt völlig absurd vor. Das hätte Iris garantiert gesagt, wenn er sie um ihre Meinung gebeten hätte.

Nachdem er sich gewaschen und angezogen hatte, googelte er Spaghetti Junction, die Band auf dem Flyer, den Iris ihm in den Briefkasten gestopft hatte. Ihre Website war professionell gemacht. Man hatte vier Teenager genommen, die Gesichter noch jung und unverbraucht, und jedem von ihnen ein bestimmtes Image verpasst, wie es bei zig Boygroups überall im Land auch funktionierte. Der Leadsänger machte einen auf sexy, der Drummer auf ausgeflippt, der Bassist auf melancholisch, und der Gitarrist sollte offenbar der Komiker sein. Für das kommende Jahr geplante Auftritte an renommierten Spielorten in Bristol und Camden ließen darauf schließen, dass die Jungs einen geschäftstüchtigen Agenten hatten. Während der Vorweihnachtszeit würde die Band hauptsächlich in Birmingham auftreten. Das nächste Mal schon am folgenden Abend.

Jackson rief ein YouTube-Video von Spaghetti Junction auf. Zehn Sekunden später klickte er es wieder weg. Vier Möchtegern-Ed-Sheerans auf einer Minibühne, das war nichts für ihn. Interessant fand er, dass die Website, das Label, der Agent, der Pressesprecher und der Tourmanager alle zu derselben Person führten – zu einem Mann namens Phil Canto, »Musiker und Produzent«, wie der Werbetext erklärte. Er wohnte in Clent, nicht weit von dem Pub, wo Jackson vergeblich auf Iris gewartet hatte.

Jackson klickte sich durch die Website, und ein Foto öffnete sich. Als er einen Weißen mit blonden Dreadlocks sah, war sein Mund schlagartig wie ausgetrocknet. Canto entsprach der Beschreibung des Mannes, der bei Jordan Boswell gewesen war. Jackson riss sich zusammen. *Nur keine voreiligen Schlüsse.*

Er setzte seine Recherche fort und stellte rasch fest, dass Canto ein ziemlich wildes Leben führte, mit einer ausgeprägten Vorliebe für attraktive Frauen. Laut einem Online-Artikel hatte Canto vor einigen Jahren etwas mit einer verheirateten Ärztin gehabt. Die Beziehung ging in die Brüche, und es wurde gemunkelt, dass sie nicht die erste Ehefrau war, die auf Cantos Musikercharme hereingefallen war.

Er war ein Spitzengitarrist und hatte in den letzten zwanzig Jahren etliche Bands gegründet. Ein Anführer, dachte Jackson, kein Mitläufer. Canto hatte durchwachsenen Erfolg gehabt, aber immerhin davon leben können, »was viel über seine Entschlossenheit und sein Talent aussagt«, wie eine schwärmerische Quelle behauptete.

Mit wachsender Aufregung wandte Jackson sich wieder den biografischen Informationen zu: Canto war neununddreißig Jahre alt und besaß sowohl die britische als auch die US-amerikanische Staatsbürgerschaft. Das hatte er seinem Vater zu verdanken, der sich von Cantos Mutter scheiden lassen hatte, als der Junge fünf gewesen war. Ein Zitat von Canto ließ Jackson unvermittelt erstarren.

»Als junger Musikstudent«, begann der Artikel, »kehrte ich in die Staaten zurück, um meine Wurzeln wiederzuentdecken, mich wieder damit zu verbinden. Dabei erwachte meine Liebe zur Rockmusik von Neuem.«

War dieser Mann mit der großen Nase, dem gebräunten Gesicht und den humorvollen blauen Augen derselbe Mann, der Jordan Boswell kurz vor seinem Tod aufgesucht hatte? Und war er nicht nur derselbe, sondern war er Neon?

Jackson rief Mick Cairns an. Als die Mailbox anging, bat er ihn dringend um Rückruf. Wahrscheinlich war Cairns noch immer mit Davey Jelf beschäftigt.

Als Nächstes wählte er die Nummer von Officer Gonzalez in Las Vegas. Er wollte mit ihm über Phil Canto reden.

49

»Ich bin mit dem Taxi da. Tana konnte nicht.«

Aus Phils bekümmerter Miene schloss Gary, dass Tana keineswegs die Absicht hatte, ihr hübsches Gesichtchen außerhalb des Schlafzimmers zu zeigen. Auch egal. »Ich hol dir den Autoschlüssel.«

»Danke. Hast du morgen Abend Zeit?«

»Kann sein. Wieso?«

»Die Band spielt ein Set im Hubbub. Wär schön, wenn du kommen könntest.«

Garys spontane Reaktion war: *auf keinen Fall.* Schließlich wartete sein Hobbyraum. Doch seit Naomis unerwarteter Rückkehr war sein … *anderes* Leben schwieriger geworden. »Klar, Phil. Wann sind sie dran?«

»So gegen acht.«

»Kann ich einrichten«, sagte Gary.

»Bring doch Naomi mit.«

»Das mach ich.« Alles, um sie von dieser Kinderfrage abzulenken, dachte Gary. Seit sie ihre Babybombe hatte platzen lassen, unternahm er jede Anstrengung, um das Thema weiträumig zu umschiffen.

»Worum geht's?« Naomi kam die Treppe heruntergetänzelt. Sie trug einen schlichten Pullover mit Wasserfallausschnitt über einer Jeans, die so eng saß, als wäre sie aufgesprüht. Ihre Füße waren nackt, die Zehennägel lackiert. Gary beobachtete Phil, der sie nicht aus den Augen ließ, während sie auf ihn zuging und ihm einen züchtigen Wangenkuss gab. Seine Frau stellte gern Körperkontakt her. Männer liebten das.

Sie drehte sich zu Gary um und schlang einen Arm um seine Taille. Gary zog sie an sich, genoss den Neid seines Freundes. Ja, das hättest du wohl gerne, wenn du könntest, dachte Gary.

»Phil möchte, dass wir uns morgen Abend seine Band anschauen«, erklärte er Naomi.

»Das wär *so* schön«, schwärmte sie. »Gary hat gesagt, dass du mit RocknRoller nicht mehr so viel machst?«

»Du hast doch den Gig nicht vergessen?« Phil sah Gary an.

Doch, hatte er. Das musste an der ganzen Aufregung liegen.

Naomi wuschelte ihm durchs Haar. »Sieht dir gar nicht ähnlich, so was zu vergessen.«

Gary zog ruckartig den Kopf weg. »Hab ich nicht«, sagte er ausdruckslos.

»Hey, ist ja gut, Mann.« Phil hob beschwichtigend beide Hände. *Bleib cool.*

Dabei hätte Gary am liebsten alle Coolness vergessen und Phils selbstgefälligem Gesicht ein ganz neues Aussehen verpasst. Die plötzliche Anspannung in der Diele erinnerte ihn an die heißen Aktivitäten von vergangener Nacht. Wer hatte denn da wohl die Kontrolle?

»Ich muss dann mal«, sagte Phil. »Bin heute Abend im Fernsehen.«

»Wow«, sagte Naomi. »Um wie viel Uhr?«

»Halb sieben. *Midlands Today.* Da gibt's einen Beitrag über die Kids, warum ich sie ausgesucht habe. Ihre sozial benachteiligte Herkunft und der ganze Scheiß.«

»Das gucken wir uns ganz bestimmt an, was, Gary?«

»Ja, klar.« Er heuchelte Interesse.

Sobald Phil in seinem Mustang aus der Einfahrt verschwunden war, sah Naomi ihn empört an.

»Warum benimmst du dich so?«

»Wie denn?«

»Gemein.« In diesem Moment sah Naomi selbst ziemlich gemein aus. Ihre braunen Augen blickten finster, und sie hielt ihre Ellbogen so fest umklammert, dass sich die Fingernägel durch den Pulloverstoff bohrten. »Er ist dein Freund, Gary.«

Theoretisch ja, wenn Freundschaft bedeutete, jemanden lange zu kennen. »Er ist ein Arsch. *Sozial benachteiligte Herkunft und der ganze Scheiß*«, sagte Gary und ahmte dabei Phils halb amerikanischen Akzent mit einer unheimlichen Genauigkeit nach. Er hatte schon immer ein Ohr für sprachliche Besonderheiten gehabt. Normalerweise liebte Naomi seine Parodien. Aber nicht heute.

»Du bist neidisch.«

Gary lachte auf, um sich die Wut im Bauch nicht anmerken zu lassen. »Das kann nicht dein Ernst sein. Ein kompliziertes Privatleben, Größenwahn, Drogensucht?«

»Drogen?«

Gary biss sich auf die Unterlippe. Das hätte er nicht sagen sollen, obwohl er erfreut feststellte, dass Naomis Selbstsicherheit verflog. Ihre Arme sanken herab, ihre Haltung wechselte von Angriff zu Verteidigung. »Freizeitkonsument von Kokain«, schränkte er ein, »ich hab mich wahrscheinlich ein bisschen krass ausgedrückt. Hör mal, können wir bitte aufhören zu streiten?«

Naomi blickte zu Boden, streckte ein Bein aus und strich mit den Zehenspitzen über den Teppich wie eine Balletttänzerin. »Ich hasse es, wenn wir Krach haben.«

»Ich auch.« Er trat zu ihr und zog sie an sich. Sie umarmte ihn fest, schmiegte ihre Wange an seine, ihr Mund dicht an seinem Ohr.

»Ich hab mir überlegt, ob wir nicht das Haus schätzen lassen«, sagte sie.

»Aha.« Er unterdrückte den körperlichen Drang, ihr wehzutun.

»Ich hab online ein paar fantastische Immobilien gefunden. Willst du sie dir mal ansehen?«

Sei nett. Verhalt dich normal. Mach mit, um des lieben Friedens willen. »Klar«, strahlte er und spürte, wie sein Kiefergelenk von der Anstrengung knackte.

Naomi lief federnd ins Wohnzimmer. Er folgte ihr wie ein Mann auf dem Weg zu seiner Hinrichtung. Sie nahm ihr iPad vom Couchtisch, ließ sich aufs Sofa fallen und klopfte auf den Platz neben ihr. Er setzte sich fügsam und äußerlich ruhig.

Nach ein paar behänden Klicks ihrer manikürten Fingernägel war sie auf einer Immobilien-Website in Cumbria und pries ihm ein riesiges Haus mit Nebengebäuden und Grundbesitz an. »Siehst du, wie billig das ist im Vergleich zu hier?«

Ja, und dafür gibt es einen guten Grund, dachte Gary. *Regen und noch mehr Regen. Und wo Wasser ist, ist auch Schlamm. Sie hätte genauso gut ein Sumpfgebiet im Dschungel vorschlagen können.*

»Wie findest du's?« Sie drehte sich um und drückte ihm einen verspielten Kuss auf den Mundwinkel.

Er fand, dass das Haus, so groß und abgeschieden es auch war, keinen der unerlässlichen Vorzüge seines derzeitigen Lebens aufwies. Es hatte zum Beispiel keine Männerhöhle hinten im Garten.

»Ganz interessant«, log er.

»Ich habe doch gewusst, dass du dich mit der Idee anfreundest. Ein paar grundlegende Sachen muss unser neues Zuhause natürlich unbedingt haben. Warte kurz, ich hole meinen Notizblock.« Sie hüpfte praktisch aus dem Zimmer und nach oben.

Während sie fort war, warf Gary heimlich einen Blick auf ihr Arbeitshandy. Als er ihre Textnachrichten durchging, sah er etwas, das ihn mit den Zähnen knirschen ließ.

Der Abend, an dem er in Phils Band spielen würde, konnte gar nicht schnell genug kommen.

50

Nach einem kurzen Gespräch mit Linda im »Alten Klepper« und einem schnellen Einkauf fuhr Iris direkt zu Davey Jelfs Mietwohnung, einem kleinen Apartment über einem Pizza-Lieferservice bei Brades Village. Der Pizza-Laden war geschlossen, das Metallgitter vor der Eingangstür heruntergelassen.

Iris ging durch eine kurze Gasse zur Rückseite des Hauses. Sie holte einen Dietrich hervor, öffnete das Schloss der Hintertür und trat ein.

Der Hundekotgestank überdeckte andere unangenehme Gerüche, als sie eine Treppe hochging und sich ihren Weg in Jelfs Absteige bahnte. Orchid wich winselnd zurück. Ihr knochiger Körper zitterte vor Angst.

»Ist ja gut«, sagte Iris sanft. »Ich tu dir nichts.« Sie zog ein Hundeleckerli aus der Tasche und hielt es dem Tier hin. »Guck mal, was ich für dich habe.«

Hunger besiegte die Angst. Orchid kam angeschlichen und nahm vorsichtig das Leckerli, während Iris einen Strick an ihr Halsband knotete.

»Braves Mädchen.« Iris gab dem Hund noch einen Leckerbissen und streichelte die mageren Flanken. Ihre Finger glitten über zahlreiche Dellen und Beulen und die nackte Haut um schlecht verheilte Narben, die den Körper des Greyhounds überzogen wie Schwangerschaftsstreifen. Ein Gedanke kam ihr in den Sinn. Sie versuchte, die ferne Erinnerung zu fassen, doch es gelang ihr nicht. »Dich schlägt keiner mehr, Orchid.«

Der Hund schnupperte an ihrer Hand, betrachtete sie mit großen Augen. Sie versteht mich, dachte Iris. Hunde waren viel klüger als Menschen. Sie tätschelte den Greyhound noch einmal, holte eine Müslischale und füllte sie mit Wasser. Der Hund trank gierig.

Als Orchid fertig war, sagte Iris: »Dann komm mal mit und lern deine Tante Linda kennen.«

Linda sank auf die Knie, sodass sie mit dem Hund auf Augenhöhe war. »Mein Gott, ist sie dünn.« Sie sah zu Iris hoch. »Ich hab ein leckeres Stück Brathähnchen für sie. Aber vorläufig darf sie nicht zu viel fressen«, sagte Linda, schon die Fürsorge in Person. Sie richtete sich wieder auf. »Und? Stimmt das, was man über Pardoe erzählt?«

»Was erzählt man denn so?«

»Dass Davey Jelf ihn verpfiffen hat.«

Iris zuckte die Achseln.

»Konnte ihn nie besonders leiden«, sagte Linda. »Aber Norman Pardoe konnte ich auch nie besonders leiden. Er war ein böser Mensch.«

Iris sagte nichts dazu. »Böser Mensch« stimmte sicher, aber dank Jackson war die Einkommensquelle vertrocknet, die ihr dieser Mann geboten hatte. Wegen ihrer Zusammenarbeit mit Pardoe galt sie als verdorbene Ware, als jemand, dem man zumindest vorübergehend keinen Job mehr anvertrauen konnte. Das stellte ein erhebliches finanzielles Problem dar. Ihre größere Sorge war jedoch, dass sie nach wie vor in Gefahr schwebte. Seit Jelfs gescheitertem Versuch, sie zu töten, hatte Pardoe sich seltsam bedeckt gehalten. Hieß das, dass er schon jemand anderen auf sie angesetzt hatte?

Nach der Übergabe des Hundes trat sie hinaus in den halb toten Tag. Sie war stinksauer, dass Jackson sie derart hintergangen hatte. Einen Peilsender an ihrem Motorrad anzubringen war eine Sache, aber dass sie überhaupt nicht damit gerechnet hatte, war eine ganz andere. Verlor sie allmählich ihren Instinkt? Hatte die Krankheit sich auf ihr Gehirn ausgewirkt?

Aber Angst und Zorn brachten ihr auf lange Sicht nichts. Sie würden ihr nicht das Geld verschaffen, das sie brauchte. Wie aufs Stichwort reagierte ihr Körper, und ein wilder Schmerz jagte ihr durch Rücken und Schulter. Sie schnappte nach Luft, schloss kurz die Augen und ballte die Faust. *Sshhh!*

Sie musste praktisch denken. Sie durfte nicht zulassen, dass Stolz ihr Urteilsvermögen trübte. Sie hatte jetzt nur noch eine Option – und das war der Detective. Davon abgesehen konnte sie nur hoffen, sowohl Malaj als auch Pardoes Leuten immer eine Nasenlänge voraus zu sein.

Jackson wusste nicht, ob er wegen der Scheinwerfer schwitzte oder weil es ihn stresste, vor Kameras live mit einer Moderatorin zu sprechen, die ihn mitfühlend ansah.

»Selbst für einen erfahrenen Kriminalbeamten muss es traumatisch gewesen sein, die eigene Frau ermordet aufzufinden.«

Er schwieg. Falls sie dachte, er würde Details liefern, lag sie falsch.

Die Moderatorin lächelte und warf widerwillig einen Blick auf ihre Notizen. »Sie sagen, die Identität von Neons letztem Opfer wurde aus ermittlungstechnischen Gründen verschwiegen.«

»Das ist richtig.«

»Aus welchem Grund?«

»Wir wollten verhindern, dass das Ego des Täters durch die Berichterstattung in den Medien neuen Auftrieb bekommt.«

»Aber diese Entscheidung wurde später revidiert.«

»Ja.«

»Warum?« Sie beugte sich näher zu ihm. Jeder Muskel in seinem Körper wollte sich von ihr weglehnen, aber Jackson beugte sich ebenfalls vor.

»Weil der Täter eine Reihe von Fehlern begangen hat.«

»Können Sie diese Fehler benennen?«

Jackson schüttelte den Kopf. »Sie werden einsehen, dass das nicht möglich ist.«

»Verstehe«, sagte sie, obwohl er stark bezweifelte, dass sie es wirklich verstand. »Hat sich aus diesen Fehlern eine brauchbare Spur ergeben?«

»Mehrere.«

»Ich bin sicher, die Menschen in Birmingham sind erleichtert, das zu hören, aber erlauben Sie mir eine Bemerkung. Es hat den Anschein, als wäre die Polizei mit ihren Ermittlungen von Anfang an im Hintertreffen gewesen.«

»Das sehe ich anders.« Er merkte selbst, wie hohl sein Widerspruch klang.

»Hat die Öffentlichkeit nicht das Recht zu erfahren, wie ein Serienkiller mit derart brutalen und noch dazu spektakulären Taten bislang ungeschoren davonkommen konnte?«

»Die Öffentlichkeit hat ein Recht darauf, dass wir in einem überaus komplizierten Fall unsere Arbeit machen.«

»Inwiefern kompliziert?«

»Die Sanierung und Umgestaltung des Stadtzentrums …«

»Die Großbaustelle Paradise?«

»Und der Centenary Square«, bestätigte Jackson, »haben zu erheblichen Beeinträchtigungen geführt, sodass sich der Täter ungehinderter bewegen konnte, als das normalerweise der Fall gewesen wäre.«

»Wird es denn dann nicht Zeit, andere Behörden in die Ermittlungen einzubinden?«

»Ich verstehe nicht ganz, was Sie meinen.« Ein recht simples Ablenkungsmanöver, um sich Zeit zum Nachdenken zu verschaffen.

»Andere polizeiliche Einheiten.«

»Wie Sie vermutlich wissen, haben wir in unserem Land eine

finanzielle und personelle Notsituation. Das gilt für sämtliche Behörden, nicht zuletzt für Scotland Yard.«

»Dann stimmen Sie also zu, dass Unterstützung durch Scotland Yard wünschenswert wäre.«

»Das habe ich nicht gesagt.« Sie drehte ihm die Worte im Mund herum, doch Jackson versuchte, sich seinen Ärger nicht anmerken zu lassen. Andererseits, was hatte er denn erwartet?

Sie schwieg kurz, als ob sie einen Punktgewinn erzielt hätte und den Augenblick genießen wollte. »Soweit ich informiert bin, sind Sie aufgrund Ihres persönlichen Verlustes von der Leitung der Ermittlungen befreit worden.«

»Das ist richtig. Dennoch werde ich natürlich weiterhin über sämtliche Entwicklungen auf dem Laufenden gehalten.« Was grundsätzlich stimmte, obwohl es praktisch nichts zu berichten gegeben hatte.

Erneutes Vorbeugen, begleitet von einem durchdringenden Blick. »Haben Sie volles Vertrauen in den leitenden Ermittler in diesem Fall?«

Sie hatte ihre Hausaufgaben gemacht. Jackson sah ihr in die Augen. »Absolut.«

»Wie lautet also Ihre Botschaft an den Serienkiller?«

Jackson blickte direkt in die Kamera. Endlich war der Moment gekommen, auf den er gewartet hatte, der Moment, Neon die Hölle heißzumachen, so gut er konnte. »Wir sind dir auf der Spur, und wir kommen immer näher. Deine Schreckensherrschaft hat bald ein Ende.«

»Danke sehr, Detective Chief Inspector Matt Jackson.«

Als die Kamera wegschwenkte, stand Jackson auf und wurde zu einem Aufenthaltsraum geführt. Sein Hemdkragen hatte einen Schweißrand, und ihm brannten die Wangen. Das von der Maskenbildnerin aufgetragene Make-up glitt ihm am Gesicht herunter wie nasse Farbe an einer Wand. Er friemelte ein Taschentuch aus seinem Jackett und wischte sich die Pampe ab, so gut es ging. Jetzt, wo es vorbei war, wollte er nur zweierlei: nichts wie weg und ab in den nächsten Pub.

»Gut gemacht, da drin. Das war mutig.«

Zerstreut wischte sich Jackson übers Gesicht und schaute zu dem Sprecher mit dem leicht amerikanischen Akzent hinüber. Der Mann war über einen Meter achtzig groß, hatte eine kräftige Statur und war schon aufgestanden, die rechte Hand ausgestreckt. »Phil Canto«, stellte er sich vor.

Das Gesicht war unverkennbar. Nur die Dreadlocks waren weg.

Jackson fühlte sich wie nach einem Stromstoß. Er nahm die dargebotene Hand und schüttelte sie. Sie fühlte sich rau an, und als er hinschaute, sah er, dass die Haut auf den Knöcheln rot und wund war. Knights Bemerkung über Brandwunden von der Arbeit mit Leuchtschildern schoss ihm durch den Kopf.

»Ich habe die Ermittlungen vom ersten Tag an verfolgt«, sagte Canto. »Man darf den ganzen Mist, den man so liest, nicht glauben. Ihr Jungs macht einen prima Job unter sehr schwierigen Umständen, ganz gleich, was die da drin gesagt hat.« Er deutete mit dem Kinn Richtung Studio.

»Danke, ich weiß das zu schätzen.« Jackson antwortete mechanisch, zu geschockt, um aus Cantos ungenierter Art schlau zu werden. War das wirklich reiner Zufall, oder lief hier irgendwas anderes?

»Ich fand schon immer, dass Musik in schwierigen Zeiten ein großer Trost sein kann.«

Jackson spürte, wie sich ihm die Nackenhaare sträubten.

Canto zog eine Visitenkarte aus der Tasche und drückte sie Jackson in die Hand. »Kommen Sie doch zu meinem nächsten Gig, dann gebe ich Ihnen ein Bier aus.«

Ehe Jackson antworten konnte, winkte ein Aufnahmeleiter. »Sie sind gleich dran, Mr. Canto.«

»Ich hoffe aufrichtig, Sie schnappen den Kerl, Matt«, sagte Canto und klopfte ihm auf die Schulter.

Jackson zuckte zusammen. Dann sah er Canto durch die Tür in das grellweiße Scheinwerferlicht des Studios treten.

51

»Hallo, Matt.«

»Iris«, sagte Jackson überrascht, obwohl ihn niemand sonst von einem Münztelefon aus anrief.

Sie hatte ihn kalt erwischt. Seit dem Fernsehinterview am Vorabend hatte das Telefon praktisch ununterbrochen geklingelt, aber er war von einer einzigen Frage besessen gewesen: Waren Canto und Neon ein und dieselbe Person?

»Ich hab Sie im Fernsehen gesehen«, sagte sie.

»Nicht unbedingt eine Glanzleistung.«

Sie enthielt sich eines Kommentars. »Hat es funktioniert? Hat es ihn aufgescheucht?«

»Das weiß ich nicht, aber ich verfolge eine Spur.«

»Klar«, sagte sie.

Jackson räusperte sich. Er hatte nicht vergessen, dass sie ihm eine falsche Telefonnummer gegeben hatte, aber jetzt war nicht der richtige Moment für Moralpredigten. Ihr Anruf war offensichtlich ein Friedensangebot, und er beschloss, es anzunehmen und so zu tun, als würden sie noch genauso zusammenarbeiten wie zuvor. »Gibt's bei Ihnen irgendwas Neues?«

»Eigentlich nicht.«

»Vielleicht sollten wir Lagerräume und potenzielle Werkstätten für Neons Arbeit checken.«

»Schon wieder?«

Die Schärfe in ihrer Stimme war unverkennbar. Ein längeres Schweigen entstand. Er musste sich mehr bemühen, sonst würde er sie wieder verlieren, und er brauchte sie, ob ihm das nun passte oder nicht.

»Hören Sie, es tut mir leid, wenn Sie finden, dass ich mich bei Davey Jelf falsch entschieden habe.«

Sie antwortete nicht.

»Dann sind Sie also noch putzmunter?«, sagte er und schnitt eine Grimasse ob seines aufgesetzt heiteren Tons.

»Wie meinen Sie das?«

»Hat's keinen Ärger gegeben?«

»Ich weiß nicht, wovon Sie reden«, sagte sie offensichtlich genervt.

»Schon gut, schon gut.« Das Gespräch lief wirklich beschissen.

Erneutes Schweigen weitete die Kluft zwischen ihnen.

»Also … ähm … wir sollten uns treffen«, druckste er.

»Jetzt?«

Es war ungewöhnlich für Iris, sich so schnell auf einen Vorschlag einzulassen. »Ich dachte eher an morgen Vormittag. In der Wohnung?«

»Na gut.« Sie klang nicht erfreut. Als er sich von ihr verabschieden wollte, legte sie einfach auf. Er starrte sein Handy an und wünschte, er wüsste geschickter mit ihr umzugehen. Das war das Problem mit Iris. Sie war so verschlossen und trotzig, dass mit ihr kaum ein Gespräch möglich war, bei dem sie nicht sauer wurde.

Erleichtert, dass sie immerhin wieder miteinander redeten, kehrten seine Gedanken zu Phil Canto zurück, einem Mann, der aufrichtig und charmant wirkte. Er war außerdem anstrengend direkt, als wäre es ihm wichtig, seine Bekanntschaft zu machen. Jackson dachte darüber nach und glich seine Beobachtungen mit dem Telefonat nach Las Vegas ab. Officer Gonzalez hatte über die Psychologie eines Serienkillers wie Neon gesprochen, der möglicherweise nach außen hin ein glückliches, stabiles und erfolgreiches Leben führte, unter dessen Oberfläche sich aber eine grausame Realität verbarg.

»Jedes Mal wenn er tötet, ist er ganz und wahrhaftig er selbst, nicht der Mann, den er für die Außenwelt spielt«, hatte Gonzalez gesagt.

»Sein musikalisches Talent ist durchaus real.«

»Stimmt, und das ist ungemein nützlich, wenn man Frauen anmachen will.«

Jackson hatte Cantos chaotisches Liebesleben geschildert.

»Wenn er sich zu verheirateten Frauen hingezogen fühlt, will er vielleicht den Kick des Verbotenen genießen, keine feste Bindung eingehen. Was sind das für Frauen, mit denen er Affären hat?«, hatte Gonzalez gefragt.

»Erfolgreiche Frauen«, hatte Jackson erwidert.

»Das würde ins Profil passen.«

»Und warum tötet er sie dann nicht auch?«

Das hatte Gonzalez nicht eindeutig beantworten können. »Höchstwahrscheinlich hat er eine dysfunktionale Beziehung zu seiner Mutter«, hatte er stattdessen gesagt und versprochen, Canto unter die Lupe zu nehmen, ehe er das Gespräch beendete.

Jackson rief Cairns an, erreichte aber wieder nur die Mailbox. Er hinterließ ihm eine kurze Nachricht, und gleich darauf klingelte sein Handy: Browne.

Der erwartete Anschiss, weil er seinen Status als Detective ausgenutzt hatte, obwohl er keinen Dienstausweis mehr besaß, blieb aus.

»Obwohl es nett gewesen wäre, wenn Sie mich und die Presseabteilung im Vorfeld informiert hätten«, schob Browne mahnend nach.

»Dazu war keine Zeit«, log Jackson. »Sie wissen doch, wie diese Medienleute arbeiten. Wie laufen die Ermittlungen? Irgendwelche Fortschritte?«

»Wie Sie selbst sagten, wir verfolgen eine ganze Reihe von Spuren.«

»Darf ich fragen, welche?«

»Wir sind dabei, Freunde und Bekannte von Vicky Wainwright und Vanessa Booth erneut zu vernehmen.« Die ersten beiden Opfer. »Besonders diejenigen, die an den fraglichen Abenden mit ihnen zusammen waren. Ich melde mich, sobald wir etwas Konkretes haben.«

Jackson bedankte sich für den Anruf und versuchte erneut, Cairns zu erreichen.

»Sorry, sorry, sorry«, sagte Cairns. »Ich hab deine Nachricht gehört, konnte aber nicht weg. Jelf singt wie eine Amsel auf Speed. Interessanterweise kannte er Jordan Boswell. Anscheinend war Boswell doch ein größerer Fisch als gedacht, hatte seine Finger im Kokainhandel.«

»Was Brownes Standpunkt erhärtet, dass Boswell von jemandem aus dem organisierten Verbrechen ermordet wurde.«

»Apropos, wir haben Norman Pardoe heute Morgen um vier festgenommen. Die KTU nimmt gerade seine Räumlichkeiten auseinander.«

»Was ist mit Malaj?«

»Um den wird sich die National Crime Agency kümmern.«

Jackson stieß ein stummes Dankgebet aus. Zumindest war Iris vor Pardoe und dem Zugriff der Albaner sicher – vorläufig.

»Du warst gestern Abend große Klasse, Matt. Wenn ihn das nicht aus der Deckung lockt, dann weiß ich auch nicht. Browne hat angewiesen, jede Menge Polizei auf die Straßen zu schicken. Ihm geht's vor allem darum, Neons Spielraum einzuschränken. Falls er irgendwo auftaucht, sind wir bereit.«

»Hat er immer noch vor, Polizistinnen als Lockvögel einzusetzen?«

»Leider ja.«

Jackson dachte an Shah und knurrte missbilligend.

»Also, was gibt's?«

Jackson erzählte Cairns von Phil Canto, verschwieg aber, dass sie sich bei der BBC über den Weg gelaufen waren.

»Ich hab ihn im Fernsehen gesehen«, warf Cairns prompt ein. »Außerdem ist er Wayne Gardners Kontaktmann.«

»Cantos Aufnahmestudio hat die *Battle of the Bands* organisiert?«

»Ganz genau.«

»Aber seine eigene Band hat gewonnen.« Jackson wunderte sich. »Das kann doch nicht erlaubt sein.«

»Keine Ahnung. Seine Regeln. Seine Band. Mich interessiert viel mehr, dass du glaubst, Canto wäre bei Jordan Boswell gewesen.«

»Kannst du ihn für mich durchs System laufen lassen, Mick? Und vor allem rausfinden, welche Fahrzeuge auf ihn zugelassen sind?«

»Wird erledigt.«

Nachdem Jackson sich ein Sandwich gemacht und gegessen hatte, meldete Cairns sich zurück. »Canto fährt einen Transit, außerdem hat er ein Motorrad und einen gelben Mustang mit Linkssteuerung.«

Jackson spürte einen Adrenalinstoß. Zugegeben, es waren nur Indizien, aber manchmal wurden aus Indizien Tatsachenbeweise. »Schnapp ihn dir.«

»Was soll ich Browne sagen?«

»Denk dir was Plausibles aus. Und überprüf das Kennzeichen von dem Van, stell fest, ob der Transit in den Mordnächten in Birmingham unterwegs war.«

Jackson wartete den ganzen Tag. Er tigerte in seiner Wohnung auf und ab, so nervös wie ein werdender Vater auf einer Geburtsstation. Nachdem er so lange über Neons Profil nachgedacht hatte, entsprach Phil Canto eigentlich nicht dem Killer in seiner Vorstellung, aber so zu denken war dumm und gefährlich. Gerade er wusste, dass Mörder die unterschiedlichsten Erscheinungsbilder, Persönlichkeiten und Berufe hatten. Es gab kein einheitliches Muster. Der größte Fehler, den ein Detective machen konnte, war der, sich die Beweislage so zurechtzulegen, dass sie zum Verbrechen passte. Obwohl er inständig etwas anderes glauben wollte, war ihm klar, dass Phil Canto durchaus einleuchtende Gründe für seinen Besuch bei Boswell gehabt haben könnte. Das bedeutete noch lange nicht, dass er ihn ermordet hatte.

Während die Stunden quälend langsam verstrichen, verfolgte er aufmerksam die Nachrichten: Diebstahl eines teuren Audis; eine geraubte Handtasche; die vom Stadtrat geplante Schließung einer Kita abgewendet; ein steiler Anstieg von Todesfällen im Schienenverkehr. Er wartete darauf, dass im Fall Boswell ein Verdächtiger festgenommen worden war und der Gig heute Abend abgesagt wurde.

Als Jackson gerade mit sich rang, ob er zu Fuß in die Stadt gehen oder ein Taxi nehmen sollte, rief Cairns schließlich doch noch an. Er kam gleich zur Sache.

»Fehlanzeige.«

»Was?«

»Canto kannte Boswell durch seine Musik. Das kommt hin.«

Scheiße, dachte Jackson. »Hat er zugegeben, dass er an dem Abend bei ihm war?«

»Hat er.«

Cairns' Antworten wirkten zurückhaltend, sogar vorsichtig. Ob er ihm etwas verschwieg? »Und was hältst du von ihm?«

Cairns überlegte kurz. »Scheint ein ganz normaler Typ zu sein. Du weißt schon: entspannt, charismatisch, höflich, hilfsbereit.«

»Aber?«

»Mit irgendetwas hält er hinterm Berg, hat mittendrin plötzlich seine Geschichte geändert.«

»Ich höre.«

»Zuerst hat er abgestritten, Boswell gekannt zu haben. Als wir ihm dann gesagt haben, er sei gesehen worden, wie er Boswells Haus betrat, kam er uns mit irgendeinem Schwachsinn von wegen zu viel im Kopf und so.«

»Dass es ihm schlicht entfallen war?«

»Genau. Sobald er kapiert hat, dass er damit nicht durchkommt, hat er voll und ganz kooperiert, ja geradezu begeistert.«

Moment, dachte Jackson. »Wieso sollte jemand wie Canto, ein erfolgreicher Mann, Boswell in seiner Absteige in Quinton besuchen? Das ergibt keinen Sinn.«

»Finde ich auch, aber wenn er uns was vorgespielt hat, ist er ein verdammt guter Schauspieler. Wir mussten ihn laufen lassen.«

Und weil Browne der Meinung war, dass Neon Boswell nicht ermordet hatte, würde er auch der Frage nicht nachgehen, ob Canto und Neon ein und dieselbe Person waren.

»Also keine weitergehenden Ermittlungen?«, fragte er.

Cairns' Zögern war minimal, aber spürbar.

»Bis auf Weiteres auf freien Fuß gesetzt«, bestätigte Cairns.

Jackson würde also heute Abend doch noch ausgehen.

52

Jacksons gesamter Sinnesapparat fühlte sich von dem Krach und dem optischen Chaos der Millionen bunten Lichter bedroht, die unerwünschte Erinnerungen weckten. Als ein Stroboskop eingeschaltet wurde, schloss er die Augen. Grässliche Bilder flackerten in seinem Kopf auf, und sein Puls beschleunigte sich mit dem anschwellenden Gefühl von Panik. Er wollte weg, musste aber bleiben.

Er hielt sich zusammen mit anderen Erwachsenen im Hintergrund, möglichst weit weg von der Bühne. Warmes Bier schwappte aus einem Plastikbecher und tropfte ihm über die Hand.

Vor ihm schwenkten Hunderte von kreischenden und weinenden Teenagern die Hände und zuckten im Takt eines stampfenden Rhythmus, der von schrillen Gitarrenriffs begleitet wurde und von Stimmen, die sich am Rande ihres gesanglichen Limits bewegten – und manchmal auch jenseits davon.

Jackson, noch keine vierzig, fühlte sich uralt.

Seine Gedanken kehrten zu Cairns' frustrierenden Neuigkeiten zurück. Canto war entlastet worden, hatte sich als eine weitere Sackgasse entpuppt. Immerhin, die tagelangen Nachforschungen und Rennereien hatten einen Gangsterboss auf dem Weg vor Gericht gebracht und, hoffentlich, das kriminelle Imperium von Enrik Malaj zerschlagen. Weder würde er dafür die gebührende Anerkennung bekommen, noch hatte es ihn Neon ein Stück näher gebracht.

Zum Glück kündigte die Vorgruppe eine Pause an. Jackson war nach diesem musikalischen Appetithappen schon schwer angeschlagen und hätte gern auf Spaghetti Junction verzichtet.

»Das ist ja mal eine Überraschung.«

Jackson wandte den Kopf und sah Kiran Shah neben sich stehen. In Zivil wirkte sie weniger dienstbeflissen. Weicher, irgendwie zugänglicher. Die Neon-Ermittlungen forderten bei allen Beteiligten ihren Tribut, aber sie schien das bemerkenswert gut zu verkraften. Er war seltsam erfreut, dass sie nicht einer von Brownes Lockvögeln geworden war.

»Dasselbe könnte ich zu Ihnen sagen«, erwiderte Jackson.

Shah deutete mit dem Kinn nach vorne zur Bühne, wo eine Gruppe von Jugendlichen dabei war, Verstärker zu schleppen und Mikrofone auszusteuern. »Ich bin mit meiner Tochter hier. Sie schwärmt für die Hauptgruppe, besonders für den Leadsänger.«

»Wie alt ist sie?«

»Zwölf und fühlt sich wie zwanzig.« Ihre Augen blitzten, verrieten ihren Mutterstolz. »Kaylee ist verrückt nach Musik.«

Jackson nickte freundlich.

»Und welche Entschuldigung haben Sie?«, fragte Shah.

»Ich? Ach so, ich bin als moralische Unterstützung für eine Bekannte hier, deren Tochter irgendwo da vorne ist.« Er schaute vage in Richtung Bühne. »Alleinerziehende Mutter«, schob er nach, um überzeugender zu wirken.

»Ist sie hier?« Shah reckte den Hals.

»Musste kurz aufs Klo.«

»Hoffentlich beeilt sie sich, sonst verpasst sie noch die Hauptattraktion.« Shah lachte. Es war schön, sie so unbeschwert zu sehen. Zu seiner Schande hatte er sie immer eher als Marionette betrachtet denn als menschliches Wesen. »Bitte anschnallen«, sagte sie. »Sie sind mit dem Abriss fertig.«

Jackson sah sie fragend an.

»Das Equipment der ersten Band ist ab- und das der nächsten aufgebaut.«

»Klar«, sagte Jackson. Er suchte das Publikum nach Phil Canto ab. Der wäre verrückt gewesen, sich in diese brüllende und johlende Menge zu wagen. Wahrscheinlich hielt er sich irgendwo hinter der Bühne auf. Jackson berührte Shahs Arm, zeigte auf sein Ohr und sagte lautlos: »Ich hau ab.«

Sie nickte verständnisvoll.

Er ging aus dem Gebäude auf die Straße und um die Ecke zu einem Seiteneingang, wo ein untersetzter Mann mit geschorenem Schädel wie ein Felsblock vor einer Höhle stand.

»Polizei.« Jackson schob die Hand in die Tasche, als wollte er seinen Dienstausweis zücken. Mit etwas Glück hatte sich Cantos Stippvisite auf dem Präsidium schon herumgesprochen. »Ich möchte zu Mr. Canto.«

Der Sicherheitsmann trat zur Seite und drückte die Tür auf. Es roch nach Kälte und Feuchtigkeit und vergangenem Ruhm. Jackson hatte keine Ahnung, wohin er sich wenden sollte, und ging spontan eine Treppe hinauf, die ihn auf eine Ebene mit der Bühne bringen würde. Er folgte dem Geräusch von Stimmen und fand Canto im Backstage-Bereich inmitten einer Schar von Bühnenhelfern sowie einigen anderen Leuten, die ihn umringten wie Personenschützer einen Kunden.

Canto unterhielt sich angeregt mit einer wunderschönen Frau, die Jackson für ein Model hielt. Ein anderer Mann hatte den Arm schützend um ihre Taille gelegt. Dunkles Haar umrahmte ein unaufdringlich attraktives Gesicht, obwohl der Mann eine breite, flache Boxernase hatte. Ein Dreitagebart bedeckte Wangen und Kinn. Beide hielten sie ein Glas Schampus in der Hand. Sie gaben wirklich ein Bilderbuchpärchen ab.

Als Jackson näher kam, lächelte Canto breit. In den Augen der Frau zeichnete sich ein vages Wiedererkennen ab, als hätte sie ihn schon mal gesehen, wüsste aber nicht so recht, wo.

»Mr. Detective, ich hoffe, Sie sind nicht dienstlich hier«, sagte Canto.

Jackson spielte den Verständnislosen.

»Haben Sie's noch nicht gehört?«

»Ich fürchte, ich weiß nicht, was Sie meinen.« Er registrierte den starken Marihuana-Geruch, den Cantos Kleidung verströmte, und den bekifften Ausdruck in seinen Augen. Sofort fiel ihm Mick Cairns' Bemerkung über Boswells Kontakte zum Kokainhandel ein. Hatte er Canto beliefert? Drogenabhängigen blieb kaum etwas anderes übrig, als in kriminellen Kreisen zu verkehren. Kein Wunder, dass Canto seinen Besuch hatte verschweigen wollen.

Canto stieß ein leichtes ungläubiges Lachen aus. »Unsere Freunde und Helfer hatten es sich in den Kopf gesetzt, dass ich was mit einem Mord vor einigen Tagen zu tun hatte.«

»Nicht zu fassen«, entfuhr es dem anderen Mann.

»Schon gut, Gary«, sagte Canto und wandte sich seinem dunkelhaarigen Freund zu. »Zum Glück war das alles bloß ein dummes Missverständnis.«

»Freut mich zu hören«, sagte Jackson.

Canto schien sich seiner guten Manieren zu entsinnen, denn er stellte ihm Gary und Naomi Fairweather vor. »Matt Jackson ist Detective«, schob er nach. Als ob das jetzt noch nötig gewesen wäre, dachte Jackson.

»Kann ich Ihnen einen Drink holen?«, fragte Gary Fairweather. Er hatte dunkelgrüne Augen und sprach mit einem schwachen Londoner Akzent.

»Nein, vielen Dank«, erwiderte Jackson. »Ich will nicht weiter stören.«

»Ich bestehe darauf.« Mit einer ausladenden Geste winkte Canto eine Bühnenhelferin herbei, eine junge Frau mit Zahnlücke, einem goldenen Nasenstecker und mehreren Ohrringen in jedem Ohr. »Ich fühle mich geschmeichelt, dass Sie meine Einladung so prompt angenommen haben.«

»Ich glaube kaum, dass ein Mann wie Matt wegen der Musik hier ist«, sagte Fairweather schmunzelnd. »Ich meine das nicht negativ«, fügte er hinzu und blickte von Canto zu Jackson.

»Hab ich auch nicht so verstanden«, sagte Jackson, um die bissige Bemerkung zu überspielen. Er war erleichtert, als sein Drink gebracht wurde. »Ich unterstütze nun mal gern die hiesige Kulturszene.« Er nahm sein Glas, und als er mit den anderen anstieß, verweilten seine Augen auf Cantos wunden Händen. »Obwohl ich zugeben muss, dass Pop nicht unbedingt mein Geschmack ist.«

»Was *ist* denn Ihr Geschmack?«, fragte Naomi mit einem bezaubernden Lächeln.

Jackson trank einen kräftigen Schluck Champagner. »So genau kann ich mich da gar nicht festlegen.« Polly war die Musikliebhaberin gewesen. Er hatte keine besonderen Vorlieben. Ungebeten ertönte »The Sound of Silence« in seinem Kopf. Jackson lockerte den Hemdkragen, der sich plötzlich zu eng anfühlte.

»Kommen Sie doch mal auf einen unserer Gigs für Erwachsene«, sagte Canto. »Morgen Abend spielen wir im Jam House.«

Das Jam House lag nur einen Steinwurf von Jacksons Wohnung entfernt. War das eine Falle?

»Ist die Lichtshow da auch so beeindruckend?«, fragte Jackson.

»Die Kids sind ganz wild darauf, aber ich gebe zu, es ist ein bisschen schaurig«, antwortete Canto mit einem breiten Grinsen. »Im Jam House geht's dezenter zu.«

»Jedenfalls geschmackvoller als auf dem Weihnachtsmarkt«, sagte Fairweather, was Canto mit einem Lachen quittierte.

Jackson hatte das sichere Gefühl, dass ihm etwas entging.

Naomi beugte sich vor und berührte seinen Arm. »Fühlen Sie sich nicht gut? Sie sehen aus, als wäre Ihnen heiß.«

»Man sollte einfach keinen Champagner auf Bier trinken.«

»Warum haben Sie denn nichts gesagt?«, fragte Canto und schaute sich um. Jackson erwartete schon fast, dass er mit den Fingern schnippen würde. »Wir haben natürlich auch Bier da.«

»Nein. Alles bestens.« Das Letzte, was Jackson jetzt brauchte, war noch mehr Alkohol. Die Atmosphäre war eigenartig, und er suchte nach einer Möglichkeit, die Fragen zu stellen, die er stellen wollte, ohne allzu offensichtlich zu wirken. Vielleicht war er überhaupt nur dann gut darin, wenn er in einem Vernehmungsraum war. Zum Glück bot Naomi ihm einen Ansatzpunkt. Mit der üblichen Eröffnungsfrage für Tausende Unterhaltungen im ganzen Land erkundigte sie sich, wo er ursprünglich herkam. Er sagte es ihr.

»Naomi ist die Einzige von uns, die gebürtig aus Birmingham stammt«, sagte Fairweather. »Und Phil, tja, der ist die reinste Promenadenmischung.«

»Halb Brite, halb Amerikaner und stolz drauf.«

»Reisen Sie oft in die USA?«, fragte Jackson ihn.

»Einmal im Jahr, um meinen Pa zu besuchen.«

»Und wo lebt der?«

»Boulder City, Nevada.«

Jackson beherrschte sich nur mühsam. »Bei Las Vegas?«

»Sechsundzwanzig Meilen südöstlich davon. Waren Sie schon mal da?«

Jackson schüttelte den Kopf, in Gedanken schon dabei, es Gonzalez mitzuteilen.

»Eine wunderbare Stadt«, schwärmte Canto. »Glücksspiel, Girls und Gondeln.«

Jackson sah ihn fragend an. Fairweather erklärte hilfsbereit, dass man dort Venedig nachgebaut hatte und über einen künstlichen Canal Grande schippern konnte. »Ist eine beliebte Touristenattraktion.«

»Wie romantisch«, sagte Naomi mit einem verführerischen Seitenblick zu ihrem Mann. Der übliche jähe Klumpen Trauer setzte sich in Jacksons Hals fest, und er leerte sein Glas.

»Es wird Zeit für mich«, sagte er. »War nett, Sie kennenzulernen. Danke für den Drink, Phil.«

»Vergessen Sie nicht unseren Gig im Jam House.«

53

Und Action!

Nett, dem Detective zu begegnen, dachte Gary, *aber was für eine Enttäuschung.* Er hatte gehofft, Jackson wäre ein würdiger Gegner, und jetzt, nach nur einem Gespräch, musste er einsehen, dass dem nicht so war. Warum Polly diesen Loser geheiratet hatte, würde er nie verstehen, nicht in einer Million Lichtjahre. Sein widerliches Schwitzen, seine erbärmlich durchsichtigen, gottverdammt trivialen, rührseligen Fragen. Was dachte der Mann sich bloß? In Wahrheit dachte DCI Jackson wohl überhaupt nicht. Er war genauso jämmerlich wie blöd.

Gary gestand es sich nur ungern ein, aber der Mann tat ihm *fast* leid, was vollkommen daneben war. Wenn es jemanden gab, der kein Mitleid wollte, dann war das Matt Jackson. Das war in dem Fernsehinterview deutlich geworden, das Gary erfreulicherweise mitbekommen hatte, während er auf das dämliche Interview mit Phil wartete. Er war nicht auf Jacksons lahme Antworten hereingefallen. Hinter der beherrschten Fassade war der Mann vollkommen fertig. Gary kannte sich schließlich damit aus, ein Doppelleben zu führen. *Jacksons dunkle Seite und der Mann, der ich nach außen bin – wir haben so viel gemeinsam.* Nur dass der wahre Gary, und das war der größere Teil seiner Person, um einiges faszinierender und interessanter war als die fade Pantoffelheldversion, die er nach außen hin abgab.

Falls Jackson sich eingebildet hatte, er könne ihn aufscheuchen, indem er bei einem Teenager-Gig auftauchte, dann hatte er sich gewaltig verrechnet. Und eine solche Fehleinschätzung musste bestraft werden. Ein Jammer, dass die süße Polly schon tot war, er hätte große Lust, sie noch einmal umzubringen.

Gary seufzte zufrieden. Wenn Jackson wüsste, wie leicht er in Pollys Leben getreten war. Egal, in nicht allzu ferner Zukunft würde er ein weiteres Puzzleteilchen finden. Die Arbeit daran lief bereits. Diesmal war der Entwurf für seine Lichtinstallation ein echter Knaller. Es juckte ihm in den Fingern, die Gasbrenner anzuwerfen. Er brauchte nur noch ein Opfer, und der gute Detective Jackson hatte ihm eine grandiose Idee für die perfekte Frau geliefert.

54

Iris hatte ihre Runde gemacht. Von den Jungs in der Waschanlage hatte sie erfahren, dass Jakub nach Polen zurückgekehrt war. Von ihm war also nichts mehr zu erwarten. Sie hatte jeden Lagerraum und jedes potenzielle »Atelier« für Neons Lichtkunst gecheckt. Sie hatte mit Dougie dem Penner und mit Caleb dem Lüstling und mit Linda der Ahnungslosen gesprochen. Die hatten nichts. Sie hatte nichts.

Es war alles Mist. Sie dramatisierte nicht. Sie sah bloß den Tatsachen ins Auge. Und dieser beschissene Anruf bei Jackson machte die Sache nur noch schlimmer. Im Grunde hatte sie ihm nichts zu sagen, und daran hatte sich nichts geändert. Folglich bestand für Jackson kein Grund mehr, weiter mit ihr zusammenzuarbeiten. Sie war überflüssig. *Basta.*

Sie starrte ihr Arbeitshandy an und wollte das verdammte Ding mit reiner Willenskraft zwingen, endlich zu klingeln. Es starrte zurück, kantig und vorwurfsvoll. Genervt beschloss sie, zum »Alten Klepper« zu fahren und mit Orchid einen Spaziergang zu machen. Danach würde sie sich auf den Weg zu Matt machen und …

Plötzlich erwachte ihr »Bei Anruf Tod«-Telefon zum Leben. Erstaunt nahm sie es, vergewisserte sich, dass die App für die Stimmenverzerrung aktiv war, und meldete sich wie üblich. Ja, dachte sie nach einem Moment, das klang ziemlich übersichtlich. Dann: *Ach du Scheiße.* Der Kunde bestellte *à la carte*. Sie konnte den französischen Ausdruck nicht übersetzen, wusste aber, was er bedeutete. Teuer, was gut war. Außerhalb der Norm, was nicht gut war. Im Klartext: Das

Timing war absurd, der Schauplatz gefährlich und das Opfer weiblich.

»Gibt es irgendwas, das ich wissen sollte, um eine problemlose Lieferung zu gewährleisten?«

Nach Auskunft des Kunden, ja. Iris hörte wieder aufmerksam zu.

»Wie groß ist die Zielperson?«

Eine Frage, die sie sonst nie stellte, aber für diesen Auftrag war sie entscheidend.

Beruhigt sagte sie: »Überweisen Sie das Geld. Die Sache wird heute Nacht erledigt.«

Sie beendete das Gespräch, stand auf und schaute aus dem Fenster, durch das sie so eben den Kanal sehen konnte. Sie schätzte die Wassertemperatur auf etwa zehn Grad, vielleicht auch kälter, und stellte eine kurze Berechnung an. Dass der Schauplatz öffentlich zugänglich war, stellte das größte Risiko dar. Mögliche Geräusche könnten gleichfalls ein Problem sein. Immerhin kam ihr das Wetter entgegen; es war unfreundlich und nass, was die Leute nicht unbedingt vor die Tür lockte. Sie sparten ihr Geld für die Weihnachtseinkäufe im nächsten Monat, was die Gefahr minimierte, gesehen zu werden.

Sie griff nach ihrem Helm. Wenigstens brauchte sie für diesen Job keine Pistole. Das Wasser würde ihr die Arbeit abnehmen.

Iris ging nach draußen, stieg auf ihr Motorrad und steuerte auf die Hauptstraße. Vor ihr Bürohochhäuser und Billigläden, die mal schöne Geschäfte gewesen waren, und umgekehrt. An einem großen Kreisverkehr bog sie ab und fuhr durch eine Unterführung auf die Broad Street.

Sobald sie vom Parkplatz auf die Straße trat, achtete sie besonders auf Überwachungskameras. Es gab reichlich davon.

Eine Treppe führte zu dem Fußweg am Kanal hinunter, und direkt gegenüber lag ein zum Café umfunktioniertes Kanalboot, in dem Frühstück serviert wurde. Eine Frage ließ Iris keine Ruhe: War eine Wassertiefe von einem Meter achtzig ausreichend? Solange es Nase und Mund der Zielperson dauerhaft bedeckte, müsste die Sache klappen, sagte sie sich.

Sie ging nach rechts, passierte eine Reihe Olivenbäume mit Lichterschmuck und näherte sich dem mit Graffiti besprühten Tunnel unter der Broad Street Bridge. Sie war so niedrig, dass sie den Kopf einziehen musste. Das offene Geländer zum Kanal hin schien wenig Sicherheit vor der schmutzigen Tiefe auf der anderen Seite zu bieten.

Der Fußweg weitete sich zum Gas Street Basin mit dem beliebten Pub *Canal House*. Iris spazierte an einer auf Gin spezialisierten Bar vorbei. Die Hälfte der Läden war geschlossen. Ein Stück weiter vorne sah sie den berühmten Pub *Tap & Spile*.

Iris drehte sich um und ging zurück. Sie hielt nichts von lässig oder spontan, aber viel von gründlicher Vorbereitung. Die Gegend schien kein schlechter Ort für den Auftrag zu sein. Als sie wieder durch den Tunnel ging, sah sie sich die Scheinwerfer an der Decke genauer an. Sie waren jetzt ausgeschaltet, würden aber später mit Sicherheit angehen. Eines fand sie besonders interessant: Ihr Kunde hatte bereits die Hausaufgaben für sie gemacht. Er hatte sie gewarnt, dass der Tunnel nicht infrage käme. Normalerweise waren Auftraggeber nicht so zuvorkommend.

Iris kehrte zum Fuß der Treppe zurück und ging weiter in die entgegengesetzte Richtung. Sie kam an einem Rundfahrtenschiff vorbei und registrierte die leer stehenden Bürogebäude an diesem Abschnitt des Kanals.

Zu ihrer Linken war ein Lift für den barrierefreien Zugang in eine große Nische eingebaut. Weiter vorne war die Brewmasters Bridge, und eine in die Mauer eingelassene Tür war mit »Security Control« und einer Telefonnummer für Notfälle beschriftet. Bei dem Gedanken musste sie fast lachen.

Sie lehnte sich an die Tür und suchte die gegenüberliegende Seite nach Kameras ab. Es gab nur eine, und die zeigte in die andere Richtung. Das Wasser lag nur wenige Schritte vor ihr, es glänzte im kalten Sonnenlicht wie nasse Kohle. Und es gab kein schützendes Geländer.

»Phil Canto, ja, neununddreißig … Vater lebt in Boulder City, Nevada … Natürlich, ich weiß das zu schätzen … Und noch mal Entschuldigung für meinen frühen Anruf.«

Jackson verabschiedete sich gerade von Gonzalez, als seine Sprechanlage summte.

»Iris«, sagte er betont freundlich, »kommen Sie rauf.«

Die Hände tief in den Taschen, setzte sie sich mit hochgezogenen Schultern hin. Zugänglich sieht anders aus, dachte er. Er bot ihr nichts zu trinken an und entschuldigte sich auch nicht dafür, dass er einen GPS-Tracker in ihr Motorrad eingebaut hatte. Wie hätte er sie sonst erreichen sollen, wenn sie sich weigerte, ihm ihre Nummer zu geben? Seiner Meinung nach waren sie quitt. Die Erleichterung darüber, dass ihr nichts passiert war, verschwieg er ebenfalls. Was er ihr jedoch erzählte, war, dass Pardoe festgenommen worden war und die National Crime Agency jetzt Malaj und seine Leute im Visier hatte.

»Als ob das was bringen würde«, sagte sie tonlos.

»Sie sollten sich freuen. Das verringert das Risiko von Vergeltungsaktionen.«

»Sagt wer? Falls die rauskriegen, wer Prifti erledigt hat, könnt ihr überhaupt nichts machen. Und die hören nicht auf, bis sie's rausgefunden haben. Blutfehden dauern über Generationen.«

»Dann ist ja gut, dass Sie keine Familie haben«, sagte er, um die Situation etwas aufzulockern. Statt einer Antwort warf Iris ihm einen vernichtenden Blick zu.

Er kam direkt auf Phil Canto und dessen Besuch bei Boswell zu sprechen. Er erzählte auch von dem fürchterlichen Gig am Vorabend, wie er Canto hinter der Bühne begegnet war und wie eigenartig sich das angefühlt hatte, von seinem Gefühl, dass man ihm was vormachte. Iris hätte nicht gelangweilter wirken können, wenn er ihr eine Passage aus der Strafprozessordnung vorgetragen hätte.

»Irgendeine Meinung dazu?«, fragte er gereizt.

Sie gähnte. »Cairns hat Canto laufen lassen, obwohl er das Gefühl hatte, dass er irgendwas verbirgt, und Sie verdächtigen ihn, weil sein Dad in den Staaten lebt.«

»Bei Las Vegas.«

»Zufall.«

»Ich glaube nicht an Zufälle.«

»Sollten Sie aber. Das Leben ist bloß eine Aneinanderreihung von Zufällen.«

Das überraschte ihn. Er hatte nicht gedacht, dass sie solch große Worte in petto hatte.

»Drüben haben Sie Ihren handzahmen Yankee-Cop auf Cantos Spur angesetzt«, redete Iris weiter. »Aber hier, im guten alten Birmingham, haben wir einen Scheißdreck.« Sie sah ihm in die Augen, forderte ihn heraus, etwas anderes zu behaupten.

»Sie haben nichts gehört?«, fragte er.

»Hab ich auch nicht erwartet. Wie schon gesagt, Neon ist Alleinunterhalter.«

Wenn es nicht so todernst wäre, hätte man ihr fast zu ihrem Humor gratulieren können. Jackson schwieg einen Moment. »Wenn wir herausfinden könnten, wo Neon seine Leuchtschilder macht, hätten wir ihn.«

»Ich hab getan, was Sie wollten, und mir so viele Lagerräume und Ateliers angesehen, wie ich konnte.«

»Davon gibt's natürlich Unmengen.«

»Vielleicht bastelt er sein Zeug ja auch im eigenen Keller zusammen.«

»Könnte ein bisschen gefährlich sein.«

»Gefährlich?«

»Strom, Gas, leicht entzündliche Stoffe, geschlossener Raum.« Jackson zählte die Liste an den Fingern ab.

»Ach so, klar«, sagte Iris trocken. »Gesundheit und Sicherheit haben bei dem Kerl natürlich absolute Priorität.«

»Sie sind heute ausgesprochen zynisch.«

»Ich dreh mich nun mal nicht gern im Kreis. Davon wird mir schwindelig.«

Frustriertes Schweigen machte sich breit. Ein Anruf auf Iris' Handy durchbrach die angespannte Stille. Sie zog es aus der Tasche, sah die Nummer, blickte zu Jackson hinüber.

»Da muss ich rangehen«, sagte sie.

Jackson zuckte leicht die Achseln und ging in den Küchenbereich. Sie meldete sich mit einem knappen »Ja?«. Er konnte die Stimme am anderen Ende nicht hören, aber sie schien lange zu reden.

»Okay«, sagte Iris, »im Moment hab ich keine Zeit. Ich ruf dich später an. Keine Sorge«, sagte sie in einem Ton, den er bei ihr noch nie gehört hatte. »Ich werde das regeln.« Bei Iris konnte »regeln« vielerlei heißen, und keine der Alternativen war gut. Plötzlich unsicher, fragte er sich, ob sie ihn reinlegen wollte. Iris war verdammt durchtrieben, und vielleicht glaubte sie ja, sie könnte ihn ausnutzen. Es war ein beunruhigender Gedanke.

Sie beendete den Anruf, steckte das Handy weg, sah auf und durch ihn hindurch. Sie schien förmlich darauf zu warten, dass er sie nach dem Anrufer fragte.

»Was machen Sie heute Abend?«, fragte er.

»Mir die Haare waschen.«

»Iris, es reicht!«

Sie stieß einen gedehnten Seufzer aus. »Was hatten sie denn vor?«

»Zu einem Gig gehen.«

»Schon wieder? Sie haben doch gesagt, dass Ihnen fast die Ohren abgefallen sind.«

»Ich geh ja auch nicht wegen der Musik hin. Wie wär's?«

»Ich kann nicht.«

Das Gefühl, dass sie definitiv irgendetwas plante, legte sich wie eine giftige Wolke über ihn. »Warum nicht?«

»Weil ich nicht kann«, sagte sie mit einem warnenden Unterton in der Stimme.

»Iris, falls Sie …«

»Es geht wirklich nicht«, sagte sie beschwichtigend. »Heute Abend geht's einfach nicht.« Sie beugte sich vor, trommelte mit den Fingern auf dem Couchtisch. »Noch mal zurück zu Canto.«

»Ich höre.« Es brachte absolut nichts, sie unter Druck zu setzen. Iris hatte ihren Entschluss gefasst, und nichts, was er hätte sagen können, würde sie davon abbringen.

»Er hat Ihrem Kumpel erzählt, dass er Boswell durch die Musik kannte. Aber das war bestimmt nicht der Grund für seinen Besuch.«

»Drogen?«

»Garantiert.«

»Schön, dass wir wenigstens in einem Punkt einer Meinung sind.« Der Gedanke war ihm bereits gekommen, als er den Skunk-Geruch an Cantos Kleidung bemerkt hatte. Warum sonst sollte ein viel beschäftigter Mann wie er sich die Zeit nehmen, einen Typen zu besuchen, der so schlecht spielte?

»Und das heißt, er hat ihn nicht umgebracht.«

»Weil er ihn brauchte«, pflichtete Jackson bei. »Er würde sich ins eigene Fleisch schneiden.«

»Wenn ich Boswells Mörder wäre«, sagte Iris mit einer erschreckenden Autorität in der Stimme, »würde ich mich schlapplachen.«

»Sie sind nicht die Erste, die das sagt«, räumte Jackson ein.

»Während die Cops Räuber und Gendarm spielen, plant Neon seinen nächsten Mord.«

»Glauben Sie, Boswells Tod war ein Ablenkungsmanöver?«

Sie zog eine Schulter hoch. »Da wurde wohl eher ein Mitwisser beseitigt. Vielleicht hat Boswell sich Canto anvertraut.«

»Und ihm von Neon erzählt?« Jackson schüttelte den Kopf. »Wenn Boswell geredet hätte, wäre Canto jetzt tot.« Er wandte nachdenklich den Blick ab, und eine abstruse Idee nahm in seinem Kopf Gestalt an. »Das ist es. Canto ist ein Bauernopfer.«

Iris runzelte verwirrt die Stirn.

»Überlegen Sie doch mal. Canto hat alle richtigen Attribute. Die sind schon fast zu perfekt. Die Verbindung in die USA, das protzige Auto, die Tatsache, dass er Musiker ist. Er gibt den perfekten Sündenbock ab. Sogar der Van.«

»Welcher Van?«

»Er hat einen Transit, vermutlich, um sein Musik-Equipment zu transportieren.«

»Oder eine Leiche. Habt ihr das Kennzeichen überprüft und mit den Aufnahmen der Überwachungskameras abgeglichen?«

Jackson hatte Cairns darum gebeten. Jetzt fiel ihm ein, dass er noch keine Rückmeldung erhalten hatte, vielleicht, weil ein Killer von Neons Kaliber mit Sicherheit die Nummernschilder austauschen würde. »Das läuft«, sagte er zu Iris, »aber große Hoffnungen mache ich mir nicht. Ich denke eher, dass wir auf eine falsche Spur gelenkt werden sollen. Diese ganze Musik-Chose ist ein einziges großes Täuschungsmanöver.«

In Iris' Augen glänzte stillschweigende Zustimmung. Jackson musste daran denken, wie sie Davey Jelf den Wölfen zum Fraß vorwerfen wollte, um ihre eigene Spur zu verwischen. Verdammt, er hoffte, dass er bei Neon richtiglag. Er unterdrückte ein Stöhnen bei der Vorstellung, dass er irgendwo eine Abfahrt auf seinem Weg verpasst hatte. Und falls dem so war, was dann? Plötzlich begann sein Herzschlag zu stottern, seine Atmung wurde flach und dünn. Als er die Fäuste ballte, um sich wieder in den Griff zu bekommen, spürte er ihr Zittern.

»Wie lange liegt der letzte Mord zurück?«, fragte Iris, blind für Jacksons Panik. *Er durfte nicht scheitern. Er durfte nicht scheitern.*

»Zu lang.«

»Nachdem Sie ihn im Fernsehen wütend gemacht haben, wird er sich selbst überbieten. Das nächste Opfer lässt nicht mehr lange auf sich warten.«

55

Von Bäumen abgeschirmt und mit Jalousien vor den Fenstern konnte er nicht nach draußen sehen, und niemand konnte hereinschauen, auch nicht Naomi. Es war der einzige Ort in ihrem gemeinsamen Leben, wo ihr der Zutritt verboten war, ein fairer Ausgleich dafür, dass sie andauernd auf seiner Männlichkeit herumtrampelte.

Gary streckte die Arme vor dem Körper aus, spreizte die Hände, öffnete und schloss die Finger. Wärme wanderte von den Fingerspitzen durch die Muskeln seiner Unterarme, lockerte sie. Als Nächstes nahm er sein Saxofon, griff ein tiefes Ais, öffnete die Kehle und spannte das Zwerchfell an für einen langen tiefen Atemzug. Er entließ die Luft in das Instrument und hielt den Ton, zählte im Geist bis fünf. Das wiederholte er mehrfach, ließ sich in den Klang hineinsinken. Als er fertig war, spielt er das Solo aus George Michaels »Careless Whisper«.

Einige Musikstücke später packte er sein Saxofon ein, vergewisserte sich, dass er genug Ersatzblätter hatte, und schloss den »Schuppen«, wie Naomi ihn nannte, ab.

»Hey, Babe«, sagte er, als er durch die Hintertür in die Küche trat. Sie hatten vorher gegessen, und Naomi machte den Abwasch.

»Hey«, sagte sie.

»Warum steckst du nicht alles in die Spülmaschine?«

»Verbraucht zu viel Wasser und Geld.«

»Das hat dich doch noch nie gestört.«

»Ich spüle gern. Ist mal was Neues.«

Diese Häuslichkeit passte nicht zu Naomi. »Wenn du mal was *Neues* willst, hätte ich eine bessere Idee.«

Naomi sah ihn über die Schulter an. Sein tiefer Tonfall hatte sie offensichtlich neugierig gemacht. »Ach ja?«

Er legte den Saxofonkoffer beiseite, schlang die Arme um sie und flüsterte ihr ins Ohr. Er beschrieb, was sie anziehen sollte.

»Gary!« Sie lachte. »Ernsthaft?«

Als Nächstes erklärte er, wann und wo sie es tragen sollte. Ihr Körper verkrampfte sich.

»Aber …«

»Kein Aber. Ich werde da sein und auf dich warten, Babe. Du vertraust mir doch, oder?«

Sie schmiegte sich an ihn. Ihr Haar roch nach Sandelholz. Ihr Körper verströmte Sicherheit. Er drückte sich an ihren Hintern, ein Vorgeschmack auf später. »Aber ja, das weißt du doch.«

»Also hast du Lust?«

»Immer«, sagte sie.

56

Canto hatte recht gehabt. Andere Musiker, andere Atmosphäre. Ein Medley aus Coverversionen und eigenen Songs verschmolz große Bluesnummern mit traditionellem Rock. Diese Jungs – und eine Frau – waren laut, manchmal auch lärmend, aber immer virtuos und routiniert. Und es war nicht leicht, Canto zu widerstehen, einem geborenen Entertainer mit einer mächtigen Stimme, der einen Aerosmith-Song über einen zu Unrecht des Mordes Beschuldigten ins Mikro schrie. War das Absicht? fragte sich Jackson.

Die große Überraschung war Gary Fairweather. Bei ihrer ersten Begegnung hatte Jackson ihn bloß für einen guten Freund gehalten. Jetzt spielte er cool und brillant, und er war großzügig: Obwohl klar war, dass die Hälfte des Publikums kaum die Augen von ihm lassen konnte, stahl er Canto nicht die Schau. Auch Jackson war in seinem Bann, fasziniert von der Beweglichkeit seiner Finger, den sehnigen Muskeln in seinen Armen und von dem samtigen Klang, den er dem Instrument entlockte. Jackson musste sich in Erinnerung rufen, dass er nicht wegen der Musik hier war; er war gekommen, um zu beobachten.

Er reckte den Hals. Es war schwierig, Details auszumachen, weil der Mann sich bewegte und seine Hände ein Spiel von Licht und Schatten waren. Vor einigen Stunden hatte er zu Iris gesagt, dass die Verbindung zur Musikbranche wahrscheinlich eine Sackgasse war, doch je länger er dastand und zuschaute, desto mehr beschlichen ihn Zweifel.

Als das Stück endete und mit Applaus quittiert wurde, bemerkte Jackson einen Mann, der sich einen Kontrabass auf die

Hüfte hievte und die Bühne betrat. Canto stellte den Musiker als Tony Felix vor, und er wurde mit erneutem Applaus begrüßt.

»Okay, Leute«, sagte Canto und tätschelte mit den Händen die Luft, damit es ruhig wurde.

Ein Teil von Jacksons Gehirn nahm die Bassline wahr, eine der bekanntesten der Rockgeschichte, der andere den mindestens einen Meter achtzig großen Kontrabass. Man musste beim Transport des Instruments verdammt vorsichtig sein, damit der Korpus nicht beschädigt wurde.

Und dann setzte ein verrückter Gedanke etwas in Gang.

Jackson suchte die Gesichter im Publikum ab. Naomi Fairweather war nicht da. Vielleicht war sie zu Hause und hütete eine Schar Kinder. Wieder ließ er den Blick durch den Raum wandern. Bei ihrem Aussehen wäre sie schwer zu übersehen. Nein, sie war eindeutig nicht da. Hatte das etwas zu bedeuten, oder war es belanglos?

Iris blieb hinter ihrer Beute auf Abstand. Sie versuchte gar nicht erst, unsichtbar zu bleiben, schlich nicht leise dahin. Einige junge Leute überholten sie, eine Gruppe Studenten, der Kleidung nach zu schließen. Für Außenstehende war sie bloß irgendeine Frau, die allein und ein wenig betrunken hier entlanglief, ihr Handy an die Brust gedrückt und eine Fellmütze auf dem Kopf. Welche Gefahr konnte schon von ihr ausgehen?

Bei ihren Opfern hoffte Iris immer auf einen Code Weiß, nicht Code Rot. »Weiß« bedeutete, dass die Zielperson völlig entspannt und schutzlos war, »Rot« das Gegenteil. Nach allem, was sie bislang beobachtet hatte, war das hier ein »Weiß« wie aus dem Bilderbuch.

Die Frau stöckelte ein Stück vor ihr auf hohen Absätzen – schon fast Stilettos – die Treppe zu dem Fußweg am Kanal hinunter. Ihr langes dunkles Haar fiel über die Schultern eines dicken Pelzmantels, der ihr bis zu den Knien reichte. Iris konnte nicht sagen, ob er echt war oder nicht. Die Beine darunter waren schlank, die Wadenmuskeln angespannt. Um die Vorwärtsneigung ihres Körpers auszugleichen, lehnte sie sich leicht zurück, was ihren Gang eckig und schwankend machte. Wenn sie so weitermachte, würde sie ins Wasser stolpern und ertrinken oder sich den Hals brechen, dachte Iris, womit ihre Anwesenheit hier überflüssig geworden wäre.

Am Fuß der Treppe geriet die Frau ins Taumeln und streckte einen Arm aus, um auf dem unebenen Fußweg die Balance zu halten, während sie Richtung Brewmasters Bridge stakste. Iris wusste, dass sie nicht schwimmen konnte, und ganz offensichtlich hatte sie Angst. Wie der Kunde sie dazu überredet hatte, so spät abends ein solches Risiko einzugehen, war ihr schleierhaft. Iris konnte schwimmen, wusste aber nicht, wie lange jemand bei dieser Kälte im dunklen Kanalwasser überleben würde.

Ein leichter, aber eisiger Wind kam auf und ließ die ohnehin schon frostigen Temperaturen ein paar Grad tiefer sinken. Iris torkelte weiter, summte eine betrunkene Melodie. Die Frau verharrte und drückte sich in die Nische der Sicherheitstür, die Iris bei ihrem Erkundungsgang bemerkt hatte. Sie fröstelte unter ihrem Pelzmantel und zog ein Handy aus der Tasche. Iris holte sie ein, griff in ihre Jacke, als wollte sie Zigaretten herausholen, und fragte nach Feuer.

»Sorry, nein.« Die Frau war kurz angebunden und unfreundlich und blickte nicht auf.

Iris dankte ihr, und während das Opfer eine Nummer in ihr Telefon tippte, griff Iris an. Mit einer Hand packte sie ein Büschel Haare, die andere grub sie tief in einen Ärmel des Pelzmantels. Die Frau stieß einen Entsetzensschrei aus, den Iris ignorierte. Sie wirbelte herum und riss die Zielperson mit, sodass sie dem Wasser gefährlich nah kam. Absurderweise hielt die Frau das Handy fest, obwohl ihre Fußknöchel hörbar knackten. Sie blickte wild nach rechts und links, strauchelte, und Iris setzte nach, schwang ein Bein herum und warf die Frau flach auf den Rücken. Das Opfer schrie vor Schmerz auf und rappelte sich wieder hoch, schwankte und torkelte wie ein Kegel in einer Bowlingbahn. Iris setzte nach.

Wie zwei schlechte Tänzer wankten sie dicht an den Rand, wo der Kanal in geduldiger Vorfreude schimmerte und seinen Rachen öffnete, ein Krokodil, das jeden verschlingen würde, der so dumm war, hineinzufallen.

Iris spürte, wie ein verirrter Fingernagel ihr die Wange zerkratzte. Wütend verschloss sie Augen und Ohren vor der Gefahr, ignorierte das Risiko der Entdeckung. Die Frau vor ihr öffnete den Mund, um zu schreien, doch damit hatte Iris gerechnet. Sie wollte sie gerade zum Schweigen bringen, als Polizeisirenen losjaulten und sämtliche Geräusche im Umkreis übertönten. Iris wartete nicht ab, bis sie wieder verklangen. Sie versetzte der Frau mit dem Oberkörper einen letzten Stoß.

Das Handy fiel mit einem Platsch ins Wasser, und die Frau folgte ihm rücklings, mit rudernden Armen. Ihr Schrei wurde von erneutem Sirenenlärm erstickt, diesmal von mehreren Rettungswagen.

Teilnahmslos und distanziert sah Iris zu, wie der Kopf des Opfers im Wasser verschwand, wie die Frau kurz hochkam, spuckte und würgte. Erneut ging sie unter, tauchte noch einmal auf, unendlich verzweifelt. Als die strampelnde Gestalt vergeblich nach der Kanalmauer griff, trat Iris näher, um notfalls dafür zu sorgen, dass die Frau unten blieb.

Noch immer gellten Sirenen durch die Stadt, und Iris hob den Kopf, lauschte, fragte sich, ob das ein Terrorangriff war und, wenn ja, wo er stattgefunden hatte. Oder vielleicht hatte ja Neon wieder in seine Trickkiste gegriffen.

Als sie wieder aufs Wasser schaute, war die Gestalt verschwunden. Vermutlich hatte das Gewicht des nassen Mantels sein Übriges getan. Iris hatte Pelzmäntel noch nie gemocht, echt oder unecht, und auch nicht die Leute, die sie trugen.

Die Band hatte gerade die knallige Version eines alten Songs von Roxy Music beendet, als das Chaos ausbrach.

Über den lauten Applaus und den Lärm der Leute, die zur Bar drängten, hatte Jackson schon das Heulen von Polizeisirenen gehört, zuerst in der Ferne, dann immer näher und näher. Als Nächstes entstand Unruhe bei den Ausgängen, und uniformierte Polizisten drängten herein. Köpfe drehten sich. Münder klappten auf. Manche Musikliebhaber machten, dass sie wegkamen. Inmitten der Uniformierten tauchte eine Gestalt auf: Marcus Browne. Er marschierte schnurstracks zur Bühne, wo die Band gerade ihre Instrumente einpackte. Alle außer dem Drummer erstarrten und blickten verwundert auf das Geschehen.

Jackson hielt sich im Hintergrund, und als er über die Schulter spähte, sah er Cairns gefolgt von Shah als Letzte hereinkommen. Er versuchte erfolglos, Blickkontakt zu seinem Freund herzustellen. Shah war im Polizeimodus und ignorierte ihn ebenfalls.

Jackson beobachtete, wie Browne, flankiert von zwei Officern, geradewegs auf Canto zustrebte. Das Ganze war wuchtig, brutal und sehr, sehr öffentlich. Kein gemütliches Schwätzchen auf dem Präsidium mehr; das hier war eine Festnahme mit dem ganz großen Besteck. Schätzte Browne Cantos Bekanntschaft mit Jordan Boswell auf einmal anders ein?

Jetzt war ihm auch klar, warum Cairns am Telefon so ausweichend und zögerlich gewesen war. Sie mussten irgendwas gegen Canto in der Hand haben.

Alle, die sich noch im Raum befanden, verstummten. Einige lauschten angestrengt, einschließlich Jackson. Klugerweise ging Canto widerstandslos mit. Bei den Handschellen, die ihm postwendend angelegt wurden, blieb ihm auch nichts anderes übrig. Auf Jackson machte er den Eindruck eines völlig überrumpelten Mannes. Als die Officer den finster dreinblickenden Canto abführten, bildete die Menschenmenge eine Gasse, als würde sich das Rote Meer teilen.

»Was läuft hier?«, raunte Jackson, als Cairns an ihm vorbeikam, und begleitete ihn Richtung Ausgang.

»Canto steht unter Mordverdacht«, sagte Cairns halblaut aus dem Mundwinkel.

»Boswell?«

Cairns schüttelte den Kopf, sah weiter geradeaus.

»Gott, ist es etwa das, was ich glaube?« *Canto war Neon?* »Warum bin ich nicht informiert worden, verdammt noch mal? Ich habe ein Recht, das zu erfahren, genau wie die anderen Angehörigen.«

Cairns blickte verlegen und beschleunigte seine Schritte. »Das ist nur eine Festnahme, Matt. Canto ist nicht angeklagt. Noch nicht.«

Jackson hielt Cairns am Arm fest. »Was für Beweise habt ihr?«

»Er hatte Kontakt zu Vicky Wainwright.«

»Was? Das kann nicht sein. Das wäre bei unseren Ermittlungen ans Licht gekommen.«

Cairns musste nicht erst sagen: *Tja, da hast du wohl was übersehen.* Sein mitleidiger Gesichtsausdruck genügte.

Bei dem Gedanken wurde Jackson blass. War er so überlastet gewesen, dass er seine Arbeit nicht richtig gemacht hatte? Wie oft hatte er mit Polly über die sinnlosen Stunden gestritten, die er in die Ermittlungen gesteckt hatte, über seinen Schlafmangel und seine sture Entschlossenheit, immer weiterzumachen, ganz gleich, was es kostete.

»Sag mir, was ich falsch gemacht habe.«

Cairns sah durch ihn hindurch. »Matt, tut mir leid, aber ich muss los.«

»Warum zum Teufel hast du am Telefon nichts gesagt?«

»Weil ich nicht konnte.«

»Mick, ich bin's. Ich muss es wissen.«

Cairns tätschelte ihm betreten den Arm. »Ich ruf dich morgen an.«

»Aber, Mick …«

»Wir stehen mächtig unter Druck, Matt. Dein Interview hat jede Menge Staub aufgewirbelt. Wir mussten alle noch mal hinter die Bücher.«

Jackson presste die Lippen zusammen. Das stammte direkt aus Brownes Sprachschatz. Er ließ Cairns los und sah zu, wie der Mann, der sein bester Freund war, davonging.

Was immer sie auch glaubten oder sich im Präsidium ausgedacht hatten, sie lagen falsch.

57

Gary schloss in aller Herrgottsfrühe die Haustür auf. Die Nacht hätte besser nicht laufen können. Beseitigt war die drohende Gefahr ländlicher Langeweile. Schluss mit der häuslichen Fronarbeit. Die Cops waren mit einer Ermittlung befasst, die auf der Stelle trat. *Ha, das hast du jetzt davon, dass du mich zur besten Sendezeit provoziert hast, Mr. Detective. Die Fehler gehen auf dein Konto.*

Er war noch lange mit den anderen aus der Band zusammengeblieben, hatte mit ihnen über die Festnahme geredet, betroffen und verwirrt getan. Der verdutzte Ausdruck in seinem Gesicht, als die Cops Phil Handschellen anlegten, war jedoch absolut echt gewesen. Ihre Blödheit hatte ihn fassungslos gemacht. Das verhieß Gutes für die Zukunft.

Zu aufgekratzt, um zu schlafen, goss er sich einen ordentlichen Brandy ein – so was trank man doch in Krisensituationen. Dann schlenderte er durch sämtliche Zimmer des Hauses mit seinen insgesamt 280 Quadratmetern. Jetzt konnte er damit machen, was ihm beliebte. Wenn sich in allen Ecken Staub ansammelte oder er beschloss, die Rosen verwelken zu lassen – Naomi wäre nicht mehr da, um ihm Vorhaltungen zu machen.

Er legte sich lang ausgestreckt aufs Bett. Ertrinken war die am wenigsten schmerzhafte Todesart, hatte er gehört, und bei der Kälte war es bestimmt schnell mit ihr zu Ende gewesen. Herzlosigkeit konnte ihm nun weiß Gott niemand nachsagen.

Nach einer angemessenen Trauerphase und nach Abschluss seines Lebenswerkes würde er diskret alles verkaufen, weiterziehen und eine andere Möglichkeit finden, um die dunklen

Triebe zu befriedigen, die ihn eigentlich schon immer geplagt hatten.

Er trank noch einen Schluck Brandy, genoss das Feuer und die Wärme, die tiefe Befriedigung nach der guten Arbeit einer Nacht. Genau das habe ich verdient, dachte er. Das war der Hauptunterschied zwischen ihm und Phil Canto. Während Phil sich von den Ereignissen bestimmen ließ, sorgte Gary dafür, dass er die Dinge nach seinen eigenen Maßgaben gestaltete. Er wollte weiß Gott nicht eingebildet sein, aber entscheidend waren genaue Planung und Vorbereitung. Man wachte nicht eines Morgens auf und beschloss, Leute umzubringen. Man musste schwer dafür arbeiten. Wie die meisten wirklich großartigen Dinge im Leben war es ein Entwicklungsprozess. Und um jemandem eine Falle zu stellen, nutzte man am besten das, was einem bereits zur Verfügung stand. Eine Tracking-App auf dem Handy seines Freundes war schon mal ein guter Anfang gewesen. Man konnte auch nicht an einem Tag einen Van klauen und ihn am nächsten für einen Job benutzen, selbst wenn man die Nummernschilder austauschte. Außerdem kam es auf den Ort an. Nach der optimalen Stelle musste man manchmal wochenlang suchen, und dann war minutiöse Planung gefragt, um das Unmögliche in die Tat umzusetzen. In dieser Hinsicht war Mord durchaus vergleichbar mit der Erschaffung einer Fick-dich-ins-Auge-Neonskulptur. Er lächelte. Vielleicht sollte er diese Formulierung in seine nächste Installation einbauen.

Bei dem Gedanken trank er wieder einen Schluck Brandy und überlegte dann, wie er weiter vorgehen sollte. Naomis Leiche würde sobald nicht aus dem Kanal gefischt werden, womit ihm ein gewisser zeitlicher Spielraum blieb. Unterdessen würden sie Canto wieder auf freien Fuß setzen.

Noch ein paar Stunden abwarten, dachte er mit einem kurzen Blick auf seine Uhr, dann würde er die Polizei anrufen und seine geliebte Gattin als vermisst melden. *Ruhe sanft, Naomi.*

58

Zu Jacksons großem Erstaunen tauchte Iris um zehn Uhr am nächsten Morgen bei ihm auf. Noch verblüffender war, dass sie etwas zum Frühstücken dabeihatte.

Er musterte sie argwöhnisch. »Was für eine Überraschung«, sagte er, während sie zwei Becher Tee und ein paar eingepackte Schinkensandwiches auf den Tisch knallte. Er war um sechs Uhr aufgestanden und hatte seitdem Fallakten durchforstet, auf der verzweifelten Suche nach dem Fehler, den er gemacht hatte. Bislang vergeblich. »Was ist denn mit Ihrer Wange passiert?«, fragte er, als er sich hinsetzte.

»Eine Katze.«

»Muss aber groß gewesen sein.«

Sie überging die Bemerkung. »Wie ist es gestern Abend gelaufen?«

»Canto wurde festgenommen.«

»Ist nicht wahr.« Das sagte sie nicht überrascht, sondern mit der hörbaren Überzeugung, dass die Polizei falschlag.

»Ich habe Mist gebaut, bei meinen Ermittlungen etwas übersehen.«

»Was denn?«

»Canto hatte Kontakt zu Vicky Wainwright, dem ersten Opfer.«

»Ich hab von Anfang an gesagt, dass die Frauen vielleicht nicht beliebig waren«, warf sie ein.

»Danke, dass Sie mich daran erinnern.«

Sie zuckte die Achseln. »Wieso ist Ihnen das nicht aufgefallen?«

»Keine Ahnung. Ich hoffe, Cairns ruft mich an und erklärt es mir.«

»Sie verlassen sich zu sehr auf ihn.«

Iris schien sich dagegen auf niemanden zu verlassen, ihn eingeschlossen.

Jackson schilderte Cantos Festnahme. Iris trank ihren Tee und schwieg, während er ihr von den Narben auf den Händen des Musikers erzählte.

»Die könnten von allem Möglichen sein. Sehen Sie mal.« Sie spreizte die Finger der linken Hand, um ihm die veränderte Pigmentierung dort zu zeigen. Sie erklärte nicht, woher die rührte, und er fragte nicht.

Als er mit seiner verrückten Idee kam, dass eine Leiche in einem Kontrabasskoffer transportiert werden könnte, rechnete er mit einer heftigeren Reaktion von ihr. Andererseits war sie nun mal, wie sie war. Emotionslosigkeit kam häufig bei Psychopathen vor, erinnerte er sich, verdrängte den Gedanken aber gleich wieder.

»Was haben die gegen Canto in der Hand?« Sie biss kräftig in ihr Schinkensandwich. So ausgehungert hatte er sie noch nie erlebt. Vielleicht war das ein gutes Zeichen. Vielleicht war sie in Remission. Iris sprach nie über ihren Gesundheitszustand, und daher mied auch er das Thema.

»Kann ich noch nicht beantworten.« Im Grunde seines Herzens glaubte er, dass sich der Verdacht gegen Canto nicht bestätigen würde. Dennoch konnte er stichhaltige Beweise nicht in Abrede stellen. »Browne hat Freunde und Verwandte von Neons ersten Opfern erneut vernehmen lassen. Vielleicht sind sie dabei auf eine Verbindung gestoßen.«

Iris zuckte die Achseln. »Neon wird keinen Mord begehen, solange Canto in Polizeigewahrsam ist, denn das würde ihn umgehend entlasten.«

Offenbar hielt Iris nichts von der Idee, dass es sich bei

Canto um Neon handelte. Genau wie er inzwischen auch.

»Und sobald er freigelassen wird …«

»Schlägt Neon zu.« Und niemand wird darauf vorbereitet sein, dachte Jackson.

»Also, was machen wir?«, fragte Iris und trank einen Schluck Tee.

Darüber hatte Jackson bereits ausgiebig nachgedacht. Canto kannte Neon oder anders ausgedrückt: Neon kannte Canto. »Neon ist das Trojanische Pferd in Cantos Leben.«

Iris' Mund verzog sich zu einer Grimasse. »Und was soll das heißen?«

»Jemand, der jemand anderen von innen heraus vernichten will.«

»Klar, kenn ich. Kommt bei Gangs andauernd vor. Neon hasst Canto also.«

»Genau, und um zu hassen, muss man jemanden kennen. Man muss ihm nahe sein.«

In Iris' Gesicht zeichnete sich Begreifen ab. »Wie ein Parasit. Wussten Sie, dass es einen Bazillus gibt, der Mäuse und Ratten befällt und sie dazu bringt, ihr Verhalten zu ändern? Anstatt sich wie sonst vor Katzen in Acht zu nehmen, fangen sie an, dumme Risiken einzugehen, und enden als Abendessen. Und als Nächstes sind dann die Katzen infiziert.«

Iris überraschte ihn noch immer mit ihrem Wissen und ungewöhnlichen Gedankengängen.

»Dann machen wir uns auf die Jagd nach Parasiten.«

»Cantos Freunde?«

»Ich nehme mir Tony Felix vor.«

»Den Kontrabassisten und möglichen Leichenbestatter?«

Jackson überging ihren Sarkasmus.

»Warum nicht Gary Fairweather?«, fragte sie. »Der ist wesentlich naheliegender.«

»Weil Sie den übernehmen werden«, antwortete er und riss einen Zettel aus seinem Notizbuch, auf den er Fairweathers Adresse geschrieben hatte.

»Ich?«

»Sie«, sagte Jackson bestimmt. »Er hat nämlich keine Ahnung, wer Sie sind.«

59

Gary setzte seine sorgenvollste Miene auf, als er die beiden Polizisten zu ihrem Auto begleitete. Der Scheißwind ließ ihn frösteln. Der Blick der Polizistin – eine recht hübsche, aber fade Frau – verriet ihm, dass sie das als Symptom seines Kummers deutete. Ihr zu klein geratener Kollege, dessen Namen Gary prompt wieder vergessen hatte, war eine Plattitüde auf zwei Beinen.

»Ganz ehrlich«, sagte er gerade, »Ihre Sorge ist natürlich verständlich, aber die meisten vermissten Personen sind nach ein paar Tagen wieder zu Hause. Normalerweise gibt es für ihr Verschwinden eine plausible Erklärung.«

Zum Beispiel rumvögeln, zu Mummy und Daddy abhauen oder sich besaufen und einfach irgendwo einschlafen, oh ja, sie hatten ihm die vielen Möglichkeiten aufgezählt, als sie in seinem Wohnzimmer saßen. (So konnte er das jetzt nennen, weil Naomi nicht mehr da war, um ihn zu berichtigen.) Gary hatte durchaus bemerkt, wie dem Polizisten fast die Augen rausgefallen waren, als er ihm ein Foto seiner Frau gezeigt hatte. Dreckiger kleiner Lüstling.

Mit bebender Unterlippe hatte Gary erklärt, dass Naomi ihn niemals betrügen würde – was auch stimmte – und dass es ihr gar nicht ähnlich sähe, allein durch die Gegend zu ziehen. Zum Schluss hatte er bestätigt, dass er bereits die Krankenhäuser der Stadt angerufen und den gesamten Freundes- und Bekanntenkreis durchtelefoniert hatte, einschließlich ihrer Eltern. Um eine fette Lüge erfolgreich zu verkaufen, ist es entscheidend, sie tief in eine Schicht Wahrheit einzubetten, und darin war er

Experte, nachdem er fast sein ganzes Leben der Kunst gewidmet hatte.

»Sie haben alles richtig gemacht«, versicherte ihm der Bulle, als sie beim Streifenwagen ankamen. »Wir warten die üblichen achtundvierzig Stunden ab, bevor wir eine Suche einleiten.«

»Aber das ist doch absurd«, sagte Gary. »Ich muss Ihnen ja wohl nicht erst sagen, dass in dieser Stadt ein Serienkiller frei herumläuft.«

»Die Chancen, einem Serienmörder in die Hände zu fallen, stehen tausend zu eins«, sagte der Officer.

»Erzählen Sie das mal den Eltern der Opfer«, zischte Gary. Es machte ihm Spaß, die Rolle des aufgebrachten Ehemanns zu spielen.

»Ich verstehe Ihren Standpunkt.« Der Officer verlor schlagartig einen Großteil seines öligen Charmes. »Ich bin sicher, es gibt eine ganz harmlose Erklärung, Mr. Fairweather«, sagte er knapp.

Trottel, dachte Gary. Dass sein Bandkumpel Phil Canto am Vorabend festgenommen worden war, war den beiden gar nicht aufgefallen. Gary musste sich beherrschen, um nicht den Kopf zu schütteln. Mannomann, er könnte diesen beiden Nieten das eine oder andere beibringen, wie man am Ball blieb (oder »auf Kurs«, wie Phil sagen würde).

»Sie melden sich?« Gary umfasste seine Ellbogen, eine Haltung, die ängstliche Besorgnis ausdrücken sollte.

»Selbstverständlich«, sagte die Polizistin. »Und geben Sie uns bitte Bescheid, wenn Ihre Frau nach Hause kommt. Sie haben unsere Dienstnummer?«

Gary nickte, ließ seine Unterlippe ein weiteres Mal beben und blieb lange genug in der Einfahrt stehen, um neugierigen Nachbarn reichlich Gelegenheit zu bieten, den zutiefst beunruhigten Ehemann zu betrachten.

Sobald die Officer außer Sicht waren, entspannte er sich und machte auf dem Absatz kehrt. Als er an der Haustür war, klingelte sein Handy. Er nahm das Gespräch an und hörte kurz zu, ehe er einwarf: »Verzeihung, Mrs. Gilroy, ich muss Aidans Unterricht für heute leider absagen. Ja … Ich verstehe, dass es wichtig ist … Aber … wenn Sie mich bitte erklären lassen würden«, sagte er und dachte: Halt die Fresse. »Ja, natürlich, aber aufgrund unvorhergesehener Umstände … Ja, lassen Sie mich bitte ausreden … MRS. GILROY, MEINE FRAU WIRD VERMISST!«

Zitternd vor Wut legte er auf und stürmte ins Haus.

60

Iris schluckte schwer.

Sie hatte die Szene aus ihrem relativ geschützten Versteck hinter einem Bambus im Garten des Hauses gegenüber beobachtet. Zuerst die Cops, dann Fairweathers Telefonat mit wem auch immer und die Erklärung, dass seine Frau vermisst wurde. Vor Verblüffung blieb sie, wo sie war, obwohl der Himmel seine Schleusen öffnete und ein eiskalter Regenschauer niederprasselte.

Das Haus war imposant. Ein großes Tor schirmte das Grundstück von der Straße ab. Iris fragte sich, was wohl dahinter lag, was es verbarg.

Sie warf einen letzten Blick auf das Haus. Fairweather war offenbar mit dem mysteriösen Verschwinden seiner Frau beschäftigt. Einen besseren Zeitpunkt konnte es nicht geben.

Sie überquerte die Straße. Das Tor war hoch, gut zweieinhalb Meter. Hinüberzuklettern wäre ein Risiko, aber eines, zu dem sie bereit war. Wenn's anders nicht geht, dachte sie und fluchte innerlich, als ihre Schuhe auf Kies knirschten.

Bei einem Hindernis dieser Größe würde jeder halbherzige Versuch scheitern. Voller Einsatz war entscheidend. Sie ging rund fünf Meter zurück, schaute kurz nach rechts und links, und als sie niemanden sah, sprintete sie auf das Tor zu. Sie sprang ab, drückte den rechten Fuß gegen die Oberfläche und riss gleichzeitig die Arme hoch, griff mit beiden Händen nach oben. Als sie den Rand des Tores zu fassen bekam, ging ihr fast die Puste aus, und ihr wurde schlecht.

Sie schnappte nach Luft, zog die Füße hoch und schwang

schließlich das linke Bein übers Tor. Sie hievte den Rest ihres Körpers nach oben und sprang auf der anderen Seite hinunter, federte den Aufprall mit einer tiefen Kniebeuge ab.

Als sie sich aufrichtete, wurde ihr mit Schrecken bewusst, dass sie nicht allein war. Vor ihr stand Gary Fairweather. Er hielt einen Autoschlüssel in der Hand, und sein Gesichtsausdruck verriet ihr, dass er sie umbringen wollte.

»Matt, ich bin's, Mick.«

Gott sei Dank. Jackson konnte kaum noch an etwas anderes denken, als dass er eine Verbindung zwischen Vicky Wainwright und Canto übersehen hatte. »Gut, dass du anrufst.« Jackson stoppte seinen Wagen nicht weit von Tony Felix' Haus in Moseley am Straßenrand. »Ist Haftbefehl gegen Canto erlassen worden?«

Cairns lachte. »Browne wünscht sich nichts sehnlicher als das.«

»Aber dafür braucht ihr doch handfeste Beweise.«

»Dazu wollte ich gerade kommen. Ich war leider nicht ganz ehrlich zu dir, Matt.«

Zu dem Schluss war Jackson selbst schon gelangt.

»Als wir Canto das erste Mal vernommen haben, im Zusammenhang mit Boswells Tod, habe ich ihn gefragt, wo er in der Nacht von Vicky Wainwrights Ermordung war. Er hat uns ein Alibi geliefert, das dann geplatzt ist.«

»Also habt ihr ihn noch mal vernommen?«

»Gestern, vor dem Gig.«

Jackson war klar, dass diese zweite Vernehmung wesentlich aggressiver ausgefallen sein musste. Er würde nie verstehen, warum Leute sich falsche Alibis ausdachten, wenn die kinderleicht zu überprüfen waren.

»Und wie hat er darauf reagiert, dass ihr ihn ertappt habt?«

»Vage und ausweichend.«

»Er kifft. Könnte sein Gedächtnisdefizit erklären.«

»Zu vergessen, dass er in der Nacht von Vicky Wainwrights Tod auf eine Textnachricht von ihr geantwortet hat, scheint mir ein bisschen mehr als bekifft.«

»Geantwortet? Soll das heißen, Vicky hat ihm von ihrem Handy getextet? Wie zum Teufel konnte ich das übersehen?«

»Sie hat das Handy ihrer Freundin Lucy benutzt.« Jackson erinnerte sich an die junge Frau: zierlich, mit lebhaften Augen und einer aufgeregten Art. »Vickys Akku war leer«, erklärte Cairns.

»Und die Textnachricht ist jetzt entdeckt worden?«

»Bei der neuerlichen Vernehmung, ja.«

Jackson schloss kurz die Augen. Er hatte etwas übersehen, ja, aber keinen Riesenfehler begangen. »Was stand drin?«

»Dass sie ihn treffen wollte.«

»Dann kannte sie ihn.« Das war eine grundlegend neue Erkenntnis.

»Seit seinem letzten Gig in Newcastle«, sagte Cairns.

Jackson erinnerte sich, dass Vicky in Durham gelebt hatte, gerade mal fünfunddreißig Autominuten entfernt.

»Wie seid ihr darauf gekommen?«

»Canto hatte ein Selfie mit Vicky auf seinem Handy«, sagte Cairns.

Canto hatte wahrscheinlich unzählige Male für Selfies mit Fans posiert, aber Jackson glaubte kaum, dass er selbst viele mit *seinem* Handy gemacht hatte.

»Entscheidend ist, dass Canto sich mit ihr vor der Sunflower Lounge verabredet hatte«, fuhr Cairns fort.

Nicht allzu weit von *The Mailbox* entfernt. »Welchen Tonfall hatte die Textnachricht?«

»Als würde er flirten.«

»Dann war es also mehr als bloß eine Bekanntschaft?«, vermutete Jackson.

»Canto bestreitet das.«

»Wie das?«

»Er erinnert sich weder an das Selfie noch an die Textnachricht. Er sagt, er bekäme Hunderte Nachrichten von irgendwelchen Frauen.«

»Stimmt das?«

»Leider ja.«

»Und das Treffen?«

»Dazu ist es nie gekommen.«

»Habt ihr die Aufnahmen der Überwachungskameras gecheckt?«

»Ja«, bestätigte Cairns.

Jackson dachte darüber nach. Hatte Vicky sich mit Canto treffen wollen und war unterwegs abgefangen worden? Er stellte die Frage.

»Scheint so.«

»Also, entweder Canto hat sie entführt, oder jemand anders hat ihre Textnachricht gelesen?« Fairweather zum Beispiel, dachte Jackson und fragte sich, was Iris gerade machte. »Vielleicht sollte man seine Freunde mal unter die Lupe nehmen.«

»Genau das denke ich auch.«

Ohne Iris zu erwähnen, gestand Jackson, dass er schon dabei war.

»Sei vorsichtig«, warnte Cairns. »Ich kann dir bei Browne nur bis zu einem gewissen Grad den Rücken freihalten.«

»Ich weiß. Was ist mit den anderen Opfern? Kann er Angaben machen, wo er sich zum Zeitpunkt dieser Morde aufgehalten hat?«

»Und ob er Angaben machen kann. Schüttelt die Alibis nur so aus dem Ärmel.«

Jackson stöhnte enttäuscht auf. »Lass mich raten – er hat wieder gelogen.«

»Deshalb hat Browne beschlossen, ihn mit einem Großaufgebot einzukassieren.«

Angesichts der Schwere der Verbrechen konnte Jackson ihm das nicht verdenken. »Und was sagt Canto jetzt?«

»Dass er eine heiße Affäre mit einer verheirateten Frau hat. Er weigert sich, ihren Namen zu nennen. Er sagt, das würde ihre Ehe zerstören, und er wollte ohnehin keine feste Beziehung.«

»Nett.« Matt dachte daran, wie Gonzalez Neon einschätzte. *Wenn er sich zu verheirateten Frauen hingezogen fühlt, will er vielleicht den Kick des Verbotenen genießen und eher keine feste Bindung eingehen.*

Verbarg sich hinter einer vermeintlichen Liebesgeschichte vielleicht eine andere unheimlichere?

»Das Problem ist … ich glaube, er sagt die Wahrheit«, stellte Cairns fest. »Wir haben Beweise dafür, dass er die Nacht von Vanessas Tod mit einer unbekannten Frau hundert Meilen entfernt in einem Hotel verbracht hat. Kurz gesagt, wir haben nicht genug, um ihn festzuhalten.«

Jackson setzte sich auf. »Ihr werdet ihn laufen lassen?«

»Haben wir schon.«

»Sie haben mich erwischt«, sagte Iris kläglich. Sie ließ den Kopf hängen, versuchte, sich so klein und harmlos wie nur möglich zu machen. In dem prasselnden Regen, der ihr von der Nasenspitze tropfte, gab sie ohnehin eine erbärmliche Figur ab.

Fairweather machte einen Schritt auf sie zu. »Wer zum Teufel bist du?«

Er stopfte den Autoschlüssel in seine Tasche. Die Kraft dieses Mannes war nicht zu übersehen. Er hatte breite, mächtige Schultern. Seine Hände waren zu Fäusten geballt, als er sich vor ihr aufbaute. Die Augen schmale Schlitze, der großzügige Mund wütend verkniffen.

»Ich frage nur noch einmal, und ich will eine Antwort«, sagte er, während er auf sie herabstarrte und sie gegen das Tor drängte.

»Ich war bloß neugierig. Ich hab gedacht, es ist keiner zu Hause.« Sie spielte die naive Amateurin, die sich verschätzt hatte.

»Du lügst. Du wolltest einbrechen, in *mein* Haus eindringen und *mein* Eigentum klauen?« Mit jeder Anschuldigung wurde seine Stimme lauter.

Mein Haus und mein Eigentum, dachte Iris, nicht *unser*.

»Ich wollte bloß ein bisschen Geld, um für meine Familie was zu essen zu kaufen, und ich hätte auch nichts kaputtgemacht.«

Er neigte den Kopf, das Kinn gesenkt und furchtbar aggressiv.

»Das ist die Wahrheit. Bitte, ich will keinen Ärger. Lassen Sie mich doch gehen.« Iris duckte sich, täuschte Angst vor.

»Ich sollte die Polizei rufen«, sagte er. Seine Wut hatte sich ein wenig gelegt, und jetzt wirkte er verschlagen, aalglatt und unberechenbar.

»Bitte«, flehte sie. »Ich komm auch nicht wieder. Versprochen.« Sie schaute zu Boden, um noch unterwürfiger zu wirken, während sie seinen nächsten Schritt kalkulierte. Er würde zuschlagen, und wenn er das tat, wäre sie bereit. Es war immer die zweite Aktion, die zählte, nicht die erste.

Ihr blieb die Luft weg, als er sie am Jackenkragen packte, vom Boden hob und mit dem Hinterkopf gegen das Holztor rammte. Iris stieß einen kurzen überraschten Schrei aus. Falls er seine verfickten Hände um ihren Hals legte, würde sie ihm einen Kopfstoß verpassen, genau auf seine platte Boxernase, und ihm mit den Daumen die Augen herausdrücken.

Sie waren sich Auge in Auge gegenüber. Er dachte, er hätte sie wehrlos gemacht, wie sie erfreut feststellte, dachte, er hätte sie genau da, wo er sie haben wollte. Tja, fick dich, dachte Iris.

Sie hielt seinem Blick stand. Iris würde die kalten toten Augen eines erfahrenen Killers überall erkennen. Sie schauten ihr jeden Morgen aus dem Spiegel entgegen.

Fairweather starrte zurück, und er atmete schwer. Seine Mundwinkel zuckten, und Iris fragte sich, ob er dieselbe Dunkelheit in ihr erkannte, die auch in ihm tobte.

»Die Situation ist ein bisschen verfahren«, sagte er, fast zu sich selbst. Sie blieb reglos, wartete ab. Plötzlich lockerte sich sein Griff. »Du kannst von Glück sagen, dass ich ein nachsichtiger Mensch bin.« Er stellte sie abrupt wieder auf den Boden. »Aber wenn du dich je wieder hier blicken lässt, lasse ich dich umbringen. Ich kenne die richtige Person für so was, und du wirst es nicht mal kommen sehen.«

Iris starrte ihn schockiert an. Nein, er konnte nicht gemeint haben, was sie vermutete. Das hatte er bloß gesagt, um ihr Schiss einzujagen. *Oder?*

Ohne ein weiteres Wort öffnete er das Tor und stieß sie nach draußen.

61

Geräuschvoll stapfte Iris über den Kies der Einfahrt und bezog heimlich wieder ihren Beobachtungsposten im Garten gegenüber. Sie war aufgewühlt und hatte jetzt einen sehr guten Grund, in Gary Fairweathers Haus einzudringen: Sie musste herausfinden, ob ihre furchtbare Vermutung richtig war.

Auf der anderen Straßenseite tat sich was. Das Tor schwang auf, und gleich darauf ertönte das Geräusch eines startenden Motors. Fairweather kam mit einem SUV herausgefahren, einem Toyota RAV4 in Silbermetallic. Der Wagen stoppte kurz, Fairweather stieg bei laufendem Motor aus, schloss das Tor und stieg wieder ein. Dann fuhr der RAV davon und verschwand rasch in den grauen, trist verregneten Tag. Iris hatte den toten Blick in seinen Augen nicht vergessen.

Ohne zu wissen, wie viel Zeit sie hatte, absolvierte sie dasselbe Manöver wie zuvor. Diesmal stand kein Fairweather auf der anderen Seite des Tors. Sie ging zur Rückseite des Hauses und spähte durch die Fenster im Erdgeschoss. Küche, schicker Wintergarten, Esszimmer … Dann blieb sie wie angewurzelt stehen. Durch das Wohnzimmerfenster hatte sie ungehinderten Blick auf ein professionell aufgenommenes Foto an der Wand. In kitschiger Pose grinste Gary neben derselben Frau, die Iris auftragsgemäß umgebracht hatte. Es durchfuhr sie wie ein Stromstoß. Gary Fairweather, der Freund von Canto, Matts Verdächtiger, war zugleich ihr Kunde. *Verdammte Scheiße.*

Es gab verschiedene Gründe, warum Ehegatten ihre besseren Hälften abservierten. Geld war ein beliebtes Mordmotiv, und diesem Protzkasten nach zu urteilen würde Fairweather ein hübsches Sümmchen erben. Eifersucht belegte dicht dahinter den zweiten Platz. Niedertracht den dritten.

Ganz gleich, wie sie mit dieser überraschenden Wende umging, Jackson konnte sie nicht davon erzählen. Er wäre außer sich, wenn er wüsste, dass ausgerechnet sie Fairweathers Frau umgebracht hatte. Er würde ihre Abmachung aufkündigen und sie an die Polizei verpfeifen. *Kein Geld. Kein Leben.*

Sie spielte die Ereignisse noch einmal durch. Offensichtlich hatte Fairweather selbst die Bullen angerufen und seine Frau als vermisst gemeldet. Das passierte ihr nicht oft, bisher hatte sie es nur selten mit Beziehungstaten zu tun gehabt. Wenn sie jemanden umgelegt hatte, verschwand sie eine Weile von der Bildfläche, und ihr Auftraggeber lebte einfach so weiter, als wäre nichts passiert. Entweder es war sehr schlau von Fairweather, die Polizei zu verständigen, bevor die bei ihm auftauchte, oder aber er hatte völlig andere Absichten. Den besorgten Ehemann hatte er jedenfalls bravourös gespielt und würde ihn weiter spielen, wenn seine Frau aus dem Kanal gefischt worden war. Für jeden anderen wäre das ein Problem, aber nicht für einen Mann wie ihn.

Wie lange würde es wohl dauern, bis man die Leiche entdeckte? Von der Frau war nichts mehr zu sehen gewesen, als Iris gegangen war. Weil es so kalt war, könnte es länger dauern, bis Bakterien genug Gase erzeugt hatten, um den Körper an die Oberfläche steigen zu lassen, eine Woche oder vielleicht auch mehr. Theoretisch verschaffte ihr das auf längere Sicht Zeit. Kurzfristig musste sie sich ganz schön beeilen.

Sie wandte sich vom Haus ab und betrachtete den schon fast parkähnlichen Garten. Links von ihr: eine Dreifachgarage, in der genug Platz für eine Großfamilie wäre. Üppige und gut gepflegte Beete und Rasenflächen, darin Terrassen und Sitzbereiche und ein Steingarten mit einem richtigen Wasserfall breiteten sich vor ihr aus. Dahinter: hohe Rotbuchen, die in Rot- und Rost- und Gelbtönen leuchteten.

Sie ging genau in der Mitte einen Kiesweg entlang und unter einem mit Wildrosen bewachsenen Bogen hindurch, vorbei an einem leeren, heruntergekommenen Swimmingpool. Es schien, als wäre er seit Jahren nicht mehr benutzt worden. Der Garten endete in einer großen, wild bewachsenen Fläche, zwischen den Büschen und Bäumen hatte sie ein Dach erspäht. Sobald sie das Chaos aus grünem Unterholz betreten hatte, fühlte sie sich verzaubert, gefangen in einer magischen Welt aus fremdartigen Pflanzen, die sie noch nie gesehen hatte. Ihre Füße bewegten sich, als gehörten sie zu jemand anderem, losgelöst von ihrem Körper.

Und sie wusste auch, warum.

Die Blockhütte war perfekt getarnt. Iris umkreiste sie einmal, sah die blickdichten Jalousien vor den Fenstern und der Glastür, die abgeschlossen war. Was war da drin? Es gab nur eine Möglichkeit, das herauszufinden …

62

Jackson konnte nur eines über Tony Felix sagen. Um eine Serie von Morden in der gesamten Stadt zu planen und auszuführen, war der Mann zu dumm. Sein Job als Bestandskontrolleur bei einem Elektrogroßhandel war für ihn schon eine echte Herausforderung.

Was den Kontrabasskoffer anging, so waren Felix die weichen, gepolsterten Modelle lieber als die klassischen aus Fiberglas.

»Ist Ihnen je einer gestohlen worden, oder haben Sie mal einen verloren?«, hatte Jackson gefragt.

Dabei hielt er das in Felix' Fall ohnehin für unwahrscheinlich. Der Mann war eine einzige große Verneinung. Nein, er hatte keinen Führerschein. Nein, er trank keinen Alkohol. Nein, er vertrug weder Gluten noch Milchprodukte. Nein, er hatte keine Freundin. Jackson merkte kurz auf, als Felix gestand, dass er Phil Canto nicht leiden konnte, bis er nachschob, dass er auch Gary Fairweather nicht leiden konnte oder überhaupt irgendwen in der Band. Als Jackson in die Kälte hinauseilte, rief er ihm noch nach, dass er Politiker nicht leiden konnte. Darin zumindest waren sie sich einig.

Jackson stieg wieder in den Mini, um zu seiner Wohnung zurückzufahren. Sobald er dort wäre, wollte er die Eltern der toten Frauen anrufen.

Das war für ihn das Schlimmste an seinem Job: der Umgang mit den Angehörigen, wenn ein Familienmitglied Opfer eines Gewaltverbrechens geworden war. Es fiel ihm unglaublich schwer, mit anzusehen, wie deren Leben aus den Fugen geriet, ihre Hoffnungen zerschlagen wurden und sie sich Stück für Stück von innen nach außen auflösten. Bloß, jetzt war er selber einer von ihnen.

»Polly«, flüsterte er. Eine Welle aus nackter Trauer übermannte ihn. Plötzlich bebten seine Schultern, sein Magen verkrampfte sich, und der Schmerz in seiner Brust war so gewaltig, als würde sein Herz durchschnitten. Er brach hemmungslos in Tränen aus: weinte um seine Frau, seinen Verlust und weil es ihm nicht gelang, ihren Mörder zu fassen.

Aber noch ist Zeit, dachte Jackson, als er langsam die Fassung zurückgewann. Bislang hatte Neon nie tagsüber zugeschlagen. Er zog die frühen Morgenstunden vor, weil er sein Werk dann besser zur Schau stellen konnte.

Als er sich wieder im Griff hatte, startete er den Motor und hoffte, dass Brownes Strategie, die Straßen praktisch mit Polizisten zu überschwemmen, funktionieren würde. Stolz oder Ehre oder Rache waren zweitrangig, solange dieser mörderische Scheißkerl geschnappt und für seine Taten zur Rechenschaft gezogen wurde. Zumindest redete er sich das ein.

Iris blinzelte und schaute sich verblüfft um. Sie hatte sich grelle bunte Lichter vorgestellt. Sie hatte jede Farbe des Spektrums erwartet. Sie hatte sich scharfe Geräte ausgemalt, Glas und Gas und Hitze und Feuer.

Sie war sich ihrer Sache so sicher gewesen, dass sie Geld darauf gewettet hätte. Und sie hatte völlig falschgelegen.

Sie befand sich an einem Ort der Musikverehrung.

An einer Wand standen Tonaufnahmegeräte, an einer anderen ein E-Piano. In einem Tisch eingelassen waren professionelle Plattenspieler, wie in einem Nachtclub. Es gab Lautsprecher, Verstärker und ein Teil mit der Aufschrift Subwoofer. Sie studierte die Drehknöpfe und Anzeigen um sie herum, und es kam ihr vor, als versuchte sie, eine Fremdsprache zu lesen.

Ein raumhohes Regal enthielt Bücher und Schallplatten und Notenblätter und allerlei musikalisches Zubehör. Iris überflog die Titel und LP-Cover: Muddy Waters, Billie Holliday, Stan Getz, *The Dark Side of the Moon, Aqualung, In the Court of the Crimson King*. Weder die Namen noch die Titel hatte sie je gehört.

In der Mitte des Raumes flankierten zwei Klarinetten und drei Saxofone auf Ständern ein Mikrofon. Iris streckte eine behandschuhte Hand aus, drückte auf Klappen und Gestänge, hörte das Klacken von Metall auf Holz, Messing auf Messing. Das Geschick, das erforderlich war, um eine Note, einen Ton, eine Melodie hervorzubringen, war für sie unvorstellbar.

Sie trat einen Schritt zurück und dachte an den Mann, der sie beauftragt hatte, seine Frau zu töten. Er war reich, kreativ, machte etwas, das er wirklich liebte, mit einer schönen Frau an seiner Seite. Er hatte alles, so schien es. Warum ging er dann das Risiko ein, es zu verlieren? Bei einer Scheidung oder Trennung hätte er immer noch die Hälfte bekommen – und die Hälfte von so einem Luxushaus war mehr, als die meisten Leute, die sie kannte, in ihrem Leben verdienten. Aber ihm war es nicht um Geld gegangen. Gary Fairweather war ein eiskalter Killer. Sie hatte daran gezweifelt, dass dieser Mann Neon sein könnte. Doch jetzt hatte sie sein Gesicht und seine Augen gesehen und wusste, dass er es war. Aber, um Jackson zu zitieren, sie brauchte Beweise.

Sie sollte lieber abhauen, und zwar schnell. Es war gefährlich, hierzubleiben, ihr Glück herauszufordern. *Nur noch einmal umsehen.*

Eines der Fächer im Regal war durchsichtig. Sie trat näher heran. Und sah schwarze Lederbänder. Iris gefror das Blut in den Adern. Sie griff hinein und erkannte einen der Ledergurte, an denen Saxofonisten ihr Instrument beim Spielen trugen. Dieser hier war zweifach genäht, mit einem Nackenpolster aus Baumwolle, um Schweiß zu absorbieren, und einem dünneren Riemen, der am Saxofon eingehakt wurde. Er sah robust aus.

In den richtigen Händen robust genug, um jemanden zu erdrosseln.

63

Iris war in einer der sozial schwächsten Gegenden der Stadt, wo sich die Kinderarmut auf einem Allzeithoch und die Beschäftigungsquote in einem Allzeittief befanden. Folglich waren Messerstechereien und Schießereien an der Tagesordnung. Die Zahl der Gewaltverbrechen und Sexualstraftaten hatte ebenfalls Rekordhöhe. Iris achtete auf solche Dinge, weil sie gut für ihr Geschäft waren. Und wo es was zu verdienen gab, da war auch »Rotkäppchen« oder Red, wie Iris sie nannte, ein gemischtrassiger Teenager. Sie peste auf ihrem Fahrrad herum, trug bei jedem Wetter und jeder Temperatur eine rote Kapuzenjacke und galt trotz ihres kindlichen Gesichts als Mädchen für alles. Sie besorgte Erledigungen. Sie besorgte Drogen. Sie war eine Enzyklopädie des Wissens und wusste vor allem, mit wem man sich besser nicht anlegte. Sie fungierte auch als Vermittlerin für »Bei Anruf Tod«, stellte den Kontakt zwischen Auftraggeber und Auftragsmörderin her. Iris zahlte ihr eine Provision für jeden Job, den sie bekam. Ihre Beziehung basierte auf Vertrauen durch gemeinsame Erfahrungen – Iris hatte Red (die früher mal Jodie hieß) in ihrem letzten Kinderheim unter die Fittiche genommen, bevor sie rausgeschmissen und hinaus in die große weite Welt gejagt wurde.

Als Iris an einem Café vorbeikam, wo es die besten Baklavas der Stadt gab, hörte sie das vertraute Quietschen von Fahrradbremsen hinter sich. Sie drehte sich halb um, sah, wie die Spitzen von Reds Turnschuhen den Asphalt berührten, haarscharf neben einem Hundehaufen. Red grinste breit.

Sie umarmten sich nicht, weil sie das beide nicht mochten.

Iris schob die Hände in die Jackentaschen und umfasste den ledernen Saxofongurt, den sie geklaut hatte. Sie deutete mit dem Kinn zur anderen Straßenseite, ein Torweg zwischen einem mit Brettern vernagelten Telefonladen und einem Friseur, an dessen Tür ein *Geschlossen*-Schild hing. Red radelte schweigend neben ihr her.

Sobald sie vor den Elementen und neugierigen Ohren geschützt waren, schob Red ihre Kapuze nach hinten. Iris sah ihr in die mandelförmigen Augen, die die Farbe von dünnem Tee hatten, sah kurz zu der Narbe auf dem Nasenrücken von einer Tracht Prügel in ihrer Kindheit und, als Red zu sprechen begann, auf ihre winzigen, schiefen Schneidezähne.

»Wie geht's dir, Iris?«

»Wie immer.«

Red war einer der wenigen Menschen, die wussten, welche Vergangenheit Iris hatte und was ihr bevorstand. »Was macht …«

»Darüber will ich nicht reden.«

»Alles klar. Aber falls du es dir anders überlegst, weißt du ja …« Sie verstummte, schaute zu Boden, rollte eine Zigarettenkippe unter ihrem Schuh.

»Hast du in den letzten Tagen einem Mann meine Nummer gegeben?«

»Japp.«

Iris griff in ihre Jacke. »In den letzten achtundvierzig Stunden?«

»Japp.«

Iris holte ein paar Geldscheine hervor und drückte sie Red in die Hand. Der Teenager versteckte sie mit der Geschwindigkeit eines erfahrenen Drogendealers, der auf der Straße ein Tütchen Koks verkauft.

»Ich brauch Informationen über ihn«, sagte Iris.

»Sonst willst du doch nichts über die Leute wissen.« Ein Glimmen trat in Reds Augen, hellte sie eine Nuance auf.

»Der Mann ist kein Kunde wie sonst.«

Red schnalzte mit der Zunge.

»Wo hat er dich angesprochen?«

»Auf der Straße, in der Nähe vom Hubbub.«

»Was hast du da gemacht?«

»Hab mir 'ne Band angehört«, sagte Red. »Spaghetti Junction.«

Iris ließ sich ihre Überraschung nicht anmerken. »Wusste gar nicht, dass du ein Fan von denen bist.«

Red zuckte die Achseln.

»Er war allein?«, fragte Iris.

»Japp.«

»Wie hat er ausgesehen?«

»Weiß, kräftig gebaut, gut eins achtzig, schätz ich.«

»Haarfarbe?«

»Keine Ahnung. Er hatte 'ne Beanie auf.«

»Woher wusste er, dass du der richtige Kontakt bist?«

Red schob ihre flache Brust vor. »Ich hab 'nen Ruf, Schwester.«

»Klar, aber der Typ ist wie gesagt nicht unsere übliche Kundschaft.«

Red verdrehte die Augen. »Der hatte Kohle, und reiche Leute stehen auf Koks, und die wissen, wen sie anrufen müssen, wenn sie welches wollen.«

Matt hatte gesagt, dass Phil Canto Drogen nähme und ein Freund von Gary Fairweather wäre, fiel Iris ein.

»Der wollte Drogen *und* eine Bestellung von der Speisekarte?«

»Genau.«

»Wie war er so?«

»Ziemlich kühl, freundlich und sachlich. Manchmal machen die sich ja fast in die Hose.« Red schaute weg. Da schien sich ein Aber anzudeuten, vermutete Iris. Sie wartete auf Reds Erklärung. »Ich hatte ein mulmiges Gefühl bei dem.«

»Keiner, dem du gern allein im Dunkeln begegnet wärest?«

Red schüttelte langsam den Kopf. »Schlimmer. Der war bösartig. Weißt du, was ich meine?«

Iris wusste es.

»Wie einer von diesen abartigen Psycho-Killern, die lieb und nett mit dir reden, während sie dir ein Messer in den Bauch rammen und es dann auch noch genüsslich drehen.« Red blickte sich um, wartete ab, bis ein Streifenwagen langsam vorbeigefahren war. »Iris«, sagte sie und senkte die Stimme. »Ich weiß, das klingt bescheuert, aber ich hab mich gefragt, ob das nicht der Kerl ist, der die Frauen umbringt. Schon klar, wenn er so irre im Kopf wäre, würde er so einen Job selbst erledigen, oder? Dann würde er dich gar nicht brauchen.«

Iris nickte, als wäre sie auch der Meinung. »Sonst noch was?«

»Er hat ein Motorrad.«

»Hast du seine Maschine gesehen?«

Red schüttelte den Kopf. »Aber den schwarzen Sturzhelm in seiner Hand. Ich glaub nicht, dass der nur Show war.«

64

»Vielen Dank, Sheila«, sagte Jackson. »Tut mir leid, dass ich Sie damit behelligt habe. Danke, ja … Ihnen auch alles Gute.« Er beendete das Telefonat mit Gina Jenks' Mutter in bedrückter Stimmung. Er hatte sie schweren Herzens angelogen, hatte erzählt, er wäre wieder im Dienst. Bestimmt würde er endgültig gefeuert werden, falls Browne davon erfuhr, aber er musste handeln, musste irgendetwas tun.

Sowohl Vickys als auch Vanessas Eltern hatten bestätigt, dass ihre Töchter in den vergangenen achtzehn Monaten auf Konzerten von RocknRoller gewesen waren. Beide waren jeweils mit anderen mitgegangen. Keine der Frauen hatte Canto erwähnt oder Fairweather, Felix oder irgendein anderes Mitglied der Band.

Iris hatte sich nicht gemeldet. Sie war eine Frau, die nach ihren eigenen Regeln in einer anderen Zeitzone lebte, wo Nacht Tag war und Tag Nacht, und er konnte nicht abschätzen, wann sie auftauchen würde oder ob sie irgendetwas Verwertbares über Gary Fairweather herausgefunden hatte.

Also versuchte er es vorläufig bei Google, auch wenn ihm das kein vollständiges Bild von dem Mann liefern würde. Alles für die Öffentlichkeit Zugängliche war mit Sicherheit eine überarbeitete Hochglanzversion, aber es war dennoch ein Anfang. Er wandte sich seinem Laptop zu und fand heraus, dass Fairweather siebenunddreißig Jahre alt war, aufgewachsen in Barking, dass er mit fünfzehn seine Mutter verloren und am London College of Music klassisches Klavier studiert hatte. Die Liebe zu Holzblasinstrumenten war offenbar erst später entstanden.

Jackson lehnte sich zurück. Laut Gonzalez war eine dysfunktionale Beziehung zwischen Neon und seiner Mutter wahrscheinlich. Das schien in diesem Fall nicht relevant zu sein.

Er stand auf, rollte die Schultern und reckte sich. Ratlos und unruhig zugleich schaltete er den Fernseher ein und ließ sich davor nieder. Die Lokalnachrichten meldeten, dass irgendeine bedauernswerte Frau im Gas Street Basin tot aus dem Wasser gezogen worden war. Die Kamera zeigte den Fundort und schwenkte dann auf den Besitzer eines Kanalboots, der das Pech gehabt hatte, die Leiche zu entdecken.

»Ich hatte gerade abgelegt und aus Versehen ein Tau ins Wasser hängen lassen«, erklärte der Mann. »Es hat sich verfangen, und ich dachte schon, es wär in die Schraube geraten. Aber dann hab ich genauer hingesehen und den Schock meines Lebens gekriegt, das kann ich Ihnen sagen. Es sah nicht so aus, als wäre sie schon sehr lange im Wasser, aber da war nichts mehr zu machen …«

Jackson schaltete um. Kanaltote gab es in den Midlands häufiger, aber in all seinen Jahren bei der Polizei hatte er noch nie gehört, dass jemand in so einer belebten Gegend ertrunken war. Er würde jede Wette eingehen, dass Alkohol im Spiel gewesen war, und falls nicht, dann war es Selbstmord. Er verstand diese Art von tiefster Verzweiflung. Wenigstens war sie nicht Neon in die Hände gefallen.

Iris hatte eine Regel: Nie zurückkehren.

Sobald sie die vielen Polizisten beim Brindleyplace sah, erkannte sie, wie dumm es gewesen war, diese Regel zu brechen. Sie hätte direkt zu Matts Wohnung gehen sollen, ohne einen Umweg zu machen.

Eine Menschenmenge sammelte sich zuerst langsam und dann schneller um die Cafés und Restaurants, als die Polizisten den Bereich absperrten. Eine alte Lady raunte einer anderen zu, dass eine Frau ertrunken war und die Polizei dabei war, die Leiche zu bergen.

»Wissen die schon, wer sie ist?«

»Das sagen die doch nicht. Die müssen zuerst die Angehörigen verständigen, denke ich mir.«

»Schrecklich«, sagte die andere. »So eine Nachricht will kein Mensch bekommen, erst recht nicht so kurz vor Weihnachten.«

Der Tod war zu jeder Jahreszeit schrecklich, wollte Iris sagen, besonders, wenn er zu ihr zurückverfolgt werden könnte.

Sie schlug den Mantelkragen höher, zog die Mütze tiefer ins Gesicht und ging weiter, ihre Gedanken im freien Fall. Sie holte ihr Handy hervor und rief eine Nummer an, die sie auswendig kannte.

»Ich bin's«, sagte sie. »Ja … nicht mehr lange … sehr bald. Versprochen.«

65

Gary betrachtete seine neuste Installation, eine angemessene Hommage an sein nächstes Opfer. Nicht so gewagt wie das Tableau, das er für *Wie unfein, Polly* gestaltet hatte, nicht so spektakulär wie die Szenen, an denen er die letzten zwölf Monate in der Stadt gearbeitet hatte, aber schon allein die Location würde den Betrachtern einen Stromstoß des Entsetzens verpassen. Ja, dieses Werk würde für helle Aufregung sorgen. Diesmal hatte er den Trafo kompliziert in dem Neonbild verdrahtet. Es würde einen sehr hübschen Resonanzboden abgeben.

Nun konnte er sich voll und ganz seinem nächsten und abschließenden Projekt widmen: »Etwas für die ganze Familie«. Die vorläufige Krönung seines Lebenswerks. Aber wer wusste schon, was für Möglichkeiten sonst noch auf ihn warteten? *Naomi, Babe, bei mir ist dir wirklich was entgangen.*

Die Vorfreude stieg als lustvolles Prickeln tief aus Garys Rückgrat auf, als er daran dachte, seinen nächsten Entwurf in Glas zu gestalten, dabei Flammen in Licht und Kunst in Tod zu verwandeln.

Schon zu Beginn seiner Karriere hatte er erkannt, dass Musik immer nur so groß war wie der Musiker, der die Sinfonie oder Komposition erschuf. Nur wenn er wirklich begnadet ist, begreift ein Komponist nach jahrelanger Übung das Zusammenwirken von Rhythmus, Stimmlage, Ton und Klang. Er hat Fantasie. Er ist kühn, ohne Furcht vor Regelbrüchen. Jedes Meisterwerk nimmt mit einem Stift in der Hand seinen Anfang. Dasselbe gilt für den Neon-Künstler, der Bildhauerei und Glasblasen gleichermaßen beherrschen muss, der die Dynamik der

Farben begreifen und über die notwendigen technisch-wissenschaftlichen Kenntnisse verfügen muss, wenn er sich nicht selbst durch einen Stromschlag oder durch Gas umbringen und im wahrsten Sinne des Wortes für seine Kunst sterben will.

Garys Zungenspitze lugte zwischen seinen gebleachten Zähnen hervor, als er ein Glasrohr über einer 800 Grad heißen offenen Flamme bearbeitete, fragil und gefährlich wie eine Frau. Bei jeder Drehung der Röhre mit geschickten Fingerspitzen, ein Kinderspiel für seine Musikerhände, riskierte er Verbrennungen, was für zusätzlichen Nervenkitzel sorgte. Mit Handschuhen konnte er keine Holzblasinstrumente spielen oder Glas eine Form entlocken oder auch seiner Frau Lust bereiten. *Ruhe sanft in deinem nassen Grab, Naomi.* Das Pusten in die Röhre, damit sie nicht zerbrach, erfolgte genau im richtigen Moment. Timing war alles. Danach konnte man das Material fast nach Belieben biegen und schmelzen, um diese wunderbaren unvergesslichen Bilder zu erschaffen.

Wenn er die Elektroden an den Enden angebracht hatte, würde er die Röhre am »Mutterschiff«, dem sogenannten Bombarder, anschließen und 20 000 Volt hindurchjagen. Dadurch wurde sie von Verunreinigungen und Schmutz gesäubert und für das Einleiten des Gases vorbereitet, das die Farbe lieferte. Später würde er alles sorgfältig mit einer Ammoniaklösung abwaschen, um Spuren seiner DNA zu entfernen.

Die Arbeit mit Kaltkathodenlicht, wie es früher genannt wurde, war das Zweitbeste nach … na ja … dem anderen eben.

Die Sache wurde interessant, als die Türklingel in seinen unterirdischen Schlupfwinkel drang. Verdammt, dachte er und fragte sich, wer das sein mochte. Nun, wer auch immer, er würde sich noch ein Weilchen gedulden müssen.

66

Jackson unterdrückte seine jähe Aufregung.

Die letzte halbe Stunde hatte er zugehört, während Iris ihm schilderte, was sie herausgefunden hatte. Als sie ihm den Saxofongurt zeigte, beschloss er, ihn sofort in die Kriminaltechnik zu schicken und untersuchen zu lassen, ob er zu den Würgemalen an Neons Opfern passte.

»Kein Hinweis auf eine Werkstatt, vermute ich?«

Sie schüttelte den Kopf.

»Mist. Wenn wir mit Fairweather richtigliegen, wird er nicht lange untätig bleiben. Er kann nicht anders.«

Er rief auf der Stelle Cairns an. Sobald er Fairweather erwähnte, unterbrach ihn sein Freund.

»Bei dem ist gerade die Polizei.«

»Das war …«

»Nicht, was du denkst. Eine weibliche Leiche, auf die die Beschreibung von Gary Fairweathers Frau passt, wurde heute Morgen am Brindleyplace aus dem Kanal gefischt.«

Jackson presste eine Hand in den Nacken. »Naomi Fairweather? Großer Gott, wann ist das passiert?«

»Gestern Abend.«

Als Gary Fairweather auf der Bühne stand. Als Phil Canto so spektakulär festgenommen wurde. Als Iris …

»Matt, bist du noch dran?«

»Ja.« Er ignorierte das beklommene Gefühl, das sich wie ein Schleier über ihn legte, und wandte sich von Iris' neugierigem Blick ab. »Hinweise auf Fremdeinwirkung?«

»Ein paar Prellungen, könnten vom Sturz ins Wasser kommen. Sieht ganz so aus, als wäre sie weggerutscht und mit dem Kopf seitlich gegen die Kanalmauer geprallt. Wir haben einen Schuh gefunden. Der Absatz war mindestens fünfzehn Zentimeter hoch. Wir glauben, sie ist umgeknickt und gestürzt.«

»War sie bewusstlos, als sie ins Wasser gefallen ist?«

»Das muss noch abgeklärt werden«, sagte Cairns. »Sie ist noch nicht offiziell identifiziert. Nach der Obduktion kann ich dir mehr sagen.«

»Wäre gut zu wissen. Wie seid ihr auf die Verbindung zu Fairweather gekommen?«

»Er hat sie heute Morgen als vermisst gemeldet. Die Streifenkollegen meinten, es würde so laufen wie in den meisten Fällen. Eheleute verschwinden ja häufiger mal.«

»Wann genau ist es passiert?«, wollte Jackson wissen.

»Die Aufnahme einer Überwachungskamera zeigt sie um 22.40 Uhr, wie sie sich dem Fußweg am Kanal nähert.«

»War sie allein?«

»Sie war jedenfalls nicht in Begleitung«, sagte Cairns, »aber zu der Zeit waren noch andere Leute unterwegs.«

»Was für Leute?«

»Studenten im Pulk, Betrunkene, das Übliche.«

»Niemand, der irgendwie auffällig war?«

»Nein.«

»Und was hat Naomi Fairweather da gemacht?«, überlegte Jackson. Warum war sie nicht zu Hause, wie er gedacht hatte, oder auf dem Konzert, bei dem ihr Mann spielte?

»Ich würde tippen, sie wollte sich mit jemandem treffen.«

Während Fairweather beschäftigt war, dachte Jackson.

»Unter ihrem Pelzmantel«, fuhr Cairns fort, »war sie splitternackt.«

67

Wieso zum Teufel war Naomis Leiche so schnell gefunden worden? Das könnte ihm seine ganzen Pläne vermasseln.

Verletzlichkeit war für Gary ein ungewohntes Gefühl. Er saß vor den Polizisten Latimer und Lane, denselben Officern, die ihn schon einmal aufgesucht hatten, und fühlte sich ohnmächtiger, als er gedacht hatte. Er hasste das. Die Moral von der Geschicht': Wenn du was erledigt haben willst, mach es selbst. Beim Gedanken an das Geld, das er mit seinem Wegwerfhandy von Naomis Konto überwiesen hatte, kamen ihm fast die Tränen. Naomi war sehr gut darin gewesen, Kohle zu verdienen, aber miserabel darin, die Übersicht zu behalten. Die strenge Kontrolle über die Ausgaben hatte ebenfalls zu seinen häuslichen Pflichten gezählt.

Verdammt, dachte er plötzlich, sein sorgsam ausgetüftelter Finanzplan war soeben genauso sicher gescheitert, wie die Leiche seiner Frau bäuchlings im Kanal getrieben war. Er würde also noch nicht einmal richtig von ihrem Tod profitieren. Mit diesem Dilemma war er so beschäftigt, dass er kaum mitbekam, wie Lane etwas von der Notwendigkeit einer offiziellen Identifizierung faselte, als wäre das ein Riesending.

Gary musterte ihn mit leerem Blick. *Wenn du wüsstest, wie viele Tote ich schon aus nächster Nähe gesehen habe, wärst du nicht so schüchtern, Officer.*

»Wenn Sie also bitte mitkommen würden.«

Gary setzte seine hilfloseste Miene auf. »Ich muss meinen Mantel holen.«

»Bevor Sie das tun, Mr. Fairweather, da gibt es etwas, das Sie wissen sollten.«

Etwa, dass es dir leidtut, dass du gesagt hast, ich soll mir keine Sorgen machen, du fetter Schwachkopf? Gary zog die Augenbrauen zu einem, wie er hoffte, gequälten, fragenden Ausdruck zusammen.

Lane schielte zu Latimer hinüber, die schluckte und Gary ansah. »Mrs. Fairweather wurde in einem Pelzmantel gefunden.«

Gary presste eine Hand auf den Mund. »Oh mein Gott. Nicht der Burberry. Den hat sie *so* geliebt.« *So?* Erlaubte Naomis Geist sich einen Scherz mit ihm?

Latimer konnte ihm nicht in die Augen sehen und starrte auf ihre Schuhe. »Ansonsten war sie unbekleidet.«

Wow, braves Mädchen. Sie hatte es also wirklich getan. Was hätten sie für einen Spaß haben können. Echt schade.

Er wartete ein paar Sekunden ab. Ließ sie denken, dass er die Information erst mal verarbeiten musste. »Sie meinen«, seine Stimme wurde schneidender, »sie wollte sich hinter meinem Rücken mit einem anderen treffen? Gott, ich fasse es nicht, doch nicht meine Naomi.« Er merkte, dass er vielleicht etwas zu melodramatisch reagierte, und schob nach: »Wahrscheinlich hat sie deshalb ihren Job aufgegeben. Sie wollte mich verlassen.«

»Wann hat sie die Kündigung eingereicht?«, fragte Latimer.

»Vor ein paar Tagen«, antwortete Gary. Er dachte an die Textnachrichten auf ihrem Handy, so eine durchtriebene, verlogene Kuh. Er sank nach vorne, verbarg das Gesicht in den Händen. »Mein Gott, hat ihr das vielleicht irgend so ein krankes Schwein angetan?«

Latimer sah Hilfe suchend Lane an. »Wir gehen von einem Unfall aus, Sir. Als sie zuletzt gesehen wurde, ging sie zielstrebig Richtung Kanal.«

»Möchten Sie vielleicht ein Glas Wasser?«, fragte Latimer.

Er brauchte was Hochprozentiges, reichlich und bald. »Danke«, sagte er in gepresstem Flüsterton.

»Gütiger Himmel, das muss ein Schock für Sie sein«, sagte Lane, während Latimer Richtung Küche trabte.

Mit dem Himmel hat das nichts zu tun, dachte Gary. Er ließ die Hände sinken, richtete sich auf. Es wurde Zeit, etwas Haltung zu wahren.

Latimer reichte ihm ein Glas.

Gary trank einen kräftigen Schluck, atmete tief durch und blickte die beiden an. »Ich würde jetzt gern meine Frau sehen«, sagte er schwach. Verdammt, er konnte es kaum erwarten.

68

»Wann wollten Sie es mir sagen?«

»Ihnen was sagen?« Iris setzte sich aufrechter hin, wachsam und misstrauisch.

»Naomi Fairweather?«

Iris sah ihn ausdruckslos an. »Ist sie mit Gary Fairweather verwandt?«

»Seine Frau.« Jackson fluchte unhörbar.

»Was ist mit ihr?«

»Sie wissen nichts über ihren Tod?«

»Wieso sollte ich?« Ihre Stimme drückte Verwirrung aus. Sie schien die Wahrheit zu sagen. Schien, dachte Jackson.

»Weil Sie bei ihm zu Hause waren. Mit ihm gesprochen haben. Schon vergessen?«

»Wir haben nicht über seine Frau geredet. Ich war zu sehr mit dem Versuch beschäftigt, das zu erledigen, was Sie wollten, und dann musste ich ihn irgendwie loswerden.«

Gereizt und frustriert setzte Jackson sich hin, holte tief Luft und fuhr sich mit den Händen durchs Haar. »Dieser Kratzer in ihrem Gesicht.«

»Hab ich doch gesagt. Das war meine Katze.«

»Sie mögen Hunde.«

Sie sah ihn böse an. »Ich mag alle Tiere, solange es keine Menschen sind.«

Er schwieg. Konnte sich nicht bewegen. Konnte nicht denken. Vielleicht lagen sie ja völlig falsch mit Fairweather. Vielleicht gab es jemanden, den sie übersehen hatten. Der Tod von Fairweathers Frau fühlte sich in etwa so an, als hätte er bei einem Kreuzworträtsel voreilig ein vermeintlich passendes Wort eingetragen und dann festgestellt, dass es doch nicht das richtige war. Ein falsches Wort und alles andere geriet durcheinander.

»Was denkt Cairns eigentlich über Fairweather?«, fragte Iris.

»So weit sind wir gar nicht gekommen.«

»Bloß weil Fairweathers Frau tot ist, heißt das noch lange nicht, dass er keine anderen Verbrechen begangen hat. Ich weiß, was ich in seinen Augen gesehen hab.«

»*Ich* weiß es nicht«, sagte Jackson kopfschüttelnd. »Wo ist der Beweis?«

»Ich dachte, den hätte ich Ihnen geliefert«, blaffte sie.

»Solange dieser Saxofongurt nicht voll mit Opfer-DNA ist, bleibt das nur eine Theorie. Wir brauchen mehr als das.«

»Dann schau ich mir sein Haus noch einmal an, und diesmal geh ich rein.«

»Das können Sie nicht, Iris. Da wird jetzt Polizei sein.«

»Na und?«

»Nein«, sagte er scharf.

Iris blickte finster. »Fairweather *ist* Neon, und er wird wohl kaum wieder töten, solange er so unter Beobachtung steht.«

»Dann nutzen wir die Zeit und überprüfen andere Möglichkeiten. Wir gehen noch mal alles durch.«

Iris' Gähnen verriet ihm, dass er nicht auf sie zählen konnte.

»Als Erstes brauchen wir den Obduktionsbericht. Wir müssen wissen, ob Naomi Fairweather nur gestürzt ist oder gestoßen wurde.« Jackson sah sie eindringlich an. »Wieso haben Sie nicht nachgefragt?«

»Was nachgefragt?«

»Wie sie gestorben ist?«

Iris zuckte die Achseln.

»Ich dachte, der Tod wäre Ihr Spezialgebiet?«, sagte er.

»Nur wenn ich diejenige bin, die tötet.«

69

»Haben Sie jemanden, der herkommen und bei Ihnen bleiben kann?«

Gary versicherte Officer Latimer, dass er so jemanden hatte.

Sie waren wieder in seinem Haus. Er wünschte, sie würden sich verpissen und ihn in Ruhe lassen. In der Rechtsmedizin hatte er den Moment auskosten, ihn in vollen Zügen genießen wollen. Doch der Anblick der toten Naomi hatte eine so körperliche Wirkung auf ihn gehabt, dass er sich zwingen musste, an Aidan Gilroy zu denken, den talentlosen kleinen Scheißer, um keine Erektion zu bekommen. Es war ihm nur halb gelungen. Gott sei Dank, dass er einen Mantel angehabt hatte.

»Sie sehen doch ein, dass eine Obduktion unerlässlich ist, Gary?«

Nachdem er zunächst deswegen einen Aufstand gemacht hatte, nickte er jetzt zustimmend.

»Sobald wir genau wissen, was passiert ist, geben wir Ihnen umgehend Bescheid. Außerdem wird sich einer unserer Opferbeauftragten bei Ihnen melden.«

Nur über meine Leiche. Er brachte ein mattes Lächeln zustande.

»Gibt es noch irgendetwas, das wir für Sie tun können?«, fragte Lane.

Endlich abhauen wäre gut. Begreift ihr denn nicht, dass ich zu tun habe, dass Arbeit auf mich wartet, dass ich Werke erschaffen muss? »Nein, Sie waren sehr freundlich und ich bin Ihnen dankbar. Ich wäre jetzt gern allein. Es war der schlimmste Tag meines Lebens.«

Latimer warf ihm beim Abschied noch einen letzten besorgten Blick zu.

Gary drückte die Haustür zu, lehnte sich mit dem Rücken dagegen und schloss kurz die Augen. Im Geist ging er eine Liste durch.

Fang mit dem Leichtesten an, dachte er und sah auf die Uhr.

70

»Gary«, sagte sie. »Ich hätte nicht gedacht, dich so bald zu sehen.«

»Kann ich reinkommen?«

Sie trat zurück, um ihn ins Haus zu lassen, allerdings nicht, ohne sich vorher zu vergewissern, dass niemand ihn gesehen hatte. Er glaubte kaum, dass in dieser ruhigen Sackgasse mit ihren hässlichen Reihenhäusern aus den Siebzigerjahren überhaupt irgendwer irgendwas mitkriegte. Er war fast in Ohnmacht gefallen, als sie nach ihrer Scheidung in seine Nähe gezogen war. Hatte sie denn noch nichts von »Nie vor die eigene Haustür scheißen« gehört? Oder besser gesagt, vor seine. Der Vorteil war, dass sie noch keine Gelegenheit gehabt hatte, ein vernünftiges Sicherheitssystem einbauen zu lassen. Alles hatte immer zwei Seiten.

Er zog sie an sich, und sie schlang die Arme um ihn. »Ach, Gary«, seufzte sie. »Ich weiß gar nicht, was ich sagen soll. So ein furchtbarer Unfall.«

»Deshalb musste ich zu dir kommen.« Er drückte den Mund an ihren Hals, spürte, wie sie sich an ihn schmiegte. Als er sie küsste, hatte er wieder Naomi auf der Metalltrage vor Augen, weiß wie kaltes Porridge.

Sie keuchte, schob ihn mit zitternden Armen ein Stück weg. »Das ist ein bisschen seltsam, findest du nicht?«

»Es ist surreal«, bestätigte er. »Ich sollte wohl wirklich nicht hier sein. Aber ich wollte nicht allein sein und wusste nicht, zu wem ich sonst gehen sollte.«

Sie zog die Augenbrauen zusammen, und ihr Gesicht drückte

Wärme und Mitgefühl aus. »Ich bin froh, dass du gekommen bist. Ich bin immer für dich da.«

»Ach, mein Liebling, genau das hatte ich gehofft.«

»Du solltest in so einer Zeit nicht allein sein. Obwohl es besser ist«, sagte sie leise, »wenn du meinen Namen niemand Offiziellem gegenüber erwähnst.«

»Gott, nein. Das würde mir nicht mal im Traum einfallen.«

Erleichterung breitete sich auf ihrem Gesicht aus. Er war erstaunt, dass sie keine größeren Schuldgefühle hatte, und wenn, nur aufgrund der Umstände.

»Möchtest du was trinken? Kaylee ist bei ihrem Dad.«

Das wusste er schon. Bei seinem letzten Besuch hatte er den Kalender in der Küche studiert. Er wusste, was Shah wollte, doch heute Abend würde sie es nicht bekommen.

»Ich kann nicht lange bleiben. Ich musste nur mal dein hübsches Gesicht sehen.«

»Ah, Gary«, sagte sie und umarmte ihn fest.

»Ich weiß nicht, was ich empfinden soll. Klingt das irgendwie komisch?« *Kein bisschen.* Genau das hatte er erwartet.

»Überhaupt nicht. Zwischen dir und Naomi hat es schon lange nicht mehr gestimmt, aber du hast sie mal geliebt.« Sie seufzte leise und stellte schließlich die Frage, mit der er gerechnet hatte. »Irgendeine Idee, was sie so spät am Kanal gemacht hat?«

»Will das jetzt die Polizistin wissen oder meine Geliebte?«

»Was glaubst du denn?« Sie küsste ihn sinnlich, mit offenem Mund. Es ist nicht unangenehm, dachte Gary.

»Die Polizei geht wohl davon aus, dass sie sich mit jemandem treffen wollte.«

»Dann war an den Gerüchten über eine Affäre also was dran?«

Er hatte keine Ahnung gehabt, dass sich Neuigkeiten im Präsidium so schnell herumsprachen. Hatten die denn nichts Besseres zu tun, zum Beispiel einen Serienkiller schnappen?

Er löste sich steif von ihr.

»Tut mir leid«, sagte sie bestürzt. »Das war unsensibel.«

»Es ist deswegen nicht einfacher, aber ich glaube tatsächlich, dass Naomi einen anderen hatte. Ich kann mich ja wohl kaum beschweren«, sagte er mit einem bedeutungsvollen Blick.

Sie trat verlegen von einem Bein aufs andere. »Kann ich irgendwas tun, Gary? Um es dir leichter zu machen?«

»Ich finde, wir sollten es eine Weile ruhiger angehen lassen.«

Er sah entzückt, wie ihr Gesicht sich vor Enttäuschung verzog.

»Es ist besser so, Liebling.«

»Ich verstehe«, sagte sie tapfer. »Pass gut auf dich auf, ja?«

»Ich bin keiner, der sich in Alkohol flüchtet, falls du das meinst.« Er hatte weitaus originellere Ventile für Frustration und Langeweile.

»Behandelt die Polizei dich angemessen?«

»Deine Kollegen halten mich ständig auf dem Laufenden.«

Sie streckte die Hand aus, legte sie auf seinen Arm. »Tasse Kaffee?«

Genau darum hatte er gebetet. »Na gut. Du hast mich überredet.«

Er folgte ihr in eine Küche, die kaum größer war als die Besenkammer in seinem Haus. Der Boden hatte ein schwarz-weißes Harlekinmuster. Grauenhafte kleine Fotografien pappten unordentlich am Kühlschrank. Beruhigend, dass ich in dieser familiären Ruhmeshalle nicht vorkomme, dachte er. Zum Glück waren die Fenster geschlossen und die Jalousien heruntergelassen.

»Es ist wichtig, dass du darüber redest«, sagte sie und griff nach den Tassen auf dem Abtropfständer. »Friss nicht alles in dich …«

Er war blitzschnell, schlang ihr den Riemen um den Hals und zog sie in einer eleganten Bewegung nach hinten. Überraschung war schon immer sein bester Verbündeter gewesen.

Sie stieß einen Schrei aus, bäumte sich auf und drückte den Rücken durch, so ähnlich, wie sie das auch im Bett immer gemacht hatte. Ihre Arme ruderten, versuchten, sich an irgendetwas festzuhalten.

Oh nein, von wegen. Er ließ nicht locker, hielt sie eng an sich gedrückt, schränkte ihren Bewegungsspielraum ein. Ihr Körper zuckte, ihre Hände packten den Riemen, verzweifelt wollte sie den Druck lockern und seinem Griff entkommen.

»Schsch«, sagte er. »Wehr dich nicht dagegen.« Er wusste, dass sie nicht sprechen, rufen oder schreien konnte. Er zog sie ein letztes Mal mit einem kräftigen Ruck nach hinten. Ihr Widerstand erlahmte, und bald würde ihre Seele den Körper verlassen *(falls man an so einen Quatsch glaubte)*. Endlich sanken ihre Hände herab, und sie erschlaffte.

Nach wenigen Sekunden war sie bewusstlos. Jetzt würde ihr Gehirn nach und nach absterben. Jeder Herzschlag war ein weiterer Schritt Richtung Tod. Man musste nur sichergehen, dass der Kehlkopf beziehungsweise die Luftröhre schwer verletzt waren. Ein beschädigter Kehlkopf verschloss den Atemweg, was ohne sofortige ärztliche Hilfe das Ende der Vorstellung bedeutete. Wenn die Luftröhre blockiert wurde, die die Lunge mit Sauerstoff versorgte, hatte das eine ähnlich verheerende Wirkung. Und so schnell wird ihr niemand zu Hilfe kommen, dachte er zufrieden, als er in Kiran Shahs blutunterlaufenen Augen sah.

71

Iris wanderte den noblen Teil der Straße ab, wohl wissend, dass sie auffiel wie ein Penner auf einem Laufsteg. Der Bambus, hinter dem sie sich gern wieder versteckt hätte, war jetzt tabu. Erstens waren Leute zu Hause. Zweitens hatten sie ihre Veranda mit Weihnachtsbeleuchtung geschmückt.

Gary Fairweathers Haus gegenüber lag im Dunkeln. Keiner da. Und anders als Jackson ihr hatte einreden wollen, wimmelte es auch nicht von Cops.

Sie fragte sich, wie lange es dauern würde, bis Jackson ihre Zusammenarbeit beendete. Er war clever. Er glaubte ihr nicht. Sie konnte es ihm nicht verübeln. Deshalb musste sie die Ware schnell liefern – und die Ware war Gary Fairweather. Sie hatte nicht erst von Red hören müssen, dass der Typ ein Schwein war. Sollte Jackson ruhig seine Zeit damit vertun, nach anderen mutmaßlichen Killern zu suchen. Sobald sie Neon am Haken hatte, würde er den Mord am Kanal vergessen. Dann wären ihre Geldprobleme gelöst und …

Bewegung am Ende der Straße. Ein Mann kam ihr auf der anderen Seite entgegen. Er hatte den Kopf gesenkt und trug einen riesigen Instrumentenkasten. Jacksons Idee fiel ihr ein, dass man eine Leiche in einem Kontrabasskoffer transportieren könnte.

Iris rührte sich nicht vom Fleck. Der Körperbau des Mannes und sein Gang verrieten ihr, dass es Fairweather war. Seine linke Hand hielt einen Gurt um die Mitte des Koffers, den Instrumentenhals hatte er über die linke Schulter gelegt. Er trug den Kasten mühelos. Was, wenn eine Leiche darin war?

Eine Melodie drang durch die Dunkelheit. Fairweather summte vor sich hin. Er war jetzt fast auf einer Höhe mit ihr, aber zu sehr mit sich selbst beschäftigt, um sie zu bemerken. Er wurde nicht langsamer, als er die Kieseinfahrt erreichte. Iris dachte an seine Augen, dachte an den Typen in dem Club.

Sie bückte sich, als ob ihr etwas heruntergefallen wäre und sie es aufheben würde. Dabei griff sie sich das Messer, das sie in einem Holster am Knöchel trug, und richtete sich auf. Wenn er den Koffer abstellte und seinen Schlüssel herausholte, würde sie über die Straße laufen und ihn angreifen. Sie atmete durch die Nase aus und ein, holte Luft tief aus ihrem Bauch. Langsam und ruhig und … Ihr privates Handy klingelte.

Sie riss es ans Ohr und wandte sich ab. »Ja?«

Es war Mr. Gudgeon, der onkologische Berater. Es war eine Verschlechterung eingetreten, erklärte er. Iris hörte ihm zu, schluckte und hob das Gesicht zum Nachthimmel.

»Okay«, antwortete sie finster. »Ja, ich verstehe.« Dann lauschte sie wieder konzentriert. »Ich komme sofort.«

Als sie sich umdrehte, brannte Licht in Fairweathers Villa, die Tür war geschlossen.

Sie schob das Messer zurück ins Holster und ging mit schweren Schritten bedrückt davon.

72

Jackson schreckte beim ersten Klingeln seines Handys aus dem Schlaf.

Während er noch halb benebelt danach tastete, sah er auf die Uhr. Es war kurz vor vier Uhr morgens. »Ja«, sagte er und rieb sich die Augen.

»Ich will ein Treffen.«

Jackson setzte sich kerzengerade auf, als er Phil Cantos Stimme hörte. »Woher zum Teufel haben Sie meine Nummer?«

Ein tiefes Lachen kam aus dem Hörer. »Ich hab noch ziemlich viel Zeit mit Polly verbracht, nachdem ich sie umgebracht hatte.«

Was? Wie hatte er sich so täuschen können? »Du Scheißkerl, Canto.«

»Ruhe. Sie müssen jetzt ganz ruhig bleiben und mir genau zuhören. Das ist wichtig.«

»Oh, ich höre zu, darauf kannst du dich verlassen, und dann bist du dran.«

»Ich habe nichts anderes erwartet, aber ich muss Sie warnen; wenn Sie Verstärkung mitbringen, stirbt die Frau, die mir gerade Gesellschaft leistet.«

Schneidende Angst durchfuhr Jackson. Er sprang aus dem Bett, griff bereits nach seiner Kleidung.

»Habe ich Ihre volle Aufmerksamkeit?«

»Wo soll ich hinkommen?« Jackson klemmte sich das Telefon zwischen Kinn und Schulter und grapschte nach seinen Socken auf dem Boden.

»An einen Ort, den Sie gut kennen. Heimische Gefilde.«

Jackson fluchte lautlos.

»Sie haben eine Stunde. Kommen Sie nicht zu spät. Und da wäre noch was.«

»Ja?«

»Enttäuschen Sie mich nicht.«

Die Verbindung erstarb.

Jackson rannte ins Bad, schraubte die Lüftungsabdeckung ab, nahm die Glock heraus und lud sie. Dann lief er aus der Wohnung, hetzte die Treppe hinunter nach draußen und zur Tiefgarage.

Normalerweise würde er vierzig Minuten für die zwölfeinhalb Meilen brauchen. Um diese Uhrzeit könnte er es in dreißig schaffen. Er dachte nicht an Irreführung, falsche Theorien oder irgendwelche Fehler. Nur daran, dass das Leben einer weiteren Frau in der Schwebe hing und Phil Canto es war, der die Waage hielt.

Er fuhr aus der Stadt hinaus Richtung Sedgley und von dort weiter über Gospel End zu dem ausgedehnten Heide- und Waldgebiet namens Penn Common. Er war in der Gegend aufgewachsen und kannte sie wie seine Westentasche. In diesen angstvollen Momenten war sie ihm fremd. Nebel durchzog das frühmorgendliche Licht mit schmutzigen Schwaden, verwischte Konturen, trübte und verzerrte die Landschaft. Jackson konnte nur wenige Meter weit sehen, und jede verlorene Sekunde bedeutete Scheitern und Tod. Er durfte nicht noch ein Opfer im Stich lassen.

Er fuhr mit einem für das Wetter halsbrecherischen Tempo, das Lenkrad so fest umklammert, die Fingerknöchel mussten bald durch die Haut platzen. Seine Gedanken rasten. Canto. Mit seiner Waghalsigkeit und den Lügen, mit seiner kalten Fähigkeit zu täuschen war er ihnen allen durchs Netz gegangen.

Jackson war jetzt zwei Meilen von Wolverhampton entfernt, die Gegend wurde immer ländlicher, mit Heide und Ginster und Wäldchen und Wasserläufen. Jackson fuhr vorbei an Hecken und Bäumen, die aus dem Nebel aufragten wie Skelette. Er erinnerte sich daran, wie sein Vater auf den penibel gepflegten Greens und sattgrünen Fairways dahinter Golf gespielt hatte. Als erfahrener Killer hatte Canto seine Hausaufgaben gemacht.

Jackson schielte aufs Armaturenbrett. Dreißig Minuten waren vergangen. Noch mal dreißig und er hätte es entweder geschafft, oder eine Frau würde sterben.

Die Straße verengte sich. Er gab Vollgas, betete, dass ihm niemand entgegenkam. Als er zu schnell um eine Kurve schlingerte, versperrte eine Wand aus Licht und Hitze die Straße. Die Bremsen des Minis blockierten, Jackson wurde nach vorne geschleudert, und der Sicherheitsgurt hielt ihn schmerzhaft fest. Vor ihm durchschnitten hohe lila und gelbe Flammen die Luft und schossen gen Himmel.

Fassungslos stieg er aus und näherte sich der Feuerwand so weit wie möglich. Die Größe des brennenden Fahrzeugs deutete auf einen Van oder SUV hin, aber das Inferno war zu undurchdringlich, um das genau sagen zu können. Jackson schaute sich ratlos um. Der Nebel hatte sich etwas gelichtet, und rechts von ihm, wo die Bäume sich öffneten, konnte er in der Ferne helle Lichter sehen.

Rasch holte er eine Taschenlampe aus dem Auto, schloss den Mini ab und rannte los. Gleich neben der Straße überquerte er ein Green mit Sandbunkern auf beiden Seiten. Kurz darauf stolperte er einen Hang hinunter und ins Rough. Fluchend machte er kehrt, stapfte wieder nach oben und orientierte sich erneut an den Lichtern, die jetzt heller durch die Dunkelheit schienen. Er lief im Bogen über den Fairway zu einem Green, das von Bäumen bewacht wurde.

Das Fähnchen hing schlaff herab, dahinter wartete ein Wald, der ihn ins Nirgendwo führen würde, so fürchtete er. Trotz der feuchten Kälte stand ihm Schweiß auf der Oberlippe. Ihm blieb kaum noch Zeit. Bislang hatte er kein anderes menschliches Wesen gesehen, weder tot noch lebendig. Ein schwacher Trost.

Er platschte durch einen Graben mit knöcheltiefem Wasser, hinter dem sich ein langer Streifen Land auftat, flach wie ein Hubschrauberlandeplatz. Ein Stück weiter konnte er die kantigen Umrisse eines Gebäudes ausmachen, von dem aus grellbunte Lichter die Dunkelheit durchdrangen. Weihnachtsbeleuchtung oder …

Jackson rannte schneller, die Erde weich und federnd unter seinen Sohlen. Ein Teil von ihm wollte dieses Ziel erreichen, der andere Teil wollte genau in die entgegengesetzte Richtung laufen und niemals stehen bleiben. Er wusste instinktiv, dass Neon am Werk gewesen war. Das war kein Treffen. Das war eine Machtdemonstration, und Jackson sollte Zeuge sein.

Mit fliegenden Schritten überquerte er das Green. Er erreichte einen gefliesten Vorhof und spähte auf den Boden. Verräterische Drähte schlängelten sich aus dem Innern des Pro-Shops zu einer Reihe Golfbuggys, die geduckt dastanden wie Ringkämpfer vor einem Angriff.

Jackson zog die Pistole und ging daran vorbei, um eine Ecke herum, wo er wie erstarrt stehen blieb, geblendet von einer Farbexplosion und einer nackten Kiran Shah in der Mitte. Sie war lila und blau angestrahlt und mit einem Draht an einen Baum gebunden. Ihr Kopf hing zur Seite. Es sah aus, als wäre ihr Genick gebrochen. Darüber: ein riesiges Paar Handschellen in gleißendem Blau und Gelb, durchwoben mit den Worten: »MORD IST SEIN HOBBY«. Vor ihren bloßen Füßen ein Neonschriftzug in fluoreszierendem Grün und Orange: »PETZE«.

73

Jacksons Albträume überfielen ihn alle auf einmal.

Statt Shahs Gesicht sah er Pollys. Statt der Stille der Nacht hörte er die tiefe Stimme eines Mannes eine Melodie singen, die er nicht mehr ertragen konnte. Er dachte an ein Kind ohne Mutter, an eine Mutter ohne Tochter. Er musste all seine Kraft aufbieten, um nicht vor Schock und Entsetzen zu schreien.

Benommen taumelte er zurück, riss seine Augen weg von der Leiche, einem weiteren vernichteten Leben. Er lief zur Vorderseite des Gebäudes und blickte sich suchend um, obwohl er kaum etwas sehen konnte. Als er nach seinem Handy tastete, um seinen Fund zu melden, drang ihm ein lautes Dröhnen in die Ohren. Er spähte in Richtung des Geräuschs, und ein einzelner Lichtstrahl durchdrang das Dunkel. Wieder ein kehliges Aufröhren des Motors und noch mal und noch mal, jedes eine Aufforderung an ihn, jedes eine Provokation. Jackson riss die Glock herum und schoss. Quietschende Reifen auf nassem Asphalt verkündeten Neons Abgang, seine makabre Vorstellung war zu Ende.

Oder nicht?

Ein kurzes Stück entfernt hörte Jackson den Motor im Leerlauf brummen. Warum fuhr Neon nicht weg? *Weil er mich locken will,* begriff Jackson. *Er will spielen. Gehört alles zum Spaß dazu, zum Spiel, zur Geschichte.* »Enttäuschen Sie mich nicht.« Das hier war eine Sache zwischen ihnen beiden, und mit dieser Erkenntnis kam ein anderer Gedanke, den er nicht in Betracht ziehen wollte. Jetzt nicht. Noch nicht.

Jackson hielt die Luft an und versuchte, sich zu orientieren. Der kürzeste Weg zurück zu seinem Auto führte direkt an der Straße entlang über einen Pfad; er bildete die eine Seite des Dreiecks, die Hauptzufahrt zum Clubhaus die andere, und dort befand sich Neon mit seinem Motorrad. Er war eindeutig im Vorteil. Er könnte Jackson jederzeit abhängen und davonbrausen, aber Jackson glaubte, dass Neons Gier, seine Show abzuziehen, größer war als sein Bedürfnis, einer Festnahme zu entgehen – oder einer Kugel.

Jackson entschied sich blitzartig und sprintete los. Er rannte, bis seine Lunge brannte und nach Sauerstoff schrie, bis er meinte, sein Herz würde gleich den Geist aufgeben. Als er die Straße erreichte, zitterten seine Wadenmuskeln vor Erschöpfung.

Das Fahrzeug war so weit ausgebrannt, dass er gefahrlos daran vorbeikam. Er sprang in den Mini, startete den Motor und raste zur Einfahrt des Golfclubs. Mit einem kreischenden Aufheulen des Motors schoss ein Motorrad direkt vor ihm heraus. Jackson sah kurz eine vorgebeugte Gestalt im Lichtkegel seiner Scheinwerfer. Neon begnügte sich nicht damit, Jackson sein neustes Werk zu zeigen, er wollte, dass er die Verfolgung aufnahm.

Das ist eine Falle, dachte Jackson, während er das Gaspedal durchtrat. Er raste Richtung Kirche und nahm eine Linkskurve mit selbstmörderischem Tempo. Das Jaulen des Motorrads, als Neon runter- und wieder hochschaltete, war deutlich zu hören.

Sie jagten an den malerischen Cottages und Häusern der Vicarage Road vorbei, näherten sich dem Pub *Holly Bush*. Mit der einsetzenden Morgendämmerung eines weiteren trüben Tages hatte sich der Nebel gelichtet. Bessere Sicht, dachte Jackson, was nicht nur positiv war. Er packte das Lenkrad und schleuderte über die Kreuzung der zweispurigen Fahrbahn.

Lautes Autohupen gellte ihm in den Ohren, als er einen Fingerbreit hinter dem Motorrad abbog.

Sie rasten weiter. Jackson versuchte auszuscheren, um zu überholen und Neon den Weg abzuschneiden, aber der Mini konnte es nicht mit dem leistungsstarken Motorrad aufnehmen. Jackson gab Vollgas, wollte das Hinterrad der Maschine touchieren und Neon ins Nirgendwo schicken. Die behelmte Gestalt warf einen Blick über die Schulter. Ehe Jackson die Chance hatte, dicht genug heranzukommen, beschleunigte die Maschine und wich seitlich auf die andere Fahrspur aus, in den Gegenverkehr. Jackson schlug auf den Knopf für die Warnblinkanlage, riss das Lenkrad so scharf herum, dass die Reifen qualmten, und folgte Neon.

Das Motorrad schlängelte sich zwischen den entgegenkommenden Fahrzeugen hindurch, Jackson immer dicht dahinter, die Nerven zum Zerreißen gespannt. Es konnte nur eine Frage der Zeit sein, bis er frontal mit einem Wagen zusammenprallte. Er beobachtete voller Angst, wie Neons Bremslichter an- und ausgingen, effektvoll wie seine Leuchtzeichen.

Reifen quietschten. Bremsen kreischten. Wagen gerieten ins Schleudern und schossen zur Seite auf Bürgersteige und in Einfahrten, andere wichen weit auf die Gegenfahrbahn aus.

»Du bist irre, du Arschloch!«, schrie Jackson laut, als das Motorrad über eine Kreuzung raste und gerade noch um einen Schwerlastzug herumfuhr. Jackson würde es nicht mehr schaffen. Er riss verzweifelt an der Handbremse und lenkte scharf nach rechts. Der Mini stellte sich quer, rutschte um Haaresbreite an dem Lastwagen vorbei und kam wie durch ein Wunder in der richtigen Fahrtrichtung auf der Straße zum Stehen. Ein kurzer Blick in den Rückspiegel offenbarte Jackson das Verkehrschaos hinter ihm.

Nach Luft schnappend fuhr er ein kurzes Stück langsam und vorsichtig, bis er vor einem Zeitungsladen hielt. Zitternd stieg er aus dem Wagen, taumelte auf den Bürgersteig und beugte sich vor. Die Hände auf die Oberschenkel gestützt, übergab er sich.

Als Jackson schließlich wieder beim Golfclub ankam, waren Browne und Cairns bereits mit einem Team der Kriminaltechnik und etlichen Streifenpolizisten vor Ort. Der Bereich um den Fundort war abgesperrt.

Cairns zog die Augenbrauen hoch, als er Jackson sah. »Das hier ist für niemanden was, und für dich schon gar nicht.«

Jackson blickte zu Browne hinüber, der stumm dastand. Er sah aus wie ein gebrochener Mann, der gerade erfahren hatte, dass seine ganze Familie bei einem schweren Verkehrsunfall ums Leben gekommen war.

»Zu spät«, sagte Jackson. »Neon hat mich heute früh angerufen. Ich war schon vor einer halben Stunde hier.«

»Was?«

Ehe er antworten konnte, erwachte Browne ruckartig aus seiner Schockstarre und kam angestürmt. Er erinnerte an einen Boxer, wenige Sekunden bevor er seinen Gegner auf die Bretter schickte.

»Warum haben Sie das nicht gemeldet?«

Jackson berichtete ihm von der Drohung, der Aufforderung, der Falle und der erfolglosen Jagd auf Neons Motorrad. »Shahs Leben stand gar nicht mehr auf dem Spiel, weil sie bereits tot war. Sie hatte keine Chance. Neon wollte, dass ich allein herkomme, ohne Verstärkung«, sagte er. »Das brennende Fahrzeug war bloß dazu gedacht, meine Aufmerksamkeit zu wecken und mich in die richtige Richtung zu schicken.«

»Großer Gott.« Cairns rieb sich mit beiden Händen über den Schädel. »Hast du die Stimme erkannt?«

»Sie klang wie Phil Canto.« Das stimmte. Außerdem hatte der Mann seinen Namen genannt.

»Wir sollten ihn zur Fahndung ausschreiben.«

»Schickt sofort eine Streife zu ihm nach Hause«, blaffte Browne. All seine scheinbar kühle Selbstbeherrschung verschwand in die diesige Morgenluft.

»Das ist Zeitverschwendung«, sagte Jackson.

Verblüfft wechselten Cairns und Browne Blicke, ehe sie Jackson ansahen. »Es war dunkel und neblig«, erklärte Jackson. »Ich konnte kaum die Hand vor Augen sehen. Jeder hätte auf dem Motorrad sitzen können.«

»Aber es war doch Cantos Stimme am Telefon«, wandte Cairns ein.

»Es klang wie seine, aber er war's nicht.«

»Jetzt versteh ich gar nichts mehr.«

»Verdammte Scheiße.« Brownes lautstarker Fluch war so ungewöhnlich, dass alle ihn verblüfft ansahen. Sein Zorn entlud sich auf Jackson. »Hören Sie gefälligst auf, meine Ermittlung zu sabotieren!«

»Marcus, ich schwöre, das tu ich nicht. Ich will diesen Kerl genauso sehr schnappen wie Sie.« Sogar noch mehr, dachte Jackson, bemüht, die emotionale Temperatur zu senken. Er brauchte Browne auf seiner Seite. »Das hier ist ein fürchterlicher Schlag für uns alle.«

Browne hob kapitulierend die Hände, schien seinen ungewöhnlichen Ausbruch zu bedauern. »Sie haben recht. Also falls Sie irgendwas wissen, das ich nicht weiß, würden Sie bitte damit rausrücken?«

»Musiker haben ein gutes Gehör«, sagte Jackson. »Auch für den Klang von Stimmen. Dieses Talent teilen sie mit guten Imitatoren.«

»Sie meinen, Neon hat sich als Canto ausgegeben?«

»Ja.« Das war ihm auf der Rückfahrt zum Golfclub klar geworden, kurz nachdem er sich übergeben hatte.

»Das halte ich für Blödsinn.« Browne wandte sich ab, holte sein Handy hervor und gab Anweisung, Canto festzunehmen.

»Er wird nicht zu Hause sein«, sagte Jackson verhalten.

»Nein, wahrscheinlich ist er schon auf halbem Weg zum Flughafen.« Browne tippte eine andere Nummer in sein Handy.

Cairns kratzte sich am Kinn und winkte Jackson beiseite. »Was läuft da, Matt?«

»Neon steht Canto so nahe, dass er ihm was anhängen kann. Er wusste, dass Canto Kontakt zu Vicky hatte. Er weiß, dass Canto uns kein vernünftiges Alibi liefern kann. Canto hat ein Motorrad und einen Van, aber es handelt sich nicht um *das* Motorrad und um *den* Van.«

Seit Pollys Tod hatte Jackson sich nicht mehr so ruhig und gefasst gefühlt. Wenn er Cairns die Wahrheit sagte, würde seine Gewissheit dann zerschmettert und in den Kies getreten werden, auf dem sie standen?

Cairns verdrehte die Augen. »Ach, jetzt versteh ich, wir sind wieder bei Fairweather, dem armen Kerl, dessen Frau ertrunken ist.«

Jackson sah ihn erhobenen Hauptes und unbeirrt an.

Auch Cairns stellte sich gerade hin, um mit ihm auf Augenhöhe zu sein. »Ich hab mir die Aufnahmen der Überwachungskameras in der Nacht von Naomi Fairweathers Tod noch mal angesehen. Da war eine nicht identifizierbare unbekannte Frau.«

Sofort dachte Jackson an Iris. An den Kratzer auf ihrer Wange. An ihre wortkargen Antworten. Eine würgende Angst schnürte ihm die Kehle zu. »Das hat wahrscheinlich nichts zu bedeuten.« Sein Lächeln war ebenso gekünstelt wie die Stimme des Mannes, der Canto imitiert hatte.

Das knirschende Geräusch von nahenden Schritten ließ sie auseinanderfahren.

Browne hatte die Augen auf den Boden gerichtet, und seine Hände waren zu Fäusten geballt. »Canto ist nicht zu Hause.

Ich werde das ganze Land durchkämmen, bis ich das Schwein gefunden habe.«

Jackson nickte, als pflichte er ihm bei. Während Cairns und Browne auf der Jagd nach Canto waren, würde er sich verabreden. Neon wollte ein Treffen. Er würde eines bekommen.

74

Wieder in seinem Wagen, rief Jackson die Zentrale des Polizeipräsidiums an. »DC Tonks, bitte.«

Kurzes Schweigen, gefolgt von: »Die hat heute Urlaub.«

»Dann Mander.«

Jackson wartete. Shahs Tod würde die Schlagzeilen beherrschen. Ihm blieb nichts anderes übrig, als seine Suspendierung zu verschweigen.

»Mander am Apparat.«

»Detective Chief Inspector Jackson.«

»Guten Tag, Sir.«

»Können Sie mir die Adresse von DS Shah raussuchen?«

»Ähm ... na ja ... ich weiß nicht ...«

»DCI Browne hat das genehmigt«, log Jackson.

»Ach so, gut, ich schick sie Ihnen aufs Handy.«

»Ich bitte darum.«

Fünf Minuten später ließ er den Motor an und fuhr los.

Shahs Haus war ein sekundärer Tatort. Jackson konnte es unmöglich betreten, ohne Spuren zu kontaminieren. Und das wollte er weiß Gott nicht.

Ein einzelner Officer stand vor der Haustür. Die Kriminaltechnik war offenbar noch nicht eingetroffen.

»Irgendwelche Anzeichen für ein gewaltsames Eindringen?«, fragte Jackson.

»Keine, Sir.«

Was passte. Shah hatte ihren Mörder hereingelassen, weil sie ihn kannte. Jackson dachte zurück an den Gig und die Verbindung zur Musikszene. Kaylee, Shahs Tochter, mochte Musik. Vielleicht hatte Shah ja Gary gemocht.

»Ich schau mich mal kurz im Vorgarten um«, sagte er zu dem Officer.

»In Ordnung, Sir.«

Jackson ging zurück zur Grundstücksgrenze. Eine dichte Ligusterhecke trennte den Rasen vom Bürgersteig und der Straße. Er betrat das Gras und schritt langsam an der Hecke entlang, die Augen nach unten gerichtet. An der Ecke, wo die Hecke zurück Richtung Haus verlief, ging er in die Hocke, strich mit einer behandschuhten Hand über den Boden. Druckstellen im Boden deuteten darauf hin, dass hier kürzlich etwas gelegen hatte. Er schätzte die Distanz zwischen den Eindrücken ab, circa ein Meter achtzig. Der Killer hätte den Instrumentenkasten im Dunkeln hier abgelegt. Dann geht er rein, plaudert mit Shah, erdrosselt sie, kommt wieder raus, holt den Kasten, packt ihre Leiche hinein und spaziert davon. Jackson war felsenfest davon überzeugt, dass man Kampfspuren finden würde. Shah wäre nicht ohne Gegenwehr gestorben. Etwas in ihm zerriss bei dem Gedanken.

Als er sich aufrichtete, sah er etwas in der Hecke. Er zupfte es heraus. Ein Bleistift, am hinteren Ende angekaut. Jackson zog einen Handschuh aus, wickelte den Stift darin ein und steckte ihn in die Tasche.

Nachdem er sich bei dem Officer bedankt hatte, fuhr er zum Ende der Straße, wo er parkte und ausstieg. Als er zurückging, an Shahs Haus vorbei, bemerkte er mehrere Polizeiwagen am Eingang der Sackgasse. Er hielt den Kopf gesenkt, holte sein Handy hervor, um sich seine Route anzeigen zu lassen, und bewegte sich mit schwerfälligen Schritten, als würde er eine Leiche tragen. Er vermutete stark, dass Fairweather kräftigere Arme hatte als er.

Er brauchte fünfundzwanzig Minuten bis zu Gary Fairweathers Haus, einem Protzkasten, der nach den aktuellen Immobilienpreisen mindestens eine Million Pfund wert war.

Als er auf dem Rückweg war, bekam er einen Anruf von Browne, der ein Geräusch irgendwo zwischen Begrüßung und Entschuldigung von sich gab. Er hatte wie ein gebrochener Mann gewirkt, als Jackson ihn zuletzt gesehen hatte. Jetzt klang er auch wie einer.

»Canto ist über hundertsechzig Meilen entfernt in einem Hotel in Devon. Sie hatten recht, was ihn betraf.«

»Kennen Sie das Café am St. Paul's Square?«, fragte Jackson.

»Ja.«

»Treffen wir uns dort.«

»Ich habe sie im Stich gelassen.« Browne starrte geistesabwesend auf die Tasse Kaffee, die vor ihm kalt wurde. »Ich hätte es kommen sehen müssen. Ich hätte mehr tun müssen. Es ist meine Schuld.«

»Es ist Neons Schuld und niemandes sonst.« Jackson hatte seine Probleme mit Browne gehabt, aber er würde nicht zulassen, dass der Mann sich eine Bürde auflud, die er nicht tragen sollte.

»Und ich habe Ihnen misstraut«, sagte Browne ehrlich.

»Schwamm drüber. Es geht darum, dass ich jetzt Ihr Vertrauen brauche. Ich möchte, dass Sie Fairweather festnehmen.«

Brownes Augen weiteten sich. »Sie wollen doch wohl nicht behaupten …«

»Dass er Neon ist. Doch, genau das behaupte ich.«

Browne lockerte seinen Hemdkragen. Er sah aus wie ein Mann, der mit seinem Lottoschein den Jackpot hatte knacken wollen und dann doch nur den Zehner gewonnen hatte. »Hat er die notwendigen Fähigkeiten? Diese Installationen sind nicht von irgendeinem Amateur zusammengepfuscht worden.«

»Ich glaube, er hat sein Handwerk über viele Jahre hinweg

verfeinert.« Jackson erzählte Browne von dem Buch, der Verbindung nach Las Vegas, der möglichen Verwendung eines Saxofongurtes als Schlinge.

»Und welche Rolle spielt Canto dabei?«

»Fairweather hat sich hinter ihm versteckt und uns klassisch auf eine falsche Fährte geführt. Ich schlage vor, Sie lassen Cantos Handy auf Spyware untersuchen.« Jackson redete weiter, erläuterte seine Theorie, wie es Fairweather gelungen war, seine mörderische Spur durch die Stadt zu ziehen. »Die vielen Großbaustellen und das daraus entstandene Chaos haben ihm zweifellos geholfen, aber es fällt mir schwer zu glauben, dass sämtliche Überwachungskameras außer Betrieb, verdeckt oder kaputt waren.«

Browne beäugte ihn argwöhnisch. »Wollen Sie damit andeuten, dass DS Shah ihren Mörder kannte und einen Straftäter gedeckt hat?«

»So krass würde ich es nicht formulieren, aber es könnte erklären, warum Neon sie als Petze bezeichnet hat.«

»Das ist reine Spekulation«, sagte Browne entrüstet.

»Ja, ist es, aber das hier nicht.« Er zog den Handschuh mit dem Bleistift, den er in Shahs Garten gefunden hatte, aus der Tasche. »Lassen Sie ihn auf DNA untersuchen. Sie musste sterben, genau wie Jordan Boswell.« Er beschrieb seine Theorie, wie Shahs Leiche transportiert worden war.

Browne hörte aufmerksam zu. Hinterher blickte er aus den beschlagenen Fenstern, tief in Gedanken.

»Wenn Sie mir erlauben, inoffiziell weiterzuarbeiten«, sagte Jackson, »halte ich Sie ständig auf dem Laufenden und lasse Sie die Lorbeeren einheimsen, wenn der Fall gelöst ist.«

Browne schob seine Brille höher auf die Nase. »Warum sollten Sie das tun?«

»Weil mir Rang, Bewertungen oder Aufklärungsraten egal sind.«

Browne schwieg eine Weile.

»Abgemacht?«, fragte Jackson.

»Ich möchte lieber keinen Großeinsatz anordnen, bevor ich die Beweislage nicht überprüft habe.«

»Einverstanden«, sagte Jackson. »Sie werden auch einen Durchsuchungsbeschluss brauchen.«

»Was einige Zeit dauern kann.«

Und Zeit war etwas, das ihnen allen allmählich ausging.

75

Iris hatte sich vor Jacksons Wohnung niedergelassen. Sie saß im Schneidersitz auf dem Boden, den Rücken gegen die Wand gelehnt.

Als er näher kam, sah sie vorwurfsvoll zu ihm hoch. »Ich bin schon seit Stunden hier.«

Jackson sagte nichts. Er holte seinen Schlüssel hervor, rammte ihn ins Schloss und stieß die Tür auf. Iris rappelte sich hoch und folgte ihm in die Wohnung.

»Hat's Ihnen die Sprache verschlagen?«, fragte sie.

Er fuhr herum und sah sie an. »Wie war das noch mal mit der Katze, die Ihnen das Gesicht zerkratzt hat?«

Iris runzelte die Stirn. »Wollen Sie hören, was ich über Fairweather rausgefunden hab, oder nicht?«

»Vielleicht dass er den Mord an seiner Frau in Auftrag gegeben und Sie dafür bezahlt hat?«

Iris' Haut war so durchscheinend hell, dass man unmöglich sehen konnte, ob sie noch blasser wurde. Aber Jackson hatte genug Zeit mit Lügnern verbracht, um die subtileren nonverbalen Zeichen wahrzunehmen. Sie ballte die Fäuste, nahm die Schultern leicht zurück. Wachsam. Auf der Hut. »Da nehme ich mir eine Nacht frei, und schon hab ich die Frau umgebracht?«

»Das ist Ihr Beruf, Iris.«

»Wir hatten eine Abmachung.«

»Die Sie in dem Moment gebrochen haben, als Sie Valon Prifti erschossen haben.«

Sie sah ihm mit einem sturen, unnachgiebigen Blick in die Augen.

»Sie sind gesehen worden, Iris.«

»Von wem?«

»Nicht von wem, von was: einer Überwachungskamera.«

Iris schob die Hände in die Taschen. »Na gut. Ich war am Brindleyplace, aber ich hab sie nicht umgebracht. Warum sollte ich?«

»Weil Sie das Geld brauchen, weil Sie nicht anders können, weil Sie todkrank sind, Iris.«

Sie blickte nicht betroffen. Ihre Schultern sanken nicht herab. Ihre Unterlippe bebte nicht. Und ganz sicher traten keine Tränen in ihre Augen. Sie stellte sich aufrechter hin und starrte ihn trotzig an. Ihn befielen Zweifel, ob der Sensenmann sie besiegen könnte.

»Ich werde Sie nicht der Polizei ausliefern«, sagte er mit ruhigem Blick. »Das bringt nichts. Aber ich kann nicht mehr mit Ihnen zusammenarbeiten.«

»Sie brauchen mich. Ich kann Ihnen Fairweather liefern.«

»Es ist vorbei, Iris.«

»Schwachsinn.«

»Gehen Sie nach Hause. Sie müssen sich ausruhen und schlafen und essen.«

Iris sah ihm fest in die Augen. Wie nur sollte man diesen Panzer durchdringen, den sie um sich herumgebaut hatte und der sie vor Gefühlen schützen sollte.

»Wo waren Sie vorhin?«, fragte sie.

Wie immer, wenn sie eine Frage nicht beantworten oder auf eine Bemerkung nicht eingehen wollte, tat sie so, als wäre gar nichts gesagt worden, oder reagierte mit einer Gegenfrage. »Neon hat wieder zugeschlagen«, sagte er lapidar. »Er hat eine Polizistin ermordet, die ich kannte.«

»Fairweather«, sagte sie. »Ich hab ihn letzte Nacht gesehen.«

Jackson merkte auf. »Wo?«

»Er ist zu Fuß nach Hause gekommen und trug einen großen Instrumentenkoffer, genau wie Sie gesagt haben. Gut möglich, dass die Leiche der Frau drin war.«

»Wann war das?«

»Gegen acht.«

Zeit genug für Fairweather alias Neon, den Rest seines Planes auszuführen. »Sie sind nicht näher an ihn ran?«

»Ging nicht. Ich hab einen Anruf bekommen.« Sie schaute weg.

»Was für einen Anruf?«, fragte Jackson argwöhnisch.

»Nicht, was Sie denken.«

»Klar«, erwiderte er, seine Stimme troff vor Zweifel. »Und die ganzen Textnachrichten und Anrufe, die Sie kriegen, haben natürlich nichts mit Ihrer Nachtarbeit zu tun?«

»Wenn Sie's unbedingt wissen müssen, es war mein Arzt, der mir gesagt hat, dass sein ursprünglicher Behandlungsplan nicht mehr machbar ist.« Ihre Stimme war matt und monoton.

Das tat ihm ehrlich leid, und das sagte er auch.

»Mein Leben ist vorbei, wenn ich kein Geld für eine alternative Therapie im Ausland auftreibe.«

»Wie gesagt, es tut mir sehr leid, Iris.«

»Sparen Sie sich Ihr Mitleid. Seien Sie clever. Das ist für uns beide gut.«

Er wusste es, aber er konnte ihr nicht mehr vertrauen, konnte nicht noch einmal die Verantwortung für den Tod einer weiteren unschuldigen Frau auf sein Gewissen laden, und sei es nur indirekt. »Alles Gute.«

Ihre Augen wurden schmal. »Das ist nicht Ihr Ernst.«

»Doch.«

»Und was ist mit unserem Deal?«

»Ich gebe Ihnen Bescheid, wenn ich so weit bin.«

Sie verschränkte die Arme. Ihre Unterlippe verzog sich gereizt. »Sie haben nicht das Zeug dazu, Fairweather zu schnappen, und schon gar nicht, ihn zu töten.«

»Da ist die Tür«, sagte Jackson.

Ein Schatten glitt hinter ihren Augen vorbei. Er spürte die Wut in ihrem Schweigen, dann drehte sie sich um und stapfte türenknallend aus seiner Wohnung, hinterließ einen Sog eisiger Luft. Er lauschte ihren zornigen Schritten, die neue Löcher in den Teppich auf der Treppe stanzten.

Ausgelaugt schälte er sich aus seiner Kleidung und ging rasch unter die Dusche. Seine übermüdeten Augen bekamen die fürstliche Kaltwasserbehandlung. Er brauchte mehr Koffein, bevor er loslegte. Schlaf konnte warten. Bald würde für ihn der ganz große Schlaf kommen, aus dem es keine Wiederkehr gab.

Er zwang eine Tasse Kaffee in sich hinein, und als er auf sein Handy schaute, sah er, dass er einen Anruf von Gonzalez verpasst hatte. Der Officer hatte versucht, ihn um 1.20 Uhr Ortszeit in Las Vegas zu erreichen, vermutlich war die Sache dringend. Jackson rief ihn umgehend zurück und hoffte, dass Gonzalez noch nicht schlief.

Er meldete sich mit einem munteren »Hi«.

»Sie bleiben lange auf.«

»Ich leide unter unheilbarer Schlaflosigkeit.«

Bei dem Wort »unheilbar« zuckte Jackson zusammen und dachte an Iris. »Was haben Sie für mich?«

»Vor siebzehn Jahren hat Canto achtzehn Monate bei seinem Vater in den USA gelebt. Während dieser Zeit wurden in Nevada zwei Angriffe auf Frauen gemeldet, die zu Neons Modus Operandi passen.«

»Ich höre.«

»In beiden Fällen versuchte der Täter, sein Opfer zu erdrosseln. Die Angriffe erfolgten spätnachts im Freien, in der Nähe von Dinern mit aufwendiger Neonreklame. Der erste wurde von einem Passanten vereitelt. Die zweite Frau überlebte wie durch ein Wunder. Der Täter hielt sie für tot, als sie das Bewusstsein verlor. Leider wurde sie so schwer verletzt, dass sie bis heute einen Schlauch in der Kehle hat.«

»Hat sie ihn gesehen?«

»Nein. Er hat sie von hinten angegriffen, und er trug einen Motorradhelm mit runtergeklapptem Visier.«

»Hat er irgendwas gesagt?«

»Ja, aber sie konnte den Akzent nicht einordnen. Sie meinte, er war Ausländer, der versuchte, wie ein Amerikaner zu klingen.«

»Könnte er Brite gewesen sein?«

»So konkret hat sie sich nicht geäußert.«

Unter den gegebenen Umständen war das gut nachvollziehbar. Jackson hielt die Verbindung für recht dürftig. »Hat sie was zu Größe und Körperbau des Täters sagen können?«

»Gut ein Meter achtzig, etwa 85 Kilo.«

»Konnte sie irgendwelche Angaben zu der Schlinge machen?«

»Sie hat gesagt, es fühlte sich wie Leder an.«

»Hat er Handschuhe getragen?«

»Ja.«

Jackson hatte den Eindruck, dass Gonzalez noch ein Ass im Ärmel hatte. »Gibt's noch was, das ich wissen sollte?«

»Canto war nicht allein hier. Er hatte einen Freund dabei, einen Kerl namens Gary Ancona.«

Jackson stockte das Blut in den Adern.

»Vor siebzehn Jahren, sagten Sie?«

»Genau. Ancona hat an einem College in Nevada Musik studiert«, erklärte Gonzalez. »Als Canto wieder abreiste, blieb Ancona noch, um das Semester abzuschließen.«

Gary Fairweather, wie er sich jetzt nannte, musste damals einundzwanzig gewesen sein und noch an der Musikhochschule in London, dachte Jackson. Hatte er ein Auslandssemester in den Staaten gemacht? Möglich.

»Hat es damals noch weitere Angriffe auf Frauen gegeben?«

»Falls ja, waren sie tödlich, und wir haben die Leichen nie gefunden.«

»Wie sieht Ihre Statistik für ungelöste Fälle in der Zeit aus?«

»Wollen Sie das wirklich wissen?«

Jackson verstand, dass die Frage eher rhetorischen Charakter hatte und beschloss, nicht weiter nachzuhaken. Er dankte Gonzalez für seine Mühe und die Informationen. »Falls wir hier einen Durchbruch haben, halte ich Sie auf dem Laufenden.«

»Ich bitte darum.«

Er legte auf, wählte die Nummer vom London College of Music und erklärte, dass er in einer »polizeilichen Angelegenheit« anrief.

»Ich würde gerne mit der Direktorin sprechen.« Es knackte ein paarmal in der Leitung, und dann sprach er mit einer sympathisch klingenden Frau über den ehemaligen Musikstudenten Gary Ancona.

»Vor siebzehn Jahren war ich noch nicht hier am College«, sagte sie. »Ich überlege gerade, wer damals bei uns unterrichtet hat.« Sie schwieg kurz. »Das müsste«, sagte sie langsam, »rund zehn Jahre nach unserem Umzug gewesen sein.«

»In die Stadtmitte?« Great Marlborough Street, glaubte Jackson.

»Nein, wir sind *aus* der Stadtmitte nach Ealing gezogen und haben uns mit der Polytechnic of West London zusammengetan.«

Jackson keuchte auf, als hätte ihm jemand aus kurzer Entfernung mitten in die Brust geschossen. Er schnappte nach Luft, spürte, wie sein Körper erstarrte, gefolgt von seinem Verstand. *Polly, oh mein Gott,* schrie er lautlos. Und in diesem Moment der Schwäche schlug das, was undenkbar schien, ins Mögliche um, und plötzlich wurde alles vollkommen und grauenhaft klar.

»Ich verbinde Sie mal mit unserem …«

Jackson hatte bereits aufgelegt.

76

Es war zwei Uhr nachmittags, als Jackson entschlossenen Schrittes über den Bürgersteig und die Kieseinfahrt zu Fairweathers Haus ging. Er stieg die flachen Stufen zum steinernen Eingangsportal hoch, griff nach dem Klingelzug und zog kräftig daran. Niemand machte auf. Er versuchte es erneut. Noch immer nichts. War Fairweather abgehauen?

Wütend und frustriert marschierte Jackson über den Kies zurück zum Tor. Das Haus war wie eine Trutzburg. Er fragte sich, ob das Motorrad, das heute Morgen benutzt worden war, dort drüben in der Garage stand.

Ein Geräusch. Jackson drehte sich um und sah Fairweather aus dem Haus treten. Er war barfuß, trug ein Kapuzenshirt und hatte einen verwirrten Ausdruck im Gesicht. Seine Haare standen kreuz und quer, ein mehrere Tage alter Bartschatten verdunkelte sein Gesicht, und er sah aus, als hätte er seit einem Monat nicht mehr geschlafen.

»Oh«, sagte er ausdruckslos. »Sie sind das. Ich dachte, es wäre vielleicht die Polizei.«

Jackson überspielte seine Aggression mit einem Lächeln und ging zu ihm. »Ich bin die Polizei.«

»Ja, natürlich. Sorry. Naomi hat gesagt, Sie wären …« Er verstummte jäh, scheinbar weil er es nicht ertrug, den Namen seiner Frau auszusprechen.

Jackson ersparte sich sinnlose Beileidsbekundungen. Fairweather sah benommen und weggetreten aus. Berichtigung: Fairweather ist verdammt gut darin, weggetreten zu wirken, dachte Jackson. Bei aller gespielten Traurigkeit glitzerten seine

Augen tückisch. Wieso war ihm vorher nie aufgefallen, wie grün sie waren?

»Ich verstehe nicht ganz«, sagte Fairweather, offenbar darauf bedacht, die Rolle des trauernden Gatten beizubehalten. »Ist Ihr Besuch offizieller Natur?«

Jacksons Antwort war brüsk. »Wir haben Grund zu der Annahme, dass Naomis Tod kein Unfall war.«

»Gott, Sie meinen, jemand hat sie ins Wasser gestoßen?« Er blickte über Fairweathers Schulter.

»Dürfte ich wohl reinkommen? So ein Gespräch sollten wir vielleicht nicht zwischen Tür und Angel führen.«

Fairweather sah einigermaßen betreten drein. »Aber ja. 'tschuldigung. Bitte.«

Jackson folgte ihm in eine steril wirkende Küche, in der nur ein großer Lehnstuhl in der Ecke ausgefallen wirkte. Fairweather zog einen Hocker unter der zentralen Kücheninsel hervor, auf der etliche Papiere verteilt lagen. Er schob sie gekonnt zu einem Stapel zusammen und räumte ihn beiseite. Jackson warf einen Blick darauf, nahm sich dann auf der anderen Seite einen Hocker. Sie sahen sich an, nur gut einen Meter voneinander entfernt. Jackson hatte schon Killern gegenübergesessen, aber stets nur in der vertrauten Sicherheit eines Vernehmungsraums. Das hier war anders. Er tastete nach seiner Manteltasche, spürte die beruhigende Kontur der Glock.

»Sie sagten gerade, dass Naomis Tod kein Unfall war«, begann Fairweather.

Jackson antwortete nicht. *Lass ihn reden. Lass ihn lügen.*

»Aber wer macht denn so was?«, sagte Fairweather scheinbar fassungslos. »Sie hatte doch keine Feinde.« Er sah sich um, als würde ihn auf der anderen Seite der Wände jemand belauschen. »Sie wissen, dass sie unter ihrem Mantel nichts anhatte? Ich bring es kaum über mich, das auszusprechen, aber …« Er beendete den Satz nicht.

»Aber was?«

Fairweather schüttelte bekümmert den Kopf. »Naomi hatte sich in Phil verliebt. Ich hatte schon immer so ein komisches Gefühl.«

»Vergessen Sie da nicht etwas? In der Nacht ihres Todes stand Phil Canto zusammen mit Ihnen auf der Bühne.«

Fairweather verkniff sich eine Antwort. Seine grünen Augen glitzerten in dem kalten Licht.

»Wie ich höre, kennen Sie beide sich schon ewig«, sagte Jackson.

»Seit fast zwanzig Jahren.«

»Als Sie noch Gary Ancona waren.«

Fairweather ließ sich nichts anmerken. »Es ist kein Verbrechen, seinen Namen zu ändern. Das ist alles ganz offiziell mit Urkunde und so weiter gemacht worden. Ich meine, wer will denn schon Gary Ancona heißen? Das klingt wie ein Mafioso.«

Jackson überging Fairweathers Versuch, einen etwas lockereren Ton anzuschlagen. Er musste ihn aus dem Gleichgewicht bringen. »Haben Sie beschlossen, Ihren Namen zu ändern, nachdem sie Phil kennengelernt hatten, oder schon davor?«

»Ich glaube, das war danach«, sagte Fairweather vage. »Sie können das wahrscheinlich überprüfen, wenn Sie das für wichtig halten.«

»Wieso Fairweather?«

Jackson registrierte das Zögern. Für einen kurzen Moment trat etwas in Fairweathers Augen, das er nicht einordnen konnte.

»Das war der Mädchenname meiner Mutter.«

Jackson nickte einsichtig. »Sie standen Ihrer Mutter wohl sehr nah?«

Fairweather antwortete nicht. Es sah aus, als würde er am liebsten zuschlagen.

Jackson empfand eine tiefe Genugtuung. Seine Frage hatte ganz eindeutig einen empfindlichen Punkt getroffen. Um ihn weiter zu reizen, sagte er: »Sind Sie zerstritten mit Canto, Krach zwischen Musikern, oder was?«

»Wie kommen Sie darauf?«

»Sie haben gerade angedeutet, er könnte ein Mörder sein.«

»Ach ja? Ich dachte, ich habe angedeutet, er könnte eine Affäre mit meiner Frau gehabt haben. Phil würde als Erster zugeben, dass er nichts anbrennen lässt, wenn es um Frauen geht. Er war schon immer ein Hallodri, solange ich ihn kenne.«

»Auch, als Sie mit ihm in Vegas waren?«

»Sie haben aber wirklich Ihre Hausaufgaben gemacht.«

Jackson bemerkte einen winzigen Riss in Fairweathers ansonsten glatter Fassade. »Reine Routine, die Ehegatten von Verstorbenen unter die Lupe zu nehmen, wenn deren Todesumstände fragwürdig sind.«

»Ich verstehe«, sagte Fairweather in frostigem Tonfall.

Gut, dachte Jackson, als er sah, dass der kleine Riss sich weitete. »Also, wie war das mit Las Vegas?«

»Da gibt es nicht viel zu erzählen. Ich habe an einem College in Nevada Musik studiert. Eines Abends bin ich mit Phil was trinken gegangen und mit Naomi zurückgekommen.« Sein Gesicht verzog sich erneut zu einem Ausdruck beherrschter Trauer, als er den Namen seiner toten Frau erwähnte.

»Und davor«, rief Jackson ihm in Erinnerung, »waren Sie in London auf der Musikhochschule.«

»Kurze Zeit, ja.«

»Warum nur kurz?«

»Ich habe das Semester abgebrochen.«

»Ist das üblich?«

Fairweather sah ihm in die Augen. »Ich wollte umfassendere und tiefer gehende Erfahrungen machen. Ich dachte mir, dass die USA dafür genau richtig wären.«

»Und war dem so?«

»Absolut.« Als Fairweather mit einem Finger auf die Arbeitsplatte klopfte, war auf seinem Handrücken deutlich eine weiße Narbe zu sehen. Er folgte Jacksons Blick und erklärte: »Unfall als Kind. Meine Schuld.«

Jackson nickte, als würde er ihm glauben. »Gab es noch einen anderen Grund, warum Sie Ihr Studium in London hingeschmissen haben?«

»Was meinen Sie?«

»Zum Beispiel eine Frau?«

»Da reden Sie mit dem Falschen, mein Lieber.«

Die Überzeugung in Fairweathers Stimme verunsicherte Jackson. Lag er daneben? Hatten Besessenheit und Trauer ihn zum Fantasten gemacht? »Sie sind also nicht abgehauen, um eine missglückte Liebesbeziehung hinter sich zu lassen?«

Gary sah ihn verwundert an. Aber seine Augen blieben unnatürlich hell und leuchtend.

»Erinnern Sie sich an Polly Fleet?«, sagte Jackson.

»Der Name sagt mir nichts.«

»Sie sind sich nicht auf dem College über den Weg gelaufen?«

»Hätten wir das tun sollen?« Fairweather schüttelte arglos den Kopf. »Welches Instrument hat sie gespielt?«

»Gar keins. Sie hat Pädagogik studiert.«

»Ach so, tja, da haben wir die Erklärung. Andere Fakultät. Ich habe mich immer nur mit Musikern rumgetrieben. Und wenn das alles ist«, sagte er und beugte sich bedrohlich vor, »möchte ich Sie jetzt bitten zu gehen.«

»Kein Problem«, sagte Jackson mit einem Lächeln. »Ich melde mich wieder.«

77

Iris litt Höllenqualen.

Der Phantomschmerz in ihrer Schulter war nichts im Vergleich zu dem realen Schmerz in ihrem Herzen. Sie hatte sich immer vorgestellt, wenn sie irgendwann abtreten müsste, dann durch eine Kugel in den Kopf oder in die Brust, vielleicht durch mehrere. Aber nicht so. Langsam von innen aufgefressen werden.

Nachdem sie Jacksons Wohnung verlassen hatte, war sie nach Solihull gefahren, um sich zu vergewissern, dass es keine offenen Fragen gab, keine Missverständnisse. Sie hatte endlos lange mit Mr. Gudgeon geredet, und nach einigem Hin und Her, wobei sich ihr sonst so kühles Temperament erhitzt hatte wie ein Essen in der Mikrowelle, hatte sie ihm auf die einzige Art gedroht, die sie kannte. Um seiner eigenen Gesundheit und der Sicherheit seiner Frau und Kinder willen würde er tun, was sie verlangte. Zum Glück hatte er Vernunft angenommen und prompt versprochen, einen Flug zu buchen und den Transport am Zielort zu organisieren. Fairweather, oder wie immer er sich nennen wollte, zur Strecke zu bringen hatte für sie jetzt oberste Priorität.

Sie musste ihn inmitten seiner schrecklichen Neonbilder erwischen. Sie würde den Job erledigen und ihn tot bei Jackson abliefern. Dann würde er anders über sie denken, oder? Er würde sie bezahlen müssen. Sie wollte keine Medaille oder Absolution oder Vergebung. Sie brauchte Bares, und sie war wild entschlossen, es zu bekommen.

Mit gutem Grund glaubte Jackson, dass Fairweather und Polly einander gekannt hatten.

Zu Beginn ihrer Beziehung hatte sie kurz einen Freund erwähnt, mit dem sie Schluss gemacht hatte. Allerdings hatte sie nie seinen Namen genannt. Als Jackson einmal nachfragte, hatte sie zugegeben, dass sie sich schämte und schuldig fühlte. Sie hatte den Typen abserviert, und er hatte die Trennung nur schlecht verkraftet. Am Boden zerstört, hatte er sein Studium abgebrochen und war ins Ausland gegangen, hatte sie gebeichtet.

Ein Schmerz, der sich tief in seinem Innern zusammenballte, verriet Jackson, dass Fairweather log, auch wenn er noch so überzeugend gewirkt hatte. Er glaubte mit jeder Faser seines Seins, dass Fairweather Neon war, und bedauerte, dass er ihm kein Geständnis abgerungen hatte. Er hätte verdammt noch mal abdrücken sollen, als er die Gelegenheit dazu gehabt hatte.

Fairweather hatte seine Rolle überzeugend gespielt, bis Jackson ihn nach seiner Mutter gefragt hatte. Aber was war mit dem Vater?

Jackson rief die Verwaltung des Londoner Stadtbezirks Barking and Dagenham an und ließ sich mit der Steuerabteilung verbinden. Nachdem er seinen Namen und Dienstgrad genannt hatte, erkundigte er sich, ob noch immer ein Mr. Ancona in Barking wohnte.

Wenige Minuten später und zu seiner eigenen Verwunderung sprach er mit Sam Ancona, Garys Vater, einem Mann mit der rauen Stimme eines Kettenrauchers. Dass er schon lange in England lebte, hatte Sam Anconas italienischem Akzent wenig anhaben können.

»Mein Sohn? Den hab ich seit über zwanzig Jahren nicht mehr gesehen. Was hat er angestellt?«

Jackson antwortete ausweichend. »Er unterstützt unsere Ermittlungen. Worum es dabei geht, darf ich Ihnen leider nicht sagen.«

»Lassen Sie mich raten«, sagte der alte Mann. »Er hat eine Bank überfallen.«

»Nein, nichts dergleichen«, beruhigte Jackson ihn.

»War schon immer ein Träumer, mein Gary«, redete Ancona weiter, offenbar froh über einen Zuhörer. »Wollte die schönen Dinge im Leben. Ich hab ihm immer wieder gesagt, er soll sich einen vernünftigen Beruf suchen, regelmäßige Arbeit mit anständiger Bezahlung, anstatt diesen albernen hochfliegenden Ideen nachzujagen. Du kannst als Musiker noch so gut sein, es gibt immer welche, die noch besser sind, hab ich ihm gesagt. Aber was will man machen? Kinder, nicht wahr?«

Jackson stellte sich vor, wie Sam Ancona die Augen verdrehte.

»Gott hab sie selig, aber seine Mutter hat ihn nur noch ermutigt. Gary hat sie vergöttert. Sie waren *molto simili*«, sagte er. »Das ist nicht immer gut.«

»Ich verstehe nicht ganz.«

»Sie waren sich zu ähnlich.«

»Und sind sie deshalb aneinandergeraten?«

»Oft«, sagte der Mann mit einem leisen Lachen. »Haben sich aber immer wieder vertragen. Das ist sehr lange her«, schob er nach, als wollte er kein schlechtes Licht auf seinen Sohn werfen.

»Verzeihen Sie, wenn ich frage«, sagte Jackson vorsichtig, »aber wie ist Mrs. Ancona gestorben?«

»Sie war Epileptikerin, hatte in der Badewanne einen Anfall und ist ertrunken. Unglücklicherweise hat Gary sie gefunden. Er war erst fünfzehn. Das war schrecklich für ihn.«

Jackson biss die Zähne zusammen. Er war kein Psychologe, aber er wusste sehr wohl, dass flackerndes Neonlicht einen epileptischen Anfall auslösen konnte. »Das tut mir sehr leid«, sagte Jackson.

»Falls mein Sohn irgendwas angestellt hat, haben Sie Nachsicht mit ihm, Detective. Er hatte kein leichtes Leben.«

Wer hat das schon? dachte Jackson. *Aber das macht nicht jeden von uns zu einem Serienkiller.* Jackson rief Browne an und setzte ihn von seinem Gespräch mit Sam Ancona in Kenntnis. Und obwohl es ihm schwerfiel, erwähnte er die mögliche frühere Beziehung zwischen Fairweather und Polly.

Browne hörte zu, ohne ihm ins Wort zu fallen. »Falls Sie richtigliegen, könnte das der Durchbruch sein.«

»Das reicht für eine Festnahme.«

»Sehe ich auch so«, sagte Browne. »Sie hatten recht, was Shah angeht, Matt, sie hatte ein Verhältnis mit Fairweather, und die Kriminaltechnik konnte die Spyware auf Cantos Handy zurückverfolgen.«

»Die Ergebnisse der DNA-Untersuchung liegen wahrscheinlich noch nicht vor, oder?«

»Ich habe gesagt, dass wir sie schnellstmöglich brauchen«, sagte Browne. »Cairns ist dabei, die anderen Ermittlungsstränge zusammenzuführen. Ist das in Ordnung für Sie, wenn ich grünes Licht gebe?«

»Nichts lieber als das. Aber seid vorsichtig. Der Kerl ist gefährlich und mit allen Wassern gewaschen.«

Jackson hätte ein gewisses Gefühl der Befriedigung spüren müssen. Alles fügte sich, bald näherte sich alles seinem natürlichen Ende. Stattdessen quälte ihn der Gedanke, dass Polly so einsam gewesen war, dass sie Gary wieder zurück in ihr Leben gelassen hatte. Als er zu beschäftigt gewesen war, um ihr die Aufmerksamkeit zu widmen, die sie verdiente.

Scham war der einzige Grund, warum er nicht die Waffe gezogen und Fairweather eine Kugel in den Kopf gejagt hatte.

78

Fairweathers Haus wirkte menschenleer. Iris vermutete, dass er auf Tauchstation gegangen war.

Die Haustür mit ihrem Sicherheitsschloss kam nicht infrage. Auf der Rückseite des Hauses sah die Sache schon anders aus. Sie strich über ihre Jeanstasche, fühlte den Satz Dietriche darin, ihren Talisman, und die Taschenlampe, die sie benötigen würde.

Mit demselben Manöver wie zuvor überkletterte sie das Tor und landete auf dem Gartenweg. Links von ihr ein Schuppen und die Dreifachgarage. Sie spähte durch die Fenster von beiden. Der RAV4, den sie Fairweather hatte fahren sehen, stand neben einem Motorrad. Kein Van, nur ausreichend Platz für einen.

Sie schlüpfte durch eine Terrassentür ins Haus. Als sie das Licht ihrer Taschenlampe durch den Raum gleiten ließ, sah sie, dass sie in einer Schickimicki-Küche stand, wie aus einer Kochsendung im Fernsehen.

Von hier aus erkundete sie jeden einzelnen Raum im Haus. Sie hatte keinen Blick für die teuren Möbel, keine Zeit, die Kronleuchter zu bewundern oder über die modernen Badezimmerarmaturen oder die Kunst an den Wänden zu staunen. Ihr ging es nur um eines: Fairweathers Werkstatt finden, eine Spur finden, die sie zu dem Mann führte, und das verdammt schnell.

Geschmeidig wie eine Gepardin tastete sie jede Wand, jeden großen Schrank ab. Ihre behandschuhten Fingerspitzen suchten nach Geheimtüren, die in einen Keller hinabführten. Sie schlich nach oben, untersuchte jeden Wandschrank, ob innen vielleicht eine Schiebetür Zugang zu einer unbemerkten Ebene bot. Sie machte sich keine großen Hoffnungen. Sie hatte mit genug Junkies und Drogenbossen zusammengearbeitet, um zu wissen, dass sie selbst im völlig benebelten Zustand noch instinktiv die Gerissenheit besaßen, ihr Handwerkszeug zu verbergen. Und tatsächlich blieb ihre Suche vergeblich.

Als sie gerade wieder nach unten schleichen wollte, brachen draußen plötzlich Lärm und Hektik aus, jede Menge Streifenwagen mit eingeschaltetem Blaulicht. Andere Cops kamen in Zivilfahrzeugen an. Ein Typ mit Brille stieg aus einem BMW und marschierte die Einfahrt hoch. Von Officern flankiert hämmerte er gegen die Tür und riss am Klingelzug. Ein anderer Kerl gesellte sich zu Mr. Brille, gefolgt von einer ganzen Armee von Polizisten, die sich auf dem Grundstück verteilten wie Maden auf einer verwesenden Leiche. Als ein Bulle eine Ramme anschleppte, kam Iris in Bewegung. Sie rannte die Treppe hinunter, durch die Küche und zur Terrassentür hinaus in den Garten. Ihre einzige Chance: im Gebüsch verstecken und keinen Mucks machen, bis die Polizei begriff, dass Fairweather längst weg war.

Sie verschwand tiefer in den Garten, kämpfte sich blind durch die Dunkelheit und das dichte Gebüsch. Zweige und Äste peitschten ihr ins Gesicht, verfingen sich in ihrem Haar. Sie fluchte leise, als sie gegen die Blockhütte stieß, Fairweathers Musikzimmer. Erstaunlicherweise stand die Tür einen Spalt offen. Iris drückte sie mit einer Hand weiter auf und griff mit der anderen nach ihrem Messer.

79

Gary tobte.

Eine Tonspur aus Freveln, Kränkungen und Zurückweisung donnerte durch seinen Kopf. Wie konnte dieser verfickte Sausack es wagen, überhaupt anzudeuten, dass er abgehauen war? Polly hatte ihn nicht verlassen. Sie hatte ihm nicht das Herz gebrochen. Das hatte sie nicht. Warum hätte sie sonst gelächelt, als er unangekündigt bei ihr aufgetaucht war, du Wichser? Warum sonst hatte sie sich ihm nach den Jahren der Trennung anvertraut? Das war nicht gelogen. Klar, sie hatte ihm versichert, sie sei glücklich. Ja, sie hatte gesagt, dass ihr die Arbeit Spaß mache und dass sie ihren Mann liebe. *Aber, Polly, Darling, Treue ist so eine überflüssige Tugend.*

Sie hatte Jackson nicht so geliebt, wie sie ihn geliebt hatte, wetterte Gary. Sie hatte *gesagt*, sie würde ihren Mann lieben, natürlich. Sogar sehr eindringlich. Der Arsch hatte ihr eine Gehirnwäsche verpasst. Das hatte Gary in ihren schönen Augen gesehen.

Und sie war nicht wie die anderen, nicht wie diese zielstrebigen blöden Schlampen, die sich in einer Jeder-gegen-jeden-Welt aufspielten, als könnten sie mithalten, wenn sie sich benahmen wie Männer: genauso viel tranken, genauso viel fickten und jeden abservierten, der ihnen in die Quere kam. Sie war nicht wie die Vickys und Vanessas und Ginas. Polly war keine Naomi, kannte nicht ihre Gemeinheit, ihren rücksichtslosen Ehrgeiz und ihren Drang, aus ihm einen Schwächling zu machen und ihn zu kontrollieren. Oh nein. Also warum hatte Polly ihn erneut zurückgewiesen? Warum hatte sie ihn so seltsam angesehen, als er sie in die Arme genommen und vorgeschlagen hatte, da weiterzumachen, wo sie aufgehört hatten? Begriff sie denn nicht, dass er alles immer nur für sie getan hatte, dass er sie immer geliebt hatte? Dass er für sie *getötet* hatte?

Sie war eine andere geworden. Das war's. Das erkannte er jetzt. Das Leben mit einem Bullen hatte ihren Verstand ruiniert. Und jetzt würde er, Neon, der Illusionist, Künstler, Darsteller und Entertainer, diesen Bullen dafür bezahlen lassen.

Ohne auf den hämmernden Puls in seinem Hals zu achten, dachte er daran zurück, wie wütend sie geworden war. Sie hatte ihn aufgefordert zu gehen. Ihn angeschrien, er sollte verschwinden. *Das hättest du nicht tun sollen, Polly. Passte gar nicht zu dir, so unfreundlich zu werden.*

Hatte sie ihm eine Wahl gelassen?

Wenn er ehrlich war – und Selbstkritik gehörte zu seinen großen Stärken –, hatte er geahnt, wie es laufen würde, noch lange bevor er einen Fuß in das Haus gesetzt hatte. Deshalb war er auch nicht unvorbereitet gekommen. Bloß ein Irrer hätte einer Frau getraut, die ihn schon einmal verlassen hatte. Frauen waren doch alle gleich, würden es immer sein. Das war ihm klar geworden, als seine Mutter ihn im Stich gelassen hatte.

Wenn Polly ihn doch nur in die Arme genommen hätte. Er wäre frohen Herzens davongefahren, hätte seine Schöpfungen abgebaut, und sie hätten gemeinsam eine kosmische Existenz führen können, bis an ihr seliges Ende. Für Polly war er bereit gewesen, mit seiner Kunst aufzuhören und …

Seine Mundwinkel zogen sich finster nach unten. Nein, das war Unsinn. Er hätte ganz sicher weitergemacht, noch radikalere Werke erschaffen und seine Lieblingsstücke behalten, um der alten Zeiten willen. Aus Nostalgie.

Aber das war vorbei, und er musste an die Zukunft denken. Dieser vertrottelte Bulle würde seine Pläne nicht durchkreuzen oder seine Geschichte kaputtmachen. Er würde seinen Teil dazu beitragen. Er würde sein Hauptdarsteller werden.

80

Ein Lichtstrahl tanzte zwischen den Bäumen, und ein großer Hund bellte. Iris musste ihren Plan rasch ändern. Scheiße, sie saß in Fairweathers Versteck fest.

Sie wich zurück und sah sich hektisch um. Sie zog sich die Kapuze über den Kopf und hechtete hinter einen kolossalen Verstärker. Als sie die Hand an der rückwärtigen Wand abstützte, streiften ihre Finger einen Metallhebel, der dicht über der Fußleiste angebracht war. Verwundert zog sie daran. Sofort ertönte das Knarren von Zahnrädern, als sich ein Teil der Dielenbretter vor der gegenüberliegenden Wand absenkte und eine gemauerte Treppe zum Vorschein brachte.

Zufluchtsort oder letzte Ruhestätte?

Iris sah zur Tür der Blockhütte hinüber. Noch war sie geschlossen. Dahinter brachen die Cops durch das Unterholz, wurden immer lauter. Auch die Hunde hörten sich jetzt anders an, ihr Bellen war zu einem gefährlichen Knurren geworden. Sie hatten sie gewittert.

Sich schnappen lassen oder ein Risiko eingehen?

Iris sprang auf, hastete quer durch den Raum und lief die Treppe hinunter. Unten angekommen, tastete sie herum und fand einen weiteren Hebel. Sie hoffte inständig, dass er das war, was sie vermutete. Erneutes Knarren und die Geheimtür schloss sich über ihr.

Sie zog ihr Handy aus der Tasche und sah nach, ob sie Empfang hatte. Fehlanzeige.

Iris vermutete, dass sie im Eingang eines alten Luftschutzbunkers stand. Sie stützte sich an der Ziegelmauer ab und schaute nach rechts und links. Von diesen Bunkern gab es in den West Midlands einige. Die meisten waren nach dem Krieg zerstört worden, aber noch immer stießen ahnungslose Hausbesitzer überraschend auf ein vergessenes Exemplar. Manche waren groß genug, um zwei Familien zu beherbergen. Für jemanden wie Fairweather musste es ein unverhofftes Geschenk gewesen sein.

Iris blickte nach unten auf den Boden, über den sich ein heller Lichtstrahl zog. Sie umfasste ihr Messer fester und folgte dem Licht. Als sie um eine Ecke bog, trat sie direkt in eine grellbunte Wand, die ihre Sehnerven attackierte. Es gab kein Fleckchen, das nicht in allen Regenbogenfarben blitzte und blinkte. Es war, als würden die Wände in einem makabren, teuflischen Rhythmus pulsieren, sich krümmen und atmen.

Sie ging näher heran. Die Spielwiese eines sadistischen Gangsters. Werkzeuge und Schweißbrenner, die ganze Ausstattung war die Gleiche. Sie stellte sich Neon hier vor, mit nacktem Oberkörper, sein muskulöser Torso jeder Frau überlegen. Mit erhobenen Armen blies er über zwei Gasbrennern Luft in eine Glasröhre, wie ein Priester am Altar. Aber das abartige Zeug an den Wänden hatte nichts Religiöses an sich. Wer wollte schon übergroße Titten und Vaginen sehen oder einen gigantischen Schwanz, der lila, gelb und pink strahlte, oder ein Leuchtschild mit dem Schriftzug *Fick mich, fick mich, du Aas*? Wo war der Schalter, um den Scheiß auszumachen? Sie fluchte lautlos und rechnete halb damit, Jackson in der Mitte hängen zu sehen, tot wie ein Dinosaurier. Und die sogenannte Szene war tatsächlich so bescheuert, dieses Zeug Kunst zu nennen?

Verwirrt sog sie die Luft ein und nahm den starken Geruch von Verbranntem wahr, so ähnlich wie der in der Nähe von großen Industrieanlagen.

Iris gab sich einen Ruck. Der Raum war ihr unheimlich. Sie war geblendet und konnte kaum erkennen, wo eine Wand auf die andere stieß. Vielleicht war das Sinn und Zweck des Ganzen. Vielleicht waren die Lichter bewusst so arrangiert, um einen Eindringling durcheinanderzubringen, wie ein Taschenspielertrick.

Geräusche von oben verrieten ihr, dass die Bullen die Blockhütte betreten hatten. Der Hebel wäre noch eine Weile sicher vor ihnen. So helle waren die nicht. Größere Sorge bereitete ihr die Frage, wie lange sie hier unten festsaß, während die da oben rumpolterten. Gab es noch einen anderen Ausgang? Und falls sie einen fand, was dann? Sie hatte keine Ahnung, wo Fairweather war.

Sie machte einen Schritt vorwärts und stieß mit dem Fuß gegen etwas Hartes. Als sie sich bückte, sah sie, dass es eine Gasmaske war, und sie erinnerte sich an die Nacht in dem Club. Wenn sie damals schon gewusst hätte, was sie jetzt wusste, hätte sie sofort zugeschlagen und dem guten alten Gary den Garaus gemacht. Wie einem Wurm, der er ja war.

Sie sah sich um und bemerkte eine Papierrolle mitten auf einem langen Arbeitstisch. Iris entrollte sie, die Taschenlampe im Mund, legte den Kopf schief, um das Muster zu erkennen und die Ortsangabe zu lesen. Ihre Augen weiteten sich, und ihr Puls begann zu rasen. Sie musste hier raus, und zwar schnell.

Schwere Schritte von Polizeistiefeln donnerten über ihrem Kopf. Iris stand in der Mitte des Raumes. Sie verlangsamte ihre Atmung, als ob sie gleich töten würde. Neon, der Planer, der bildende Künstler, der immer davonkam. *Ich weiß, wo du bist.*

Sie kniff die Augen zusammen und versuchte, alle anderen Farben auszublenden und sich auf die eine zu konzentrieren, die sie am liebsten mochte: Blau.

Ein Rechteck aus Licht, ähnlich dem tropischen Fisch, den sie im städtischen Aquarium gesehen hatte, leuchtete aus der hinteren Wand. Gebannt ging sie darauf zu, wie von unsichtbaren Händen geführt. Es war das Tor zu einer anderen Welt und einer steilen Treppe nach oben, die vor einer massiven Tür endete. Iris zog die Ruger aus ihrem BH-Holster, zielte auf das Schloss. Nach zwei Schüssen war es auf. Iris stürzte ins Freie und verschwand in der Nacht.

81

Jackson sah zu, wie der silbrige Himmel sich allmählich indigoblau färbte, und wartete auf den Anruf, der ihm sagen würde, dass es vorbei war – nicht bloß für Fairweather, sondern auch für ihn.

Er akzeptierte seinen Tod, hatte ihn auch verdient, aber er wusste, dass Iris zu krank war, um ihren Teil der Abmachung zu erfüllen, und er hatte keine Ahnung, wie es weitergehen sollte.

Sein Handy klingelte. Er rechnete mit Browne, doch es war Cairns.

»Fairweather ist ausgeflogen.«

Jackson verfluchte sich, weil er nicht vorhergesehen hatte, dass sein Besuch Fairweather alarmieren würde. Er hätte in der Nähe bleiben sollen. Hätte ihn töten sollen. Hätte … »Seid ihr absolut sicher, dass er sich nicht irgendwo verkrochen hat?«

»Die Kollegen haben jeden Zentimeter abgesucht. Und wir haben Hunde eingesetzt.«

»Keine Beweise für seine Verbrechen?«

»Falls du ein Atelier oder eine Werkstatt meinst, wo er seine verdammten Kunstwerke bastelt«, sagte Cairns sarkastisch, »nada.«

Jackson fuhr sich mit einer Hand über den Schädel. »Wie hat Browne reagiert?«

»Er hat das volle Programm angeordnet, Flughäfen und Häfen sind im Alarmzustand, und die Fahndung läuft jetzt auch über Europol. Tut mir leid, Matt«, sagte Cairns mitfühlend.

»Nicht deine Schuld.« Es war seine.

»Ich muss Schluss machen«, sagte Cairns. »Wir haben jede Menge zu tun nach dem Mord an Shah. Kommst du klar?«

Jackson bejahte, legte auf und sank auf sein Sofa. Neon, der Planer, der Spieler mit Weitblick, der Musiker und …

Wenn ich Neon wäre, was würde ich als Nächstes tun?

Die Antwort lag plötzlich klar und deutlich auf der Hand: Neon könnte einem letzten *Fickt euch!* nicht widerstehen.

Und wo würde er das inszenieren?

An irgendeinem öffentlichen Ort. Irgendwo mit der größtmöglichen visuellen Wucht.

Jackson stand auf, tigerte im Zimmer auf und ab. Eine Bemerkung von Fairweather fiel ihm ein, scheinbar beiläufig, als er mit Canto bei dem Teenager-Gig war. Das war Absicht gewesen. Irreführung oder ein Köder für mich? überlegte Jackson und wurde plötzlich unsicher.

Es musste irgendwo in der Nähe sein. Etwas, das viele Menschen anzog. Wo er seine Installation ohne Angst vor Entdeckung aufbauen konnte.

Jackson dachte zurück an seinen Besuch in Fairweathers Haus. Wie steril die Küche gewirkt hatte, keinerlei Unordnung, kein schmutziges Geschirr, nichts von dem Chaos, das es normalerweise nach einem jähen Tod gibt, selbst wenn der vom Ehegatten in Auftrag gegeben wurde. Die einzige Auffälligkeit waren die Papiere auf der Arbeitsplatte gewesen.

Was hatte Fairweather da durchgesehen? Warum hatte er es so demonstrativ zur Seite geräumt?

Jackson schloss die Augen, sah die Szene noch mal vor seinem geistigen Auge, holte das Bild auf dem obersten Blatt aus den tiefsten Tiefen seines Gedächtnisses.

Ja, dachte Jackson grimmig. *Ich hab dich.*

Der Weihnachtsmarkt zwischen New Street und Rathaus bestand aus Dutzenden Ständen, die neben Bier, Frankfurter

Würstchen und Glühwein auch Porzellan und Schokolade und den ganzen anderen Mist verkauften, der zur Adventszeit dazugehörte. Einer dieser Stände diente als Tarnung für Neons neuste Arbeit, davon war Iris überzeugt. Sie blieb vor jedem stehen, suchte nach dem einen, der irgendwie auffiel, der trotz des Trubels geschlossen war, der doppelte Wände hatte oder aus dem sich Drähte schlängelten. Bislang hatte sie nichts dergleichen entdeckt.

Unbeirrt schob und drängte sie sich durch das Menschengewimmel, umtost vom ohrenbetäubenden Lärm einer Blaskapelle und der Coverversion von »Driving Home for Christmas«, die ein Typ mittleren Alters grauenhaft verhunzte. Iris glaubte nicht daran, dass es eine Hölle gab – tot war tot –, aber falls doch, dann wäre die so wie das hier. Zu viele Menschen, zu viele Ordnungskräfte, die in ihren orangefarbenen Jacken einen Scheißdreck taten, zu viel Lärm und Fressalien und Alkohol. Sie hatte schon immer die frühen Morgenstunden geliebt, wenn alles still war, und jetzt wusste sie auch, warum.

Ein prollig aussehender Junge von etwa siebzehn Jahren rempelte sie an. Ein halber Liter Bier platschte ihr auf die Schuhe.

»Scheiße, pass doch auf, du blöde Kuh«, sagte er sichtlich alkoholisiert.

Sie musste sich schwer beherrschen, um nicht ihr Messer zu zücken und es ihm in die fette Wampe zu rammen. Oder noch besser: ihm gleich eine Kugel in den Kopf zu jagen.

Sie stieß ihn beiseite, was er mit einer Flut von Schimpfwörtern quittierte, und kämpfte sich zu der breiten Steintreppe Richtung Rathaus durch.

Oben angekommen, spürte sie instinktiv, dass sie beobachtet wurde. Sie schaute sich um. Das Gefühl verschwand ebenso schnell, wie es gekommen war. Sie war doch sonst nicht so nervös. Dann richtete sie den Blick wieder auf die Szene unter ihr.

Irgendwas übersehe ich, dachte sie, während sie das Meer aus Köpfen und Gesichtern betrachtete. Sämtliche Wege waren von herumstehenden Familien und Grüppchen verstopft. Sie konnte rein gar nichts erkennen. Fröhliche Scheißweihnachten.

82

Gott segne Amerika.

Von einem Karussell aus Farben verzaubert, gebannt vom Spiel der Lichter, bestaunte Gary die Herrlichkeit seiner Schöpfung, seine Hommage an Las Vegas. Gab es überhaupt ein besseres Thema als die guten alten USA? Die Yankees machten einfach alles größer und besser, ohne Kompromisse. Für ein gutes Spektakel gingen sie praktisch über Leichen – natürlich nicht so wortwörtlich wie er. Er musste über seinen eigenen Witz lachen. Ein Jammer, dass Naomi seinen Triumph nicht mehr mitbekam.

Jahrelang hatte er während der Wirtschaftskrise Lagerbestände von Herstellerfirmen aufgekauft, die pleitegegangen waren. Geschah ihnen recht, wenn sie nicht die Ausdauer, den Scharfsinn und die *Vision* – haha – hatten, um durchzuhalten, bis Neonlichter ihr ruhmreiches Comeback als Kunstform erlebten. Ihr Pech, sein Glück.

Übersprudelnd vor Adrenalin ließ er den Blick auf dem Eingang verweilen, der geschickt als optische Täuschung gestaltet war, um Kunden in einen Irrgarten mit farblich changierenden Wänden zu locken und sie auf eine Reise durch die Bars der Prohibitionszeit, Baseball, Elvis und Cowboys zu schicken. Ein Cadillac hing wie ein Damoklesschwert an der Decke.

Seine Augen glitten über ein Sammelsurium von klassischen Neonreklamen, die für Hotdogs und Milchshakes, Palmen und Motels warben. Das noble Gesicht eines Wilden – eines indianischen Ureinwohners, um politisch korrekt zu sein – direkt neben der kessen Cheerleaderin im niedlichen Höschen war seiner Meinung nach die perfekte Verbindung von Altem und Neuem. Und die Retro-Reklamen fürs Kino fand er einfach wunderbar, so herrlich nostalgisch und kitschig. Die Leute würden ganz aus dem Häuschen geraten. Natürlich hatte er ein paar eigene Akzente gesetzt, den Schriftzug »Cops sind Fantasten« und hier und da eine AK47. Ein Lobgesang auf die USA wäre ohne Gewehre und Kugeln einfach nicht vollkommen. *No, Sir.*

Und das schlagende Herz seiner Installation, seines Tableaus, der Schlussakkord, der Knalleffekt, wie auch immer man es nennen wollte: die lebensgroße Replik eines elektrischen Stuhls. Damit nicht genug – und um den Dopaminrausch auf die Spitze zu treiben, hatte er ihn mit blitzenden Neonlichtern umgeben, bei deren Anblick jeder Epileptiker einen Anfall kriegen würde. *Yippie.* Vorläufig hatte er eine Schaufensterpuppe auf dem Stuhl platziert. Er konnte es kaum erwarten, sie mit dem Star der Show zu ersetzen. *Wie wäre es, wenn ich ein bisschen Licht in Ihre Dunkelheit bringe, Detective?* Jackson würde unheimlich cool aussehen mit einem blinkenden Cowboyhut auf dem Kopf und einem Einschussloch in der Stirn.

83

Jackson kämpfte sich durch das Meer von Weihnachtsbummlern, vorbei an Banken und Bausparkassen, und stürmte zu dem Pop-up-Store am Ende der New Street. Männer sprangen zur Seite, Frauen zogen ihre Kinder weg. Es gab einige feindselige Blicke, aber niemand stellte sich ihm in den Weg. Er wusste, was die Leute dachten: Ärger. Menschenmengen hatten eine bedrohliche, fiebrige Energie. Nur ein Schuss. Nur eine laut brüllende Stimme und die Angst vor einem Terroranschlag würde eine Massenpanik auslösen.

Vor dem Laden fokussierte sich seine ganze Konzentration. Metallgitter an den Schaufenstern und die verriegelte Tür mit Verdunkelungsrollo verhinderten den Zutritt. Der einzige andere Eingang war auf der Seitenstraße. Und da würde Neon warten.

Aber eine Schlinge kam nicht gegen einen Mann mit einer Pistole an.

Jackson bog um die Ecke, fand die Tür und drückte die Klinke. Unverschlossen. Eine Aufforderung einzutreten, dachte er. Ihm war bewusst, dass es die Einladung dazu war, Neon in die Falle zu gehen. Er war bereit und griff nach der Glock.

Sein Herz schlug einen Trommelwirbel, als er die Tür aufstieß und ins Halbdunkel trat. Langsam tastete er sich weiter vor, Arm ausgestreckt, Waffe im Anschlag.

Atem auf seiner Haut, gefolgt von einem kalten Stahlring an seiner Schläfe und einem Licht, das plötzlich an der Decke aufflammte.

»Kunstwerke erschaffen war nicht die einzige Fertigkeit, die ich mir in den Staaten angeeignet habe«, sagte Fairweather. »Keine Bewegung, sonst puste ich Ihnen den Kopf weg.«

Jackson schätzte seine Chancen ab. Er könnte versuchen, einen wuchtigen Schlag zu landen, aber wenn er sterben würde, musste er Fairweather mitnehmen. Es lag auf der Hand, dass die Aussichten dafür schlecht standen.

Jackson zuckte zusammen, als Fairweather die Mündung des Revolvers fester gegen seine Haut presste. »Glauben Sie etwa, das macht mir Angst? Na los, drücken Sie ab.«

»Och, aber dann erfahren Sie nie die Wahrheit über Polly und mich.«

Jackson atmete aus. War es die Wahrheit, die er im Grunde seines Herzens immer geahnt hatte? Sosehr es ihn auch anwiderte, er musste Gewissheit haben, musste wissen, was zwischen seiner Frau und dem Mann, der Neon genannt wurde, vorgefallen war. Ohne dieses Wissen konnte er nicht sterben, ganz gleich, wie vernichtend die Wahrheit auch sein mochte.

»Geben Sie mir Ihre Waffe«, befahl Fairweather.

Jackson gehorchte mit versteinerter Miene.

Fairweather schob die Glock in den Bund seiner Hose, hielt den Revolver weiter auf Jacksons Kopf gerichtet und trat vor ihn.

»Schon besser.« Fairweathers Augen glitzerten boshaft.

Jackson hatte eine ziemlich genaue Vorstellung davon, was ihn im Nebenraum erwartete. »Sie und Polly«, sagte er auffordernd.

Fairweather drehte den Hals mit knackenden Wirbeln nach rechts und links, als wollte er sich für einen Kampf locker machen. »Ich habe Polly im Studentenausschuss kennengelernt. Vielleicht hat sie Ihnen ja von mir erzählt.«

»Hat sie nicht.«

Fairweather starrte ihn an. Jackson nahm eine Spur Enttäuschung in seinem Gesichtsausdruck wahr.

»Egal«, sagte Fairweather gelangweilt. »Braune Augen, blond. Damals war sie noch nicht so hübsch. Ein bisschen fade, wenn ich ehrlich bin. Nicht genug Persönlichkeit in ihrem Gesicht, noch nicht ganz fertig. Aber lieb und nett, sodass ich mich verknallt habe. Es war wirklich eine große Liebe.«

»Nein«, platzte es aus Jackson heraus. »Ihr hattet Sex. Das war alles. Bloß zwei junge Leute, die zusammen ins Bett gegangen sind. Ganz banal.«

Fairweather kicherte. »Was ist bloß los mit euch Typen? Bloß weil ich es geil finde, Frauen zu töten, verstehe ich nichts von Liebe? Ich tue das, was ich tue, gerade weil ich sie geliebt habe.«

»Wagen Sie es nicht, Polly dafür verantwortlich zu machen, dass ein Monster aus Ihnen geworden ist«, knurrte Jackson.

»Aber ich mache sie doch nicht dafür verantwortlich«, sagte Fairweather mit großen Augen. »Ich bin ihr *dankbar*. Polly war der Anfangspunkt meiner Reise. Es war unausbleiblich, dass ich sie eines Tages aufspüren und ihr zeigen würde, was ihr entging. Und ich hatte sie richtig eingeschätzt. Ihre äußere Schönheit hatte sich eindeutig ihrer inneren angepasst. Sie hat sich sehr gefreut, als ich bei Ihnen zu Hause aufgetaucht bin.«

Jackson kam die Galle hoch. Er schluckte, sagte sich, dass Fairweather mit ihm spielte, aber im Innern war er sich nicht so sicher. »Machen Sie sich doch nichts vor. Sie haben ihr leidgetan.«

»Ich verstehe ja, dass Sie das glauben wollen. Aber sie war froh über ein bisschen Gesellschaft und hat sich gern mit einem alten Freund amüsiert. Bei Ihren zahllosen Überstunden bekam sie Sie ja tage- und wochenlang kaum zu Gesicht. Wer weiß schon, was passiert wäre, wenn die Dinge anders gelegen hätten.«

Fairweathers Stimme war eine scharfe Klinge, die in Jacksons Seele schnitt.

»Völlig egal, wie viele Frauen Sie umbringen«, sagte Jackson, »wie viele Polizistinnen Sie verführen, Sie sind und bleiben ein jämmerlicher Versager, der es nicht verkraftet hat, abserviert zu werden.« *Schieß doch, du Schwein. Nun mach schon.* Wenn Browne und seine Leute endlich hier reinstürmten, würden das Blut auf dem Boden und der Schießpulvergeruch in der Luft ihm endlich die unwiderlegbaren Beweise liefern, die er brauchte.

Fairweathers Gesicht verdunkelte sich. Jackson starrte ihm in die wütenden Augen und hielt seinem Blick stand. Es war, als würde er in einen tiefen Teich aus grünem Schleim gesogen.

»Sie sind genau wie Canto«, sagte Fairweather. »Sie glauben, Sie sind was Besseres als ich.«

»Das glaube ich nicht. Das weiß ich.« Jackson sprang vor. Schmerz, weiß glühend und blendend, explodierte seitlich an seinem Kopf. Sein rechtes Auge fühlte sich an, als wäre es aus der Höhle gedrückt worden.

Benommen ließ er zu, dass Fairweather ihm eine Kapuze über den Kopf stülpte und ihn in stickige Dunkelheit tauchte. Stoff drückte ihm auf Nase und Mund, drohte, ihm die Luft zu nehmen. Er versuchte verzweifelt, nicht in Panik zu geraten.

»Los«, sagte Fairweather.

Jackson, der nach Atem rang, zögerte einen Moment zu lange, und das kam ihn teuer zu stehen. Wieder zuckte ein wilder Schmerz durch seine Schläfe, und warmes Blut lief ihm über die Wange.

»Ich habe gesagt: LOS!«

Fairweather drückte ihm jetzt den Revolver ins Kreuz, womit sich die Frage, ob er kämpfen oder fliehen sollte, erledigt hatte. Jackson konnte sich die Qualen nicht mal ansatzweise vorstellen, wenn Fairweather beschloss, dass seine Zeit abgelaufen war.

Er machte ungelenke Schritte vorwärts, Fairweather dicht hinter ihm. Ihm war kalt, trotz der heißen Furcht, die in ihm brannte und langsam in Wut umschlug. Er wollte nicht hier und jetzt durch die Hand dieses Wahnsinnigen sterben.

Das Geräusch einer Tür, die sich öffnete, dann ein Stoß zwischen seine Schulterblätter und er stolperte von einem Raum in den nächsten. Fairweather, dessen Atem ihm wie Feuer im Nacken brannte, schien darauf bedacht, ihn zu einer ganz bestimmten Stelle zu führen, aus Gründen, die Jackson sich lieber nicht ausmalte.

Endlich blieben sie stehen, und die Kapuze wurde ihm vom Kopf gerissen. Er blinzelte mit seinem unverletzten Auge, und jähe Übelkeit wallte in ihm auf. Er konnte nur verschwommen sehen, suchte verzweifelt nach einem Anhaltspunkt in dem Ansturm von grellem Licht und gleißender Helle aus Dutzenden blinkenden und blitzenden Neonzeichen, die seine Hilflosigkeit verspotteten. Eine irre Installation aus schillernden Farben. Jackson fühlte sich in einem Leuchtinferno von wahnwitziger Intensität gefangen. Die Wirkung war, als hätte er einen Trip eingeworfen. Jedes klaren Gedankens beraubt, konnte er nur fassungslos dastehen und auf eine Orgie von Bildern stieren. Es war, als würde er die Sonne anstarren, bevor sie explodierte und die Erde zerstörte.

»Wundervoll, finden Sie nicht auch? Und schauen Sie da, ich habe einen Platz für Sie reserviert, genau in der Mitte.«

Jackson blinzelte, spähte auf die Stelle. Entsetzen hätte ihn bei dem Anblick in Stücke reißen sollen, aber das tat es nicht: Er fühlte sich beflügelt.

84

Iris hatte sich auf die Bühne für die Livemusik gemogelt. Zwischen den einzelnen Auftritten war das gar nicht so schwer. Man musste einfach so tun, als würde man dazugehören, dann glaubten das die meisten.

Von dieser Position aus konnte sie endlich etwas sehen – und zwar Jackson, der aussah wie ein Mann mit einem klaren Ziel vor Augen. Alarmiert beobachtete sie, wie er die Fassade eines Pop-up-Stores inspizierte und dann um die Ecke in eine Seitenstraße lief. Er blieb verschwunden.

Sie sprang von der Bühne und schlängelte sich durch die Menge. Inzwischen waren noch mehr Menschen auf dem Weihnachtsmarkt als vorher, und wenn die emotionale Temperatur daran gemessen werden konnte, wie viel Alkohol konsumiert wurde, war der Siedepunkt erreicht.

Endlich stand sie vor dem Laden. Anstatt Jacksons Beispiel zu folgen, zog sie die Ruger aus dem BH-Holster, zerschoss das Türschloss und stürmte hinein.

Sie hatte grellbunte Farben erwartet. Sie hatte erwartet, schlagartig geblendet zu sein. Aber die Leuchtzeichen und Neon-Bilder waren ausgeschaltet, ohne Leben und Energie, wie Dutzende blutleere Leichen.

In der Mitte stand Matt Jackson mit einem Revolver am Kopf. Fairweather hatte seinen freien Arm im Würgegriff um Jacksons Hals.

»Lass ihn los«, knurrte Iris.

»Mach ich, wenn Sie die Waffe fallen lassen.«

»Schießen Sie«, befahl Jackson.

Er will, dass ich sie beide töte, dachte Iris. Ein Schuss, glatt durch sie hindurch.

Iris blendete alles aus. Sie hatte noch nie erlebt, dass jemand den Tod so bereitwillig annahm wie Matt Jackson. Die meisten Männer schrien. Manche machten sich in die Hose. Jackson sah nicht verängstigt aus. Er sah nicht traurig aus. Er war ruhig. *Nicht normal.*

»Komm schon, Iris«, rief Jackson. »Erschieß mich. Erschieß ihn. Worauf wartest du?«

»Halt die Fresse«, zischte Fairweather.

Iris sah Jackson tief in die Augen. Er erwiderte ihren Blick mit einem ruhigen fatalistischen Ausdruck.

Vertrau mir, flüsterte sie kaum hörbar, und dann krümmte sie ihren Abzugsfinger und feuerte.

85

Der Schuss hallte im Raum wider. Glas aus zahllosen Neonröhren regnete auf Jackson herab, zerschnitt ihm Gesicht und Hände. Fairweather schrie auf, und Jackson, dem Blut übers Gesicht strömte, warf sich nach hinten. Er rammte den Hinterkopf in Fairweathers Gesicht, und der Druck auf seiner Kehle verschwand. Fairweathers Revolver schlitterte über den Boden. Noch mehr Scherben fielen von der Decke. Jackson duckte sich, hob die zerschnittenen Hände über den Kopf.

Als er über die Schulter schaute, sah er Fairweather blutend am Boden. Er war rückwärts in die Mitte der Installation gefallen, und das gesplitterte Glas hatte ihm die Haut zerfetzt.

Iris, den Tod in den Augen, machte ein paar Schritte in seine Richtung, um ihm aus nächster Distanz den Rest zu geben.

»Halt!«, schrie Jackson. Er hatte einen Arm ausgestreckt, die Finger der offenen Hand gespreizt, wie jemand, der hilflos versucht, ein angreifendes Nashorn aufzuhalten.

Iris verharrte auf der Stelle.

Jackson drückte den Rücken durch, hechtete nach dem Stromschalter und legte ihn um. 240 Volt jagten durch Fairweathers Nervensystem.

Jackson schaute entsetzt zu, sah alles wie in Zeitlupe: Funke, Explosion, Flamme und Feuer.

Fairweathers blutüberströmter Körper zuckte, seine Gliedmaßen tanzten, als würde er von Maschinengewehrsalven durchsiebt. Der Geruch nach verbranntem Fleisch und verschmorten Organen drang ätzend in Jacksons Kehle.

Nachdem er bis zehn gezählt hatte, schaltete er den Strom wieder ab und riss einen Feuerlöscher von der Wand, um die kleinen Flammen zu ersticken, die aufgezüngelt waren.

Iris stand stumm und fassungslos da.

»Sie haben nicht auf ihn geschossen«, sagte er.

Der Anflug eines richtigen Lächelns glitt über ihr Gesicht und verschwand prompt wieder. »Das heißt dann wohl, dass ich mein Geld nicht kriege.«

»Doch, Iris. Sie bekommen es. Ehrenwort.«

»Wie schnell können Sie es mir überweisen?«

»Sobald ich hier fertig bin.« Was für ein verrücktes Gespräch, angesichts der Umstände. Jackson deutete mit dem Kopf in Fairweathers Richtung.

»Was wird mit ihm?«, fragte sie.

»Überlassen Sie ihn mir. Ich ruf die Kollegen an, aber Sie müssen von hier weg.« Nach den Schüssen würde das Gebiet abgeriegelt und von bewaffneten Polizeikräften durchkämmt werden.

Sie blieb, wo sie war.

»Es gibt einen Seitenausgang«, erklärte er.

»Ich weiß.«

»Dann los, verschwinden Sie.«

»Und was passiert hinterher?«

»Hinterher?«

»Sie. Ich.«

»Ich melde mich bei Ihnen, wenn ich so weit bin. Und falls es Ihnen gut geht.« Sie wechselten einen Blick. Iris wusste, was er meinte.

»Also, bis dann«, sagte sie.

»Auf Wiedersehen, Iris.«

86

Menschen rannten. Keine Weihnachtsmusik mehr. Aus Megafonen gellten Warnungen über den Platz. *Bewahren Sie Ruhe und entfernen Sie sich langsam.*

Iris gehorchte, mischte sich mit sicheren, schnellen Schritten unter die fliehende Menge. Sie war nicht verängstigt und panisch wie die anderen. Sie hätte glücklicher nicht sein können. Matt Jacksons Geld war ihre letzte Chance auf eine Zukunft, und sie hatte dafür gesorgt, dass sie es bekam. Alles würde gut werden. Mit neu erwachter Hoffnung nahm sie ihr Handy aus der Tasche, um Mr. Gudgeon anzurufen und ihm die gute Nachricht mitzuteilen. Danach hatte sie noch einen letzten Anruf zu tätigen.

Ein harter Schlag in ihren Bauch raubte ihr fast den Atem. Irgendein Blödmann hatte sie angerempelt. Sie fluchte nicht. Es machte ihr nichts aus. Sie ging weiter, tippte die Nummer ein, trotz eines unangenehmen Stechens in ihrer Seite. Während sie darauf wartete, dass der Anruf durchging, stieg sie die Stufen zu dem großen Weihnachtsbaum hinauf, weil da der Empfang besser war. Es kam ihr vor, als würde sie den Mount Everest besteigen. Sie fühlte sich ein bisschen seltsam und schwindelig, konnte keinen klaren Gedanken fassen. Bestimmt die Aufregung, den schwierigen Job erledigt zu haben.

Eine Frau kreischte. Blöde Tusse. Wieso glotzte die so? Iris wurde ein bisschen schummrig, und sie taumelte. Leute wichen von ihr zurück, zeigten auf sie. Iris sah nach unten. Blut. Überall Blut. Erschrocken, auf der Suche nach einer Erklärung, drehte sie sich um und sah für einen kurzen Moment die breiten Schultern eines Mannes, der zügig davonging. Er hatte volles graues Haar und trug einen langen Ledermantel. *Malaj.*

Sie drückte eine Hand auf den Bauch, versuchte, die Wunde zusammenzuhalten, und torkelte über die Straße. Quietschende Bremsen und eine schimpfende laute Männerstimme dröhnten ihr in den Ohren.

Verzweifelt tippte Iris hektisch eine Nachricht, schickte sie ab und würgte. Ihre Beine waren Betonklötze. Sie konnte das Motorrad sehen, aber es schien unendlich weit weg. Müde und schwach versuchte sie, Luft zu bekommen, aber es ging nicht. Nur noch ein kleines Stückchen weiter, dachte sie, bis sie auf die Knie sank und jemanden fragen hörte: »Alles in Ordnung mit Ihnen?«

Sie schüttelte hilflos den Kopf, spürte Blut auf den Zähnen, den metallischen Geschmack. Sie hob das Gesicht zum sternenklaren Himmel und sah, wie wunderschön er war, heller und leuchtender als alles Neonlicht. Sie griff nach oben, um ihn zu berühren, und hörte Jacksons Stimme und war froh, ihn verschont zu haben. Dann hörte sie die Stimme eines Kindes, gefolgt von einem klingenden Lachen. Es war nicht ihres.

Als die Sterne allmählich verblassten, ihr eigener eingeschlossen, und der Boden immer schneller auf sie zukam, dachte sie: Was für eine scheißblöde Art zu sterben.

87

Jackson hatte die Nacht auf dem Präsidium verbracht und Fragen beantwortet.

Als Cairns ihm erzählt hatte, dass eine junge Frau keine zweihundert Meter von dem Laden entfernt niedergestochen worden war, wusste er, dass es Iris sein musste.

»Sie trug ein Kampfmesser und eine Pistole am Körper, was offensichtlich nicht zu unserem gesetzestreuen Durchschnittsbürger passt«, sagte Cairns.

Jackson vermutete, dass es zahlreiche Leute gab, die es auf sie abgesehen haben könnten. Stunden später, als ihr Tod bestätigt war, erfuhr er, dass Enrik Malaj der Festnahme durch die National Crime Agency entgangen war.

Jackson trat in einen kalten grauen Morgen hinaus und las die Textnachricht von Iris zum x-ten Mal. Würde diese letzte Nachricht das Geheimnis hinter ihrem Leben lüften? Erschöpft und deprimiert ließ er sich von Cairns zu seinem Auto fahren.

»Das hast du gut gemacht«, sagte Cairns. »Polly wäre stolz auf dich, mein Freund.«

Jacksons Antwort war matt.

Er gab die Adresse aus Iris' Nachricht in sein Navi ein und fuhr langsam los. Er wusste nicht, was er davon halten sollte, oder gar, was ihn erwartete, nur, dass es wichtig war, ihre Bitte zu erfüllen.

Er ließ die Innenstadt hinter sich und war kurze Zeit später in einem gepflegten Vorort von Solihull, genauer gesagt, auf einer baumbestandenen Straße vor einem Einfamilienhaus im Dreißigerjahrestil mit großem Vorgarten.

Er stieg aus und klingelte am Gartentor. Die Stimme einer Frau mit deutlichem Midlands-Akzent ertönte aus der Sprechanlage. Als er seinen Namen nannte, schnappte die Frau überrascht nach Luft und schwieg einen Moment. Dann schwang das Tor auf.

Die Haustür war aus massivem Holz, mit Buntglasfüllungen auf beiden Seiten. Er klopfte nicht an. Er wartete. Jackson hatte schon häufig Hinterbliebene besucht, um ihnen die traurige Nachricht vom Tode eines Angehörigen zu überbringen. Es schien immer, als wüssten oder ahnten sie im tiefsten Innern schon, was er zu sagen hatte, bevor er die Worte, die ihr Leben für immer verändern würden, überhaupt ausgesprochen hatte. Das half jedoch nicht gegen den Schock oder den Schmerz, und die Frau, die nun die Tür öffnete, war da keine Ausnahme.

Sie war so dunkelhäutig, wie Iris blass gewesen war. Adrett gekleidet, mit einer bis zum Hals zugeknöpften Bluse und einem Rock, der sich um ihre üppigen Hüften schmiegte. Sie trug flache Schuhe und stand hoch aufgerichtet da. Tränen sammelten sich in ihren Augen, und obwohl sie sichtlich bemüht war, ihre Trauer im Zaum zu halten, quoll eine über und rann ihr über die Wange. »Kommen Sie lieber herein«, sagte sie schlicht.

Jackson folgte ihr durch eine geräumige Diele in ein geschmackvoll eingerichtetes Wohnzimmer mit Vorhängen an der Terrassentür und antiken Leuchten an den Wänden. Er schämte sich für den Gedanken, dass dieses elegante Haus mit seinem dezenten Stil für jemanden wie Iris unerschwinglich war.

»Bitte setzen Sie sich, Mr. Jackson.« Sie sagte, ihr Name sei Norma, und deutete auf ein Sofa unweit von der Tür zum Garten. Jackson nahm Platz. Sie setzte sich ihm gegenüber, die Füße geschlossen, die Bewegungen präzise. »Iris hat gewusst, dass dieser Tag kommen könnte«, erklärte sie bekümmert. »In dem Metier sind Risiken nun mal unvermeidlich. Daraus hat Iris nie einen Hehl gemacht. Hat sie gelitten?«

Norma dachte offensichtlich, dass Iris so gestorben war, wie sie gelebt hatte, was ja auch stimmte, aber sie erwähnte ihre Krankheit mit keinem Wort. Das kam Jackson merkwürdig vor, aber vielleicht ebenso merkwürdig wie die Tatsache, dass sie über Iris' Beruf als Auftragsmörderin redete, als wäre er ein ganz normaler Job. »Ich glaube nicht«, sagte Jackson. Ihm wurde klar, dass Norma zumindest eine Mitwisserin war. »Sie beide standen sich nahe?«

»Wie Schwestern. Wir waren zusammen im Heim. Ich ging vor ihr dort weg, aber sie hat mich später ausfindig gemacht. Sie war in einer schwierigen Lage, aber eigentlich hat sie mich gerettet.« Ihre Augen blickten ins Leere, und der Zug um ihren Mund ließ die Erinnerung an ein unangenehmes Erlebnis vermuten, das besser in Vergessenheit bleiben sollte.

»Hat sie hier bei Ihnen gewohnt?«, fragte Jackson und sah sich im Raum um.

»Sie kam oft zu Besuch. Sie hielt das für ratsamer. Es war ihr wichtig, auf Abstand zu bleiben. Sie wollte den Feind nicht nach Hause locken, sagte sie oft.«

»Verstehe.«

Norma lächelte traurig. »Nein, das tun Sie nicht.«

Jackson bemerkte den festen Blick, mit dem sie ihn anschaute, und lehnte sich auf dem Sofa zurück. Seine Gedanken überschlugen sich. Für eine todkranke Frau war Iris immer noch fit genug gewesen, um zu töten, wenn es drauf ankam. Körperliche Schmerzen waren ihr kaum je anzumerken. Er hätte schon früher draufkommen sollen. »Sie sind es, nicht wahr? Iris brauchte das Geld für Ihre Therapie.«

Norma stand auf. »Kommen Sie«, sagte sie.

Jackson folgte ihr verwundert in die Diele und dann eine

breite Treppe hinauf. Sie blieb vor einer Zimmertür stehen und klopfte behutsam. Niemand antwortete.

Norma sah Jackson vielsagend an und hob den Zeigefinger an die Lippen. Er nickte, verstand, dass er leise sein musste.

Sie drückte sachte die Klinke herunter und schob die Tür auf, die über Teppichboden glitt. In dem Zimmer: eine Ansammlung von medizinischen Geräten. In der Mitte ein Doppelbett, in dem ein etwa fünfzehnjähriges Mädchen schlief. Ihr Haar war chemotherapiekurz und blond. Die Blässe ihrer Haut ist krankheitsbedingt, dachte Jackson.

»Darf ich vorstellen?«, flüsterte Norma. »Das ist Edie, Iris' Tochter und der Mittelpunkt ihres Universums.«

88

Mörderisch und verschlossen, furchtlos und fürsorglich. Das waren bloß einige der Adjektive, die Jackson einfielen, um Iris zu beschreiben, und doch blieb sie im Tod ebenso schwer zu fassen, wie sie es im Leben gewesen war. Für Norma, zu der Iris nach einer Vergewaltigung geflohen war, war sie eine Retterin. Für Edie war sie einfach nur Mum, die einen seltsamen Job hatte, der sie oft von zu Hause fernhielt. Jackson konnte nicht billigen, was Iris getan hatte, würde es niemals können, aber Monate nach seinem Besuch in dem kleinen Haus am Stadtrand glaubte er, sie allmählich besser verstehen zu können.

Seit Edies Aufnahme in einem Krankenhaus in Heidelberg für eine experimentelle Behandlung, die Jackson bezahlte, hatte er sein Haus verkauft und sich vorübergehend dort niedergelassen. Er und Norma hatten fast jeden Tag miteinander geredet, hauptsächlich über Edie, die den Tod ihrer Mutter mit demselben stillen Stoizismus hinnahm, den sie gegenüber ihrer Krankheit zeigte. »Es wird später schwer für sie sein, wenn sie Zeit zum Nachdenken hat, wenn sie wieder das Gefühl hat, eine Zukunft zu haben, aber eine ohne ihre Mutter«, hatte Norma weitblickend gesagt. »Dann müssen wir besonders auf sie achten, weil sie dann die größte Zuwendung braucht.«

Edie sprach gut auf die Therapie an. Das Wort »Remission« fiel, und es bestand die Hoffnung, dass sie sich, sollte die Entwicklung so weitergehen, gut genug erholen würde, um wieder zur Schule gehen zu können. »Darauf hat Iris immer bestanden«, sagte Norma an einem warmen Tag im April. Sie saßen vor einem Café in der Nähe des Krankenhauses. »Bildung war für sie das A und O, und sie hat immer schrecklich bedauert, dass sie nie wirklich die Chance dazu hatte.«

Jackson nickte erstaunt. Kaum vorstellbar, was Iris andernfalls hätte erreichen können.

Er trank seinen Kaffee und dachte darüber nach, wie viel sich für ihn seit jenen dunklen Tagen verändert hatte. Die Behandlungskosten waren ungeheuer hoch, und er wusste nicht, was er machen würde, wenn sein Geld zur Neige ging. Selbstmord beherrschte seine Gedanken nicht mehr. Mit Edie und Norma in seinem Leben hatte er einen Grund gefunden, weiterzumachen. Und absurderweise hatte er diesen allmählichen Sinneswandel einer Frau zu verdanken, die bereit gewesen war, ihn zu töten.

DANKSAGUNG

Schriftstellerei ist ein einsames Geschäft, aber eine Vielzahl von wichtigen Beteiligten kümmert sich um den ganzen »schweren Kram«. Mein tiefster Dank geht zuallererst an meine Agentin Broo Doherty für ihre Ratschläge, ihre Diplomatie und Entschlossenheit – nicht unbedingt in dieser Reihenfolge! Ich danke auch Ben Willis, der an mich geglaubt hat, sich für mein Buch (und noch mehr) eingesetzt und mich gedrängt hat, eigene Grenzen zu übersteigen, die ich für unüberwindbar hielt. Es war wirklich ein großer Spaß, und ich freue mich schon auf das nächste Mal.

Bei Orion danke ich vor allem meiner großartigen Lektorin Jade Craddock, die das Manuskript auf Vordermann gebracht und meine Fehler bereinigt hat. Zudem geht ein großes Dankeschön an alle, die daran beteiligt waren, die Rechte zu verkaufen und die Werbetrommel zu rühren.

Graham Bartlett, ehemaliger Chief Superintendent, gab mir fachkundigen Rat zu einigen verfahrenstechnischen Aspekten der Polizeiarbeit und verdient besondere Erwähnung. Danke, Graham, für Ihre Hilfsbereitschaft, Ihre Geduld und Ihren Humor – eventuelle Fehler gehen allein auf mein Konto. Und schließlich danke ich David Canter, dem führenden Kriminologen Englands, für sein ausgezeichnetes Kapitel über Las Vegas in *Mapping Murder*. Es hat mich zu einer ganzen Anzahl von Ideen angeregt.